ELMAR

PAUL DOHERTY
HET HUIS
DES DOODS

EEN MISDAADROMAN ROND

ALEXANDER DE GROTE

ELMAR

HET HUIS DES DOODS
is een uitgave van
Uitgeverij Elmar BV, Rijswijk, 2004
Oorspronkelijke titel: *The House of Death*
Copyright oorspronkelijke uitgave:
Constable & Robinson Ltd, Londen/Paul C. Doherty
Nederlandse vertaling: Uta Anderson
Copyright Nederlandse vertaling:
© 2004 by Uitgeverij Elmar BV, Rijswijk
Omslagontwerp: Wil Immink

ISBN 90389 15330
NUR 330

Hij verrichtte grootsere daden dan wie ook, niet alleen vergeleken met de koningen die voor hem leefden, maar ook met degenen die na hem kwamen, tot onze eigen tijd aan toe.

Diodorus Siculus, *Bibliotheca historica*, Boek 17, hoofdstuk 117

De Griekse wereld in 334 v. Chr.

ZWARTE ZEE

ILLYRIE

MACEDONIË

THRACIË

ZEE VAN MARMARA

• Pella

THASOS
SAMOTHRAKE
Sestos Lampsakos
Elaious   Zeleia Granikos • Daskylion
Troje Abydos
NOORD-PHRYGIË

THESSALIË

EGEÏSCHE ZEE

TROAS

KLEIN-AZIË

Chaironeia •

LESBOS

Delphi
        Thebe •
                EUBOIA

CHIOS

• Sardes

Olympia
        Korinthe
        Argos •

SAMOS

• Ephese

Sparta

RHODOS

MIDDELLANDSE ZEE

KRETA

N

Historische personages
die in de tekst worden genoemd

HET HUIS VAN MACEDONIË

PHILIPPUS, koning van Macedonië tot hij werd vermoord in 336 v. Chr. Vader van Alexander.

OLYMPIAS VAN DE MOLOSSEN, prinses uit Epeiros. Philippus' koningin, moeder van Alexander. Co-regent van Macedonië tijdens Alexanders verovering van Perzië.

ALEXANDER, zoon van Philippus en Olympias.

EURYDIKE, de vrouw van Philippus na zijn scheiding van Olympias. Ze was het nichtje van Philippus' favoriete generaal Attalos. Eurydike, haar pasgeboren zoontje en Attalos werden ter dood gebracht na de dood van Philippus.

ARRIDHAIOS, zoon van Philippus en een van zijn concubines, vergiftigd door Olympias. Hij overleefde het, maar had de rest van zijn leven een hersenbeschadiging.

HET HOF VAN MACEDONIË

KLEITOS DE ZWARTE, broer van Alexanders min. Persoonlijke lijfwacht van Alexander.

HEPHAISTION, boezemvriend van Alexander.

ARISTANDROS, hofwaarzegger, adviseur van Alexander.

ARISTOTELES, Alexanders leraar op de Academie van Miëza. Griekse filosoof.

SOKRATES, Atheense filosoof. Schuldig bevonden aan 'goddeloosheid' en gedwongen de gifbeker te drinken.

PAUSANIAS, moordenaar van Philippus van Macedonië.

Alexanders generaals

Parmenion, Ptolemaios, Seleukos, Amyntas, Antipatros (als co-regent in Macedonië achtergebleven), Nearchos.

Het Perzische hof

Darius III, de koning der koningen

Arsites, satraap van Phrygië. Perzische opperbevelhebber bij de slag aan de Granikos.

Mithridates en Niphrates, Perzische bevelhebbers.

Memnon van Rhodos, Griekse huurling in dienst van Perzië, een van de weinige generaals die ooit Macedonische troepen heeft verslagen.

Cyrus en Xerxes, eerdere grote koningen van Perzië.

De schrijvers

Aischylos, Aristophanes, Euripides en Sophokles zijn Griekse toneelschrijvers.

Homeros, vermeende auteur van de twee grote dichtwerken de *Ilias* en de *Odyssea*.

Demosthenes, Atheense demagoog, fervent tegenstander van Alexander.

Hippokrates van Kos, Griekse arts en schrijver, wordt beschouwd als de vader van de geneeskunde.

De Griekse mythologie

Zeus, de oppergod.

Hera, zijn echtgenote.

Apollo, de god van het licht.

Artemis, de godin van de jacht.

Athene, de godin van de oorlog.

Herakles, Griekse halfgod. Een van Alexanders vermeende voorvaderen.

Asklepios, een halfgod. Een groot genezer.

Oidipous, tragische held-koning van Thebe.

Dionysos, de god van de wijn.

Enyalios, oude Macedonische oorlogsgod.

De Trojaanse oorlog

PRIAMOS, koning van Troje.

HEKTOR, zoon van Priamos. Trojes grootste generaal.

PARIS, Hektors broer die de mooie Helena ontvoerde en daarmee de Trojaanse oorlog ontketende.

AGAMEMNON, aanvoerder van de Grieken in de Trojaanse oorlog.

ACHILLES, Griekse held en krijger in Trojaanse oorlog. Doodde Hektor. Uiteindelijk werd hij zelf gedood door een pijl afgevuurd door Paris. Door Alexander als zijn directe voorouder beschouwd.

PATROKLOS, de minnaar van Achilles. Zijn dood in de Trojaanse oorlog leidde tot Achilles' moordzuchtige woede.

ODYSSEUS, koning van Ithaka. Hij vocht in de Trojaanse oorlog en zijn thuisreis werd het onderwerp van Homeros' gedicht de *Odyssea*.

AJAX, Griekse aanvoerder in de Trojaanse oorlog. Zijn verkrachting van de priesteres en profetes Kassandra leidde tot zijn eigen dood.

Opmerking van de vertaalster

Op de namen van algemeen bekende figuren na, zoals bijvoorbeeld Philippus, Alexander, Darius, Cyrus e.d. heb ik gekozen voor de Griekse namen van personen, steden en plaatsen. 334 v. Chr. was immers een Griekse wereld. Daarbij heb ik de vertaling van Lucius Flavius Arrianus door Simone Mooij-Valk als leidraad gebruikt.

Inleiding

In het jaar 336 v. Chr. stierf Philippus van Macedonië. Op het hoogtepunt van zijn macht, toen hij op het punt stond te worden gehuldigd door zijn vazalstaten, werd hij vermoord door een vroegere minnaar. Heel Griekenland en Perzië haalden opgelucht adem – dit zou immers de groeiende suprematie van Macedonië afremmen. De beschuldigende vinger voor de moord werd rechtstreeks gericht op zijn arglistige vrouw Olympias – de 'heksenkoningin' – en hun enige zoon, de jonge Alexander, die door Demosthenes van Athene werd afgedaan als een 'onbenul'. De vijanden van Macedonië waren stilletjes blij met het vooruitzicht van een burgeroorlog die Alexander en zijn moeder zou vernietigen en een einde zou maken aan elke bedreiging voor de Griekse stadstaten en het uitgebreide Perzische rijk van Darius III. Alexander sloeg deze hoop al snel de bodem in. Hij ontpopte zich als een volmaakt acteur, een geslepen politicus, een genadeloos strijder en een briljant generaal, die in twee jaar tijd alle tegenstand in eigen land de kop in drukte, de wilde stammen in het noorden weer onder zijn gezag bracht en zich liet uitroepen tot opperbevelhebber van Griekenland. Hij zou de leiding krijgen van een nieuwe veldtocht tegen Perzië – een passende straf voor de aanvallen op Griekenland van een eeuw geleden door Cyrus de Grote en zijn opvolgers.

Door de totale verwoesting van het prachtige Thebe, de stad van Oidipous, maakte Alexander duidelijk dat hij geen tegenstand duldde. Daarna keerde hij zich tegen het oosten. Hij verklaarde dat hij een Griek was die het kwaad wilde wreken dat Griekenland was aangedaan, maar eigenlijk ging het Alexander om het bevredigen van zijn veroveringszucht. Hij wilde naar de

11

rand van de wereld marcheren, bewijzen dat hij een beter man was dan Philippus, de goedkeuring van de goden winnen en bovendien de gefluisterde beweringen van zijn moeder waarmaken: dat zijn conceptie te danken was aan goddelijke interventie.

In het voorjaar van 334 v. Chr. verzamelde Alexander zijn leger bij Sestos, terwijl aan de overkant van de Hellespont door Darius III, zijn sinistere spion de edelman Mithra en zijn generaals plannen werden gesmeed voor de ondergang van deze Macedonische parvenu. Alexander was echter vastbesloten tot onvoorwaardelijke oorlog. Hij wilde zijn troepen over de Hellespont leiden, Perzië veroveren en doormarcheren tot aan de rand van de wereld...

Proloog 1
Ten paleize van koning Darius

Darius werd koning voor de dood van Philippus... maar toen
Philippus stierf, was Darius opgelucht en keek minachtend neer
op de jeugdige leeftijd van Alexander.
Diodorus Siculus, *Bibliotheca historica*, Boek 17, hoofdstuk 7

Ooit was het een eenzame vlakte, in stilte gehuld, omringd
door bergen en bedekt met bladakkers en mistige naaldbomen.
Een plek waar 's zomers de stofduivels huishielden, waar wilde
katten en wolven leefden. Cyrus de Grote had dit alles veranderd.
Het was het heiligdom van het gewijde vuur geworden, de schatkamer van de hemel, de tempel van Ahoera-Mazda, de god van
het licht, de heer van de verborgen vlam, van de zonneschijf, het
alziend oog, dat omhoog werd gedragen op de vleugels van adelaars. Persepolis, de woonplaats van Darius III – de vertegen-
woordiger van deze god op aarde, de koning der koningen, de
opperste heerser, de beschikker over leven en dood. Persepolis,
een stad die als het ware het middelpunt vormde van een reusachtig wiel, het hart van het rijk, lag op kunstmatige, goed geïrri-
geerde terrassen. De met modder bestreken muren van de paleizen rezen wel twintig meter hoog op en waren geglazuurd met
goud. De portieken en ingangen pronkten met marmeren zuilen
en kostbare houtsoorten, die daken van cederhout uit de Libanon
ondersteunden.

In het centrum van het koninklijk paleis, omringd door drie
enorme muren en versterkt door met bronzen platen bedekte
poorten, geflankeerd door vlaggenmasten, lag het Apanda, het
huis van verering binnen een zuilenhal. Dit heiligste der heiligen
werd bewaakt door de onsterfelijken, de persoonlijke lijfwachten
van de koning der koningen, in hun met brons beslagen kurassen
boven krijgsrokken van rode stof en gestreepte scheenplaten. Op
hun hoofden prijkten zachte mutsen met dikke wangkleppen, die
de dragers om hun mond en neus konden wikkelen om zich
tegen het stof te beschermen wanneer ze met de grote koning op

campagne waren. De onsterfelijken stonden zwijgend opgesteld in de portieken, langs de met zuilen afgezette wandelgangen, op de binnenplaatsen en in de tuinen. Onbeweeglijk als standbeelden, droegen zij hun uitrusting van ronde schilden en lange speren met als tegenwicht een gouden appel aan de voet, wat hun de bijnaam 'koninklijke appeldragers' bezorgde.

De schemering was gevallen. Het Perzische hof, met zijn ambtenaren en hovelingen, de koninklijke waaierdrager en vliegenverjager, de Meden en magiërs, wist heel goed dat vanavond de opperste heerser zijn gezicht zou vertonen. Hij had een audiëntie toegezegd aan zijn gunsteling, de overgelopen Griekse generaal Memnon van Rhodos. Ze hadden er de hele dag over gefluisterd. Ze hadden elkaar in de kamers van het paleis opgezocht om het nieuws te proeven. Anderen, die zich sterk bewust waren van het leger spionnen van hun meester, ontmoetten elkaar in de zoetgeurende bosschages van de weelderige paradijzen, de elegante tuinen waarin elke denkbare bloem en struik uit het rijk gedijde in vruchtbare zwarte aarde, speciaal geïmporteerd uit Kanaän. Al deze fluisteraars waren het over één ding eens: De koning der koningen had problemen. Er was een donkere schaduw geworpen aan de rand van zijn rijk. Het nieuws was op ieders lippen: Alexander van Macedonië was in aantocht! Alexander, zoon van Philippus de tiran en Olympias de heksenkoningin. Alexander, die door Demosthenes van Athene was afgedaan als een 'melkmuil', niet meer dan een 'onbenul'. Het leek echter wel alsof Alexander door alle krachten van de onderwereld werd gesteund. Hij had zich een weg naar de top bevochten, samenzweerders verpletterd, opstandelingen gekruisigd en zijn macht gevestigd over de wilde stammen die Darius met zoveel geld had omgekocht om de grenzen van Macedonië te teisteren. Nu hadden deze zelfde barbaren hun hoofd gebogen, Alexander van Macedonië voor lief genomen en hem dure eden van trouw gezworen. Iedereen dacht dat hij was omgekomen in de sombere, ijskoude wouden van het noorden, maar hij was teruggekeerd als een hongerige wolf en had zijn vijanden verscheurd. Het verzet in Athene was onderdrukt. De leidende burgers van de stad, die door de koning der koningen waren gesteund met gouden dareiken, hadden zich verborgen in de woestijn of hielden zich als geslagen honden schuil in de dorpen. Overal waar ze maar een toevlucht konden vinden. En het prachtige Thebe, de stad van Oidipous, was niets meer dan een ruïne, een lugubere plek waar aaseters rondzwierven en dichte zwermen zwarte vliegen rond de onbegraven lijken zoemden.

Nu had Alexander van Macedonië zijn blik naar het oosten gericht. Als opperbevelhebber van Griekenland had hij heilige eden gezworen te vuur en te zwaard eeuwig oorlog te zullen voeren tegen de koning der koningen, zowel te land als ter zee. Er waren al spionnen aan komen galopperen. Alexander had Pella verlaten. Alexander marcheerde naar het oosten. Alexander stond aan de Hellespont en staarde begerig over het blauwe, snelstromende water naar de rijkdommen van Persepolis. Sommigen beweerden dat hij oprukte aan het hoofd van een groot leger. Verstandiger mensen zeiden dat het maar om 30.000 of 40.000 man ging en dat de grote koning der koningen zo'n troep gepeupel toch wel de baas kon. In elk geval was Darius' rust verstoord. Hij had geprobeerd Macedonië op een afstand te houden met behulp van goud, maar nu snuffelde de wolf aan zijn deur. Darius had Memnon van Rhodos laten komen, onder het motto dat je een wolf met een wolf moet bestrijden. Memnon had als gijzelaar aan het Macedonische hof verkeerd. Hij had de karakters van Philippus en zijn zoon bestudeerd. Hij had gezien hoe de infanteristen van de Macedonische falanx met hun korte schilden en lange pieken het ene Griekse leger na het andere in de pan hakten. Uiteindelijk was Memnon ontsnapt uit Macedonië en nu had hij de belangstelling van de koning der koningen. Memnon wist alles van dergelijke wolven. Hij had dapper gevochten tegen Parmenion, de ervaren Macedonische generaal die over de Hellespont was gestuurd om een bruggenhoofd te vestigen.

Nu hij op deze specifieke avond wachtte in het voorvertrek aan de voet van de trap die naar het Apanda leidde, voelde Memnon zich echter niet zo erg begunstigd. Hij stond daar met zijn stomme dienaar Diokles en zijn ruiterijaanvoerder Lysias en tikte ongeduldig met zijn in sandaal gestoken voet tegen de grond. De verstikkend hete ruimte, bewaakt door de 'appeldragers' was vol hovelingen en dienaren – Meden, geen Perzen, met bont versierde jassen en broeken, gezichten bedekt met cosmetica en oren voorzien van glinsterende oorringen. Ze werden aangestoken door de onrust van de barbaar en liepen gejaagd heen en weer, waarbij hun hooggehakte laarzen een tikkend geluid op de vloer maakten. Af en toe bleven ze staan en gluurden tersluiks naar Memnon. Ze hielden niet van Grieken, wie het ook waren, en vooral niet van Memnon, met zijn kale schedel die glom van de olie, zijn verweerde, verbrande gezicht, zijn stompe, enigszins scheve neus, zijn bloedeloze lippen en zijn rusteloze, wrede ogen.

'Vertrouw nooit een Griek,' luidde het Perzische spreekwoord. Uitzonderingen waren er niet!

'Hoe lang nog?' vroeg Memnon in het Grieks. Hij had een krassende stem. De zangvogels in hun gouden kooien die met zilveren koorden aan de cederhouten dakbalken waren opgehangen, schrokken ervan.

'Heb geduld, heer.'

Memnons metgezel, de Perzische prins Arsites, satraap van westelijk Phrygië, glimlachte tactvol, boog zich voorover en bedekte zijn mond met zijn hand alsof hij zijn met olie doortrokken snor en baard wilde krabben. Als het aan Arsites lag, werden Memnon, die onnozel uitziende Diokles en de onbetrouwbaar ogende Lysias in de krokodillenvijver gesmeten. Memnon stond echter in hoog aanzien. Bij zijn aankomst was hem de vorige avond grote eer bewezen. Hij was onder geleide door de schaduwrijke, van parfum doortrokken ruimtes van Darius' harem gevoerd, uitgeroepen tot 'vriend van de koning der koningen' en plechtig begroet door de vrouwen van Darius in hun gewaden van zijde en andere kostbare stoffen, bont als vuurvliegjes, en glinsterend van de waardevolle juwelen om hun halzen, enkels en polsen. Ze hadden schalen in hun zakken met goud en kostbaarheden gedompeld en de kist gevuld die door een eunuch naast Memnon werd meegedragen. Deze kist moest de Griek aanvaarden als teken van vriendschap en genegenheid van de koning. Bovendien had Memnon de keizerlijke schatkamer mogen zien, het rode huis, met zijn muren en plafonds van bloedrode steen, waar vele tienduizenden gouden talenten waren opgeslagen in kisten, koffers en manden.

Arsites wendde zijn vaalgele gezicht af en bette met een elegant gebaar een zweetdruppel boven de stijve boord van zijn jas. Ja, Darius was buitengewoon grootmoedig geweest. De satraap speelde met de gouden ketting om zijn hals. Hij liep naar de muur, alsof hij geïnteresseerd was in een reliëf van een Medische hoveling die aan een lotusbloem rook. Arsites dacht aan de woorden van Darius: 'Toon Memnon mijn welwillendheid. Toon Memnon mijn macht en toon Memnon vooral mijn gruwelijkheid.' Arsites boog zijn hoofd. Hij had zijn plicht gedaan. Hij had Memnon meegenomen naar de paradijzen met hun fonteinen en hun koele grotten om te genieten van de verkwikkende schaduw van de tamarinden, de platanen en de terpentijnbomen en van de zoete geur van de granaatappel-, appel- en kersenboomgaarden. Plotseling, zonder enige waarschuwing, waren ze de tuin binnengelopen die net onder het Apanda lag – een lang grasveld, dat niet was afgezet met bloemen of kruiden, maar met een rij kruisen waarop Darius degenen liet kruisigen die zijn ongenoegen hadden gewekt. In dit geval ging het om een eenheid cavaleristen die zich schuldig hadden gemaakt aan lafheid en verraad. Ze waren stuk voor stuk ontkleed, gecastreerd en gekruisigd aan de hoge houten palen. Sommigen stierven snel, maar bij anderen duurde het dagen. Oh zeker, Memnon had de gruwelijkheid van de koning gezien.

Arsites liep naar het raam. In de tuinen beneden waren lantarens en lampen aangestoken. Hij genoot van de bloemengeur die door de avondbries werd meegevoerd, maar in zijn hart was hij soldaat. Al zijn zintuigen waren gespannen en zo ving hij het op, de weeë geur van bloed en het lage gekreun van de slachtoffers die nog leefden.

'Zal de grote koning naar mijn plan luisteren?'

Arsites zuchtte, wierp een snelle blik op een van de hovelingen en schudde licht zijn hoofd, als stille waarschuwing Memnon niet te berispen voor deze woorden. De man van Rhodos was ten slotte een barbaar. Hij kende het protocol en de etiquette aan het hof van de goddelijke koning niet. Hij wist niet dat er stilte moest heersen om hart en ziel voor te bereiden op de grote gunst die hun weldra zou worden bewezen.

'Ik weet niet wat er in de geest van mijn heer omgaat,' antwoordde Arsites terwijl hij terugliep. 'Maar wanneer hij zijn hart voor ons opent, zul je zijn wijsheid ervaren.' Arsites' blik gleed naar Lysias. 'En zijn gerechtigheid!'

Memnon begon zich enigszins ongemakkelijk te voelen. Hij had campagne gevoerd, troepen bijeengebracht, huursoldaten aangeworven en met succes duizenden hoplieten onder de wapenen. Veteranen van vele oorlogen, een goed getraind leger, maar toch leek er iets mis. Kon hij maar handelen naar eigen goeddunken, maar overal waar hij ging, werd hij gevolgd door de spionnen van de koning der koningen. Volgens geruchten en roddels die Memnon ter ore waren gekomen, zouden Perzische officieren geheime spionnen hebben in het Griekse kamp. Memnon weigerde dit te geloven, maar nu hij in deze halfduistere ruimte wachtte, omringd door zwijgende bewakers en sluwe hovelingen, vroeg hij zich af of er toch niet iets mis was. Memnon wist dat hij niet geliefd was. Hij stond om twee redenen bij Darius in de gunst. In de eerste plaats had hij zijn loyaliteit bewezen en in de tweede plaats had hij de Macedoniërs al eens verslagen. Toch was die Darius een demon! Wispelturig en af en toe buitensporig wreed had hij zich een weg naar de troon bevochten. Hij had zijn rivalen verpletterd om zich vervolgens te keren tegen degenen die hem hadden geholpen. Neuzen werden afgesneden, ogen uitgestoken, handen en voeten afgehakt. Darius had hen niet allemaal vermoord. Een aantal van zijn slachtoffers liet hij als lugubere spoken door het paleis zwerven. Een waarschuwing voor iedereen die hem zijn gouden troon afhandig wilde maken. Darius kon vriendelijk en welwillend zijn, zelfs overdreven edelmoedig, maar om zijn enorme rijk onder de duim te houden, veroorloofde hij zich onverwachte uitbraken van terreur, als bliksem in een zomerlucht. Mogen de goden iedereen bijstaan tot wiens ondergang Darius had besloten!

'Hij wacht!'

De stem van een hoveling weerklonk door het vertrek. Memnon haalde diep adem en veegde zijn bezwete handen af aan zijn witte gewaad – de voorgeschreven kleding bij dergelijke gelegenheden. Arsites liep voor hem uit en de hovelingen volgden hem. De onsterfelijken draaiden zich om tot een zwijgende rij aan weerskanten van de steile traptreden naar de audiëntiehal. Memnon voelde zich alsof hij de Olympos beklom, de heilige berg, de weg naar het hof van de goden. Honderden tegen de muur bevestigde fakkels dansten sputterend in de tocht en brachten de indrukwekkende friezen op de muren tot leven. De schilderingen stelden Darius en zijn voorvaderen voor in zegevierende gevechten tegen buitenlandse vijanden – zelfs tegen demonen uit de onderwereld, met name de leeuwenkoppige griffioen en de woeste sfinx. Memnon struikelde even en vloekte binnensmonds. Hij rook de lotusbloemen die over de heilige traptreden waren gestrooid. Hij wierp een blik naar links. Diokles' gezicht glinsterde van het zweet en de stomme keek snel naar zijn meester met de schichtige blik van een opgejaagde gazelle. Memnon dwong zich tot een glimlach. Hij had twee grote liefdes: zijn vrouw Barsine en deze dienaar die zijn leven voor hem zou geven. Memnon stak zijn hand uit en raakte eventjes licht de pols van Diokles aan, een teken om kalm te blijven. Lysias liep met gebogen hoofd aan zijn rechterkant en liet geen emotie blijken, behalve door af en toe zijn goedverzorgde witte baard te krabben of heimelijk de zweetdruppels van zijn voorhoofd te vegen.

'Er wacht ons grote eer,' fluisterde Memnon. 'Toon geen angst!'

Ze bereikten het einde van de trap. De met bronzen platen beslagen deuren zwaaiden open èn Memnon betrad de stralend verlichte audiëntiehal. Hij herinnerde zich het protocol. Op de marmeren vloer lag een breed, bloedrood tapijt dat van de deuropening doorliep tot de vuurplaats, waar de heilige vlam brandde op een met houtblokken ondersteunde verhoging. Dit was het heilige vuur van Ahoera-Mazda, de god van de Perzen. Het werd door priesters gedurende het hele leven van de koning onafgebroken brandend gehouden. Het zou pas doven wanneer de koning stierf. Het tapijt was heilig en mocht alleen worden betreden door Darius zelf. Memnon en zijn metgezellen knielden ernaast. Verderop, achter het heilige vuur, onder een zilver-met-rode banier waarop de adelaarsvleugels en de zonneschijf waren afgebeeld, zat Darius op zijn gouden troon. Hij dronk speciaal voor hem gekookt water, at gerstekoekjes en nam kleine slokjes wijn uit een gouden, eivormige beker, gadegeslagen door ambtenaren en familieleden. Het koninklijke gedeelte was afgeschermd met een dichte witte sluier. Daarvoor stonden drie rijen onsterfelijken in schitterende wapenrusting. Memnon wachtte. De lucht werd gezoet door de geur uit honderden bloemenmanden langs de muren. Uit een van de aangrenzende gangen klonken zachte melodieën van hofmuzikanten.

'Buig!' donderde de stem van een hoveling. 'Zie nu Darius, koning der koningen, opperste heerser, de uitverkorene van Ahoera-Mazda, de beschikker over leven en dood!'

Memnon keek op. De onsterfelijken waren verdwenen. De witgazen sluier was weggetrokken. Darius zat op zijn gouden troon. Hij hield in zijn ene hand de witte scepter als teken van zijn ambt en in de andere een met juwelen bezette vliegenkwast. Zijn zilver-met-purperen gewaden waren bedekt door een zware, met goud geborduurde mantel. Om zijn enkels en hals glinsterden juwelen die de gloed van het heilige vuur weerkaatsten. Op zijn hoofd droeg de koning een purperen hoge hoed zonder rand, en zijn voeten op het zilveren voetenbankje waren in zachte sandalen van purperkleurig satijn gestoken.

'Bewijs de koning eer!' beval de hoveling achter Memnon.

Memnon boog het hoofd. Langzaam verstreek de tijd. De muziek hield op en hij hoorde het zachte geluid van slippers. Uit het paradijs beneden klonk een kreet van vertwijfeling, alsof er een dier was gestrikt in het struikgewas.

'Naderbij nu!'

Memnon zuchtte en stond op. Darius had de formaliteiten opzij gezet en de witte scepter en de vliegenkwast weggelegd. De met goud geborduurde mantel was verwijderd. Hij zat nu op divankussens vlak achter de heilige vlam. Voorafgegaan door Arsites liepen Memnon en zijn twee metgezellen naar de koning. Ze bogen eerbiedig en gingen op de hun aangewezen kussens zitten. Een tafeltje scheidde hen van de koning. Er stonden drie bekers wijn op en schalen met fruit en reepjes geroosterde gans. Memnons keel was kurkdroog, maar volgens de hofetiquette mocht hij niet eten of drinken tot Darius het sein gaf. De hal leek leeg, de onsterfelijken hadden zich teruggetrokken in de schaduwen van de raamnissen en de lange gangen, klaar om in actie te komen bij het geringste teken van gevaar voor hun meester.

'Mijn vriend, je mag mijn gezicht aanschouwen.' De stem van Darius klonk diep en hees.

Memnon keek hem aan. Darius leek rustig. Zijn zwarte, gekrulde haar, snor en baard waren doordrenkt van het meest exquise parfum. Zijn olijfkleurige gezicht glansde van de olie. Memnon slaakte een zucht van opluchting. Soms waren Darius' ogen smalle spleten van zwart obsidiaan, maar nu plooiden ze zich in een blik van welkom.

'Mijn havik, mijn valk, mijn leeuw van Rhodos!' zei Darius glimlachend. 'Mijn hovelingen mogen je niet, Memnon, maar ik houd van je als van een broer.' Zijn glimlach werd breder. Dit was de Griek die zijn rijk zou verdedigen, die de Macedonische barbaren zou verdrijven.

'Waarom ben ik hier, heer?' vroeg Memnon in de taal van de ander.

'Om mijn gezicht te aanschouwen. Om te zien wat er in de wereld te koop is. Om mijn eerbewijzen te ontvangen.' Darius pauzeerde even. 'En mijn gerechtigheid.'

Memnons adem stokte. Darius stak zijn hand op.

'Hij komt dus.' Zijn blik hield die van Memnon gevangen. 'Alexander van Macedonië zal de Hellespont oversteken. Hoeveel manschappen brengt hij mee?'

'Sommigen beweren dat het er slechts dertigduizend zijn, anderen houden het op veertigduizend.'

Darius keek naar Arsites.

'Je zou hem als een vlieg kunnen verpletteren.'

'Heer, ik heb de Macedonische falanx gezien,' onderbrak Memnon hem. 'Stel u een bewegende muur voor, in blok- of in wigvorm. Met hun schilden vormen zij een aaneengesloten schare, die de lange sarissa's richt.'

'Wij hebben een ruiterij,' zei Arsites.

'Die zal zich stuklopen op de Macedonische pieken,' antwoordde Memnon.

'Waarom?' Darius pakte een druif en hield hem tussen zijn wijsvinger en duim. 'Waarom kunnen we zo'n miezerige legermacht niet verpletteren en verslinden?'

Memnon sloot zijn ogen. Hij dacht aan de Macedoniërs. Taai, hard, een bewegende muur des doods, gericht op het centrum van het vijandelijke leger, terwijl hun drieste ruiterij de flanken bestookte als vuur dat uit de hemel kwam vallen.

Hij opende zijn ogen weer. 'Heer, u moet het hebben gezien om het te geloven. De kracht en de slimheid die ze bezitten, hun woeste razernij. Aantallen zeggen hier weinig, maar sluwheid en snelheid, kracht en moed des te meer. Alexander wil onvoorwaardelijk oorlog. Hebt u de geruchten gehoord, heer?'

Darius schudde zijn hoofd.

'Alexander heeft geldgebrek. Hij heeft al zijn land weggegeven. Een van zijn generaals vroeg hem wat hij over had en kreeg als antwoord: "Mijn dromen."' Memnon kon een glimlach niet onderdrukken om de moed van zijn jonge, toekomstige tegenstander.

'En toen?' vroeg Darius zachtjes.

'"Maar wat brengt de toekomst?" vroeg dezelfde generaal. "Mijn hoop," antwoordde Alexander.'

'Hoe oud is hij?'

Memnon spreidde zijn handen uit. 'Twintig, eenentwintig zomers.'

'En hoe ziet hij eruit, deze Macedonische mug die mijn rijk wil steken?'

Memnon putte uit zijn eigen herinneringen en de informatie van zijn spionnen. 'Een kleine man die groot lijkt,' antwoordde hij langzaam. 'Alexander is gedrongen en heeft het lichaam van een atleet. Hij hinkt een beetje.'

'En zijn haar?'

Memnon klopte op zijn kale hoofd en grijnsde. 'Sommige mensen noemen het blond, de kleur van tarwe, gekruld en kortgesneden in zijn nek en op zijn voorhoofd. Vleiers beweren dat hij een gouden huid heeft. Zijn teint is rozig, zijn gezicht is aantrekkelijk en goed geproportioneerd. Hij heeft niet de stompe neus van zijn vader Philippus, maar wel zijn lachende mond.'

'En zijn ogen?'

Memnon staarde Darius aan. 'Iedereen heeft het altijd over zijn ogen, omdat ze verschillend van kleur zijn. Een oog is blauw, het andere bruin. Alexander heeft alle eigenschappen van een acteur: een stralende oogopslag, meisjesachtig zegt men, vriendelijk, licht spottend, maar zo nodig hard als ijzer, ongenaakbaar als het koudste marmer. Hij heeft de neiging' – Memnon imiteerde het gebaar – 'het hoofd gebogen te houden, zodat zijn kin bijna zijn borst raakt. Soms houdt hij het hoofd enigszins scheef. Wanneer hij tegen je praat, behandelt Alexander je alsof jij alleen telt op de wereld.'

'Opmerkelijk,' mompelde Darius. 'En welke kwaliteiten heeft deze zogenaamde melkmuil nog meer?'

'Hij is edelmoedig, dapper, een voortreffelijk ruiter. Hij heeft overal belangstelling voor, of het nu planten zijn...'

'Of de geschriften van Aristoteles?'

'Aristoteles was zijn leraar,' beaamde Memnon. 'Alexander en zijn kameraden werden opgevoed door de Atheense dandy in de Academie van Miëza.'

'Ah!' Darius schommelde naar voren en naar achteren op zijn kussens met een afwezige blik in zijn ogen. 'Hoe maakt vrouwe Barsine het?'

'Zo betoverend als de nacht, heer.'

Memnon kreeg kippenvel. Darius had hem nog steeds niet uitgenodigd iets te eten of te drinken. Arsites maakte een gespannen indruk. Hij zat met gebogen hoofd en streek onafgebroken over zijn van olie verzadigde baard alsof hij intensief luisterde, of werd afgeleid door iets anders.

'En als generaal? Hoe is deze Alexander als generaal?' De stem van Darius werd scherp.

'Hij heeft huursoldaten, Thessalische lichte cavalerie, maar vergeleken met zijn eigen troepen is dat slechts kaf in de wind.'

Memnon zelf werd nu ook afgeleid. Voor zijn geestesoog liet hij de massale gelederen van de Macedonische falanx passeren: de lange pieken – de sarissa's – die neerstaken. Hij hoorde de zware tred van in sandalen gestoken voeten, het zegevierende strijdlied, het donderende geluid van de cavalerie.

'Als zij het kaf zijn, wat is dan het koren?' meesmuilde Darius.

'Dat is meer wat u oogst,' fluisterde Memnon. 'Een bewegend korenveld, heer, met aren van hout en genadeloos metaal. Kunt u het zich voorstellen?' Memnon stak zijn hand omhoog. 'Ze vallen hun tegenstanders aan in de flank of zelfs frontaal. De sarissa is ruim vijf meter lang. Daarmee stoten ze toe voordat de vijand zelfs maar met de strijd is begonnen.'

'We zouden boogschutters kunnen inzetten,' viel Arsites in.

'De falanx beweegt zich te snel, ze kunnen een beschermende muur van schilden vormen.'

'We zouden een tegenaanval kunnen doen,' verklaarde Arsites.

Vanuit het paradijs beneden klonk het gezang van een nachtegaal. De heldere klanken vielen uit de toon in deze angstaanjagende hal met zijn stille, broeierige dreiging.

'De falangisten van Macedonië zijn tot krijgslieden geboren en grootgebracht,' verklaarde Memnon. 'Het is niet alleen de kracht van hun arm, maar ook hun snelheid, hun moed en hun zelfvertrouwen.'

'Maak me hun tactiek duidelijk.' Darius gebaarde naar smalle wierookstaafjes op het lage tafeltje.

Memnon legde de staafjes uit. 'Dit is de vijand, heer.' Hij glimlachte verontschuldigend. 'Of moet ik zeggen onze Macedonische tegenstander? De infanterie in het midden, de cavalerie op de vleugels, ja? Het Macedonische gevaar is drievoudig. In de eerste plaats de cavalerie, aangevoerd door Alexander zelf. Zijn basis is de rechtervleugel. In de tweede plaats het voetvolk in het midden, in twee secties verdeeld: de schilddragers en de lichte infanterie, zeer snel, maar dodelijk...'

'En in de derde plaats de falangisten?' onderbrak Darius hem.

'Alexanders strategie is gebaseerd op snelheid en beweeglijkheid,' vervolgde Memnon. 'Hij zal zijn aanval concentreren op de vijandelijke vleugel die zich opmaakt om hem tegemoet te treden. De brigades rukken op, de vijandelijke linie valt uiteen, dan is het simpelweg een kwestie van omsingelen en afmaken.'

'Ah!' zuchtte Darius. 'Dus hij verbreekt de gelederen, hij omsingelt en maakt af?'

Memnon knikte. 'Dat vraagt wilskracht, vastberadenheid en strakke controle. Dat is steeds opnieuw succesvol gebleken.'

'Wat is dan nu je advies?' vroeg Darius.

Memnon haalde diep adem. 'Ga nooit een directe confrontatie met hem aan.'

'Wat?'

De uitroep van Arsites klonk gelijktijdig met die van Darius. Vanuit zijn ooghoek zag Memnon de schaduwen in beweging komen, maar Darius stak zijn hand op en maakte een subtiel gebaar.

'Laat hem optrekken,' drong Memnon aan. 'Verbrand de akkers, de oogsten, de steden. Lok hem dieper en dieper de doolhof in. Wacht tot hij honger en dorst heeft, tot zijn troepen gedemoraliseerd zijn.'

'Dus je wilt dat we onze oogsten verbranden?' riep Arsites hartstochtelijk.

'Nee, nee, luister.' Darius stak een hand omhoog. 'Deze Macedonische onbenul, zoals Demosthenes hem noemt...'

'Demosthenes mag dan een groot redenaar zijn, heer, maar elke keer dat hij de Macedoniër in de strijd heeft ontmoet, is hij op de loop gegaan.'

'Ik weet het.' Darius pakte een druif, stak de vrucht in zijn mond en kauwde langzaam. 'Je hebt het over de sterke kant van Alexander gehad. Wat zijn zijn zwakke punten?'

'Hij zal Macedonië en Griekenland moeten achterlaten onder het co-regentschap van zijn moeder Olympias...' begon Memnon.

'Ah, die teef met de woeste ogen!' riep Darius uit.

'... en de oude generaal Antipatros.'

'Maar die twee haten elkaar!' schreeuwde Arsites.

'Precies!' antwoordde Memnon kortaf.

Darius bracht zijn hand naar zijn gezicht en grinnikte. 'Hoe meer ik hoor over deze Alexander, hoe sympathieker ik hem vind. Dus Antipatros en Olympias zullen elkaar in de gaten houden.' Zijn gezicht werd ernstig. 'En welke andere zwakke punten heeft hij?'

'Hij zal een gedeelte van zijn troepen thuis moeten laten,' vervolgde Memnon haastig. 'Wanneer hij de Hellespont oversteekt, is Alexander afgesneden van thuis. Zijn schatkist is leeg en Griekenland kolkt van rancune. In naam is Alexander opperbevelhebber, maar Athene koestert een diepe wrok tegen hem. Niemand heeft de verwoesting van Thebe vergeten. Griekenland heeft twee ogen. Het ene, Athene, is verduisterd. Het andere, Thebe, is voor altijd uitgedoofd.'

Darius zoog op zijn tanden en luisterde aandachtig.

'Dus Alexander zal moeten leven van het land waar hij doorheen trekt?' vroeg Arsites.

Memnon begon zich zekerder te voelen toen hij de berekenende blik in Darius' ogen zag. De koning der koningen begreep zijn strategie.

'Heeft deze man nog een zwak?' vroeg Darius.

'De reputatie van een bloeddorstige tiran. Dertigduizend Thebanen werden als slaven verkocht...'

'Nee!' snauwde Darius. 'Zijn zwak als man.'

Memnon wendde zijn blik af. Hij zou verraderlijkheid kunnen noemen, maar dat was in Macedonië net zo algemeen als in Athene of in Persepolis.

'Hij heeft er twee,' antwoordde Memnon ten slotte langzaam. 'In de eerste plaats voor zijn ouders. Die haatten elkaar. Alexander heeft zelf wel eens gezegd dat zijn moeder voortdurend hoge rente verlangt voor de negen maanden die hij in haar baarmoeder heeft doorgebracht. Olympias beschouwt zichzelf als een mystica. Ze placht Philippus regelmatig te tergen met het verhaal dat Alexander was verwekt door een god. Men zegt dat Philippus haar persoonlijk bespiedde tijdens bepaalde mysterieuze rituelen.'

'En zo heeft hij zijn oog verloren. Ik ken het verhaal,' zei Darius vol leedvermaak.

'Philippus en Olympias haatten elkaar op den duur,' vervolgde Memnon. 'Hij scheidde zelfs van haar en trouwde met het nichtje van een van zijn generaals. Tijdens het huwelijksbanket bracht deze generaal, Attalos geheten, een toost uit: "Eindelijk zal Macedonië een wettige troonopvolger hebben, een echte Macedoniër." Alexander verdedigde Olympias en vervloekte de man onomwonden. Philippus, zoals gewoonlijk dronken, probeerde zijn zoon aan te vallen. Hij trok zijn dolk, sprong op van zijn zetel, maar zakte op de grond in elkaar. "Kijk," spotte Alexander, "hier is een man die van Europa naar Azië wil oversteken, maar nog niet de kracht en het vermogen heeft om van de ene rustbank naar de andere te lopen..."'

'En toen?' vroeg Darius.

'Alexander ging in ballingschap, maar keerde later weer

terug. De nieuwe vrouw van Philippus schonk het leven aan een zoon.'

'En Philippus werd vermoord?'

'Ja, hij trad op als gastheer bij een groot festival, een bijeenkomst van alle Griekse staten, toen Pausanias, een vroegere minnaar van hem die was verkracht door een aantal van Philippus' vrienden, toesnelde en een gevleugelde Keltische dolk in zijn hart dreef.'

'En werd deze Pausanias gedood?'

'Hij probeerde weg te rennen, maar struikelde over een druivenrank. Philippus' lijfwachten vermoordden hem. Zijn lijk werd gekruisigd.'

'En de werkelijke moordenaar?' vroeg Arsites.

'Er doen talloze geruchten de ronde dat Olympias de drijvende kracht achter Pausanias was. Er wordt zelfs gefluisterd dat Alexander ook van het complot wist.'

'Maar hij betuigde zijn onschuld?' vroeg Darius.

'Natuurlijk, heer. Olympias zette echter een krans op het hoofd van de gekruisigde Pausanias, verbrandde zijn lijk en strooide zijn as uit over het graf van Philippus.'

'En was Philippus niet gewaarschuwd voor dit complot?'

'Hij ontving een raadselachtige waarschuwing van het orakel in Delphi.' Memnon bewoog zich onrustig.

'De stier is bereid voor het offer!' riep Darius luid. 'Alles is klaar. De moordenaar wacht!'

'Ja, heer. Philippus dacht dat u de stier was.'

Darius lachte diep in zijn keel. 'Ga door, Memnon.'

'Alexander is in verwarring gebracht. Hij houdt van Olympias. Hij beweert dat één traan van haar meer waard is dan duizend brieven, maar toch voelt hij ook afschuw voor haar. Ze gooide Philippus' pasgeboren zoontje op een gloeiend houtskoolvuur en dwong de moeder toe te kijken, zodat de jonge vrouw zich uit wanhoop ophing. Olympias heeft Alexanders geest vervuld met twijfel over wie zijn vader is, en de vraag of hij de zoon van een god is. Ze herinnert hem er voortdurend aan dat Achilles een van zijn voorouders is.'

'Ach ja,' onderbrak Arsites hem. 'Ik heb gehoord dat Alexander een exemplaar van de *Ilias* van Homeros naast zijn dolk onder zijn kussen bewaart.'

'Zijn favoriete regel is: "Achilles geboren uit een onsterfelijke moeder,"' viel Memnon hem bij met een citaat uit de *Ilias*. 'Hij beschouwt zichzelf als de reïncarnatie van Griekenlands grootste held.'

'Je noemde toch nog een tweede zwak?' drong Darius aan.

'Door toedoen van zijn ouders wordt Alexander verscheurd tussen diepgaand bijgeloof en een bijna onbevredigbare behoefte zich te meten met de goden, te bewijzen dat hij hun gelijke is,' antwoordde Memnon, die de spottende toon van de koning wel had opgemerkt.

'Houdt hij van goud?'

'Hij geeft het weg alsof het zand van de zeekust is.'

'En van vrouwen?'

'Hij respecteert hen.'

'Mijn spionnen beweren dat hij een minnaar heeft, Hephaistion,' viel Darius in.

Memnon stond op het punt dit te beamen, toen hij zich het oude spreekwoord herinnerde: Ken je vijand naar waarheid. En er was één ding waar Memnon prat op ging – de waarheid.

'Dat is wat zijn vijanden fluisteren,' gaf hij toe, 'maar anderen zeggen dat Hephaistion een vaderfiguur voor hem is. Alexanders vertrouwde raadgever.'

'En dus? Waarom komt hij? Voor roem en glorie?' Darius leunde achterover in de kussens.

Memnon haalde zijn schouders op. 'Om te veroveren. Om zijn moeders droom dat hij de teruggekeerde Achilles is waar te maken. Om een heilige oorlog te voeren tegen het Perzische rijk van Xerxes en Cyrus, om te bewijzen dat hij een god is...'

'Of om te bewijzen dat hij een beter man is dan zijn vader,' voegde Darius er droog aan toe. 'In elk geval weten we dat hij zal komen. Maar hoe?' Hij knikte, alsof hij alleen tot zichzelf sprak.

'Zijn vloot stelt weinig voor,' antwoordde Memnon. 'Wanneer hij de Hellespont oversteekt, kunt u...'

'Nee, nee.' Darius schudde het hoofd. 'Ik wil dat hij met zijn armzalige legermacht komt, zodat ik hem tegen mijn boezem kan drukken en alle leven uit hem kan persen. Ik wil heel Griekenland laten zien wat er gebeurt. Wanneer ik Alexander heb verslagen, ga ik naar het Parthenon in Athene om de Grieken te tonen wie hun werkelijke meester is.'

'Er bestaat vergif, een moordwapen,' sprak Lysias plotseling.

Darius negeerde de onderbreking en streek met een vinger langs zijn van wijn vochtige lippen. Zijn andere hand speelde met de kwasten van een kussen. 'Ik heb verraders aan het Macedonische hof.' Darius knipte met zijn vingers. 'Ik zou Alexanders leven kunnen uitdoven als de lont van een olielamp. Maar als ik dat doe, zouden de Macedoniërs toch nog kunnen komen. Nee, nee, ik zal deze Alexander in de val laten lopen en vangen. Ik zal hem in ketenen door Persepolis voeren en dan zullen mijn kapdragers hem naar een toren der stilte brengen om weg te rotten.' Hij wees naar zijn voeten. 'Ik zal zijn lijk van hals tot kruis opensnijden, vullen met stofgoud uit mijn schatkamer en gebruiken als voetenbankje.'

De koning der koningen boog het hoofd. Ondanks de warme, geparfumeerde atmosfeer kreeg Memnon een koude rilling van angst. Darius had gekonkeld.

'U noemde een spion!' riep Memnon uit. 'Hoe is zijn naam?'

'Naihpat.' Darius legde een vinger tegen zijn lippen om hem het zwijgen op te leggen. 'Alexander zal de Hellespont oversteken,' zei de koning der koningen peinzend. 'Hij zal offers brengen in de oude stad Troje. Hij zal gidsen hebben en verder trekken langs de westkust van mijn rijk. Hij zal rondstrompelen als een man in de mist. Dan zullen we hem doden.'

'Hoe?' vroeg Memnon.

Darius zweeg. Memnon staarde verlangend naar de wijn en naar de bekers. Met een schok realiseerde hij zich wat hem had dwarsgezeten. Eten en drinken in de aanwezigheid van de grote koning was een geweldige eer. Ze waren met z'n vieren gekomen, maar er stonden slechts drie bekers – versierd met juwelen en zilveren cannelures – niet vier. Hij keek op. Darius sloeg hem met een eigenaardige blik gade. Daarop staarde de koning naar een punt achter Memnon. De Griek wist zijn harde gezicht uitdrukkingloos te houden. Hij hoorde lichte voetstappen en begreep dat de 'kapdragers' van Darius, de in zwarte gewaden gehulde moordenaars van het Perzische hof, niet ver weg waren.

'Is alles klaar?' vroeg Darius.

Memnon hoorde geen antwoord. Darius stond abrupt op. Hij greep zijn met juwelen bezette vliegenkwast en tikte ermee tegen zijn dijbeen.

'Heer, wat is er mis?' riep Arsites terwijl hij opstond.

Darius liep al weg en gebaarde met zijn vliegenkwast dat ze hem moesten volgen. Bij een raam dat uitzicht gaf op de paradijzen draaide hij zich om.

'Memnon, mijn vriend. Weet je wat een toren der stilte is?'

Memnon staarde hem aan.

'Vooruit, vertel het je kameraden!' spoorde de Perzische koning hem aan.

'Het is een traditie van het Perzische volk, sire. De doden worden naar zo'n toren gebracht en hun lijk wordt met touwen aan de balken gehangen.'

'En?' drong Darius aan. 'Wat gebeurt er dan, Memnon?'

'Ze laten het lijk vergaan, het vlees verdwijnt. Het rot weg en kan geen levend wezen bezoedelen.'

'Dus de levenden blijven onbezoedeld?' mompelde Darius.

Memnon wierp een snelle blik op het raam toen zijn aandacht werd getrokken door vage geluiden en het licht van fakkels.

'We moeten allemaal onbezoedeld blijven.' Darius liep langzaam terug. 'Ik had het over spionnen. Wist je dat ik een spion in de directe omgeving van Alexander heb, generaal Memnon?'

'De persoon die u Naihpat noemde?'

'De persoon die ik Naihpat noemde,' beaamde Darius. 'Naihpat is eigendom van Mithra, de bewaarder van mijn geheimen.'

Memnon reageerde niet. Hij wist hier iets van door geruchten en roddels, maar hij had deze Mithra nooit ontmoet. Toch vertrouwde Darius de man zo volkomen, dat men deze ongrijpbare bewaker van de koninklijke geheimen wel 'de schaduw van de koning' noemde.

'En wist je, mijn vriend Memnon, dat Alexander een spion heeft in jouw omgeving? Mischien twee, of zelfs drie?'

Memnons mond werd droog. Hij zette zich schrap. 'Heer, dat is niet...'

Memnon slikte zijn woorden in. Een Pers een leugenaar noemen was de ultieme belediging.

'Ik heb ogen en oren,' antwoordde Darius. 'Ik ben de grote koning. Kom!'

Ze liepen naar het raam. Memnon keek naar buiten. In de diepte was een hoge houten galg opgericht. Een man, naakt op een prop in zijn mond na, was eraan gekruisigd, zijn lichaam toonde van top tot teen verwondingen. Memnons maag kromp samen toen hij zich realiseerde dat de terechtgestelde man ook was gecastreerd. Waar zijn geslachtsdelen hadden gezeten, hing nu een druipende, bloederige massa. Hij hoorde onderdrukt gesteun en draaide zich snel om. Lysias was lijkbleek geworden en op zijn voorhoofd parelden zweetdruppels.

'Herken je die man, generaal Memnon? Of misschien ook niet. Je goede vriend Lysias herkent hem wel.'

Memnon staarde neer op de gekruisigde man, wiens haar was afgeschoren als bij elke veroordeelde. 'Het is Kleandros!' Vol afschuw staarde Memnon naar Lysias. 'Hij is een van jouw aanvoerders! Een Thebaan, klopt dat?'

'Hij is daarnaast ook Lysias' boodschapper,' verklaarde Darius.

Lysias stond met zijn rug tegen de muur te beven alsof hij koorts had.

'Ik kan het allemaal uitleggen!' stamelde hij.

Memnon liep op hem toe en verkleinde de afstand tussen hun gezichten tot slechts enkele centimeters. 'Lysias, wat heeft dit te betekenen?'

'Ik stuurde Kleandros met een boodschap naar Alexander. Ik zou hem ontmoeten in Troje. Ik bood aan u te verraden.'

'Jij!' Memnon stapte achteruit en hief zijn hand.

Lysias schudde zijn hoofd. 'Ik val u niet af. Dat weet u.'

'Waarom zei je dat dan?'

'Ik ben Thebaan.' Het spreken kostte Lysias moeite. 'Mijn vrouw en mijn hele familie zijn omgekomen in Thebe. Ik heb een bloedvete met die Macedoniër. Ik zou u niet hebben verraden, heer. Mijn bedoeling was Alexander bij onze ontmoeting te vermoorden.'

'Dat is niet wat Kleandros ons heeft verteld,' zei Arsites.

Lysias draaide zich met een vertrokken gezicht naar hem toe. 'Nee, natuurlijk niet als hij werd gemarteld!' Hij liet zich op één knie zakken. 'Mijn heer koning! Zit Arsites hierachter?' Lysias keek smekend naar Memnon. 'U weet hoe ze ons haten! Ze haten u. Wanneer we ten strijde trekken, zullen ze hun kans grijpen en u op alle mogelijke manieren dwarsbomen. De enige manier om Alexander tegen te houden, is Alexander te vermoorden. Dat ging ik voor u doen. Voor mij.' Hij keek rond. 'Voor ons allemaal!'

'Als het zo ligt,' onderbrak Arsites hem zachtjes, 'waarom ging Alexander dan akkoord? Neem me niet kwalijk, heer,' Arsites wendde zich met een triomfantelijke glimlach af, 'maar onze verkenners grepen Kleandros bij zijn terugkeer van de andere kant van de Hellespont.'

'Wist je dat hij weg was?' vroeg Darius.

Memnon schudde zijn hoofd.

'Waarom heeft Lysias je niets verteld over zijn plan?'

'Dat wilde ik doen,' stamelde Lysias, 'maar ik moest eerst zekerheid hebben. Ik dacht dat Kleandros was opgehouden.'

Memnon keek neer op zijn ruiterijaanvoerder. Aan de ene kant geloofde Memnon hem, maar aan de andere kant? Een boodschapper naar het kamp van de vijand sturen zonder eerst om zijn toestemming te vragen?

'Wist je dat Alexander Troje zou bezoeken?' Darius' stem was nauwelijks meer dan een gefluister.

Memnon schudde zijn hoofd.

'Ik ook niet,' vervolgde de koning der koningen. 'Niet totdat Kleandros in de klauwen van Arsites viel.' Darius raakte Memnon zachtjes aan op zijn pols. 'Zelfs al is het waar, wie is Lysias dan dat hij de strategie mag bepalen? Ik wil niet dat Alexander wordt vermoord, zodat hij een held wordt, een martelaar voor heel Griekenland. Dit zou alleen een paar maanden of zelfs jaren uitstel van het onvermijdelijke betekenen. Laat Alexander de Hellespont oversteken. Laat hij het lot ondergaan dat ik voor hem heb uitgestippeld.'

Lysias probeerde Memnons witte gewaad te grijpen, maar de generaal ontweek hem. Hij keek over zijn schouder naar Diokles. Vol ontzetting staarde zijn dienaar terug.

'Er is niets meer wat je kunt doen, heer,' verklaarde Darius en hij gaf een wenk met zijn vingers.

In het zwart geklede gedaanten gleden uit de duisternis te voorschijn. Ze omsingelden Lysias, grepen zijn armen en sleurden hem overeind.

'Je werd door mij betaald,' zei Darius beschuldigend. 'Je behoort mij toe, met lichaam en ziel. Ik ben de koning der koningen, de bezitter van je nek. Je bent niet meer dan een kiezelsteen onder mijn sandalen. Breng hem naar de toren der stilte!' beval hij. 'Gesel hem in een kooi. Laat hem hangen tussen hemel en aarde!'

Lysias gilde en worstelde. De kapdragende bewakers sleepten hem weg.

'Wanneer je daar ligt te verlangen naar de dood, die heel lang op zich zal laten wachten, denk dan na over het verdiende loon van een verrader,' schreeuwde Darius.

Proloog 2
In het paleis van Olympias

Het lichaam van Pausanias werd direct aan een galg gehangen,
maar de volgende ochtend bleek het te zijn gekroond met een
gouden diadeem, een gift van Olympias om haar onverzoenlijke
haat voor Philippus te tonen.

Quintus Curtius Rufus, *Historiae Alexandri Magni*,
Boek 1, hoofdstuk 9

'Welkom terug Telamon, zoon van Margolis!'

'Waarom ben ik hier, vrouwe?'

'Omdat je de gave hebt leven te schenken.' Olympias tilde het hoofd op. 'Terwijl ik de gave bezit de dood te brengen.'

'Beide liggen in de handen van de goden, vrouwe.'

'Je gelooft niet in de goden, Telamon!'

'Ik geloof in dezelfde goden als u, vrouwe.'

De roodharige Olympias, weduwe van Philippus, moeder van Alexander, lachte hardop, een meisjesachtig geluid dat slecht paste bij haar stemming en haar uiterlijk. Ze droeg een zeegroene jurk, die op de schouder werd bijeengehouden door een gouden broche met een afbeelding van het hoofd van Medusa. Haar lange, olijfkleurige gezicht werd omhuld door de hemelsblauwe kap van haar mantel. Merkwaardig genoeg waren haar voeten in stevige soldatensandalen gestoken. Op de kleine tafel van acaciahout naast haar stond een drinkbeker en lagen alle sieraden die ze had afgelegd – haar ringen, halskettingen en armbanden – alsof de aanraking ermee haar onaangenaam was. Ze tikte met haar voeten op de vloer en staarde naar het plafond, geboeid door een schildering van de god Bakchos die op een panter reed.

Je bent niet veranderd, bedacht Telamon. Van alle vrouwen die hij ooit had ontmoet, ja, zelfs van alle mensen die hij ooit had ontmoet, was het Olympias van de stam van de Molossen die hem werkelijk angst inboezemde. Hij bestudeerde haar gezicht: rimpelloos, een scherpe neus boven volle rode lippen, maar wat echt opviel waren haar ogen, de ogen van een wilde kat, glanzend en rusteloos. Die ogen staarden je aan alsof ze probeerden het leven uit je ziel te halen. Telamon slikte hoorbaar en luisterde naar zijn ademhaling. Hij kende de regels van het spel: toon nooit angst tegenover Olympias. Daar genoot ze van. Nu speelde ze de rol die ze had uitgekozen: de plagerige flirt als dekmantel voor een broeierige dreiging. Telamon had het gevoel of hij meespeelde in een stuk van Sophokles. Hij was abrupt uit zijn moeders huis gehaald, de kapitein van Olympias' lijfwacht was hoffelijk, maar onverzettelijk geweest. Hij zou de gast zijn van de co-regent van Macedonië.

'Waarom?' had Telamon gevraagd, waarop de officier zijn helm afzette, het zweet van zijn voorhoofd veegde en naar de fontein op de kleine binnenplaats staarde.

'Omdat ze het zo wil.'

Telamon had zijn gezicht en zijn handen gewassen, een andere tuniek aangetrokken, een mantel omgeslagen, zijn moeder een afscheidskus gegeven en was onder begeleiding van de voetgezellen op weg gegaan naar het koninklijk paleis. Hij was eerst naar het lijkenhuis gebracht, waar hij volgens opdracht het kadaver bestudeerde dat op een houten tafel lag. Daarna had men hem wijn, kaas en brood aangeboden en was hij naar het hart van het paleis gebracht, het centrum van Olympias' web.

Telamon bewoog zich onrustig op zijn stoel. Olympias bleef naar het plafond staren, enigszins onderuitgezakt op de verzilverde houten troon. Aan weerskanten van de verhoging stonden officieren van de voetgezellen in groot tenue: Hun blauwe helmen met de rode pluimen aan beide kanten, hadden gouden randen die de ogen overschaduwden. Hun purperen, uitwaaierende nekbeschermers liepen door tot net boven de schouders. Ze stonden als standbeelden in hun weelderige borstharnassen, krijgsrokken en zilveren, roodgerande scheenplaten. Met een hand hielden ze hun speer vast en met de andere hun ronde schild, waarop een wild kijkende, woest uitziende bacchante was afgebeeld, Olympias' persoonlijke symbool.

Telamon kuchte. Olympias staarde nog altijd omhoog, zodat de arts afleiding zocht door om zich heen te kijken in de sombere ruimte, die uitsluitend werd verwarmd door een knapperend komfoor en bronzen schalen vol sputterende houtskool. Was er soms iets overheen gestrooid, vroeg Telamon zich af. Een vreemde geurstof? De bladeren van laurier of mirte? Het was in elk geval geen wierook. Was het misschien eikenblad of gekneusd bloemblad van de lotus? Het bitterzoete aroma prikkelde Tela-

33

mons neusgaten en maakte een herinnering bij hem wakker. Wat was het toch? Plotseling wist hij het weer, op hetzelfde moment dat Olympias van het plafond naar hem keek. Eén blik uit de donkergroene ogen van deze slangenvrouw, de heksenkoningin, en Telamon herinnerde zich haar bezoeken aan de Academie van Miëza. Het was haar geur! Hij zag haar weer voor zich terwijl ze op haar hurken ging zitten, met haar vinger langs zijn wang streek en hem vroeg of hij werkelijk van haar dierbare Alexander hield.

Een passage uit Euripides' *Bacchae* op de muur vlak achter de troon trok Telamons aandacht. *'Dionysos verdient door alle mensen te worden aanbeden. Hij wil dat niemand wordt uitgesloten van zijn verering.'* Olympias draaide zich om op haar troon en keek naar de woorden.

'Ik heb dat daar laten schilderen,' zei ze. 'Geloof je erin, Telamon? Vind je niet dat iedereen de heilige wijn moet drinken?' Ze keek hem direct aan. 'Het gewijde bloed van de goden, het sap van de uitgeperste rijpe druif. Ben je een volgeling van Euripides, Telamon? Of alleen maar een bewonderaar van zijn werk?'

'Ik geef de voorkeur aan Aristoteles' verhandeling over dronkenschap.'

'Ah, Aristoteles.' Olympias lachte. 'Die elegante dandy met zijn spillebenen! Dus je houdt niet van wijn?'

'Dat heb ik niet gezegd, vrouwe.'

De koningin ging door met haar plagerijen. 'In het zesde boek van de *Ilias* beweert Homeros dat wijn het lichaam nieuwe kracht geeft.'

'In hetzelfde boek zegt hij ook dat wijn de krachten uitput.'

'"Het siert me niet om onophoudelijk door te draven,"' citeerde Olympias mompelend uit de *Ilias*, terwijl ze met haar vingers op de armleuningen van haar troon trommelde.

'In dat geval, vrouwe, kunt u me misschien vertellen waarom ik hier ben.'

De plagerigheid trok weg uit het gezicht van de koningin. Ze tikte met haar in sandaal gestoken voet op de grond en pakte een armband die ze heen en weer liet glijden over haar pols.

'Heb je de Academie van Miëza gemist, Telamon?'

'Ik heb mijn vrienden gemist.'

'Miste je mijn zoon ook?'

'Ik heb u mijn antwoord gegeven. Ik miste mijn vrienden.'

Plotseling lachte Olympias. Telamon schrok toen een van de

fakkels tegen de muur aan zijn linkerkant flakkerde en uitdoofde. Olympias stak haar vinger naar hem uit.

'Waarom ben je eigenlijk hier?'

'Omdat u me hebt ontboden.'

'Nee, waarom ben je in Pella?'

'Ik ben hier al sinds de herfst.'

Olympias stond op alsof het gesprek haar verveelde, stapte van de verhoging af en liep op hem toe.

'Philippus is dood. Mijn echtgenoot de koning.'

'Ik weet het.'

'Ik heb zijn moordenaar gekranst.'

'Ook dat weet ik, vrouwe.'

'Ik zeg niet dat ik hem heb vermoord.' Olympias liep rond en ging achter Telamon staan.

'Natuurlijk niet, vrouwe. U zou nog geen vlieg kwaad doen.'

Olympias lachte weer en prikte Telamon in zijn schouder. Hij bewoog zich onrustig. De zitting van zijn stoel was gemaakt van gevlochten riemen die door het dunne kussen heen sneden. Hij staarde naar het mozaïek in de vloer – geen bijzonder mooie afbeelding van een roodharige Dionysos schrijlings gezeten op een gans. De god deed hem denken aan een dronkaard die hem ooit in een donker steegje had proberen aan te vallen. Waar was dat ook weer? In Memphis of in Abydos? Telamon kon het zich niet herinneren. Het was nu belangrijker dat hij zijn angst bedwong. Olympias was als een kat die een vogeltje had gevangen. Ze had geen kwaad in de zin, althans nog niet. Ze wilde iets. Hij had er wel een vermoeden van wat het was. Pas als hij weigerde, zou het gevaarlijk worden. Als Olympias hem dood wilde hebben, zou zijn hoofd zijn schouders hebben verlaten zodra hij voet zette in Pella. Natuurlijk had haar dierbare Alexander strenge instructies achtergelaten. Ergens in Olympias' van parfum doordrenkte vertrekken stond een verzilverde kist, beveiligd met drie sloten waarvan alleen Olympias de sleutels bezat. In die kist lag een rol perkament met een lijst namen van mensen die Olympias geen kwaad mocht doen. Daar had Alexander voor gezorgd. Telamon wist zeker dat zijn naam op deze lijst stond. Alexander vergat zijn vrienden nooit, zelfs niet degenen die het niet met hem eens waren of die hadden besloten een andere weg te gaan.

'Ik herinner me jou, Telamon. Jij en Alexander joegen op

35

hazen tussen de grafstenen in Miëza. Herinner jij je die grafstenen? Die grijze platen, het hoge gras? De zwermen vlinders, de stilte die alleen werd verbroken door het gezoem van bijen? Je droeg altijd enorme sandalen. Je kon erin zwemmen.'

Olympias hurkte naast hem en fluisterde in zijn oor. Telamon rook haar vreemde parfum.

'Telamon met je donkere gezicht en je donkere haar. Altijd leergierig. Ik weet nog dat je een bot opraapte dat een hond had opgegraven uit een graf. Alexander en jij waren het er niet over eens of het een bot van een arm of van een been was.'

'Het was van een been, vrouwe. Een dijbeen. Ik had gelijk, uw zoon had ongelijk.'

'Je had een hekel aan moorden. Weet je nog dat Ptolemaios een jonge lijster had gevangen en zei dat hij hem op een steen zou offeren? Jij protesteerde, zodat Ptolemaios het diertje losliet.'

'Uw herinnering laat u in de steek, vrouwe.' Telamon merkte dat Olympias was opgestaan. 'Het was uw zoon Alexander die tussenbeide kwam. Hij sloeg Ptolemaios op zijn neus, zodat die het vogeltje liet vallen en het weg kon vliegen.'

'Ach ja. Laat me je eens bekijken, Telamon.' Olympias liep om hem heen en ging voor hem staan, met enkele vingers tegen haar kin gedrukt. Ze klakte met haar tong. 'Telamon in de tuniek en de mantel van een arts. Laat me je tekenen bestuderen. Laat me je uiterlijk beoordelen.'

Ze stapte achteruit alsof ze zijn waarde schatte. Telamon hield haar blik vast.

'Je bent langer dan ik verwachtte.' Haar stem was niet meer dan een gefluister. 'Zwart, kortgesneden haar.' Ze zweeg even. 'Hoe oud ben je , Telamon?'

'Zesentwintig.'

'En je hebt nu al grijze haren. Het zijn er slechts een paar, maar ze geven je een gedistingeerde uitstraling. Zegt Hippokrates in zijn geschriften niet dat een arts zijn patiënten vertrouwen moet inboezemen? Jij boezemt mij vertrouwen in, Telamon! Je donkere gezicht is vaal, je ogen liggen diep. Welke kleur hebben ze?' Ze keek hem van dichtbij aan. 'Lichtgroen, een beetje zoals die van mij. Je hebt de kleine neus van je moeder. Je bovenlip is smal, maar je onderlip is iets voller. Je snor en je baard zijn netjes gesneden en verzorgd.' Ze hield haar hoofd scheef, een gebaar dat Telamon onmiddellijk aan Alexander deed denken. 'Het gezicht van een geleerde, gereserveerd, maar niet sluw. Ernstig, maar ik geloof dat Telamon ook kan lachen! Je bent populair bij de vrouwen. En dus, Telamon, wat is je leven?'

'De geneeskunde, vrouwe.'

'En je vrouw?'

'De geneeskunde, vrouwe.'

'En je liefhebberij? De geneeskunde, vrouwe,' beantwoordde Olympias de vraag voor hem terwijl ze zijn stem nabootste.

Ze liep naar hem toe en boog zich over hem heen. Telamon zag hoe een van de voetgezellen een stapje opzij deed, alsof hij het volle zicht op hem wilde behouden.

'Je bent overal geweest, Telamon. Laat eens kijken: Kos, Samos, Chios, Athene, Abydos, Thebe in Egypte...'

'Zelfs in Tarentum in Zuid-Italië,' maakte Telamon de lijst voor haar af.

Olympias tikte op de ring aan de linkerhand van de arts, waarop Apollo en Asklepios, de genezer, waren afgebeeld.

'Dus je gelooft werkelijk in de goden, Telamon?'

'Wanneer goden zich misdragen, worden ze steeds minder goddelijk.'

'Is dat een van je aforismen?'

'Nee, vrouwe. Euripides.'

'Ah, de man die spreekt over onsterfelijk bewustzijn. Geloof jij in leven na de dood, Telamon?'

'"Het volgende leven is een afgesloten bron,"' citeerde Telamon. 'Dit leven biedt al genoeg problemen.'

Olympias' ogen werden rond van verbazing. 'Jij, een arts, houdt niet van het leven? Heb je niets anders dan de geneeskunde? Geen ambities? Geen beschermheer? Geen behoefte je positie te verbeteren? Waarom ben je zo somber, Telamon?'

'Zoals de dichter zegt, vrouwe: "Onze mooiste liederen zijn die welke onze droevigste gedachten weergeven."'

'Je bent erg dol op Euripides.' Olympias ging op de rand van de verhoging zitten, met haar handen op de knieën. 'Van alle kameraden van mijn zoon mocht ik jou het liefst, Telamon. En weet je waarom? Omdat je geen bedreiging vormde. Je wilde geen generaal worden. Je wilde geen soldaat zijn. Je wilde niet rondstappen als een pauw. Ik durf te wedden dat je dol bent op vrouwen. Had je een vrouw in Egypte?'

'Alleen een geliefde.'

'En die is gestorven?'

'Het was een tempelmeisje in het heiligdom van Isis. Een

priesteres. Een krijgsman verkrachtte haar en daarna stierf ze. Ik was afwezig op dat moment.'

'En die soldaat?'

'Een Perzische officier. Ik heb hem vermoord.'

'Hoe heb je dat gedaan?' Olympias draaide glimlachend haar hoofd naar hem toe. 'Heb je zijn wijn vergiftigd? Heb je hem in zijn rug gestoken? Of heb je een moordenaar ingehuurd?'

Telamon hield zijn gezicht uitdrukkingloos. Olympias stampte met haar sandaal op de grond.

'Wil je het me nu vertellen? Hoe heb je hem vermoord?'

'Ik trof hem in een wijnlokaal aan de Laan van de Sphinxen in Thebe. Ik vervloekte hem. Hij trok zijn zwaard en haalde naar me uit. Ik heb veel geleerd op de Academie van Miëza.'

'Ach ja, Kleitos de Zwarte, de zwaardleraar van mijn zoon.'

'Die officier was niet erg bekwaam. Zijn zwaard miste me. Mijn dolk miste echter niet. Ik trof hem rechtstreeks in zijn hart.'

Olympias zuchtte en stond op. 'En daarom ben je naar huis gegaan?'

'Ik had geen keus. De Perzen zouden me hebben gekruisigd tegen de muren van Thebe.'

'Hoe gaat het met je moeder? En met de weduwe van je broer en haar kind? Een levendig jongetje, naar ik heb gehoord.'

Olympias had nu een koude, angstaanjagende blik in haar ogen. Telamon voelde zijn handpalmen nat worden van het zweet. Ze had haar bedreiging geuit. Haar woorden, de manier waarop ze de nadruk legde op 'levendig', terwijl haar ogen hard en peinzend bleven.

'Wel! Je hebt de reputatie dat je een uitstekend arts bent, Telamon.' Ze klapte in haar handen, keerde terug naar haar troon en ging zitten. 'Vertel me eens, wat is het verschil tussen de gevlekte scheerling en de waterscheerling?'

'Ze zijn allebei dodelijk giftig. Gevlekte scheerling leidt tot verlamming. Waterscheerling brengt toevallen teweeg. Maar beide zijn dodelijk.'

'Weet je dat uit eigen observaties?' vroeg Olympias.

'Nee, uit Plato's beschrijving van de dood van Sokrates. De filosoof kreeg gevlekte scheerling toegediend in zijn wijn.'

Olympias knikte met getuite lippen, als een student die naar een leraar luistert.

'En je hebt het lijk bestudeerd?'

Telamon dacht terug aan het lugubere dodenhuis. Aan het

witte, gallige lichaam van de oude man die als een stuk vlees naakt op de tafel lag.

Olympias wendde zich tot de officier die naast haar stond.

'Heeft hij het lijk bestudeerd? Grondig, zoals ik had opgedragen?'

'Zoals opgedragen, vrouwe.'

'Mooi zo.' Olympias keerde zich weer naar Telamon. 'Vertel me wat je over dat lijk te weten bent gekomen.'

'Hij was een van uw dienaren, hij werkte in het paleis.'

'Natuurlijk!'

'Ik zou zeggen dat hij schoenmaker was.'

Olympias glimlachte.

'Ik kon dat afleiden uit zijn handen,' vervolgde Telamon. 'Die roken naar leer en looizuur. Hij had afgeschaafde plekken aan zijn vingers waar hij de naald vasthield. Zijn ruggengraat was een beetje krom door het gebogen zitten over het werk. De spieren van zijn polsen en armen waren sterk ontwikkeld, maar zijn buikje en zijn dunne benen gaven duidelijk aan dat hij een zittend leven leidde.'

'Heel goed!' zuchtte Olympias.

'Het lichaam was enigszins opgezwollen.' Telamon begon nu op dreef te komen. 'Het bederf heeft snel ingezet.'

'En de doodsoorzaak?'

'Vergif!'

Olympias wierp het hoofd in de nek en lachte. 'Je gaat me niet beschuldigen!'

Telamon staarde koel terug. Nee, dacht hij, dat zou ik nooit doen, Olympias, jij heksenkoningin! Gifmengster! Telamon vroeg zich terloops af hoeveel toverdrankjes, elixers en tegengiften haar geheime voorraadkisten bevatten. Hij dacht aan het verhaal dat een halfbroer van Alexander gezond en flink was geboren, een sterke rivaal voor haar zoon totdat Olympias hem bepaald voedsel had gegeven. De jongen had het overleefd, maar zwierf de rest van zijn leven door het paleis als een idioot. Een krachtige waarschuwing voor iedereen die tornde aan de rechten van Olympias en haar geliefde zoon.

'Ik heb het gif getraceerd,' verklaarde Telamon. 'Het rechterbeen was gezwollen, het bloed was veranderd in etter.'

'Hoe is hij gestorven?' drong Olympias aan.

'Ik heb eerder van zo'n gebeurtenis gehoord. Een uitgegleden naald die zich in zijn been boorde. De wond was dus heel

39

klein en ging vrijwel onmiddellijk dicht. De arme schoenmaker dacht dat er niets aan de hand was, maar de naald was besmet en zijn bloed raakte vergiftigd. Hij moet last hebben gehad van hoofdpijn, stijve kaken, hoge koorts en delirium. Kort daarna moet hij zijn gestorven.'

'En wat zou jij hebben gedaan?'

'Wel, vrouwe, ik zou de wond hebben opengemaakt, de naald eruit hebben getrokken en het been hebben opengesneden.'

'Waarom?'

'Om er een mengsel van honing, zout en wijn in te gieten. Hoe sterker de wijn, hoe beter. Niet de lichte wijn van de Olympos of uit Athene, maar de sterkste die ik kon vinden. Een donkerrode. Een dergelijk middel zou de wond hebben gereinigd.'

'Hoe?' Olympias leunde oprecht nieuwsgierig voorover.

'Dat weet ik niet precies, dat weet niemand. Wijn, honing en zout hebben eigenschappen die het vlees zuiveren en etter opruimen.'

'Dat moet ik onthouden. Je gelooft dus niet dat de productie van etter goed is? Hippokrates dacht van wel en mijn eigen artsen ook.'

'Ze hebben het mis.' Telamon zorgde dat zijn stem overtuigd bleef klinken. 'Etter moet worden opgeruimd en mag zich niet in het lichaam verspreiden. Een wond moet altijd worden gedraineerd.'

'En jij weet hoe je dat moet doen?' vroeg Olympias.

'Het is mogelijk. Ik heb het in Egypte zien doen – niet alleen bij een wond, maar zelfs met etter uit een long.'

'En het verband?'

'Schoon linnen, niet te stijf aangebracht. Zo kan de wond ademen. Een te strak verband houdt het bederf in stand.'

'En als dat geen effect zou hebben?'

'Dan zou ik het been hebben geamputeerd, vrouwe, zo'n zeven centimeter boven de knie. Ik zou de man een sterke, koppige wijn hebben gegeven, vermengd met een verdovend middel – dit voorkomt stuipen en shock.'

'Maar dan zou hij zijn doodgebloed.'

'In Italië heb ik het een arts zien doen bij het been van een soldaat. De man had een vergiftigde pijl in een been gekregen vanuit een hinderlaag. Ze gebruikten kleine klemmetjes om de bloedstroom af te sluiten en daarna branden ze de stomp uit en deden er een verband omheen.'

'Mijn zoon zal dit heel interessant vinden,' fluisterde Olympias haast tegen zichzelf.

'Uw zoon, vrouwe? Die is richting Azië vertrokken. Zijn legers verzamelen zich aan de Hellespont.'

Olympias klapte in haar handen. 'Knappe jongen, Telamon. En jij moet je bij hem voegen.'

Telamon verbeet met moeite zijn woede.

'Het leger komt bijeen bij Sestos,' vervolgde ze. 'Jij gaat mee met mijn zoon.'

'Gaat, zal, moet, vrouwe? Ik ben vrij geboren, een Macedoniër!'

'Niemand is vrij, Telamon. We hebben allemaal plichten, lasten en taken.'

Olympias stond op en wreef haar handen. Ze stapte van de verhoging af en liep naar Telamon toe. Ze hurkte, niet langer als koningin, maar meer als een moeder die pleitte voor haar zoon.

'Jou vertrouw ik Telamon, goud en roem zijn niet jouw doel. Mijn zoon is omringd door verraders, moordenaars, spionnen.'

'Inclusief die van u?'

'Inclusief die van mij.'

'Maar ik ben niet uw spion.'

'Nee, Telamon. Jou kan men niet kopen, omkopen of verkopen. Ik heb je verhandeling gelezen over vergiften. Je bent op Alexander gesteld. Je zult hem niet beschermen omdat ik het vraag, maar omdat je dat wilt.'

'Heeft Alexander om mij gevraagd?'

Olympias knikte. 'Hij heeft alles over je gehoord, Telamon. Hij stond erop dat je met hem mee zou gaan. Waar wil je anders heen?' Haar ogen en stem werden smekend. 'Je houdt niet van Macedonië! Naar Athene misschien? Daar is geen enkele Macedoniër welkom. Of naar het Perzische rijk? Azië, Egypte, Noord-Afrika? Daar geldt echter een bevel tot je arrestatie. Die Perzische officier was hooggeplaatst, Telamon. Denk aan de kansen die je zult krijgen om te genezen en te helen,' zei ze dringend.

'En als ik niet ga?'

Olympias stond op en liep langzaam terug naar haar troon. 'Ik kan je niets garanderen, Telamon.' Ze pauzeerde en keek naar het plafond met zijn zware balken. 'Hier heeft mijn rivale Eurydike zich opgehangen.'

'Is dat een dreigement?'

'Nee, Telamon. Ik beloof je, als je meegaat met mijn zoon zullen je moeder, de weduwe van je broer, die je graag mag, dat weet ik, en haar dartele zoontje altijd veilig zijn. Ze zullen mijn vrienden zijn en ik zal hen beschermen.'

'Waartegen?'

Olympias spreidde haar handen uit. 'Ongelukken, betreurenswaardige voorvallen.'

Telamon zuchtte en plukte aan een los draadje op zijn mantel. Hij zou zijn moeder vragen daar iets aan te doen. Zijn angst was voorbij – het gevaar was duidelijk. Telamon stond op en liep naar de deur. De officier van de wacht trok zijn zwaard. Olympias moest een teken hebben gegeven, want hij stak het zwaard weer weg.

'Waar ga je heen, Telamon? Je kunt wel zien hoeveel ik om je geef, want geen enkele man mag mij de rug toedraaien.'

Telamon draaide zich om. 'Wel, vrouwe, ik ga mijn spullen pakken. Het is een lange reis naar Sestos.'

Olympias grinnikte, liep terug naar het tafeltje en zocht tussen haar juwelen. Ze pakte een leren zakje met geldstukken op en gooide het naar Telamon, die het behendig opving.

'Dat is voor de reis, dokter!'

Telamon maakte het koord los en hield het zakje ondersteboven, zodat de gouden munten op de grond vielen en rinkelend wegrolden.

'Zoals u al zei, vrouwe, niet voor goud en niet voor roem!' Hij liet het leren zakje vallen. 'Misschien zal ik bij deze gelegenheid voor de roem gaan. Het goud,' hij wees naar de geldstukken, 'mag u houden.'

Hij liep naar de deur, die door de wachtpost werd geopend.

'Vaarwel, Telamon!' riep Olympias hem na. 'Zeg tegen mijn zoon dat zijn moeder van hem houdt.'

Maar Telamon liep al ziedend van woede door de overdekte stenen gang in de richting van het licht aan de andere kant.

Proloog 3
In de tempel van Pallas Athene

*De mensen rond Troje doen al lange tijd hun uiterste best, maar
ze slagen er op geen enkele manier in te zorgen dat de vrouwen
uit Lokris hun gebied binnenkomen.*
Aeneas Tacticus, *Over de verdediging van versterkte plaatsen*, H.31 V.24

De jonge vrouw was op de vlucht. Ze wist niet waarheen of
waarom. Ze stond stil, draaide zich om en keek het stoffige pad
af dat omzoomd werd door fluisterende eiken. Ze was er zeker
van dat de Furiën als krijsende adelaars een duikvlucht maakten
om haar terug te slepen naar de verschrikkingen waaraan ze was
ontsnapt. Ze liet haar ogen over haar gescheurde en met bloed
bevlekte jurk glijden. Haar voeten waren geschramd en bloed-
den. De slag tegen haar hoofd leek alles te hebben veranderd.
De eiken bewogen als een spiegelbeeld in stromend water.
Geluiden klonken veraf. Ze strompelde verder, ondanks de pijn
in haar rug en schouders. Ze raakte haar gezicht aan en kromp
in elkaar toen ze de gekneusde plekken rond haar mond voelde.
'Een meisje met een lief snoetje' had een van de zeelui haar
genoemd. Zeelui? De jonge vrouw bleef staan. Dat kon ze zich
wel herinneren, de zeereis, de kleine vissersboot. Ze had in de
boot gezeten met andere vrouwen en het escorte dat de hoofdman van het dorp had meegestuurd. Ze waren bang geweest,
maar ook gelukkig. Het andere meisje was een vreemdelinge
die meer wist dan zij. Waarom waren ze weggevoerd? Een of
ander verhaal uit het verre verleden? De jonge vrouw keek
door een opening tussen de eiken. Die besneeuwde bergtop in
de verte, was dat de Olympos? Ging ze naar de woning van de
goden? Ze hurkte neer op het stoffige pad. Waarom was ze hier?
Het had iets te maken met Kassandra en met genoegdoening
voor een gruwelijke moord, een gedode priesteres, bloed dat
ten hemel schreide om wraak.

De jonge vrouw kwam overeind en strompelde verder. Ze
ging een bocht om en daar maakten de eiken plaats voor een

brede, winderige vlakte. De schittering van een rivier trok haar aandacht. Hier en daar een ruïne op de top van een heuvel. Was dat niet de zee, die ze daar tegen de rotsen hoorde slaan? Waarom was ze hier? Wat was er gebeurd? Ze deed haar ogen dicht en zwaaide heen en weer op de bal van haar voeten. Ze had een krans om gehad, net als het andere meisje. Ze hadden gelachen en gepraat, maar daarna waren ze in een donkere ruimte geweest, terwijl sinistere, gemaskerde gedaanten zich om hen verdrongen. Ze herinnerde zich dat het andere meisje had geprobeerd weg te rennen, maar dat een knuppel haar met geweld tegen de zijkant van haar hoofd trof, zodat het bloed uit haar neus en mond spoot. Handen hadden haar ruw gegrepen en aan haar kleren gerukt. Ze was gaan rennen, maar botste tegen de wand van de grot en viel op haar gezicht. De harde kiezels hadden haar zachte lichaam lelijk toegetakeld. Toch bereikte ze de opening van de grot en buiten was het donker – daarom waren ze daar ook heen gegaan, aangetrokken door het vuur en de etensgeuren.

Het meisje begon te trillen. Ze kon niet meer ophouden. Haar ingewanden waren van streek en ze had de behoefte over te geven. Op de een of andere manier kwamen de ruïnes haar bekend voor. Moest ze daar niet heen?

Ze verliet het pad en sleepte zich voort. Er cirkelde een vogel boven haar. Zijn roep deed haar denken aan de kreet van een geest. Ze bleef staan en keek naar de lucht. Was ze thuis? Terug in Thessalië? Zou ze weer eten en drinken? Zou de zon weer ondergaan omdat het avond was? En zouden die afschuwelijke gedaanten weer verschijnen wanneer het donker werd? Ze struikelde, viel en schaafde haar knie. Ze stond op en liep verder. Ze was zich bewust van kapotte muren, ingestorte poorten. Plotseling verscheen een man, klein, gedrongen, kaal op een kringetje zwart haar na dat als een kransje op zijn hoofd lag. Hij had heldere ogen en een stompe neus. Hij sprak tegen haar, maar ze verstond hem niet. Ze mocht hem ook niet. Hij had iets begerigs en wellustigs in zijn blik en hij likte steeds langs zijn lippen, net als een van die zeelui had gedaan. Hij kwam naar haar toe.

'Wat is er, liefje?'

Nu verstond ze zijn harde, rauwe taal.

'Waarom ben je hier?'

Ze opende haar vuist. De man ving een glimp op van het kleine ivoren uiltje dat ze had vastgehouden. Nu besefte ze ook

44

waarom ze haar vuist had gebald. Meestal droeg ze het uiltje aan een ketting om haar hals.

'Athenes uil!' riep de man uit. 'Je kunt beter met mij meegaan.'

Hij pakte haar hand. Ze had geen andere keus dan achter hem aan te lopen terwijl hij haar door de ruïnes leidde. Er verschenen meer mensen. Ze dromden om haar heen, hun monden bewogen, maar ze kon hun stemmen niet horen. Een kleine tempel rees voor haar op, traptreden leidden omhoog naar de ingang. Zuilen versierden de voorhof. Hoog boven dit alles uit stak een beeld van de gehelmde Pallas Athene. Ze herkende haar – men had haar verteld over de godin. De man bracht haar de tempel in. Binnen was het donker, maar de lucht geurde zoet. Ze hurkte neer, de vloer was koel. Ze was zich bewust van zuilen en beelden. Drie vrouwen haastten zich naar haar toe. De man werd onmiddellijk weggestuurd. De jonge vrouw moest een gang door en werd meegenomen naar een kleine kamer, verwarmd en gearomatiseerd door een komfoor. Die vrouw die op de kruk tegenover haar ging zitten, was dat de godin? Kastanjebruin haar, een beeldschoon gezicht, ver uiteenstaande, blauwgrijze ogen, een glimlachende mond. Haar blik was intens, haar voorhoofd was gefronst. Ze raakte het gezicht van de jonge vrouw aan, mompelde iets en pakte zachtjes de uil uit haar hand.

'Hoe heet je? Vertel me wie je bent.' De grijze ogen straalden nu bezorgdheid uit. 'Je bent toch een van de meisjes die we verwachtten? Mijn naam is Antigone, priesteres van deze tempel. Dit zijn mijn twee assistentes, Selena en Aspasia.'

De namen en gezichten zeiden de jonge vrouw niets. Ze begon weer te beven. Ze keek verwilderd om zich heen. Ze wilde opstaan, maar een van de assistentes belette het en hield een beker aan haar lippen.

'Drink!' beval een stem.

De jonge vrouw gehoorzaamde. Ze dronk de beker leeg en sliep niet in, maar viel terug in die afschuwelijke nachtmerrie en de lugubere duisternis van de Hades.

Hoofdstuk 1

Toen het volgende oorlogsseizoen begon, droeg Alexander de lei-
ding over aan Antipatros... en marcheerde naar de Hellespont.
Arrianus, *Alexander de Grote*, Boek 1, hoofdstuk 11

Het moment was gekozen door Aristandros, waarzegger en
bewaker van de koninklijke geheimen: het rijzen van de ster Ark-
touros in het tweeënveertigste jaar van de Olympiade. Alexander
van Macedonië stond midden in een kring van twaalf stenen altaren, opgericht ter ere van de goden van de Olympos. Deze heilige cirkel lag op de top van een kleine heuvel enkele kilometers
buiten de stad Sestos en bood uitzicht op het metaalblauwe, snelstromende water van de Hellespont.

Ondanks Aristandros' voorbereidingen waren de voortekenen niet gunstig. Een koude avondnevel trok op vanuit zee, een
donkere wolk die de vuren dreigde te omhullen die op elf van de
altaren flakkerden. Alexander tilde zijn hand op. De trompetblazers staken hun instrumenten omhoog voor een lang, oorverdo-
vend trompetgeschal dat ver over het water de roep uitdroeg van
het Macedonische kamp, dat zich uit leek te strekken tot aan de
horizon. Er viel een doodse stilte. De troepen, verzameld rond de
heuvel, staarden omhoog naar de heilige plek waar koninklijke
lijfwachten de offerplaats beschermden. Degenen die het eerst
waren gekomen, gluurden door de palissade, begerig om een
glimp van hun koning op te vangen. Alexander van Macedonië,
gekleed in de volle wapenrusting van een bevelvoerder van de
koninklijke bereden garde, wachtte geduldig. Met zijn hoofd licht
naar achteren gebogen staarde hij naar de donkere, onheilspellende wolken die de ondergaande zon versluierden en dreigden het
armzalige licht van de maan en de sterren te verduisteren. Het
beloofde een sombere, winderige nacht te worden.

Rondom Alexander stonden zijn metgezellen en generaals.
Daar was de lange, zwartharige Hephaistion met zijn scherpe,

donkere gezicht, snor en baard. Er werd wel gefluisterd dat Alexanders 'schaduw' meer weg had van een semiet dan van een Macedoniër. Naast hem stond Ptolemaios, zonverbrand, gladgeschoren, kort haar. Zijn rechteroog keek scheel; in combinatie met met zijn gebroken neus en een lichte hazenlip gaf dit hem een permanent laatdunkende gelaatsuitdrukking. Verder was er Nearchos, de kleine Kretenzer, belast met de katapulten, blijden en ander oorlogstuig. En ten slotte Seleukos, groot en fors, met zware oogleden, die ervan droomde een Aziatische potentaat te worden.

Aan de linkerhand van de koning stond een groep priesters, onder leiding van de kalende Aristandros met zijn dunne benen, uitpuilende ogen en eeuwige druipneus. Zijn uiterlijk voldeed precies aan de rol die iedereen hem toebedeelde: tovenaar, magiër, ziener en toekomstvoorspeller. Een priester die de geheime riten kende en die door Olympias was gestuurd om haar zoon bij te staan met zijn kennis van de zwarte kunsten. Iedereen keek naar hem terwijl de melkwitte, zorgvuldig verdoofde stier met de vergulde hoorns, de heilige kring binnenliep met een bloemenkrans om zijn nek. Een koninklijke page leidde de stier en bleef voor Alexander staan. De koning sneed met een mesje enkele haren tussen de horens van het dier af, liep naar een altaar en strooide het haar over de vlammen. Aristandros overhandigde hem een gouden kelk gevuld met wijn uit Chios. Alexander goot de wijn op het vuur en stapte achteruit. De stier werd dichter naar het altaar gebracht waarop geen vuur brandde. Op een teken van Aristandros omringden de priesters het dier. Een van hen hief de ceremoniële bijl omhoog en sloeg met één snelle beweging toe. Hij trof de stier vakkundig in de nek. Het dier loeide van angst en zakte door zijn voorpoten. Een andere priester ging schrijlings op zijn rug zitten, trok zijn kop naar achteren en haalde met een behendige beweging een sikkelvormig mes langs zijn keel. Het geloei van de stier werd overgenomen door de omstanders, terwijl het levensbloed van het dier in de zilveren schaal gutste om naar het gewijde vuur te worden gebracht.

Alexander keek aandachtig toe. Terwijl hij daar stond, kwamen de woorden van het orakel van Delphi tergend op in zijn herinnering: 'De stier is bereid voor het offer. Alles is klaar. De moordenaar wacht.' Woorden die de dood van zijn eigen vader voorspelden. Was Philippus geofferd? Was zijn moeder Olympias de priesteres geweest? En waarom had het offer plaatsgevonden? Om Olympias of Olympias' dierbare zoon te beschermen? En was hij onschuldig aan het bloed van zijn vader? Of zou de geest van Philippus terugkeren uit de Hades om hem te bespotten en te achtervolgen in het holst van de nacht?

Inmiddels hadden de priesters het kadaver van de stier op het altaar gelegd. Alexander probeerde zijn sombere gedachten te verjagen toen de priesters de buik van het dier opensneden. Hij trok de kap van zijn soldatenmantel over zijn hoofd en stak zijn handen omhoog in een gebed tot Zeus, de alziende. De ingewanden van de stier slierden naar buiten. Plotseling verscheen er een zwerm luid zoemende vliegen boven de plas bloed. Een slecht teken. Alexanders hart sloeg een slag over. Waren ze gestuurd door de Furiën? Was het een signaal van dreigend ongenoegen en wraak van de kant van de goden? Van alle goden? Of slechts van één? Apollo misschien? Of Hera? Of Poseidon, wiens instemming Alexander nodig had om zijn wapens over de Hellespont te slingeren? De andere voortekenen zouden toch zeker gunstig zijn? De stier was zorgvuldig uitgekozen, Aristandros had strikte en geheime instructies gekregen. De koning dacht aan de brieven die hij van Olympias had ontvangen. Kwam dit alles door toedoen van een god of door de intriges van mensen? Elke prins was omringd door verraders en moordenaars, maar om nu al te falen, voordat hij zelfs maar was begonnen?

Aristandros stak zijn armen diep in de buik van de stier, voelde en greep de nog warme lever vol van het rijke levensbloed van het dier. Hij legde hem op het altaar en staarde erop neer. Daarna keek hij zijn meester aan en schudde licht zijn hoofd. Alexander had zijn antwoord. De voortekenen waren ongunstig. De lever bleef belangrijk, maar hij zag aan Aristandros' scheve glimlach dat het offer onzuiver was, onaanvaardbaar voor de goden. Alexander duwde zijn kap naar achteren en greep Hephaistions arm.

'Zinloos!' fluisterde hij. 'Het ding is aangetast, bezoedeld! Ik geef het aan de goden en de goden sturen het terug. Vertel de troepen dat de tekenen nog niet duidelijk genoeg zijn.'

'En nu?' vroeg Hephaistion.

'O, ruim die troep op!' snauwde Alexander.

Hij verliet de heilige cirkel en liep de weg tussen de troepen af. Hij probeerde te glimlachen, maar hij was blij toen zijn parasoldrager die achter hem aan snelde struikelde en viel, tot groot vermaak van de soldaten.

'Een goed voorteken!' schreeuwde Alexander en hij hielp de man overeind. 'De goden weten dat ik geen bescherming nodig heb! Ik heb jou en ik heb mijn manschappen. Wat kan Philippus' zoon nog meer verlangen?'

Zijn woorden – verder gedragen en steeds herhaald – werden begroet met een gebrul van instemming. Alexander liep door. Plotseling voelde hij kou langs zijn linkerkant glijden, zodat hij bleef staan. Was dat zijn vader? Een geest? Een voorgevoel? Alexander werd zich bewust van zijn kwetsbaarheid. Hij was weggelopen van de offerplaats – en hier was niemand om hem in de rug te dekken. Aan weerskanten stonden zijn Macedonische speerdragers, maar elk van hen kon een moordenaar zijn. Hij onderdrukte de neiging om harder te gaan lopen. In plaats daarvan stapte hij af op een groep Thessaliërs. Hij begon hen te plagen met hun lange haren en haalde prestaties op die ze tijdens vorige campagnes hadden geleverd. Sommigen van hen kende Alexander bij naam en hij vroeg naar hun families. Op hun beurt vuurden ze steeds dezelfde vragen op hem af. Wanneer zouden ze verder trekken? Wanneer zouden ze de Hellespont oversteken?

'We zullen snel genoeg verder trekken,' stelde Alexander hen gerust zonder zijn onzekerheid te laten blijken. 'Geloof me, binnen een jaar zijn jullie allemaal gekleed in zijde. Jullie smullen uit bekers en borden van goud en zilver wanneer de Perzische dames jullie op je wenken bedienen en al jullie wensen vervullen.'

'Al onze wensen?' vroeg een grapjas.

Alexander wees met zijn vinger naar de spreker en zei plagend. 'In jouw geval zijn er misschien een paar uitzonderingen!'

Dit antwoord oogstte een bulderend gelach. Alexander liep door. Hij slaakte een zucht van verlichting toen hij het koninklijke gedeelte van het kamp bereikte, omringd door wagens en trofeeën die de herinnering aan eerdere overwinningen levend moesten houden. Het geheel werd bewaakt door een elitekorps van de koninklijke garde. Alexander wisselde enkele woorden met de kapitein van de wacht en ging verder. In het centrum stond een altaar, bestrooid met natte, verwelkte bloemen. Hij liep erheen, raapte een wilde lelie op en kneep de bloem fijn tussen zijn vingers. Had Olympias, of was het Aristoteles, hem niet gewaarschuwd voor de sappen van deze bloem? Was hij niet giftig of... Alexander richtte zijn blik op de koninklijke paviljoens die in de vorm van een T waren opgezet. De liggende streep was zijn raadszaal, in de staande streep bevonden zich zijn persoonlijke vertrekken. Bij de ingang dromde een groep artsen samen. Perdikles de Athener, groot, met een breed voorhoofd, kort zwart haar, spleetogen en een smalle neus boven zuinige lippen. Naast hem stond Kleon uit Samos: klein, met blond haar en een vollemaansgezicht. Pietluttig van aard, een man vol geheimen die deel uitmaakte van Alexanders intieme kring. Verder was er nog Leontes uit Plataiai, donker van huid, met vrolijke ogen en een kwijlende mond die altijd open leek te hangen. En ten slotte Nikias – waar kwam hij ook weer vandaan? Oh ja, uit Korinthe. Met zijn droge gelaatsuitdrukking en zijn droge humor. Een bos slordig grijs haar bekroonde zijn gezicht, het gezicht van een oude man, gegroefd en gerimpeld. De artsen discussieerden levendig met de officier die hun de toegang belemmerde – ze merkten pas dat Alexander was gearriveerd toen de wacht in de houding sprong.

'Is hij hier, sire?' riep Perdikles. 'We hebben een gerucht gehoord...'

'Jullie hebben een gerucht gehoord en mij is de waarheid bekend,' zei Alexander plagend. 'Ja, jullie mogen hem ontmoeten, maar nu niet.'

Hij knipoogde naar Kleon en wurmde zich langs de groep het eerste gedeelte van de tent binnen, de wachtruimte waar de koninklijke pages rondhingen. Alexander overhandigde zijn mantel aan hen en tilde een scheidingsdoek op. Daarachter lag de ruimte waar zijn tafel, stoelen, schatkisten en persoonlijke bezittingen stonden. Een page die bezig was met een olielamp draaide zich om.

'Eruit!' beval Alexander.

De jongen veegde zijn handen af aan zijn tuniek en haastte zich om te gehoorzamen. Alexander greep hem bij zijn schouder en draaide hem om. Hij staarde in het gladde, olijfkleurige gezicht.

'Je bent een beste jongen,' zei hij glimlachend. 'Ik ben gewoon moe. Zeg tegen de anderen dat ze stil moeten zijn.'

Alexander negeerde Telamon, die links van hem op een krukje tussen twee kisten zat. Hij liep naar zijn schrijftafel en rommelde tussen de documenten waarmee de tafel was bezaaid.

'Die administratie, een aanvoerder heeft het altijd druk.'

'Wie niet?' antwoordde Telamon koel.

Alexander keek hem scherp aan en begon de sluitingen van zijn borstharnas los te maken.

'Oh, in naam van Apollo, of in welke god je ook maar gelooft, Telamon! Blijf daar niet zo zitten. Kom hier en help een oude vriend een handje.'

Telamon gehoorzaamde, hurkte neer en begon de riem onder Alexanders oksel los te maken.

'Je bent veranderd!' merkte Alexander op.

'De wereld is veranderd, sire.'

Telamon had moeite met de riem. Hij kneep zijn ogen half-dicht terwijl hij aan de gesp prutste.

'Je bent te lang in de zon geweest, Telamon. Je ziet niet zo best.'

'Net als vroeger, sire – bijziend.'

'Vroeger noemde je me Alexander.'

'En ook een heleboel andere dingen, sire,' antwoordde Telamon spitsvondig.

'Hoe is het met mijn moeder?'

'Gevaarlijk als altijd.'

'Heeft ze je bedreigd?'

'Nee, alleen degenen die me lief zijn.'

Alexander trok het borstharnas uit en gooide het op een kruk. 'Die zijn veilig. Maak je om haar geen zorgen, Telamon. Jouw naam en die van je familie staan op mijn lijst.'

Alexander maakte zijn soldatenrok los, ging op een kruk zitten en trok zijn legerlaarzen uit. Daarna verwijderde hij zijn van zweet doordrenkte tuniek. Hij was nu naakt op zijn lendendoek na en spreidde zijn armen uit.

'Kan ik ermee door, dokter?'

Telamon keek aandachtig naar de rozig-bleke huid met de sporen van oude wonden en kneuzingen, en naar de donkere gedeelten die door de zon waren verbrand. Alexanders benen waren stevig en gespierd, zijn buik was plat.

'Een gezonde geest in een gezond lichaam, hè, Telamon?'

'Het lichaam kan ermee door, sire.'

Alexanders glimlach ebde weg. Uit een kist haalde hij een witte tuniek met een purperen rand en trok deze over zijn hoofd.

'Je bent helemaal niet veranderd, Telamon – nog altijd stekelig en cynisch.'

'Het leven is kort, kennis vraagt zoveel tijd om aan te leren. Kansen zijn vluchtig, ervaring is gevaarlijk, beoordelen is moeilijk,' antwoordde Telamon.

'Euripides?'

'Nee, sire. Hippokrates.'

De koning liep met uitgestoken hand op hem af. Telamon greep de hand en Alexander trok hem naar zich toe.

52

'Ik wou dat je eerder was gekomen,' zei hij heftig. 'Zoals Euripides zegt: "De dag is voor eerlijke mensen, de nacht voor dieven." Ben je nog altijd zo dol op die toneelschrijver, Telamon?'

'Met name op een van zijn uitspraken,' antwoordde Telamon. 'De gevleugelde woorden: "Wie de goden willen vernietigen, maken ze eerst krankzinnig."'

Alexander voelde zijn oude vriend verstrakken, alsof hij een klap verwachtte. De koning kuste hem zachtjes op zijn wang en stapte achteruit. Met zijn hoofd schuin en zijn vinger dicht bij Telamons gezicht zei hij: 'Ik wilde dat je hierheen kwam omdat ik je nodig heb. Omdat ik je vertrouw. Als je hier echter niet wilt zijn, kan ik je beurs met goud vullen en je terugsturen.'

'Dat aanbod zou ik graag accepteren,' antwoordde Telamon glimlachend, 'maar dat kan ik niet om twee redenen. In de eerste plaats is er geen weg terug en in de tweede plaats heb je geen goud meer over.'

Alexander pakte hem bij zijn arm. 'Maar ik heb wel werk.' Hij keek met een ernstig gezicht naar de ingang van de tent, en er lag een bezorgde uitdrukking in zijn ogen. 'Sommige mannen in dit kamp willen mijn dood, Telamon. Anderen willen me zien vallen. Ik heb zojuist de derde stier geofferd in twee dagen, de mooiste dieren van mijn kudde. Zijn lever was onzuiver, net als bij de andere twee. Ik weet niet wat het eerst uitgeput zal zijn, mijn voorraad offerstieren of mijn geduld met de goden.' Hij zweeg even. 'En er is nog iets anders dat ik je wil laten zien.'

Alexander trok een paar sandalen aan en klopte op de leren tas die over Telamons schouder hing. 'Heb je je medicijnen meegebracht?'

'Een soldaat heeft zijn zwaard bij zich, een arts zijn geneesmiddelen.'

'Je zou ze nodig kunnen hebben.'

Alexander tilde de flap van de tent op en ze liepen door de voorruimte naar buiten, de koude nachtlucht in. Onmiddellijk werden ze omringd door de groep artsen – Telamon kende hen nog van vroeger. Perdikles greep zijn arm, zijn gezicht straalde van plezier.

'Ik had allerlei geruchten gehoord, maar ik dacht niet dat je zou komen.'

De andere artsen wilden zich in het gesprek mengen, maar Alexander riep een officier van de wacht als escorte en liep met

Telamon de duisternis in. Tussen de tenten en paviljoens was het oppassen geblazen voor de warwinkel van scheerlijnen en tentharingen. Sommige tenten waren groot, andere klein, maar ze stonden dicht opeen – zowel voor de veiligheid als om een nachtelijke aanval te voorkomen. Vijandelijke infanterie of ruiterij zou net zoveel hinder ondervinden van de smalle doorgangen als van een kring van wachtposten.

'Waar denk je aan?' vroeg Alexander, alsof hij doof was voor het gebabbel van de artsen achter hen.

'Aan onze jeugd,' antwoordde Telamon glimlachend. 'Aan Kleitos de Zwarte die ons meenam naar de heuvels en ons liet zien waar we ons kamp moesten opslaan. Waar is die bruut trouwens?'

'In Sestos om wijn te kopen. Eet je met mij vanavond, Telamon?'

Alexander bleef staan toen een gedaante met een kap over het hoofd uit de duisternis te voorschijn kwam. De officier van de wacht begon zijn zwaard te trekken, maar ontspande zich toen de man zijn kap naar achteren trok.

'Onze man uit Tarsos!' riep Alexander uit. 'De tentenbouwer. Is alles klaar?'

De tentenbouwer knikte.

'En de brand?' vroeg Alexander.

De man schudde zijn hoofd. 'Ik weet het niet. Het enige wat ik kan zeggen, is dat er een uitstekende tent is verwoest. Leer en touw zijn zeer kostbaar,' voegde hij er somber aan toe.

'Ik weet het, ik weet het.' Alexander wuifde de man weg. Hij greep Telamons hand zoals ze plachten te doen toen ze nog jongens waren. 'Het was jouw tent,' fluisterde hij. 'Je hebt er eentje voor jezelf. Beide ruimtes zijn in vlammen opgegaan, alleen de palen en de touwen waren over. Gelukkig maar dat jij er niet in was.'

'Een ongeluk?'

'Misschien,' antwoordde Alexander.

Telamon zweeg. De koude nachtwind verkoelde het zweet op zijn voorhoofd. Hij was moe na zijn lange reis uit Macedonië en hij vroeg zich vluchtig af waarom zijn tent tot op de grond was afgebrand. Dergelijke branden kwamen veel voor, maar werden meestal veroorzaakt doordat iemand in de tent onvoorzichtig was. Hij wilde net verder vragen, toen Alexander stil bleef staan voor een grote, vierkante tent met een puntdak. De voorkant was van stof, maar de rest bestond uit aan palen bevestigde leren huiden, die strak waren gespannen met behulp van touwen en haringen. De wachtpost buiten de tent tilde de flap op en Alexander leidde Telamon naar binnen, gevolgd door de andere artsen.

De tent bestond niet uit twee gedeelten, maar had het karakter van een kleine open hal. In het midden stond een overdekt komfoor. Op de grond lagen wollen kleden en er stonden banken met kussens en gepolijste tafeltjes. Achterin bevonden zich bedden, kisten, een stoel met een hoge rug en een aantal krukjes rond een schraagtafel. Aan de tafel zat een jonge vrouw in een eenvoudige donkerrode tuniek wezenloos voor zich uit te staren. Drie vrouwen, die zachtjes met elkaar zaten te praten aan de andere kant van de tent, stonden op en kwamen naar voren. Ze waren gekleed in de lichtblauwe tuniek en mantel van priesteressen van de godin Athene. De leidster droeg een kromme witte herdersstaf. Een klein bronzen uiltje van Athene hing aan een ketting om haar hals en haar ringen droegen hetzelfde symbool. Haar twee donkerharige en bleke metgezellen waren nog erg jong. De priesteres, die zich voorstelde als Antigone, was opvallend van uiterlijk en houding. Ze had blauwgrijze ogen in een lang, olijfkleurig gezicht, hoge jukbeenderen en volle rode lippen. Ze herinnerde Telamon vluchtig aan Olympias en ze leek volkomen op haar gemak in Alexanders aanwezigheid. Hij was zeer voorkomend tegen haar, maakte een lichte buiging en stak zijn handen uit als een smekeling in een tempel.

'Wel, heer,' Antigones stem klonk zacht, maar helder, 'je had me beloofd een arts mee te brengen, niet een hele troep.'

Ze negeerde Perdikles en de rest. Haar koele blik bleef op Telamon rusten. Ze bestudeerde hem taxerend en onderzocht zijn gezicht alsof ze hem probeerde te plaatsen. Alexander stelde hen aan elkaar voor. Telamon voelde zich lichtelijk verlegen en geïntimideerd – hij vroeg zich af of Antigone werkelijk belangstelling voor hem had, of stilletjes de spot met hem dreef.

Antigone stak een hand uit die Telamon mocht kussen. Haar vingers waren lang, koel en geparfumeerd.

'Je ziet er moe uit.' Antigone hield zijn rechterhand vast en streelde zachtjes zijn pols met haar duim. 'Ik heb van je gehoord, de beroemde arts!'

Telamon voelde zich niet op zijn gemak en keek naar Alexander, die met volle teugen genoot van zijn verlegenheid.

'Antigone is priesteres van Athene,' verklaarde Alexander. 'Ze dient de godin in hun tempel in Troje. Ze is de Hellespont overgestoken om me te begroeten. Wat een eer! Bovendien heeft ze gidsen meegebracht.'

'Gidsen?'

Alexander maakte een afwerend gebaar met zijn hand. 'Dat vertel ik je later. Eerst de patiënt!'

Antigone ging opzij en Alexander bracht Telamon naar de tafel.

'Misschien kunt u onze arts het verhaal van deze jonge vrouw vertellen, vrouwe.'

Telamon staarde naar het meisje met het poppengezichtje en de wezenloze ogen. Ze zat roerloos en haar lippen bewogen zonder geluid. Af en toe knipperde ze met haar ogen of vertrok haar gezicht en deinsde ze terug, alsof ze door een onzichtbare vijand werd bedreigd. Telamon voelde haar pols. Het bloed stroomde snel door haar aderen. Hij keek in haar ogen. De donkere pupillen waren vergroot en ze ademde oppervlakkig.

'Ze is in trance,' verklaarde hij, 'maar een trance die wordt veroorzaakt door koorts.'

Hij keek naar Antigone. De priesteres speelde met een van haar zware ringen waarop Athenes uil was afgebeeld.

'Wie is ze? Een van de tempeldienaressen?'

Alexander ging op de rand van de tafel zitten, kruiste zijn armen en staarde naar de vloer.

'Ze is het slachtoffer van een legende, Telamon. De vloek van Kassandra.'

'De Kassandra die door Ajax werd verkracht na de val van Troje?'

'De krijger nam Kassandra gevangen en misbruikte haar,' stemde Alexander in. 'Daarna ontstond de legende dat zijn afstammelingen – de honderd adellijke families uit Lokris in Thessalië – genoegdoening moesten geven. De profetes Kassandra was de godin Athene heel dierbaar. De honderd families moesten elk jaar twee jonge maagden sturen om dienst te doen in de tempel van de godin in Troje.'

'Maar dat is een legendarisch!' protesteerde Telamon.

'Dat was het tot een jaar of vijf geleden. Mijn vader Philippus wilde een succesvolle landing in Troje. Hij wilde Athene gunstig stemmen en daarom haalde hij de Thessalische hoofdmannen over het gebruik opnieuw in te stellen. Ieder voorjaar moesten er twee meisjes over de Hellespont worden gebracht en aan land worden gezet. Daarna moesten ze hun eigen weg zoeken naar Troje. Dat is althans de theorie.'

'Aspasia en Selena waren de eersten.' Antigone wees op haar metgezellen. 'Van de rest is er nooit een aangekomen. Ik heb zelf naar Philippus geschreven, maar hij kon er weinig aan doen – de westelijke kust van de Hellespont wordt geteisterd door bandieten en piraten. Twee meisjes brengen op de slavenmarkten een hoge prijs op.'

'Dat is barbaars!' riep Telamon uit.

'Het is eerder gebeurd,' legde Alexander uit. 'Dit jaar was geen uitzondering.'

Telamon vroeg zich af of Alexander loog. Hij ving de blik op die de koning en de priesteres wisselden, een vage glimlach, als tussen twee samenzweerders.

'Nu komt er een eind aan het gebruik.' Alexander zuchtte. 'We hebben geen offers meer nodig. Dit ongelukkige meisje werd gevonden terwijl ze ronddwaalde door de ruïnes bij Troje.'

Telamon onderzocht het hoofd van het meisje en woelde door haar weelderige haar. Hij ontdekte enkele bulten en een bijna genezen wond. Haar gezicht was zorgvuldig beschilderd om de sporen van verwondingen en blauwe plekken te maskeren. Hij vroeg om een lamp.

'Wij hebben haar ook al onderzocht,' zei Perdikles, die met de andere artsen toekeek.

'Ze heeft haar verstand verloren,' lispelde Kleon.

'We kunnen niets voor haar doen, behalve haar teruggeven aan haar familie,' verklaarde Nikias vriendelijk.

Telamon hurkte bij het meisje neer en greep haar hand, die koud en klam aanvoelde. Hij drukte zijn oor tegen haar borst, gebaarde om stilte en kon toen haar snelle hartslag onderscheiden.

'Ik kan haar genezen,' verklaarde hij.

Leontes begon bulderend te lachen. Hij ging achter het meisje staan en staarde op Telamon neer alsof hij verantwoordelijk was voor de verwondingen van de jonge vrouw.

'Kun je wonderen verrichten, Telamon? Ga je paddenvet op haar huid smeren en om haar heen dansen?'

'Ik zal jou paddenvet door je strot duwen!' snauwde Telamon terug.

Alexander schaterde van het lachen. 'Niets is erger dan een

troep artsen die ruziemaken over een behandeling,' spotte hij.

'Ik maak er geen ruzie over.' Telamon stond op, zijn gezicht was rood van woede. 'Ik heb dergelijke trances eerder gezien. Ze worden veroorzaakt door een diepgewortelde angst.'

Alexander wierp hem een verontschuldigende blik toe. 'Wat raad je dan aan?'

Telamon nam de kin van het meisje in zijn handen en draaide haar hoofd naar zich toe.

'Wat is het?' vroeg hij zachtjes. 'Waar ben je zo bang voor?'

'De duisternis.'

De onderlip van het meisje trilde. Haar stem was rauw, maar Telamon kon haar taal verstaan. Tijdens zijn ballingschap had hij een tijdje in Thessalië gewerkt.

'Wat is er met de duisternis?'

'Daar liggen Furiën op de loer. Monsters, ze kronkelen als slangen over mijn huid.' Ze drukte haar hand tegen de zijkant van haar gezicht. 'En dat gegil. Dat spuitende bloed. Een monsterlijke klauw strekt zich uit om me te grijpen. En de...' Ze sloot haar ogen en snoof. 'De kuil, waanzinnige beelden, walgelijke stank.'

Ze verviel weer in zwijgen en staarde met hangend hoofd naar het tafelblad.

Telamon liet de tas van zijn schouder glijden en maakte de sluitingen open. Hij zocht tussen de medicijnflesjes die nauwgezet waren opgeborgen in de zakjes en lusjes in zijn tas. Hij haalde er een uit en kneep het meisje in haar hand.

'Ik ga je in slaap maken,' zei hij. 'En dan zul je heel lang slapen.'

'Wat heeft dat voor zin?' vroeg Alexander nieuwsgierig.

'Het geeft lichaam en geest de kans tot rust te komen. Het bevrijdt de hersenschimmen uit haar ziel. Af en toe zal ze gillend wakker worden, maar daarna zal ze weer in slaap vallen.'

'Een vrouwenmedicijn,' mompelde Leontes.

'Nee, verre van dat.' Telamon trok de dop van het flesje en snoof er aandachtig aan. 'Het is eigenlijk een soldatenmedicijn.' Hij keerde zich tot Alexander. 'Je hebt vast wel eens soldaten gezien die hun verstand hadden verloren door de verschrikkingen van de strijd.'

'Krankzinnigen,' beaamde de koning. 'Nergens meer goed voor.'

'Ze zijn verdwaald in de doolhof van hun angsten. Ze dolen

rond en zoeken vruchteloos naar de uitweg. Slaap ontglipt hen en hoe sneller ze lopen, hoe wanhopiger en hoe verwarder ze worden,' legde Telamon uit.

'Ik heb van dit medicijn gehoord,' onderbrak Perdikles hem. 'Ze noemen het wel de slaap van Asklepios, de droom der vergetelheid.'

Telamon bevestigde het. 'Ik heb mannen weken, soms zelfs maanden zien slapen. Dat is alles wat ze doen: slapen, eten, drinken.'

'Worden ze genezen?' Leontes klonk nu niet meer zo arrogant.

'Sommigen wel, maar ik moet toegeven dat in andere gevallen...'

'Slaap is de broer van de dood,' viel Antigone in. 'Sommigen komen nooit meer tot bewustzijn.'

'Precies, vrouwe. Mag ik nu misschien wat wijn hebben?'

Antigone liep dieper de tent in. Ze kwam terug met een beker die was versierd met Athenes uil en vulde hem met wijn. Ze proefde ervan en overhandigde de beker toen met een knipoog aan Telamon alsof het een vriendschapsbeker was. Telamon nam een teugje van de wijn en rook eraan. Hij was donker en vol.

'Van de wijngaarden van Chios,' legde Antigone uit.

Opnieuw proefde Telamon van de wijn. Hij nam zich iets voor. Als hij dan toch werd betrokken bij Alexanders roekeloze campagne en het verwonden en moorden begon, dan moest deze wijn worden bewaard om pijn te verzachten en wonden te reinigen. Gadegeslagen door de anderen strooide hij een poeder in de wijn. Hij roerde erin met een ebbenhouten staafje uit zijn tas en probeerde de vrouw ervan te laten drinken.

Ze weigerde.

'Laat mij het proberen.' Antigone nam de beker van hem over.

Telamon ging opzij. Antigone nipte van de wijn om vertrouwen te wekken. Ze probeerde het op haar manier, maar de patiënt deinsde hoofdschuddend terug. De priesteres zette de beker op tafel. Ook anderen probeerden het, maar zonder succes. Telamon hurkte neer en draaide het gezicht van de jonge vrouw voorzichtig met zijn vingers naar zich toe.

'Doe je ogen dicht,' drong hij aan, 'denk aan naar huis gaan.'

Er verscheen een flauwe glimlach op de lippen van het meisje.

'Deze wijn zal je naar huis brengen. Het is magische wijn, hij zal je beter maken.'

Telamon nam de wijn aan van Antigone en deze keer nam het meisje er een slokje van. Telamon zette de rest voor haar neer.

'Meer kunnen we niet doen,' zei hij.

Alexander werd ongeduldig en wilde gaan. Antigone mompelde iets over een rouwplechtigheid. Telamon borg het flesje weer op in zijn medicijntas en sloot de gespen. Iedereen maakte zich op om de tent te verlaten.

Bij de ingang keek Telamon om. De jonge vrouw hield de beker nu in haar handen en staarde in de wijn alsof het om het water van de Lethe ging, de rivier der vergetelheid.

'Zal ze hem leegdrinken?' vroeg Alexander.

'Ja, ze zal hem leegdrinken,' verklaarde Telamon, 'en in slaap vallen als een kind met haar hoofd in haar handen. Of misschien gaat ze weer naar bed.'

Hij keek de nu verlaten tent rond en glimlachte. Zelfs hier, in dit militaire kamp, kon je zien dat dit een vrouwenverblijf was. Het was er schoner, frisser. Hier en daar stonden kleine voorwerpen en het was er netjes. Hij dacht aan het zonnige vertrek van Analoe in de tempel van Isis en zijn glimlach verdween.

'Is ze hier veilig?'

'Zeker is ze hier veilig,' garandeerde Alexander hem. 'De tenthuiden staan heel strak gespannen – er kan nog geen worm onderdoor kruipen. De ingang wordt bewaakt.'

Ze verlieten de tent. Perdikles en de andere artsen stonden buiten te mompelen. Ze staken handen omhoog en riepen een afscheidsgroet. Alexander keerde zich tot Antigone. Ze werden nu omringd door de koninklijke lijfwachten – woest en dreigend met hun Korinthische helmen, waarvan de stijve, paardenharen helmkam bovenop doorliep tot tussen hun schouderbladen. In het donker leken het spookachtige figuren met brede neus- en wangkleppen, die hun gezichten bijna verborgen. Ze stonden doodstil, hun aanwezigheid werd alleen verraden door het gekletter van metaal.

'Ik wil graag dat je met ons meegaat, Telamon!' riep Alexander hem toe. 'Ik moet de laatste eer bewijzen bij een rouwplechtigheid.'

'Wie is er gestorven?' Bij die vraag trok Telamon zijn mantel dichter om zich heen tegen de koude avondlucht.

'Antigone heeft verkenners voor me meegebracht van de andere kant van de Hellespont,' begon Alexander, terwijl hij de hakken van zijn sandalen in de van regen doordrenkte grond boorde. 'Wanneer we Troje hebben bereikt, gaan we verder langs de kust, zodat we in contact blijven met onze schepen. Ben je de Hellespont al eens overgestoken?'

Telamon knikte bevestigend. Hij herinnerde zich de open, winderige vlaktes, de donkere sparren- en eikenwouden, de snelstromende rivieren, een landschap dat werd doorsneden door diepe ravijnen.

'Een gebied dat zich leent voor hinderlagen,' antwoordde hij.

'Dat is precies wat mijn vader zei.' Alexander keek naar de lucht. 'We zullen langs de kust trekken, Telamon, en in het binnenland toeslaan. Ik wil niet in een hinderlaag lopen.'

Hij pakte de hand van de priesteres. Achter Antigone stonden haar twee assistentes als gesluierde standbeelden.

'De verkenners staan onder leiding van Kritias, een voormalig soldaat in het Perzische leger. Hij kent het terrein, weet waar bronnen te vinden zijn, waar de rivieren doorwaadbaar zijn en in welke ravijnen en valleien de vijand zich kan verbergen. Kritias zal kaarten tekenen en zijn mannen zullen optreden als onze gidsen. Ze zullen onze ogen en oren zijn.'

'En die rouwplechtigheid?'

'Antigone is enkele dagen geleden aangekomen met deze gidsen. Gisteravond werd een van hen gevonden op de rotsen onder de steile klippen langs de zee. Zijn lichaam lag half in het water.'

'Een ongeluk?' Telamon kon Alexanders gezicht niet onderscheiden in het donker, maar hij voelde zijn aarzeling.

'Nee, een dolk tussen zijn ribben, recht in zijn hart. Hij moet al dood zijn geweest voordat hij op de rotsen viel.'

Alexander liep abrupt weg. Antigone ging naast Telamon lopen toen hij de koning begon te volgen.

'De koning heeft veel vertrouwen in jou, dokter.' Ze liep elegant, haar hand rustte op zijn arm. Telamon vond haar aanraking prettig. Antigone herinnerde hem aan Analoe. Haar kalme waardigheid, de lach in haar ogen, haar oprechte manier van praten en haar volstrekte openhartigheid.

'Ken ik u?' vroeg hij.

'Misschien wel, Telamon. Ooit kwam er een reiziger naar onze tempel uit een gebied ver naar het oosten, aan de andere kant van de Hindoe Koesh. Hij was brahmaan, een heilig man in die streken. Hij beweerde dat we allemaal gevangenzitten in de cirkelgang van het leven en dat we steeds opnieuw worden geboren.'

'De leer van Pythagoras?'

'Iets dergelijks,' gaf ze toe. Ze zette haar nagels zachtjes in zijn pols. 'Misschien hebben we elkaar eerder ontmoet, Telamon. Ze zeggen dat we met dezelfde ziel terugkomen, maar dat de relaties anders zijn. Wie weet was ik de vorige keer je zuster.' Ze lachte zacht. 'Of je moeder.' Ze leunde naar hem over en fluisterde in zijn oor: 'Of je geliefde.'

Voor de eerste keer sinds hij in Sestos was aangekomen, lachte Telamon. Alexander keek over zijn schouder, maar liep door. De koninklijke enclave was nog altijd rustig. Nu ze deze verlieten, kwamen de geuren van de rest van het kamp hen tegemoet: rook van houtvuren, brandende turf, de stank van nat leer en paardenmest. Het nieuws van de komst van de koning verspreidde zich snel. Sommige mannen verlieten de kampvuren met hun drinkbeker in de hand om met hem te toosten, maar de kring lijfwachten hield deze drinkers op een afstand. De koning liep met zijn gevolg tussen een rij tenten door en bleef voor een daarvan staan. Telamon herkende het gebruikelijke slaapverblijf voor een afdeling van acht soldaten. Een geïmproviseerd komfoor brandde fel voor de ingang van de tent. Aan weerszijden daarvan flakkerden pektoortsen in de wind. Aan een touw boven de ingang hing een bak met water, een symbool van rouw, zodat de bezoekers die afscheid kwamen nemen van de dode zich bij hun vertrek konden reinigen.

De tent werd bewaakt. Een schildwacht tilde de tentflap op en Alexander liep naar binnen. De geïmproviseerde dodenbaar stond midden in de tent. Het lijk lag in een kring van druivenranken, met zijn voeten naar de ingang gericht. Bij zijn hoofd stond een slaaf met een mirtetak vliegen te verjagen. Rond de lage baar hurkten de andere gidsen. Ze waren stuk voor stuk donker gekleed, een teken van rouw. Hun haar was pas geschoren, hun gezichten waren bedekt met witte kalk en felgekleurde strepen verf. Ze maakten geen aanstalten om op te staan toen de koning binnenkwam. Hun beschuldigende blikken lieten duidelijk merken dat ze Alexander verantwoordelijk hielden voor de dood van hun kameraad.

Een brede, gedrongen man, beter gekleed dan de anderen in een tuniek en een mantel met een wit koord om zijn middel,

62

begroette hen. Hij had diepliggende ogen en verweerde wangen. Zijn witte haar was kort als van een soldaat. Hij greep Telamons hand.

'Ik ben Kritias.' Zijn lichtblauwe ogen waren vriendelijk. 'U moet Telamon zijn – de koning zei dat u zou komen.'

Telamon begreep niet waarom Alexander iemand over zijn komst had verteld. Hij mompelde zijn deelneming en staarde naar het in stroken linnen gewikkelde lijk dat was bedekt met een geïmproviseerd lijkkleed. Alexander vroeg om een beker wijn. Hij ging ermee aan het hoofdeinde van de baar staan en hief de beker theatraal omhoog, alsof hij een priester was die een offer bracht bij een altaar.

'Ik heb gebeden dat de geest van deze man geen moeilijkheden krijgt op zijn tocht over de rivier des doods,' verklaarde hij op luide toon. 'Ik zal de honingkoek verschaffen om de honger van Kerberos te stillen. Ik zal de veerboot van Charon betalen en ik, Alexander van Macedonië, beloof plechtig dat ik genoegdoening zal zoeken voor zijn bloed. Ik zweer het in bijzijn van de priesteres van Athene en mijn belofte is heilig!'

Alexander wendde zijn blik af. Telamon ving een glimp op van zijn sardonische humor. 'Mijn persoonlijke lijfarts Telamon, zoon van Margolis, een geboren en getogen Macedoniër, zal de doodsoorzaak van deze man onderzoeken.'

Alexander liet de beker zakken, nam een diepe teug en gaf de wijn door aan de eerste rouwdrager. Terwijl de beker rond ging, haalde Alexander een beurs te voorschijn waar hij zilveren munten uit schudde die glinsterden in het licht van de olielamp. Hij legde de munten naast het hoofd van de dode

'Heer!' Een officier negeerde de rouwplechtigheid en tilde de tentflap op. 'U kunt beter snel komen.'

Alexander liep naar buiten, gevolgd door Telamon, Kritias en de priesteres. Hij nam de officier terzijde, legde een arm om zijn schouder en luisterde aandachtig naar wat de man hem in het oor fluisterde. De koning knipte met zijn vingers naar Telamon en haastte zich weg. Ze keerden terug naar het koninklijke deel van het kamp. De flap van Antigones tent was opzij geslagen, de ingang krioelde van de soldaten. Telamon volgde Alexander terwijl hij zich een weg baande door de menigte. De jonge vrouw die ze zittend aan de tafel hadden achtergelaten, lag nu in een slordige hoop op de grond. Perdikles en Leontes zaten op krukjes naar haar te staren.

'Is ze dood?' vroeg Alexander.

'Vergiftigd,' antwoordde Leontes met een hatelijke blik naar Telamon.

Telamon negeerde hem en haastte zich naar haar toe. Hij zag de lege wijnbeker liggen. De jonge vrouw was in elkaar gezakt, maar hij hoefde slechts haar arm aan te raken om de onnatuurlijke stijfheid van haar lichaam te herkennen. Hij kantelde het lijk. Haar gezicht was asgrauw, met vreemde vlekken hoog op haar wangen. Telamon zocht tevergeefs naar een hartslag. Haar huid voelde koud en klam aan en de stijfheid van haar spieren was genoeg bewijs. Hij staarde vol medelijden naar de half geopende ogen met de purper aangelopen oogleden, alsof het bloed er elk moment doorheen kon breken. Haar lippen waren bleek, bijna wit, haar kaken stevig op elkaar geklemd.

'Wat is het?' fluisterde Alexander.

'Gif.' Telamon stond op en wreef over zijn gezicht. 'Ze is vergiftigd. De dood van Sokrates, een of ander middel dat op scheerling lijkt. Verlamming, verstijving van de ledematen, ademhalingsmoeilijkheden.'

'Je eerste patiënt hier,' mompelde Leontes.

Telamon raapte de beker op en rook eraan. 'Na ons vertrek moet iemand deze tent zijn binnengegaan.'

'Dat is onmogelijk!' protesteerde de kapitein van de wacht heftig. 'Ik heb met de schildwacht gesproken. Kijk om u heen. Er is hier niemand geweest! De wachtpost hoorde een beweging, gevolgd door een gerinkel. Toen hij de tentflap optilde, lag de jonge vrouw op de grond zoals u haar hebt aangetroffen.'

Telamon liep naar de kan met wijn om deze te onderzoeken, maar dat was slechts een voorwendsel, een manier om zijn verbazing te verbergen over de snelheid en de behendigheid van de moordenaar.

Hoofdstuk 2

Men vroeg Alexander: 'Waar, oh koning, bevindt zich uw kost-
baarste schat?' – 'In de handen van mijn vrienden,' antwoordde
hij.

Quintus Curtius Rufus, *Historiae Alexandri Magni*,
Boek 2, hoofdstuk 3

'Weet je zeker dat het vergif was?' vroeg Perdikles.

Telamon, die in de tent van zijn collega's zat, schudde verbijsterd het hoofd. Alexander was weggegaan, nadat hij had bevolen
het lijk te verwijderen. Hij had ook geroepen dat Telamons nieuwe tent, dicht bij de zijne, in orde moest worden gemaakt. Antigones twee metgezellen, Selena en Aspasia, beloofden het lichaam
op passende wijze te zullen kleden, zodat het samen met dat van
de gids naar de grote brandstapel kon worden gebracht die hoog
de klippen langs de zee was aangelegd. Telamon had uiterst zorgvuldig de wijn, de beker en het tafelblad gecontroleerd, maar hij
kon geen spoor vinden van welk giftig poeder dan ook. De
drinkbeker was leeg, de geur van de wijn met het verdovende
middel was zo sterk, dat er niets anders te ruiken was. Hij keek
Perdikles aan. De Athener staarde met een sombere uitdrukking
op zijn gezicht terug.

'Het is geen goed begin,' mompelde Telamon. 'Leontes heeft
gelijk, mijn eerste patiënt is binnen een uur gestorven. Maar
hoe?' Hij stond op en liep door de kleine tent. 'De priesteres heeft
de wijn ingeschonken. Ik heb haar zelf de beker zien brengen.
Anderen hebben hem ook aangeraakt, maar als iemand er poeder
in had gestrooid dat was verborgen in een ring of in een hand-
palm, zou dat zeker zijn opgevallen. En toch is ze dood.' Hij
draaide zich plotseling snel om. 'Weet je zeker dat er na ons vertrek niemand de tent is binnengegaan?'

Perdikles schudde zijn hoofd. 'De koning heeft zelf de wachtpost ondervraagd. De jonge vrouw zat daar gewoon, dronk de
wijn op en stierf op mysterieuze wijze. Hoeveel gevlekte scheerling zou daarvoor nodig zijn, denk je?'

'Vergiften zijn net wijnen, de sterkte kan variëren,' antwoordde Telamon. 'Maar een paar korreltjes, niet veel meer dan een vingertopje, mits het poeder zuiver was. Gevlekte scheerling bevriest als het ware de ledematen, zoals je wel weet. De slachtoffers kunnen geen adem meer halen. Ze stikken al heel snel. Natuurlijk heeft het verdovende middel dat ik haar had gegeven het effect alleen maar versterkt,' voegde hij er treurig aan toe.

Hij ging op de kleine leren kist zitten die Perdikles spottend had aangeduid als zijn 'beste stoel'.

'Het kan zelfmoord zijn geweest,' merkte de Athener op.

'Nee.' Telamon had geen rust en stond weer op. 'Antigone heeft die vraag al beantwoord. Ze bood aan haar tent te laten doorzoeken. En bovendien, waar zou een arm, verward wezentje zoals dat meisje de tegenwoordigheid van geest en de handigheid vandaan moeten halen om een dergelijk poeder te vinden en te gebruiken? Ze was doodsbang, maar niet suïcidaal.' Telamon sloeg met zijn hand tegen zijn dijbeen. 'We hebben iedereen ondervraagd! Ik heb zelf van de wijn geproefd. Daarna zat het slachtoffer in een goed bewaakte tent. De tenthuiden waren tegen elkaar aan gesnoerd. Alleen een geest had er doorheen kunnen dringen.'

'Heb je ooit een lichaam ontleed?' vroeg Perdikles.

'Een paar keer in Zuid-Italië. In dit geval zou dat echter niets bewijzen. Het zou alleen onze diagnose bevestigen. Die arme vrouw heeft genoeg geleden. Alexander zal het aan haar familie moeten uitleggen.'

Telamon was kwaad. Hij was voor gek gezet, op sluwe en subtiele wijze bedreigd. Hij liep dieper de tent in. Kleon lag op zijn bed te snurken als een varken. Telamon ging op het andere bed zitten. Hij verschoof Perdikles' zware wollen mantel, waarvan de zoom met modder was bespat, en peuterde aan de dikke gerstebaarden die zich aan de wol hadden vastgehecht. Hij staarde peinzend naar een paar bemodderde sandalen die in een verre hoek waren gegooid terwijl hij een kafnaald heen en weer rolde tussen zijn vingers. Perdikles kwam duidelijk nerveus naast hem zitten. De Athener wees naar Kleon.

'Ik benijd je, jij hebt een tent voor jezelf. Ik deel er een met hem. Ik heb nog nooit een man meegemaakt die zo lang kon slapen als een baby zonder een zorg in de wereld.'

Kleon draaide zich om op het bed en keek hen met half dichtgeknepen ogen aan.

'Dat hoorde ik toevallig. Als jullie zoveel wijn hadden

gedronken als ik...' Hij rekte zich uit. 'Ah, de slaap van Dionysos!'

Telamon veegde zijn vingers af aan zijn kleren.

'Waarom ben je hier, Telamon?' vroeg Kleon liefjes. 'Met je fantastische reputatie en je vreemde methodes. Kun je niet gewoon opdonderen en ons met rust laten?' Hij kwam overeind. 'Ik heb trouwens je theorie over verbanden aanleggen gehoord.'

'Waarom ik hier ben?' snauwde Telamon, terwijl hij de schimpscheut over zijn medische bekwaamheid negeerde. 'Dat begin ik me zelf ook af te vragen. Eigenlijk weet ik het niet.' Er klonk geschreeuw bij de ingang van de tent. Een page stormde naar binnen met het arrogante air van een succesvol generaal. Hij maakte een vluchtige buiging en wees naar Telamon.

'Uw tent is klaar, uw bagage is opgeborgen en de koning wil dat u samen met hem eet. U kunt het beste meteen meegaan!'

'Hoe kan ik dat weigeren!'

Telamon stond op en volgde de page, die opzettelijk liep als een vrouw en zo hevig met zijn heupen wiegde, dat zijn tuniek tot boven zijn achterste opzwaaide. Kleon riep nog iets sarcastisch over hooggeplaatste vrienden. Telamon negeerde hem. Hij zag het kamp opleven. De routinetaken waren achter de rug. Patrouilles waren uitgestuurd, schildwachten en andere wacht-posten stonden op hun plek. Een luid gehinnik vanuit de paar-denstallen werd begeleid door het gehamer en gekletter van de kleine smidses, waar de wapensmeden zwart en bezweet tot laat in de nacht werkten bij het licht van hun vuren. Het leger had zijn avondmaal beëindigd, de lucht was vervuld van de geuren en aroma's van verschillende soorten voedsel. Soldaten keerden terug naar hun eenheden om te gaan slapen of rond de kampvu-ren nog wat met elkaar te praten. Telamon hoorde een mengeling van talen: het lijzige, kalme accent van de Griekse huurlingen, het hoge gekwebbel van de Thessalische cavaleristen. Orders werden aangeplakt, officieren schreeuwden om manschappen, trompet-ten schetterden. Ze liepen de koninklijke enclave binnen. De page wees naar een grote, doosvormige tent waar geverfde doe-ken over de leren huiden waren gehangen.

'Dat is uw tent,' verklaarde hij met hese stem. 'Daar vindt u alles.'

Daarop slenterde de jongen de duisternis in. Buiten de tent zat een wachtpost zijn handen te warmen boven een schaal vol gloeiende houtskool. Hij knikte glimlachend toen de arts hem passeerde en om de doosvorm heen liep. De tent leek veel op die waarin de jonge vrouw was vermoord. De arts tilde de lappen op en controleerde de leren huiden eronder. Ze waren strak gespannen. Langs de randen zaten met ringetjes versterkte gaten. Daar was touw of koord doorheen geregen waarmee de huiden stevig tegen de essenhouten palen waren gebonden, en aan elke kant stond minstens een dozijn van die palen. De knopen waren vakkundig gelegd, zoals bij de tuigage van een schip. Telamon ging op zijn hurken zitten. De onderkant van de tent was op dezelfde manier geconstrueerd, maar hier waren de gaten in het leer groter voor de scheerlijnen, die strak waren vastgebonden aan in de grond geslagen haringen. Telamon trok aan de onderkant van een huid – zo strak als de pees van een boog. Nee, niemand kon hier onderdoor, stelde hij vast, en het zou een eeuwigheid duren om het touw los te peuteren. Dat zou toch wel iemand hebben gemerkt? Daarna moest de moordenaar nog toeslaan, weggaan en de huiden weer vastknopen op de manier van de tentenbouwers.

'Is alles in orde, heer?' De wachtpost was opgestaan en staarde nieuwsgierig naar hem.

'Alles is prima.' Telamon grijnsde in de duisternis tegen hem. 'Waar kom je vandaan, soldaat?'

'Vader heeft een boerderij net buiten Pella. Ik behoor tot de voetgezellen. Ik blijf hier vier uur lang, dan word ik afgelost.'

Telamon bedankte hem en liep de tent in. De tent was met behulp van een doek verdeeld in een woon- en een slaapruimte. Telamon was dankbaar voor Alexanders goede zorgen. De grond was bedekt met wollen kleden, het kampbed was voorzien van een met veren gevulde matras en een kussen. Er stonden stoelen, kisten en krukjes. Van de vier olielampen was er een aangestoken, en hij zag zelfs een verzegelde kruik met wijn en een aardewerken beker. Hij hoorde een geluid en keek om. De page stond in de ingang, nu met een rood lint in zijn zwarte krulhaar.

'Wat wil je?'

'U van dienst zijn, meester.' De jongen keek hem brutaal aan.

Telamon liep naar zijn tassen die tegen een kist waren gezet. Hij ging op zijn hurken zitten en controleerde de sluitingen. Ze waren losgemaakt – iemand had in zijn spullen geneusd. Telamon keek naar de page.

'Donder op, jongen! Ik moet niets hebben van mensen die neuzen en geen hersens hebben! Ik zoek zelf wel een helper.'

De page stoof weg. Telamon hoorde de wachtpost lachen. Hij ging op de rand van het bed zitten. Waarom had Alexander hem laten komen? Wat ter wereld verlangde hij van hem? En, nog belangrijker, waarom was hij nu hier? Hij stond op, goot een scheutje wijn in de beker en spoelde zijn mond. Daarna ging hij op het bed liggen soezen. Toen hij hardhandig wakker werd geschud, staarde hij in het sluwe gezicht met de waterige ogen van Aristandros.

'Ah.' Telamon wreef in zijn ogen. 'De bewaarder van de koninklijke geheimen, voorspeller van de toekomst...'

Aristandros gebaarde naar de dienaren die achter hem stonden. 'Schoon water! Opstaan geblazen! Je moet je omkleden en binnen een uur in het koninklijke paviljoen zijn!'

Aristandros stormde de tent uit. Telamon keek hem na. Had Aristandros opdracht gegeven zijn bezittingen te doorzoeken? Hij stond zuchtend op, waste zijn handen en zijn gezicht, wreef olie in zijn haar en zijn baard, en trok zijn beste tuniek en mantel aan. Zijn stevige sandalen hield hij aan, maar hij nam een paar slippers mee. Een page die buiten op hem stond te wachten, bracht hem naar het koninklijke paviljoen.

De maaltijd was al begonnen, de gasten lagen op lange, lage banken met tafeltjes binnen handbereik. Het lange paviljoen was slecht verlicht en doordrenkt van een parfum dat zich vermengde met de minder aangename geur van de aardewerken olielampen. Alexander troonde als gastheer op een leeuwenbank aan de andere kant van het paviljoen. In de schaduwen achter hem stonden twee officieren van de lijfwacht.

'Welkom, arts.' Alexander gebaarde naar hem met zijn beker. Hij keerde zich naar zijn metgezellen. 'Allemaal een heildronk op Telamon!'

De toost werd onder luide bijval uitgebracht. Dit was een van Alexanders beroemde drinkgelagen. Alleen de meest dierbare en intieme metgezellen werden bij deze gelegenheden uitgenodigd om mee aan te liggen en dronken te worden. Deze keer was er echter een uitzondering gemaakt. Aan Alexanders linkerhand lag de priesteres Antigone als een koningin. Ze nipte voorzichtig uit een drinkbeker en knipoogde plagend, waarmee ze de arts liet weten dat zij de enige nuchtere aanwezige was. Naast haar bevond zich Hephaistion en de volgende was Ptolemaios met zijn minnares, een Griekse prostituee die haar haar altijd donkerrood verfde. Seleukos, die al behoorlijk dronken was, brulde iets tegen Nearchos en Aristandros. De zwaardmeester van de koning, Telamons voormalige leraar aan de militaire academie, was ook aanwezig: Kleitos de Zwarte, met zijn donkere, gegroefde gelaatstrekken en kortgesneden haar. De zwaardhouw die hem zijn rechteroog had gekost, gaf zijn gezicht een scheve aanblik. Alexander was bijzonder op zijn zwaardmeester gesteld, die de positie van persoonlijke lijfwacht van de koning bekleedde. De zuster van Kleitos de Zwarte was Alexanders min geweest.

'Je bent geen greintje veranderd, Telamon!' Kleitos' ene oog keek hem fel aan.

'En jij ziet er nog net zo lelijk en gevaarlijk uit als vroeger!' schreeuwde Telamon terug.

Kleitos, die altijd en overal zijn zwarte, met berenvacht gevoerde jas droeg, gooide zijn hoofd achterover en schaterde, terwijl hij zijn mond afveegde met de rug van zijn hand.

'Je bent laat, Telamon,' riep hij honend. 'Nog altijd bang voor zwaarden zeker?'

'Ja, maar net zo bang voor jou, als ik eerlijk ben.'

Ptolemaios grinnikte. Kleitos de Zwarte staarde de arts aan.

'En st–st–stotter je nog st–steeds, Telamon?'

'Alleen wanneer ik iemand tegenkom die zo lelijk is als jij.'

Kleitos wilde overeind springen, maar Alexander klapte hard in zijn handen.

'Telamon, kom bij me zitten!'

Alexander ging staan, maar zwaaide enigszins onzeker op zijn benen. Hij gebaarde naar de bank aan zijn rechterhand. Een page bracht Telamon erheen. Alexander greep de hand van de arts, trok hem naar zich toe en kuste hem op beide wangen.

'Let op je woorden!' waarschuwde hij. 'Ze zijn allemaal aangeschoten. Ik ben nog niet zo dronken als ik me voordoe.' Hij lachte, duwde Telamon weg en installeerde zich weer op zijn bank.

Telamon maakte het zich gemakkelijk en keek om zich heen. De meeste koninklijke metgezellen zagen eruit of ze rechtstreeks van het exercitieterrein kwamen, maar Alkexander zelf was zoals altijd schoon en netjes. Zijn blonde haar was zorgvuldig gekamd en geolied, met een scheiding in het midden. Zijn pony lag tegen zijn bezwete voorhoofd gekleefd. Hij was gekleed in een sneeuwwitte, knielange tuniek met een purperen rand. Aan zijn voeten droeg hij gouden sandalen en de ringen aan zijn vingers glinsterden in het lamplicht. Telamon staarde naar de amethist die aan een zilveren ketting om de hals van de koning hing.

'Een geschenk van moeder,' verklaarde Alexander. 'Wanneer ik die steen in mijn wijn leg, geeft hij aan of deze is vergiftigd, zo beweert ze.'

'Die had ik dan vandaag wel kunnen gebruiken,' antwoordde Telamon scherp.

'Moeder heeft me bericht gestuurd,' vervolgde Alexander opgewekt. 'Ze was niet zo tevreden over haar gesprek met jou. Maar ach, zoals de dichter zegt: "Geen grotere vreugde voor een vrouw dan altijd haar zorgen op de lippen te hebben."' Hij hief zijn beker op naar Telamon. 'Laten we de goden danken dat moeder ver weg is, hè? Ik houd veel van haar, maar haar stemmingen veranderen net zo snel als ze haar ogen beweegt.'

'Wat zitten jullie daar te fluisteren?' riep Ptolemaios van een afstand. 'Waar heb je gezeten, Telamon? Waarom ben je vertrokken van de Academie van Miëza? Waarom ben je niet samen met ons volwassen geworden en uitgegroeid tot een krijgsman? Zou je niet graag een krijgsman zijn, Telamon?'

'Zou jij dat zelf niet graag zijn?' kaatste Telamon terug.

Ptolemaios stond op het punt hem te antwoorden, toen de bedienden binnenkwamen. De maaltijd was geen echt banket – eigenlijk was het niets meer dan een drinkgelag. Het eten stelde weinig voor: gerstepap, sardientjes, bloedworst en geroosterde haas, vergezeld van hard brood en onrijp fruit, geplunderd uit de boomgaarden in de omgeving. Kleitos klaagde luidkeels over de smerige Euboeïsche wijn, zodat Alexander opdracht gaf deze te vervangen door wijn van Thasos. Er werden olijven en noten opgediend. Het meisje dat het fruit uitdeelde, overhandigde elke gast ook een krans van mirte. Daarop haalde ze een fluit te voorschijn en begon een deuntje te spelen. Ptolemaios ging voor in een ruige samenzang. Telamon wierp een blik op Antigone. Ze lag in een sierlijke houding op haar ligbank en negeerde Kleitos' wellustige blikken, als een oudere tante die een groep uitgelaten jongens wel een pleziertje gunt. Telamon peuzelde wat van het voedsel en dronk de onversneden wijn. Antigone glimlachte tegen hem en hij hief zijn beker naar haar op. Alexander schreeuwde iets door de hele tent en Telamon maakte van de gelegenheid gebruik de priesteres enkele woorden toe te fluisteren.

'Wees voorzichtig met wat u drinkt,' waarschuwde hij. 'Deze feestjes gaan door tot de kleine uurtjes.'

'Ik heb het gehoord!' zei Alexander terwijl hij zich weer op de bank liet vallen. Hij riep een dienaar. Op de tafel voor hem werd een grote ceremoniële kelk gevuld met wijn. Alexander schreeuwde om stilte en riep de god van het fortuin aan. Hij tilde de kelk op en goot enkele druppels wijn op de grond als pleng-offer. Daarop dronk hij, terwijl de rest van het gezelschap een vers opdreunde, en vervolgens werd de 'vriendschapsbeker' doorgege-ven. Dit was het sein dat het serieuze drinken kon beginnen. Er werd een enorme mengschaal voor Alexander neergezet – een schitterend exemplaar van aardewerk uit Samos waarop een horde saters was afgebeeld die wegvluchtende meisjes najoegen. Dobbelstenen verschenen op tafel. Hephaistion won, omdat hij twee zessen en een drie gooide, en daarmee werd hij vanaf dat moment de leider van het feest

'Twee op een,' verklaarde hij.

Dit werd de verhouding voor de hele avond. Er werden twee maten wijn op één maat water in de mengschaal gegoten. De bekers werden gevuld. Hephaistion bracht de toost uit en net als de rest van de aanwezigen dronk Telamon zijn beker in één teug leeg. Dit was het teken voor de gasten zich te ontspannen en met elkaar te gaan praten. Alexander haalde echter een dolk te voor-schijn en tikte ermee tegen de mengschaal, het verzoek om stilte.

'Ik verwelkom mijn vriend Telamon,' begon hij, 'en Antigone, priesteres van Athene, die uit haar tempel in Troje is gekomen. Wanneer de voortekenen gunstig zijn, zal de overtocht plaatsvin-den. Het grootste gedeelte van het leger zal generaal Parmenion ontmoeten bij Abydos. Ik zal zelf eerst naar het zuiden marche-ren, naar Elaious.'

'Wat is daar?' riep Ptolemaios.

'Het graf van Protesilaos.'

'En wie is dat?'

'Telamon?' vroeg Alexander.

'De eerste Griek die sneuvelde in de Trojaanse oorlog.'

'Knappe jongen!' schreeuwde Ptolemaios.

'We zullen naar Troje trekken,' vervolgde Alexander zakelijk. 'Daar zullen we offers brengen en het leger in slagorde opstellen. Vervolgens marcheren we zuidwaarts langs de kust. Kritias is zijn kaarten aan het tekenen en dankzij Antigone beschikken we over voldoende gidsen.'

'En wanneer gaat dit alles gebeuren?' balkte Seleukos met zijn dronken kop.

Ptolemaios hield op zijn gezicht tegen de hals van zijn min-nares te wrijven en het werd stil in de tent.

'Wanneer?' vroeg Alexander met een zijdelingse blik. 'Niet voordat de offers onbezoedeld zijn en de goden onze gaven aanvaarden.'

'Maar binnenkort is het zomer,' protesteerde Ptolemaios. 'Dan drogen de bronnen en de rivieren op. En wat als Darius en die schoft van een Memnon weigeren de strijd met ons aan te gaan?'

'Wat als? Wat als?' Alexander werd nijdig. Hij keek dreigend om zich heen. 'We weten dat de Perzische vloot in Egypte een opstand aan het onderdrukken is. Wat als de sterren van de hemel vallen? Of de zee begint te koken? Heb je de voortekenen soms vergeten? In de nacht van mijn geboorte werd de tempel van Artemis in Ephese door brand verwoest. Ik ben van plan dat vuur tot het einde van de wereld te verspreiden.'

Alexander zong hetzelfde lied van roem en glorie dat hij als jongen had gezongen en zoals altijd wist hij de anderen ermee te hypnotiseren. Zelfs de cynische Kleitos de Zwarte luisterde aandachtig.

'Hoe beschreef Sokrates ons Grieken?' vroeg Alexander de hele groep. 'Als kikkers die rond een vijver zitten te kwaken.' Hij lachte. 'Wel, de kikkers zijn los. We zullen tot de rand van de wereld marcheren en alles onder Macedonische heerschappij brengen.' Hij hief zijn beker. 'Op onze glorie!'

Zijn woorden werden beantwoord met een gebrul van instemming. Alexander leunde achterover op zijn bank alsof hij moe was en knipoogde naar Telamon.

'Denk je dat ik de waarheid spreek?' fluisterde hij.

'Aristoteles zei dat de waarheid slechts een deelbaar idee is dat kan worden onthuld. Wanneer er niets meer te onthullen valt, heb je de waarheid bereikt.'

Alexanders gezicht betrok. 'Wat bedoel je, Telamon?'

'Ik blijf me afvragen waarom ik hier ben, sire. Maar natuurlijk is de werkelijke vraag waarom jij hier bent.'

'Geloof je dat ik de zoon ben van een god, Telamon?'

'Als dat je gelukkig maakt, sire.'

Alexander ging rechtop zitten. 'Geloof je het?'

Het viel Telamon op hoe scherp het contrast tussen de beide ogen van de koning op dat moment was: links blauw, rechts donkerbruin. Zijn gezicht was enigszins rood aangelopen en zijn lippen waren paarsachtig gevlekt, alsof hij bloed had gedronken.

'Geloof je niet dat ik bij Olympias ben verwekt door een god?'

73

'Als zij dat gelooft, sire.'

'Alexander! Ik heet Alexander!'

De koning keek om zich heen. Zijn metgezellen staarden hem aan. Hij tikte tegen het puntje van zijn neus. 'Gaan jullie door met praten. Wel, Telamon?'

'Als jij dat gelooft, Alexander, en Olympias gelooft het ook, dan is het jouw waarheid. Philippus geloofde iets anders. Zijn we daarom hier, om te bewijzen dat jij een god bent? Of dat je een beter man bent dan je vader? Of gaat het om de roem? Of – zoals ik onderweg hierheen hoorde – om de hele wereld onder Griekse heerschappij te brengen?'

'Ik weet het niet,' mompelde Alexander. 'Ik weet het echt niet.' Hij zweeg, nipte van zijn wijn en glimlachte. 'Je bent nooit getrouwd, hè, Telamon?'

'We hebben veel gemeen, Alexander.'

'Slaap en seks,' zei Alexander binnensmonds, 'herinneren me eraan dat ik sterfelijk ben.'

Hij schoof naar achteren op de bank, blakend van strijdvaardigheid. De arts bestudeerde zijn jeugdvriend. Je bent een luipaard, dacht hij, een meester in het hinderlagen leggen. Je stemmingen zijn net zo veranderlijk en grillig als die van je moeder.

'Ik heb om je gevraagd, Telamon...' Alexander dwaalde af om antwoord te geven op een van Ptolemaios' spottende opmerkingen. 'Ik heb om je gevraagd,' herhaalde hij, 'om een heleboel redenen.' Zijn gezicht verzachtte zich. 'Toen we nog jongens waren in Miëza schopte Kleitos ons voor dag en dauw ons bed uit. Weet je nog wat hij dan zei?'

Ze dreunden samen de woorden op die Kleitos placht te zeggen: 'Van hardlopen voor het ontbijt krijg je een goede eetlust en een licht ontbijt zorgt dat je 's avonds trek hebt!'

'Wat hoorde ik daar?' riep Kleitos door het paviljoen heen.

'Houd je bij je wijn, ouwe,' pareerde Alexander. 'Telamon en ik hebben veel in te halen.'

Alexander stak zijn beker uit, zodat een dienaar hem weer kon vullen, maar hij herinnerde de man wel aan de verhouding die hij moest gebruiken.

'Ik heb te veel wijn gedronken,' vervolgde Alexander. 'Herinner je je een witmarmeren beeld dat glansde in de vroege ochtendzon, Telamon? De inscriptie op de sokkel, hoe luidde die ook weer? "IK BEN EEN ONSTERFELIJKE GOD, NIET LANGER STERFELIJK."'

'Zie je jezelf zo?'

'Dat doet er niet toe!' snauwde Alexander. 'Daar plachten we te bidden, weet je nog? Tot god de vader, tot zijn zoon, geboren uit Leto.' Alexander sloot zijn ogen. 'Mogen zij ons de hele dag lang leiden en beschermen.' Hij opende zijn ogen weer. 'Ik was toen gelukkig. Ik was vrij. Ik was de geliefde zoon van de koning en zijn vrouw. Het was echter allemaal schijn, een toneelspel. Toen ik ouder werd, begonnen zich schaduwen over het toneel uit te strekken om me te overspoelen. Moeder en vader sloten me in. Eerst in kleine dingen. Op een dag reed ik paard in Miëza en het dier sprong over een muur. Toen zag ik een slavenmeisje drui- ven dragen. Ze gebruikte haar tuniek als mand. Ze had lange, goudkleurige benen en haar als rijpend graan. Ik plaagde haar en flirtte met haar. We lagen samen in de koele schaduw van een steeneik.'

'Oh, dat weet ik nog,' antwoordde Telamon. Door de wijn was hij op dreef geraakt en nu kwamen de herinneringen boven. 'De bosnimf...?'

'Ja, precies!' stemde Alexander in. 'De bosnimf! Het was een beeldschoon meisje. We lagen op een bed van geplette druiven. De volgende dag ging ik haar zoeken, maar iemand had het zeker aan moeder verteld. Het meisje was verkocht en Olympias maak- te me wijs dat ik waarschijnlijk een bosnimf had ontmoet, een gift van de goden. En weet je, Telamon, ik geloofde haar nog ook.' Alexander kreeg een afwezige blik in zijn vreemde ogen. 'Dat was moeders eerste echte les: er mocht maar één vrouw in mijn leven zijn en dat was Olympias. Toen begon ze haar hypnotiserende lied te zingen, dat ik heilig was, uitverkoren door de goden. Dat Hera- kles en Achilles mijn voorvaderen waren. Natuurlijk vond ik dat geweldig. Het tweede couplet was wreder. Dat ik misschien niet echt de zoon van Philippus was, maar het kind van een god. Ik raakte in verwarring. Weet je nog hoe neerslachtig ik in die tijd werd, Telamon?'

'Ik zei dat je met Aristandros moest gaan praten.'

Alexander lachte kort. 'Ja, van de regen in de drup. Aristandros van Telmissos.' Hij draaide zich om en hief zijn drinkbeker op naar zijn geheimenbewaarder die met een somber gezicht rond- hing aan de andere kant van de tent. 'Hij zong hetzelfde deuntje als mijn moeder, maar hij vertelde me wel de harde waarheid.' Alexander sloeg zijn ogen neer en toen hij weer opkeek, stonden ze vol tranen. 'Hij zei dat Philippus en Olympias ooit stapelverliefd op elkaar waren. Toen ze elkaar voor het eerst ontmoetten op het eiland Samothrake, geloofde Philippus dat hij door een godin was bezocht. Dat hij nooit meer van een andere vrouw zou kunnen houden.' Alexander zuchtte. 'Natuurlijk was een nuchtere Philippus een heel andere man dan een dronken Philippus. Dan zou hij nog een geit pakken en waarschijnlijk deed hij dat ook wanneer hij dronken genoeg was. Olympias heeft hem dergelijke slippertjes nooit vergeven. Weet je nog Telamon, dat je Olympias' slaapkamer binnen bent geslopen toen we als jongens een keer in Pella op bezoek waren?'

Telamon onderdrukte een huivering. Soms kwamen ook zijn nachtmerries weer boven.

'Je moeders kamer was helemaal begroeid,' zei hij zachtjes. 'Tegen de buitenmuur had zich een wijnstok vastgehecht met ranken vol weelderig blad.'

'En de slangen?' vroeg Alexander. 'De kronkelende slangen? Geen wonder dat het verhaal de ronde deed dat Olympias haar bed deelde met een slang, een vermomming van de god Apollo. Ze begon tegenover Philippus te zinspelen dat ik niet zijn echte zoon was. Hij zette het haar betaald met steeds meer andere vrouwen. Toch hield ik van hem. De dag dat ik Boukephalas temde gaf Philippus een banket en bracht hij een toost op me uit.' Alexanders ogen begonnen te schitteren, nu hij het had over het prachtige zwarte strijdros dat zijn naam ontleende aan de stralend witte bles op zijn voorhoofd. 'Philippus noemde me zijn zoon de paardentemmer. Ik heb me nog nooit in mijn leven zo trots gevoeld. Hij liet me wijn drinken. Ik smeekte hem om mijn moeder trouw te blijven. Toen werd hij boos en dus riep ik:"Door de bastaards die jij verwekt, zal ik geen koninkrijk meer hebben om te erven!"' Alexander boog zich voorover en greep Telamons tuniek. 'Hij greep me zo vast en trok me naar zich toe."Als je ook maar half de man bent die ik ben," antwoordde hij, "zul je je koninkrijk winnen en behouden." Natuurlijk hoorde moeder er alles van en toen nam ze me in vertrouwen. Ze beschreef hoe in de nacht waarin ik werd verwekt de wind door haar kamer stoof, hoe de sterren verduisterden en hoe het huis schudde onder bliksem en donder. Hoe mystieke vlammen haar slaapkamer vulden, enzovoort, enzovoort.' Alexander wreef langs de zijkant van zijn gezicht. 'Moeder tegen vader, vader tegen moeder. Philippus was een goed generaal. Hij besloot Olympias letterlijk te nemen. Als ik niet zijn zoon was, zou hij hertrouwen. En dus dong hij naar de hand van die meid van Attalos. Hij scheidde van Olympias en gaf Eurydike een zoon. Alleen de goden weten hoe die strijd zou zijn afgelopen als hij niet was vermoord.'

'Had jij daar schuld aan, Alexander?'

De koning keek een andere kant op. 'Nee, dat denk ik niet.'

'En Olympias?'

'Daar ben ik niet zo zeker van. Ik dacht dat het achter de rug was, maar de Perzen beweren dat ik Philippus heb vermoord. Ze gaan ervan uit dat geen enkele zoon zijn echte vader kan vermoorden en dus is Philippus niet mijn vader. Daarom ben ik zowel een man die zich de troon onrechtmatig heeft toegeëigend, als een bastaard.'

'Het zijn je vijanden,' stelde Telamon hem gerust. 'Je bent opperbevelhebber van heel Griekenland.'

'Ik ben nog steeds Alexander!' snauwde de koning.

Hij wilde nog meer zeggen, maar het rumoer in de tent stierf weg omdat Ptolemaios opsprong en schreeuwde: 'Laten we kottebos spelen!'

Een dienaar bracht een paal en sloeg deze midden tussen de banken in de grond. Er werd een bord op gezet. Ptolemaios wankelde overeind en bracht dronken een toost uit.

'Op mijn geliefde!' brulde hij. Hij dronk zijn beker leeg en gooide de droesem in de richting van het bord. Toen hij miste liet hij zich vloekend op zijn bank vallen. Onder honend gejouw waggelden nu ook anderen overeind. Antigone lag stil op haar bank met halfgesloten ogen. Telamon kon niet beoordelen of ze had geprobeerd naar gesprekken te luisteren, of dat ze deze Macedonische aanvoerder alleen opnam.

'Ik ben nog steeds Alexander,' herhaalde de koning. 'Philippus is dood en Olympias is terug in Pella, maar hun geesten achtervolgen me. Voordat ik vertrok, vertelde Olympias me dat ik naar de oase Siwah in de Egyptische woestijn moest gaan, waar Amon-Zeus het ware geheim van mijn afkomst zou onthullen.'

'En de geest van Philippus?'

'Ah, de ijzeren man. Soms heb ik nachtmerries van hem. Dan ben ik terug op het slagveld van Chaironeia. De doden liggen hoog opgestapeld. Het Thebaanse elitekorps van de verknochte wapenbroeders ligt daar als een rij afgemaaid graan. De grond is bezaaid met schilden en speren. De stervenden roepen zo doordringend als nachtvogels. Een leger van dode hoplieten komt op me af in hun wapenrusting van grote, bepluimde helmen, borstharnassen, schilden en speren. Hun ogen en monden zijn gevuld met bloed. Ze staan tussen mij en Philippus in. Ik vecht me een weg door hen heen.' Alexander zwaaide met zijn hand. 'Ik haal uit naar links en naar rechts, ik duw met mijn schild en hanteer mijn zwaard. Wanneer ik er eindelijk doorheen ben, is vader echter verdwenen.'

'Nachtmerries...'

'Nee, nee, luister.'

Alexander slikte heftig, zijn gezicht was nu rood aangelopen, zijn ogen glinsterden. Telamon zag dat zijn voorhoofd nat was van het zweet. Is deze man wel bij zijn volle verstand, vroeg hij zich af. Toen hij pas was aangekomen, had hij in Alexander zijn jeugdvriend herkend, maar nu? Was het slechts een masker dat hij droeg? Alexander stootte zijn drinkbeker tegen die van Telamon.

'Je bent terughoudend en zwijgzaam als altijd, Telamon. Ik wil je vertellen waarom je hier bent. Ik ben omringd door vijanden, door verraders, door spionnen.'

Als op bevel keek Telamon om zich heen. Ptolemaios negeerde het onbeheerste lawaai van de rest van het gezelschap en staarde naar hen met half geloken ogen en een licht spottende blik, alsof hij wist wat Alexander zei, maar het hem verder niet kon schelen.

'Luister!' Alexander stak zijn arm uit en greep die van Telamon vast. 'Darius en Memnon, ik ken hun tactieken.'

'Heb je een spion in hun directe omgeving?'

'Iets dergelijks. De Perzische koning zal niet proberen te voorkomen dat ik de Hellespont oversteek. Hij hoopt me zijn uitgestrekte gebieden binnen te lokken, zodat mijn leger uitgeput raakt en verhongert. Dan wil hij me omsingelen en afmaken, maar dat moeten de goden beslissen. Waar ik me zorgen over maak, is de spion die ze in mijn directe omgeving hebben. Ben jij dat, Telamon?'

'Waanzin! Als je me niet had laten komen, zou ik hier helemaal niet zijn!'

'Waarom heb je die page weggestuurd?'

'Ik houd niet van jongens die met hun kont draaien. Ik kies zelf mijn hulp, zoals ik zelf mijn vrienden kies.'

'Kies iemand die je vertrouwt,' beval Alexander. 'Ben je al bij de slavenverblijven geweest? We hebben nog wat Thebanen over die nog niet zijn verkocht. Misschien is daar iemand voor je bij.'

'Je had het over een spion?'

'Ik weet niet wie het is.' Alexander schudde zijn hoofd. 'De enige naam die me is doorgegeven, is Naihpat.'

'Naihpat?'

'Onzin, toch?' Alexander trok een gezicht. 'Naihpat – Apollo mag weten wat het betekent.' Hij wees door de tent. 'Ik heb mijn geheimenbewaarder en Darius heeft de zijne: Mithra, een mysterieuze figuur die naar een van hun goden is genoemd.' Alexander stak met gekromde vingers zijn hand uit. 'Wat zou ik hem en al zijn geheimen graag te pakken krijgen, plus al degenen in Griekenland die heimelijk Perzisch goud hebben ontvangen. Ik zou geen genade kennen, Telamon. Ik zou hen allemaal kruisigen.'

'Wie is jouw spion?' vroeg Telamon abrupt.

'Wel, ik geloof dat het Lysias is, een van Memnons aanvoerders van de ruiterij. Hij heeft me een geheime boodschap gestuurd, hij wil me in Troje ontmoeten en me daar vertellen waarom.'

'Dus waar ben je bang voor, Alexander? Heimelijke moordenaars? Verraad?'

'Nee, ik ben bang voor Philippus.'

'Die is dood!' Telamon verhief zijn stem.

'Nee, luister. Herinner je je die regel?' Alexander kneep zijn ogen samen, zoals hij vaak had gedaan toen hij een jongen was op de militaire academie. 'Het was iets uit boek negentien van de *Ilias*. Wat stond er ook weer? "De lever werd van zijn plaats gehaald en daaruit stroomde de zwarte gal over de voorkant van zijn tuniek..."'

'Wat heeft dat met Philippus te maken?'

'"De stier is bereid voor het offer, alles is klaar, de moordenaar wacht." Vader dacht dat het een verwijzing was naar het Perzische rijk. Pas nadat hij was vermoord, begrepen de mensen dat het op hemzelf sloeg.' Alexander pauzeerde even. 'Ik heb een onbezoedeld offer nodig, Telamon, voordat mijn troepen zich mogen inschepen. Elke stier die ik offer, is echter aangetast. De voortekenen zijn ongunstig en dus hangen we rond op deze landtong en wacht mijn leger af.'

'Negeer de voortekenen!' snauwde Telamon. 'Laat je vloot komen en ga!'

Alexander schudde zijn hoofd. Hij zette zijn wijnbeker op de grond, legde zijn armen gekruist over de hoofdsteun van de bank en leunde met zijn kin op zijn polsen. Hij bestudeerde Telamon aandachtig.

'Kijk om je heen, geneesheer van me. Kijkt er iemand naar ons? Denk je dat iemand ons kan horen?'

Telamon gehoorzaamde. Seleukos praatte met Antigone. Aristandros zat in zijn kruis te krabben. Ptolemaios en zijn prostituee waren verwikkeld in een of andere woordenstrijd. De dienaren hadden zich teruggetrokken, het meisje met de fluit was verdwenen. Door de halfgeopende tentflap ontwaarde de arts het schild en de speer van een wachtpost.

'Denk eens aan die gids wiens lichaam moet worden gecremeerd,' vervolgde Alexander. 'De man die werd gevonden op de rotsen onder de klippen. De enigen die de waarheid kennen, zijn Kritias en Aristandros. De rest denkt dat zijn dood gewoon het gevolg was van een ruzie bij het kampvuur. De dolk zat nog in zijn lichaam, in zijn hand had hij een snippertje perkament.' Alexanders blik bleef die van Telamon vasthouden. 'De dolk was gevleugeld, van Keltische oorsprong.' Telamon huiverde. Hij wist niet of het door de koude nachtwind kwam, of door Alexanders starre blik. 'Het was net zo'n dolk als waarmee mijn vader is vermoord,' fluisterde Alexander.

'Maar die Pausanias was krankzinnig! Dat verhaal kennen we allemaal,' troostte Telamon. 'Zulke dolken zijn op elke markt te koop.'

'Is dat werkelijk zo, dokter? En dat stukje perkament dat in de hand van de dode gids was gestopt? Met de boodschap: "De stier is bereid voor het offer, alles is klaar, de moordenaar wacht." Besef je wat er gebeurt, Telamon? Gaat vader me tegenhouden?'

'Doe niet zo belachelijk. Je bent zo bijgelovig als een oud wijf.'

Alexander veranderde van houding en glimlachte, zodat zijn gezicht een heel andere uitdrukking kreeg. 'Ik ben blij dat je er weer bent, Telamon.' Hij sloeg met zijn vuist tegen zijn borst. 'Olympias, Philippus en de hele Perzische strijdmacht bij elkaar zullen me niet tegenhouden. Niets zal me tegenhouden!'

'Heb je daarom Thebe met de grond gelijkgemaakt?'

'Kort voordat je wegging uit Miëza bevochten we elkaar met houten zwaarden,' antwoordde Alexander. 'Ik bleef toesteken totdat Kleitos tussenbeide kwam.'

'Je verontschuldigde je. Je zei dat je een rood waas voor je ogen kreeg.'

'Dat is precies wat er in Thebe gebeurde.' Alexander beet op zijn lip. 'Mensen moeten weten wanneer ze verslagen zijn. Elke keer weer moest Thebe zo nodig complotten smeden, samenzweren en fluistercampagnes beginnen. Ik weet nog dat ik voor de Elektrapoort stond te kijken hoe het Thebaanse elitekorps zich in slagorde opstelde. We dreven hen terug. Toen kwam het rode waas. Deze keer, deze keer regel ik de zaak voorgoed, dacht ik. Nooit meer zal Thebe Macedonië provoceren. Ik gaf het bevel: "Maak geen gevangenen! Laat niet één steen op de andere!"' Hij glimlachte vaag. 'Met uitzondering van de tempels en het huis van de dichter Pindaros. We hebben alle strijdbare mannen gedood. Ik maakte dertigduizend Thebanen tot slaaf en verdiende een vermogen met de verkoop van die mensen.' Hij stak zijn hand omhoog. 'Nooit zal Thebe me weer provoceren!'

'En toch is er iemand die dat wel doet?'

'Ja.' Alexander hoestte en zwaaide zijn benen van de bank af. Hij ging rechtop zitten en praatte over zijn schouder door met de arts. 'En zo komen we op waarom je hier bent.'

Alexander zette zijn wijnbeker op tafel. Telamon keek omlaag. De rand van het kleed dat bij de bank van de koning op de grond lag, was doordrenkt van wijn. Alexander had inderdaad niet zoveel gedronken als hij voorgaf. Hij had kleine teugjes genomen, af en toe een flinke slok, maar de meeste wijn had hij stiekem op de grond gegoten.

'Kijk om je heen, Telamon. Mijn begerige metgezellen willen allemaal koningen en prinsen worden en in volle glorie door Persepolis rijden. Zolang ik sneller, sterker, gemener, sluwer en fortuinlijker ben, ben ik veilig. Zolang de meute er goed van eet, ben ik hun leider. Hetzelfde geldt voor die jongens buiten. Eigenlijk willen ze de zwarte aarde van Macedonië helemaal niet achter zich laten, maar ze dromen van de zachte, mollige vrouwen van Darius' harem. Ze willen hun armen tot hun ellebogen in manden vol parels en kostbare edelstenen steken. Als ik die dromen waarmaak, ben ik hun koning, hun goddelijke redder. Het zou hun niets uitmaken als ik me zou uitroepen tot de reïncarnatie van Apollo zelf.'

'Je hebt Hephaistion, een ware vriend.'

'Ja, ik heb Hephaistion en ik heb Telamon. Ik heb lang en intensief over jou nagedacht. Ik weet nog hoe je Miëza verliet en achter je vader aan reed op dat stoffige witte pad, terwijl de cipressen aan weerskanten je vaarwel fluisterden. Alles wat Telamon wilde, was arts worden – geen vrouwen, glorie of goud. Dat is de eerste reden waarom je hier bent.'

81

'En de tweede?'

'Mijn hele leven lang, Telamon, ben ik nooit een paar ogen als die van jou tegengekomen. Zo scherp als die van een valk! Je zat vaak voor je uit te staren en niets ontging je dan. Dat is de man die ik nodig heb, dacht ik. Het is tijd dat Telamon thuiskomt. Ik heb gehoord van je probleempje in Egypte. De Perzische gebieden zijn voor je gesloten.' Alexander haalde zijn schouders op en schoof naar achteren op de bank. 'Je kunt dus niet naar Perzië. Geen enkele Macedoniër is welkom in Griekenland, eigenlijk, dus waarom sluit je je niet aan bij je vrienden? Moeders dreigementen hebben je op weg geholpen. Je bent hier, Telamon, omdat je nergens anders heen kunt en vooral omdat je nieuwsgierig bent. Je nieuwsgierigheid wint het. Is er een betere plek om je vak uit te oefenen en je kennis te vergroten? Voordat het jaar om is, zul je patiënten genoeg hebben.' Alexander stak zijn hand uit en woelde door Telamons haar. 'Maar wat ik werkelijk wil, Telamon, is dat je mijn ogen bent. Ik wil dat je die spion Naihpat opspoort. Ik wil weten hoe dat meisje en die gids zijn gestorven.'

Seleukos schreeuwde iets naar hen.

'Houd je mond,' brulde Alexander terug. 'Ik ben in gesprek!' Hij wendde zich weer tot Telamon. 'Herinner je je de *Ilias* van Homeros? Vroeger citeerde je die regel voor regel. Ik heb nog altijd een exemplaar onder mijn kussen liggen. Hoeveel verwondingen beschrijft Homeros?'

'Honderdnegenenveertig.'

Alexander knipte met zijn vingers en glimlachte. 'Hoe raakte Eurypylos gewond?'

'Door een vergiftigde pijl in zijn been. De pijl werd verwijderd, het gif werd uitgezogen.'

'Door wie?'

'Door Patroklos, de beste vriend van Achilles, in boek elf. Hij waste de wond met warm water en smeerde hem in met de bitterzoete wortel van een of andere plant.'

Alexander kwam dichterbij. 'Niemand anders weet dit,' siste hij, 'maar ik heb twee op stukjes perkament gekrabbelde boodschappen ontvangen. De eerste is uit boek negentien van de *Ilias*: "De dag van je dood nadert."'

'En de tweede?'

'Uit boek eenentwintig, enigszins aangepast: "Sterf een kwade dood tot jullie allemaal hebben geboet voor de dood van Philippus."'

Hoofdstuk 3

Van Darius, koning der koningen, aan zijn satrapen... deze dief
en plunderaar, deze mismaakte man, Alexander, grijp hem dan.

De Ethiopische versie van Pseudo-Kallisthenes

De Perzische oorlogsgalei verliet zijn escorte voorbij Chios aan de kant van de haven en doorsneed de Hellespont met behulp van de voorjaarsbries onder dekking van de welkome duisternis. Het was een vlaggenschip van de keizerlijke vloot. De vurenhouten romp was net boven de waterlijn bloedrood geschilderd en zwart op het achterschip. Aan beide kantent, net onder de bronzen voorsteven, was een springende panter afgebeeld. Daarnaast was het alziend oog aangebracht – een talisman om onheil af te weren. Memnon en zijn aanvoerders stonden op het achterschip, dat in de vorm van een prachtige witte tritonshoren was gesneden. De zeilen waren opgevouwen, de masten omlaaggehaald, de oorlogskleuren gemaskeerd, de lantarens en lampen verduisterd. De voorman van de roeiers gaf zelfs gedempt bevelen terwijl de grote trireem door het water koerste tot hij op enige afstand van de stad Sestos bleef liggen. Memnon was vol vertrouwen dat ze niet zouden worden opgemerkt. Onder de bewolkte sterrenhemel was de mist, die af en toe uiteen week alsof er een gordijn open werd getrokken, een welkome bondgenoot. De oplettende uitkijkposten, hoog op voor- en achtersteven, konden de lichten van Alexanders Macedonische kamp onderscheiden. Memnon hoorde het water tegen de romp klotsen. De in rijen opgestelde roeiriemen strekten zich uit als grote armen die op orders wachtten. De kapitein en zijn officieren waren op hun hoede voor gevaar, of het nu een plotselinge verandering van de wind was, of een naderend schip.

'Ik wil niet op de rotsen worden gesmeten,' fluisterde de kapitein – die net als Memnon afkomstig was van Rhodos – de generaal voor de zoveelste keer in zijn oor.

83

'De goden zijn met ons, het komt allemaal in orde,' zei Memnon, terwijl hij de neiging onderdrukte de man uit te schelden.

Hij ging aan de reling staan en keek uit over het water. Er vielen geen vissersscheepjes of andere boten te bekennen. Alexander vertrouwde erop dat zich geen vijandelijke schepen op de Hellespont bevonden. Memnon glimlachte voor zich heen. Tot op zekere hoogte was hij het eens met de tactiek van Darius. Het kon geen kwaad Alexander het geruststellende gevoel te geven dat hij werd beschermd door de goden. Memnon geloofde echter niet in de goden – alleen in de kracht van zijn eigen arm en in zijn sluwheid. Arsites, de satraap van Phrygië, wist niet dat hij hier was. Memnon had de beschikking over een aantal schepen en de man van Rhodos had besloten de zaak in eigen hand te nemen. Diokles, zijn stomme dienaar, kwam naast hem staan. Hij legde zijn hand op die van zijn meester, een teken dat hij hem iets duidelijk wilde maken. Memnon keek medelijdend naar hem. Diokles had altijd hevig last van zeeziekte. Er stroomde vocht uit zijn ogen en neus, en om zijn mond zaten sporen van braaksel.

'Wat is er?' vroeg Memnon bedaard.

Diokles gesticuleerde met zijn vingers.

'Denk je dat er een verrader onder ons is? Ik kan niet geloven, dat Lysias...!'

Memnon maakte een afwerende beweging met zijn hand en staarde over het kabbelende water. Ergens benedendeks schreeuwde een man, maar het geluid werd gedempt. Memnon luisterde naar het ritme van het grote oorlogsschip: het kraken van de vurenhouten spanten, het knerpen van de roeiriemen. Het schip deinde op en neer in de sneller wordende stroming. Af en toe gaf een roerganger een bevel dat werd doorgegeven aan de roeiers die de drie rijen roeiriemen bemanden. Sommigen van hen doopten dan zachtjes hun riemen in het water, zodat de tri+reem op koers bleef. Memnon zelf was de koers kwijt. Hij kon nog steeds niet accepteren dat Lysias een verrader was geweest. Hij had zoveel te verliezen. Toch had Darius het volgehouden. Memnon dacht weer aan de afschuwelijke, hemelhoog oprijzende toren der stilte waar de Perzische doden in hun lijkwade aan de balken hingen. In het midden hing een kooi waarin Lysias was gezet, zonder voedsel of water, om een langzame en pijnlijke dood tegemoet te gaan. Memnon bad stilletjes dat Lysias zijn lot dapper zou ondergaan, terwijl hij daar tussen hemel en aarde hing met al die doden om zich heen.

Diokles raakte zijn hand aan. Weer gebarentaal. 'Ik weet het. Ik weet het,' antwoordde Memnon. 'Arsites en Darius beweren dat er ook andere spionnen onder ons zijn, maar ik geloof dat niet.' Hij lette aandachtig op de dringende vingerbewegingen van zijn dienaar en schudde ten slotte zijn hoofd: hij begreep het niet. Diokles herhaalde de gebaren.

'Ja, je hebt gelijk. Darius noch Arsites weet hiervan. Zij willen...' Memnon liet zijn stem dalen. 'Zij willen de wolf hun schaapskooi laten binnendringen. Ik maak hem liever af voordat hij in de buurt komt.' Hij glimlachte wrang. 'Een kleine verandering in de plannen.'

'Een sein, heer!' De kapitein kwam naar hem toe en wees het donker in. 'Daar, heer. Ten noordwesten van ons.'

Memnon tuurde de mistige duisternis in. De kustlijn verschoof en hij ving een glimp op van het lantarenlicht.

'Zijn de mannen klaar?'

De kapitein knikte en liep weg. Memnon raakte Diokles' wang aan en ging naar de voorsteven, waar de signalen werden beantwoord door een peiler met een seinlantaren. Er kwam een visserssmak aan. Memnon onderscheidde een roerganger, een tweede man onder het losse zeil en een derde op de voorsteven. Het vissersbootje zocht zijn koers zorgvuldig en voer tot dicht onder de voorsteven van de trireem. Er werden grijphaken omhoog gegooid. De visserssmak werd vastgehouden aan touwen, maar het bootje moest worstelen om uit de buurt te blijven van de uitstekende roeiriemen.

'In naam van Apollo!' hijgde Memnon tegen de kapitein. 'Ik wil niet dat we in elkaar verstrengeld raken! Een van Alexanders kapiteins kan besluiten een nachtelijke tocht te gaan maken.'

'We passen wel op,' stelde de kapitein hem gerust.

Memnon draaide zich om bij het geluid van voetstappen. Er verschenen vijf mannen van beneden. Elk van hen droeg een bundeltje in zijn ene hand en een wapenrusting in de andere. Ze waren eenvoudig gekleed in tunieken, mantels en soldatenlaarzen. Goedkope sieraden, armbanden, ringen en halskettingen glinsterden in het schaarse licht. Met de zilveren hangers in hun oorlelletjes en hun kortgesneden haren leken ze precies op wat ze moesten voorstellen: huursoldaten op zoek naar een meester. Memnon greep de hand van hun aanvoerder, een man met de naam Droxenios.

'Je weet wat jullie moeten doen? En wat jullie moeten zeggen?'

'We zijn soldaten uit Argos,' antwoordde Droxenios. 'We zijn huurlingen die uit zijn op de drachmen van Alexander van Macedonië. We zijn over land hierheen gereisd. We hebben wapens, maar geen werkgever. We hebben gediend in Lydië en verder naar het noorden. Eigenlijk wilden we ons aansluiten bij Memnon op Rhodos, maar we denken dat hij zal verliezen.' Droxenios raakte zijn kruis aan om ongeluk af te weren. 'Wie geen geld en geen geluk meer heeft, is ook zijn huurlingen kwijt.'

Memnon lachte zachtjes. 'Hoe het verder gaat, is jullie zaak. Kies het moment en de plek en sla onmiddellijk toe. Als jullie weten te ontsnappen, zullen jullie rijker zijn dan jullie ooit konden dromen. Laat je niet gevangennemen. Als jullie sterven en in de Elyseïsche velden terechtkomen, maak je dan geen zorgen. Ik zal de nodige offers brengen en jullie vrienden behandelen als mijn eigen vrienden.' De koude nachtwind rukte aan Memnons jas. 'Jullie hebben maar één taak: de executie van Alexander van Macedonië. Jullie beweren uit Argos afkomstig te zijn, terwijl jullie in werkelijkheid uit Thebe komen. Vergeet niet hoe die stad ooit was en denk aan de ruïne die Alexander ervan heeft gemaakt.' Hij ging bij de groep staan en bekeek de harde, vastbesloten gezichten aandachtig. 'Ieder van jullie heeft een bloedvete. De schaduwen van jullie familieleden, moeders, vaders, broers en zusters, schreeuwen om wraak op de tiran! Sla genadeloos toe! Sla snel toe!' Hij hief zijn hand op als een saluut. 'En ga er dan als de bliksem vandoor!'

Hij schudde de hand van elke man. Ze begaven zich naar de voorsteven en klauterden met hulp van de bemanningsleden langs de touwen naar de vissersboot. Droxenios ging als laatste. Net voordat hij overboord stapte, greep Memnon hem bij zijn schouder.

'Niemand weet dat jullie komen. Spionnen kunnen echter zo talrijk en zo snel zijn als vliegen op een hondendrol. Jullie taak is Alexander te vermoorden, maar wees waakzaam. Als jullie kans zien, probeer dan een persoon te vinden die Naihpat heet.'

'En als we hem vinden?' Droxenios keek Memnon vragend aan. 'Vermoorden we hem dan?'

'Nee.' Memnon schudde zijn hoofd. 'Maar als de goden jullie goedgezind zijn, vertel me dan bij jullie terugkeer wie hij is.'

Droxenios knikte. De vissers riepen in het donker. Memnon

voelde de zee stijgen terwijl het grillige tij veranderde. Droxenios begon af te dalen. Memnon gaf hem zijn bundel aan. De grijphaken werden verwijderd. De kapitein stootte een bevel uit en de trireem gleed zachtjes achteruit terwijl de voorman van de roeiers zorgvuldig aanwijzingen gaf. Het oorlogsschip vocht tegen de deining van de zee, zodat de visserssmak de gelegenheid kreeg te draaien en te verdwijnen in de mistige nacht.

Droxenios zat in de achtersteven de drie vissers te bestuderen. Memnon had hem uitgelegd dat ze waren omgekocht om 's nachts uit te varen, de seinen van de lantaren te gehoorzamen en een aantal mannen aan land te brengen. De vissers waren goed betaald door Memnons tussenpersonen en zouden nog meer ontvangen zodra de landing was volbracht.

Droxenios zette zich schrap tegen de deining van het kleine bootje. Na de veiligheid en de warmte van de trireem had hij het gevoel of hij op een vlot in een woelige zee was gegooid en het verder zelf maar moest uitzoeken. Toch verstonden de vissers hun vak. Eerst was er niets anders dan de roerige zee. Bevelen werden over en weer geschreeuwd. Na een poosje kon Droxenios in de duisternis de vage contouren onderscheiden van de steile witte klippen en het zandige kiezelstrand van een smalle baai. De visserssmak bleef op koers tot het water zo ondiep werd, dat de romp de bodem raakte. Twee vissers sprongen uit de boot en spoorden Droxenios en de anderen aan hetzelfde te doen. De huurlingen gehoorzaamden. Gezamenlijk trokken ze de boot het kiezelstrand op. Droxenios controleerde of alles uit de boot werd gehaald en op het droge strand werd gelegd. Hij keek naar de lucht – het moest al ver na middernacht zijn en ze hadden nog een flinke tocht voor de boeg. Hij nam de baai op. Als er verraad in het spel was, moest dat nu blijken. Een beweging, de glinstering van een wapenrusting, het gehinnik van een paard... maar alles bleef stil. Een van de vissers trok aan zijn arm en hield zijn hand op.

'Ah natuurlijk!' Droxenios glimlachte. 'Het loon! Jongens, onze veermannen willen goud en zilver,' riep hij zachtjes in het donker. 'Geef hun wat ik geef!'

Droxenios' zwaard schoot uit de schede te voorschijn voor één snelle steek diep in de buik van de visser. De man, lag met een verbijsterd gezicht op apegapen na deze meedogenloze, bloeddorstige manoeuvre.

'Het spijt me,' fluisterde Droxenios. Hij legde zijn hand in de nek van de man en trok hem dieper over het zwaard heen. 'Het is beter zo!'

Zijn kameraden deden hetzelfde met de andere twee vissers, die beiden volkomen werden verrast. In luttele seconden lagen ze alledrie dood op het strand. Droxenios blafte enkele bevelen en de lichamen werden aan boord van de vissersboot gebracht. Twee van Droxenios' mannen trokken hun kleren uit. Ze duwden de boot de golven in, ontvouwden het zeil en lieten zich een stukje meevoeren door de wind. Aan wal hoorde Droxenios hoe er gaten in het bootje werden gemaakt en hoe het houtwerk uit elkaar werd getrokken. Hij keek regelmatig over zijn schouder naar de klippen en bad dat het geluk hen niet in de steek zou laten. Maar waarom zou Alexander verkenners uitsturen? Toen Droxenios zijn blik weer op de zee richtte, begon de visserssmak al te zinken. Zijn twee naakte mannen, beiden uitstekende zwemmers, lieten de boot aan zijn lot over, gleden het water in en zwommen naar het strand.

'Er zal geen spoor van te zien zijn,' verklaarde een van hen, terwijl hij zich uitschudde als een hond. 'We hebben de lijken vastgebonden aan de boot. Het duurt weken voordat ze worden ontdekt.'

Droxenios spoorde hen aan zich snel te kleden. Zodra ze klaar waren, glipten de moordenaars als een troep jachthonden de duisternis in.

Darius, de koning der koningen, zou verheugd zijn geweest over de chaos en de ondergang die Alexander van Macedonië tegemoet dreigde te gaan, nu hij kennelijk onbewust van de gevaren om hem heen met zijn vrienden aan het feesten was. De gidsen die door de priesteres Antigone waren meegebracht, hadden hun schrik en achterdocht inmiddels in slaap laten sussen. Ze hadden afscheid genomen van hun dode metgezel. Alexander zelf had het lijk zijn saluut gebracht en het tarief voor de veerman Charon betaald, evenals het voedsel voor de vreselijke hellehond Kerberos. Nu zaten de gidsen rond een vuur aan de rand van het Macedonische kamp te genieten van de wijn en het voedsel dat de koning had verschaft voor de dodenwake. Ze deden de dood van hun kameraad al af als een betreurenswaardig ongeluk. Het kamp was vol bandieten, dieven en prostituees. Misschien had hij gewoon pech gehad – ten slotte had hun dode vriend een nogal hitsige reputatie gehad.

'Het was een geile bok,' zei een van hen. 'Misschien heeft hij ruzie gekregen over een vrouw of over een dobbel- of bikkelspel.'

De dood was immers nooit veraf. Iedereen kende de dreigende gevaren. Met dergelijke gedachten en woorden stelden de gidsen zichzelf gerust. Het waren taaie boeren van de Ionische kust en ze bespraken alweer met elkaar wat ze zouden doen met het zilver en goud dat Alexander van Macedonië hun had beloofd. De priesteres Antigone had het hun in niet mis te verstane bewoordingen verzekerd: 'Niet vechten, alleen meemarcheren en Alexanders leger de weg wijzen naar het zuiden. In ruil voor meer goud en zilver dan jullie in duizend jaar zouden verdienen.' Boerenslim hadden ze de kansen tegen elkaar afgewogen. Ze waren er trots op van Griekse afkomst te zijn. Ze hielden niet van de Perzen met hun hooghartige manieren en fladderende gewaden, hun arrogante gezichten, hun donkere ogen en hun ratelende taaltje dat ze nooit zouden begrijpen.

'Dat wordt een makkie,' had hun leider Kritias verklaard. 'We brengen Alexander naar het zuiden en strijken onze beloning op. Wat er daarna gebeurt, moeten de goden beslissen, niet wij.'

Daar waren ze het allemaal mee eens geweest.

'Waar is Kritias eigenlijk?' schreeuwde een van hen met onduidelijke stem. 'Hij hoort hier te zijn om de vrienschapsbeker met ons te delen!'

'Oh, die begint het te hoog in zijn bol te krijgen voor ons,' antwoordde een van de anderen.

De rest knikte met rood aangelopen gezichten en glinsterende ogen. De sterke wijn die Alexander had laten komen deed zich gelden. Oude spanningen en tegenstellingen kwamen bovendrijven. Eigenlijk hadden ze Kritias altijd al tamelijk arrogant gevonden, een Griek met een schimmig verleden en enige opleiding. Hij had beloofd kaarten voor Alexander te zullen tekenen waarop de locatie van putten en bronnen was aangegeven, zodat mannen te paard niet zouden verdrogen onder de steeds sterker wordende zon.

'Hij zou hier moeten zijn,' balkte Laskos, de grootste en potigste van het stel. Hij strekte zijn arm uit, greep een stuk zachte, in de houtskool geroosterde vis, stak het in zijn mond en begon er luidruchtig op te kauwen. Laskos hoopte dat ze zouden opschieten met die tocht. Hij wilde naar huis. Dan konden zijn dorpsgenoten, met name de vrouwen, hem in zijn volle glorie zien. Had Alexander hun niet beloofd dat ze een speer en een zwaard mee naar huis mochten nemen? Laskos tilde de tinnen kan op en zette deze aan zijn mond, ondanks de protesten van zijn kameraden.

'Hoe schat je onze kansen in, Laskos?' riep een van zijn metgezellen.

'Dat wordt zo simpel als tarwe zaaien!' antwoordde hij opschepperig, terwijl hij de kan liet zakken. Hij staarde halfdronken het kampvuur rond. De gezichten van zijn makkers dropen van het vet. In geen maanden hadden ze zo rijkelijk gegeten en gedronken. Laskos voelde zijn maag opspelen – hij moest zorgen dat hij water dronk voordat hij in slaap viel, anders zou hij wakker worden met een houten kop.

'Ik zal jullie vertellen wat er gaat gebeuren.' Laskos smakte met zijn lippen. 'Jullie moeten bedenken wat de Perzen zullen doen.'

'Wat gebeurt er als ze de tactiek van de verschroeide aarde toepassen?' schreeuwde iemand. 'Dat is eerder voorgekomen!'

Laskos knipoogde dronken. 'Vergeet het maar. Ze kennen de Macedoniërs. En ik ook. Ik heb gezien wat ze kunnen. Ze zijn dol op vlak terrein. Ik ben bij de slavenverblijven geweest. Ik heb gepraat met een roodharige griet die gevangen is genomen in Thebe.' Hij gebaarde met zijn handen. 'Grote tieten had ze. Jammer van haar gezicht.' Zijn woorden werden begroet met applaus en obscene suggesties. 'Ik ga daar zeker weer heen,' verklaarde Laskos.

'Maar hoe zit het nu met die Macedoniërs?'

'Wel, ik heb dus met die roodharige meid gepraat. Weten jullie hoe ze zich noemt? Net als die godin waar Antigone het over had – Kassandra. Ik geloof niet dat het haar echte naam is.'

De man die de vraag had gesteld, keek woedend naar Laskos. Zijn tanden waren ontbloot als bij een hond.

'Zoals ik al zei, ik heb gezien wat die Macedoniërs kunnen. Ze sloegen het Thebaanse leger uit elkaar voor de hoofdpoort. Ze gebruikten de muren van de stad zoals een smid zijn aambeeld gebruikt. Ze verpletterden de Thebanen. Toen vonden ze een open poort en daar stroomden Alexander en zijn horde doorheen. De Perzen zullen zich niet op die manier laten vangen. Alexander mag dan zijn leger kennen, wij kennen ons land.'

Er werd instemmend geknikt en gebromd. De gidsen dachten aan het terrein waar ze waren opgegroeid: stoffige vlaktes, hakhout, steile heuvels, diepe ravijnen, snelstromende beken en rivieren, nog vol van de winterse sneeuw.

'De Granikos!' riep een van hen.

'Oh ja, de Granikos.'

Laskos zag de woeste rivier met zijn steile, begroeide oevers voor zich. Hij zou het er met Kritias over hebben. Hij kokhalsde, kwam mompelend overeind en wankelde de duisternis in. Hij dacht aan de instructies die ze hadden gekregen. De kampcommandanten waren er heel duidelijk over geweest: 'Plassen en poepen alleen op flinke afstand van het kamp!'

Laskos stommelde langs slapende soldaten en uitdovende kampvuren. Op een gegeven moment werd hij aangehouden door een wachtpost. Laskos wees naar zijn kruis. De wacht hoestte, spuwde en liet hem passeren. Laskos koerste naar een groepje bomen. In de verte zag hij de lichten van Sestos en hij vroeg zich af of hij daar een keer heen zou gaan. Plotseling hoorde hij een geluid achter zich. Hij bleef staan en keek naar de lichten van het kamp. De grond was ongelijk en zat vol scheuren. Hier en daar staken met mos begroeide brokken steen omhoog. Volgens Kritias had hier ooit een oude stad gestaan. Laskos vertrok zijn gezicht in het donker. Wat wist Kritias ervan. Hij waterde luidruchtig en wilde daarna teruggaan naar het kamp. Toen hij zich omdraaide zag hij een gedaante op zich af flitsen, een razendsnelle, maanverlichte schaduw. Laskos staarde verbijsterd, en voordat hij zich kon herstellen, was de gedaante al bij hem. Een felle pijn schoot door zijn zij. Hij probeerde zich te verdedigen, maar de dood kwam pijlsnel door het duister. Laskos wankelde voort. De pijn was intens. Hij graaide naar de wond en voelde het gevleugelde lemmet van de Keltische dolk die diep in zijn zij was gedreven. Hij viel op zijn knieën terwijl hij in stilte zijn stomheid vervloekte. In de bomen kraste een uil. Laskos de gids, de held in spe, zakte in elkaar op de grond en zijn starende ogen zagen al niets meer toen het stukje perkament tussen zijn levenloze vingers werd geduwd.

Het festijn in het koninklijke paviljoen was ruig geworden. Er was ruzie uitgebroken tussen Seleukos en Ptolemaios over de reputatie van een zekere dame in Macedonië van wie ze allebei hadden gehouden. Hephaistion lag achterover op zijn bank en glimlachte nietszeggend voor zich uit. Alexander leek zich niet bewust van de spanning. Hij negeerde zijn gasten en was in gesprek met Antigone. Telamon had last van loomheid, maar hij wilde onder geen beding naar zijn tent worden gedragen 'als een jongen na zijn eerste beker wijn', zoals Ptolemaios spottend had geroepen. Plotseling voelde hij een vlaag koude nachtlucht. Een van de koninklijke lijfwachten kwam de tent binnen. Alexander verliet zijn bank en begon een fluisterend gesprek met de man, waar ook Aristandros aan deelnam. De koning slenterde in Telamons richting en schopte tegen de poot van de bank.

'Aristandros wil je even spreken.'

'Waarover?' vroeg Telamon geërgerd.

'Vergif.' Alexander grijnsde en liep door.

De geheimenbewaarder van de koning stond al bij de tentflap en wenkte vol ongeduld. Telamon volgde hem naar buiten, waar de kille nachtlucht hem ontnuchterde.

'Wat is er?' vroeg hij.

'Kom mee, Telamon. Je loopt geen gevaar, dat verzeker ik je.'

Ze hadden enkele stappen gelopen toen Telamon een geluid hoorde en zich omdraaide. Een groep forsgebouwde huurlingen volgde hen – Kelten, geen Grieken, in een allegaartje van wapenrustingen. In laarzen gepropte beenkappen, leren borstharnassen over tunieken, helmen in de vorm van allerlei wilde dieren. Hun leider droeg een luipaardvel over zijn schouder en op zijn schild was het alziend oog afgebeeld, Aristandros' persoonlijke embleem. Ze liepen met getrokken zwaarden en twee van hen droegen fakkels. Telamon bleef op hen wachten. De Kelten waren reusachtig groot, minstens 1.80 meter lang. Hun haren, waar kleurige linten doorheen waren gevlochten, vielen tot op hun schouders. De bovenkant van hun gezicht ging schuil onder hun helm, de onderkant onder hun weelderige baard.

'Ah, mijn mooie jongens!' Aristandros slenterde terug en maakte zijn beschilderde nagels schoon met een tandenstoker. 'Zijn het geen mooie jongens, Telamon? Mijn persoonlijke lijfwacht! Een heel dozijn van die woestelingen.' Hij grijnsde zelfvoldaan. 'Prachtige jongens die me de oren van het hoofd eten. Niet waar, mooie jongen?' vroeg hij de leider.

De man antwoordde in gebroken Grieks, terwijl zijn lichtblauwe ogen bij het toortslicht achterdochtig naar Telamon gluurden.

'Nee, nee, stoute jongen!' Aristandros tikte de reus plagend op zijn hand. 'Telamon is niet mijn vijand, hij is mijn vriend. Ben je niet mijn vriend, Telamon?'

De arts staarde hem aan.

'Niet?' Aristandros stampte met zijn voet op de grond.

'Als jij het zegt.'

'Maar wat belangrijker is,' Aristandros zwaaide zijn vingers voor het gezicht van de leider, 'hij is de vriend van de koning. Hij is Alexanders arts. Hij is geen verrader.' Aristandros stapte achteruit en keek liefdevol naar het gewapende zootje ongeregeld. 'Weet je hoe ik hen noem, Telamon? Mijn koor. Ik leer hun zingen. Niet, jongens?' Aristandros stond erbij als een toneelmeester. 'Laat de hymne aan Apollo eens horen!'

Telamon keek vol ongeloof toe terwijl de Kelten zonder zich iets van hun omgeving aan te trekken de bekende hymne aanhieven:

Apollo, heer van het licht!
Gouden tegenhanger van de eeuwigdurende nacht!
Gods eigen zoon!
De gouden god!
Heil aan Apollo!
Koning van de zon!

Het gezang klonk hees en vals. Ergens uit de koninklijke enclave werd geschreeuwd: 'Houd je bek, ellendige lawaaimakers!'

De leider van de lijfwachten schreeuwde iets smerigs terug. Aristandros tikte Telamon op zijn schouder.

'Je zult het niet geloven, maar ze zijn verzot op Sophokles en Euripides!' Hij draaide zich om. 'Kom op, jongens, nu het Thebaanse koor!'

Als kinderen voor een schoolmeester droegen de Kelten, met hun ogen nog steeds woedend op Telamon gericht, de beroemde speech van Sophokles voor:

In Thebe, stad van zon,
Is de minzame stem van god te horen.
Mijn hart wordt verscheurd van angst.
Angst voor wat er zal worden gezegd.
Oh heler van Delos luister,
We zijn bang. Wat zult u doen?
Nieuwe dingen, of zo oud als de cirkelgang van het jaar?
Spreek tot ons dochter van kostbare hoop.
Kom, onsterfelijk woord!

'Zo is het genoeg!' brulde Aristandros. 'Brave jongens!' Hij grinnikte. 'Wanneer we in Athene terugkomen, gaan we het hele toneelstuk opvoeren, of ze willen of niet. Kom nu maar mee. De nacht mag dan nog jong zijn, dat geldt niet voor mij!'

Aristandros beende weg. Telamon volgde hem, omringd door de zwijgende, maar dreigende huurlingen. Ze verlieten de koninklijke enclave en liepen door het slapende kamp. Ze passeerden de wachtposten, en gingen heuvelopwaarts naar de offerplaats waar Alexander twaalf stenen tafels had laten oprichten ter ere van de goden van de Olympos. Aristandros leunde tegen een van de altaren en zijn lijfwachten maakten aanstalten hem te omringen.

'Kom niet te dichtbij!' riep Aristandros vriendelijk. 'Bij de kont van Charon!' fluisterde hij tegen Telamon. 'Ze ruiken niet bepaald lekker. Aan wassen hebben ze een broertje dood.'

Hij gaf enkele bevelen en de aanwezige fakkels werden aangestoken, zodat de lugubere offerplaats baadde in het licht van dansende vlammen.

'Waarom heb ik je hierheen gebracht denk je, Telamon?'

'Om naar een toneelstuk te kijken?'

Aristandros grinnikte achter zijn hand. Telamon veegde het zweet van zijn voorhoofd en trok zijn mantel dichter om zich heen. De stevige, koude bries had de zilte smaak van de zee. Het dreunen van de golven tegen de rotsen in de verte klonk als de zwakke echo van een onweer. Aristandros volgde zijn blik.

'Ik houd niet van de zee, Telamon. Ik zal blij zijn wanneer we de overtocht achter de rug hebben. Alexander denkt dat de Perzische vloot in Egypte is en voor anker ligt in de Nijldelta, maar ik ben daar niet zo zeker van. Als ze terugkomen en ons tijdens de overtocht aanvallen, zal ik bidden voor een tweede Salamis en alleen de goden weten wat er dan allemaal kan gebeuren. Wat vind je van onze edele heer?'

'Niet veel veranderd. Iets onzekerder en twijfelender.'

'Heel goed.' Aristandros schudde zijn vinger en keek naar zijn lijfwachten die zich rond een geïmproviseerd vuur hadden geschaard.

'Alexander twijfelt en twijfelt niet. Wil je de lange, saaie, diplomatieke verklaring of de korte recht-voor-z'n-raapversie?'

'M'n ballen beginnen te bevriezen, Aristandros.'

Weer dat gegrinnik. 'Alexanders geest? Wel, hij kan aan drie of vier dingen tegelijk denken. Hij is Griekenlands glorie. Hij wil zijn vader naar de kroon steken en hij wil de wereld veroveren tot de verste rand ervan. Jij weet dat, Telamon, maar zijn leger weet dat niet. We zullen doormarcheren tot de uiterste grens van wat er is. Dat is Alexanders droom.'

'En hoevelen zullen daarbij sneuvelen?'

'Dat zou kunnen worden uitgelegd als verraad. Mensen sterven sowieso.'

'Dus ze moeten begrijpen dat het voor de eer van Macedonië is – of is het voor de glorie van Alexander?'

Aristandros keek Telamon open aan. Verdwenen was de dandy met zijn beschilderde gezicht en beschilderde vingernagels. Zijn gezicht was mager en gretig, zijn ogen stonden hard, zijn mond was vastberaden.

'Alexander is een god in sterfelijke gedaante,' siste hij. 'Hij is omringd door verraders en door mensen die het slecht met hem voorhebben. Naar mijn idee zijn er slechts vier mensen, vier muren, die Alexander beschermen. Olympias, Hephaistion, Aristandros en ik geloof jij, Telamon. Dus stel me alsjeblieft niet teleur!'

'Alexander is heel geliefd bij zijn troepen.'

'Dat komt omdat hij overwinningen behaalt. Zal ik je eens iets zeggen, Telamon? We zullen oversteken naar Azië. Alexander zal het Perzische leger opsporen en het tot de laatste man verslaan. Het is dat, of de totale ondergang. Er is geen compromis, geen sprake van twijfel.'

'Waarom steekt Alexander dan niet gewoon over?'

'Hij vecht voor roem en glorie, maar de voortekenen moeten gunstig zijn. Hij wil de Hellespont oversteken als Alexander, zonder dat Olympias hem op zijn nek zit en zonder de schaduw van Philippus aan zijn zijde. Alles spant tegen hem samen. Vanochtend heeft Alexander een stier geofferd aan Zeus. Ik heb dat verrekte beest nog zelf uitgezocht ook! Toch was de lever aangetast en waren de voortekenen slecht. En dan is er de dood van die gids en van die jonge vrouw. Alexander heeft me ook verteld van de boodschappen die hij heeft gekregen, die citaten uit de *Ilias*.'

'Zijn er vaak boodschappen?'

'Vanaf het moment dat we hier zijn aangekomen. Meestal worden ze gebracht door een of andere rondreizende handelaar of ambachtsman. Er komen elke dag brieven van allerlei mensen. Huurlingen op zoek naar werk stromen binnen, het is slechts een kwestie van tijd.' Aristandros keek weemoedig in de richting van de zee.

'Hoezo?' drong Telamon aan. 'Aristandros, doe niet zo geheimzinnig! Ik sta hier te bevriezen!'

'Ik zal je bloed weldra verwarmen! Ik zal je bloed weldra verwarmen!'

Aristandros liep weg en kwam weer terug. Telamon voelde zich niet helemaal op zijn gemak. Ondanks de wijn en zijn vertrouwen in Alexander was Telamon op z'n hoede voor deze geheimenbewaarder, deze beschermeling van Olympias met zijn onbetrouwbare ogen en zijn sinistere reputatie.

'Het is geen geheim,' verklaarde Aristandros. 'Darius wil dat Alexander de Hellespont oversteekt, zodat hij hem kan verpletteren, maar toch moeten er aan deze kant moordenaars rondlopen, betaald door mannen – of vrouwen – die Alexander gewoon dood willen hebben.'

'Hier in het kamp?' vroeg Telamon dringend.

'Ja zeker, hier in het kamp! Zelfs drinkmaten zijn niet te vertrouwen. Weet je het van Seleukos? Zijn moeder beweert ook dat hij is verwekt door een god. Ptolemaios laat doorschemeren dat Philippus zijn echte vader was en Nearchos zal altijd achter degene met de beste kansen aanlopen.'

'Waarom vertel je me dit allemaal hier?'

'Omdat jij dingen van Alexander kent die anderen niet kennen: zijn dromen, zijn geest, de demonen die zijn ziel teisteren. Zoals ik al zei, hij is in verwarring gebracht door de mislukte offers en de onafgebroken fluistercampagne. Alexander zoekt de strijd. Een grote overwinning op Perzië betekent de goedkeuring van de goden. Maar nu heb ik genoeg gezegd. Blijf hier!'

Aristandros slenterde weg. Twee van zijn lijfwachten sprongen overeind en haastten zich terug naar het kamp. Aristandros wenkte Telamon naar het vuur te komen om zich te warmen.

'Wel, wel.' Aristandros strekte zijn handen uit terwijl de dansende vlammen zijn wrede gezicht beschenen. 'Prachtige jongens!' mompelde hij.

Ze deden Telamon eerder denken aan een troep wolven klaar voor de jacht.

'Kom op, jongens!' Aristandros klapte in zijn handen. 'Kreons speech uit het stuk van Sophokles, graag. We beginnen gezamenlijk, halverwege de tekst. Het is jammer dat mijn dwerg Herakles niet hier is. Nou ja. Ik zal inzetten.' En hij begon: 'Geen wond gaat dieper...'

De lijfwachten vielen in:

Dan liefde die in haat is veranderd.
Dit meisje is een vijand: weg met haar!
Nu ik haar heb betrapt bij haar schandelijke daad
De enige verrader in onze staat
Kan ik mezelf niet ook tot verrader maken.
En dus moet ze sterven...

Telamon luisterde aandachtig toen de barbaren de regels uit-schreeuwden in een poging het de kleine man aan zijn rechter-hand naar de zin te maken. Aristandros gebaarde om stilte.

'Ik heb hun zelf Grieks geleerd. Ik ben heel trots op die jon-gens en Herakles ook. Wil jij geen lijfwacht, Telamon? In dit oord vol kronkelende slangen moet er iemand zijn die je in de rug dekt.'

'Daar heb ik mijn eigen ideeën over.'

'Mooi!'

Aristandros keerde zich af en begon zachtjes een van de melancholieke liederen van zijn Keltische lijfwachten te zingen. Ze vielen allemaal in en ze waren nog steeds aan het zingen toen de andere twee terugkeerden met de arts Leontes en de jonge page die had aangeboden Telamon te helpen. Beiden zagen er sla-perig en ongerust uit. Aristandros beval hen in de kring te komen. Leontes ging op zijn hurken zitten en keek smekend naar Telamon.

'Het spijt me dat ik jullie in je slaap heb gestoord,' begon Aris-tandros liefjes.

'Vertel me eens, Leontes, ben je op mijn vriend Telamon gesteld, of ben je jaloers op hem?'

'Ik ken hem nauwelijks. Wat betekent dit. Je hebt het recht niet!'

'Ik heb elk recht!'

Leontes krabde aan zijn neus en knipperde zenuwachtig met zijn ogen.

'Heb jij Telamons tent in brand gestoken?'

'Natuurlijk niet!'

'Maar je bent vanavond in zijn nieuwe tent geweest, of niet soms?'

Leontes hief smekend zijn handen op.

'Waar of niet?' ging Aristandros door. 'Je hebt mijn vriend een kruik wijn gestuurd. Goede wijn uit Chios in een prachtige kruik, zwart-met-rood aardewerk uit Samos, van boven verzegeld. Ben je altijd zo gul tegenover mensen die je niet mag?'

Telamons hart sloeg een slag over.

'Zal ik de wijn laten halen en hem door jou laten opdrinken?' spotte Aristandros.

'Wat betekent dit, Leontes?' vroeg Telamon.

'Hij heeft je een geschenk gestuurd,' legde Aristandros uit. 'De wijn bevat echter ook iets anders. Is het bilzenkruid, wolfsmelk, gevlekte scheerling, waterscheerling, slangengif?'

Leontes wilde opspringen, maar de lijfwacht dwong hem om te blijven zitten.

'Als je het me niet vertelt,' fluisterde Aristandros, 'dan verlies ik mijn geduld.'

'Er zit sap van sennapeulen in.'

'Ah! Om de darmen leeg te maken? Zodat mijn vriend Telamon de hele dag boven de latrine hangt? Waarom heb je dat gedaan, Leontes? Dat had je veel beter aan de legerkoks kunnen overlaten. En wat zit er nog meer in?'

Telamons blik verried ongeloof.

'Heb je gevlekte scheerling tussen je poeders?'

'Een beetje.'

'Heb jij wat in de beker van dat meisje gedaan? Dat kind dat buiten Troje rondzwierf.'

'Nee! Nee! Ik heb die beker niet aangeraakt!'

'Dat is waar, dat is waar,' beaamde Aristandros. 'Althans, ik denk dat het waar is.'

Leontes zag er bleek en verwilderd uit. 'Ik heb de pest aan Telamon. Ik wilde hem een poets bakken.'

'Hoeveel senna?' vroeg Telamon scherp. 'Stomme idioot, je weet dat het grote schade kan aanrichten.'

'Er gaat niets boven twee artsen die met elkaar debatteren.' Aristandros bootste Alexander na. 'Maar de nacht vordert en ik begin moe te worden. Laten we het over iets anders hebben, Leontes. Ik heb je bezittingen doorzocht. Wie heeft je die Perzische gouden dareiken gegeven die je in die buidel onder je bed in de grond hebt begraven? Je hebt er een aan deze page gegeven.'

De jongeman, die zo onbeweeglijk als een standbeeld had gezeten, schrok op.

'Ik ben aan de andere kant van de Hellespont geweest,' sputterde Leontes. 'Wat ik bezit, heb ik eerlijk verdiend.'

'Als wat?' vroeg Aristandros door. 'Als arts of als spion? Ken je Lysias?'

'Wie?'

'Ken je Memnon, de man van Rhodos? De Griekse verrader in Perzische dienst?'

'Ik heb hem wel eens gezien.'

'Maar zijn kameraad Lysias niet? Wist je dat Lysias Alexander in Troje wilde ontmoeten?'

'Ik, eh.... dat weet iedereen.'

'Niet iedereen! Vertel me eens, Leontes,' Aristandros stond op en strekte zijn armen, 'heb je Arsites de satraap ook gezien? We gaan namelijk in de nabije toekomst zijn gebieden plunderen en verwoesten. Zijn land ligt net aan de andere kant van de Hellespont.' Aristandros wees over het water.

'Ja, ik heb hem een paar keer gezien, maar uit de verte.'

'Hmm.' Aristandros ging op zijn hurken zitten. 'Volgens mij lieg je, Leontes. Waarom ben je bij het leger gegaan? Heb je aan de koning geschreven en je diensten aangeboden?'

'Ik kende zijn vader.'

'Of was het vanwege de man die je in Athene hebt gedood? Die machtige graanhandelaar? Je zag een eenvoudige koorts aan voor iets veel ernstigers en je gaf hem een overdosis.'

'Dat was een vergissing. Ik moest vluchten.'

'Ken je iemand die Naihpat heet?'

'Nee, nee. Waar heb je het over?' Leontes strekte zijn handen uit. 'Ik heb een streek uitgehaald met Telamon, dat geef ik toe. Een stomme streek.'

'Ja, en je hebt een koninklijke page omgekocht om je te helpen. Weet je dat Alexander een geheime waarschuwing voor jou heeft ontvangen, Leontes?'

De arts kreunde met zijn vingers tegen zijn mond gedrukt.

'"Vertrouw Leontes niet," dat was alles wat er in die brief stond. Dus, wat hebben we nu?' Aristandros prikte met zijn vinger in de lucht. 'Telamons tent is in brand gestoken. Door jou, denk ik. De jonge vrouw aan wie Alexander vragen wilde stellen sterft op geheimzinnige wijze door gevlekte scheerling. Je hebt ons niet verteld dat je gevlekte scheerling in je medicijnkist hebt. Je blijkt Memnon en Arsites te hebben ontmoet. Je bezit gouden dareiken, het betaalmiddel van Perzië, maar je hebt ze weggestopt. Je stuurt wijn waarmee is geknoeid naar de lijfarts en vriend van de koning. Je koopt een koninklijke page om. Je bent het onderwerp van een mysterieuze waarschuwing aan de koning. Je bent een verrader, Leontes!'

'Nee, nee, dat is een leugen!'

'Ik zal je iets zeggen.' Aristandros wreef zijn handen tegen elkaar. 'Je hoort hier eigenlijk niet te zijn, Leontes. Het wordt tijd dat je naar huis gaat.'

Aristandros wendde zich tot de leider van zijn lijfwachten en sprak met hem in een taal die Telamon niet verstond. Er klonk een bevel. De mannen aan weerskanten van Leontes sleurden hem overeind.

'Wat moet dat? Telamon, help me alsjeblieft!'

Telamon greep Aristandros' arm, maar de man schudde hem af.

'Oh, trouwens,' Aristandros wees naar de page, 'jij kunt nu gaan. Als ik je over een uur nog ergens in het kamp aantref, laat ik je kruisigen. Vooruit! Je hebt een uur! Als ik je ooit terugzie, ga je eraan!'

De page vloog overeind en rende de duisternis in. Aristandros gaf zijn lijfwachten een teken.

'Doe wat ik heb gezegd, breng hem naar huis.'

Leontes worstelde en schreeuwde om hulp. Telamon probeerde op te staan, maar een gespierde hand greep zijn schouder en zo moest de arts hulpeloos aanzien hoe Leontes uit de offerkring, langs het altaar en naar de rand van de klippen werd gesleept. De lijfwachten gaven hem een duw en Leontes' gil weerklonk door de nacht terwijl hij naar de puntige rotsen in de diepte tuimelde.

'Hij was misschien onschuldig,' fluisterde Telamon.

'Niemand is onschuldig,' mompelde Aristandros. 'En ik had hem beloofd dat hij naar huis zou gaan!'

Hoofdstuk 4

Philippus zei: 'Mijn zoon, zoek een groter rijk, want Macedonië is te klein voor zo'n grote geest.'

Quintus Curtius Rufus, *Historiae Alexandri Magni*,

Boek 1, hoofdstuk 4

Telamon bracht een slechte nacht door, zijn slaap werd verstoord door nachtmerries. Hij stond op een zwart strand aan een rode zee en werd omringd door puntige, donkere rotsen. Duistere gedaanten kwamen en gingen. Hij was dan ook niet blij toen hij wakker werd geschud door Aristandros die glimlachend op hem neerkeek.

'Heilige Apollo!' Telamon rolde op zijn zij. 'Mijn nachtmerries worden waarheid!'

'Kom, Telamon,' zei Aristandros kortaf. 'Er is werk te doen. De koning dringt aan.'

'De koning dringt aan!' Telamon ging rechtop zitten. 'Gisteravond heb je een man naar de top van de klippen gebracht en hem naar beneden gegooid, Aristandros!'

'Heb je van zijn wijn gedronken?' vroeg Aristandros vriendelijk.

'Nee, die heb ik weggegooid.'

'En als je hem had opgedronken?'

'Dan zou ik dagenlang buikloop hebben gehad, misschien wel wekenlang.'

'Luister.' Aristandros ging op zijn hurken zitten en imiteerde Alexander door zijn hoofd een beetje schuin te houden. 'Ik had Leontes moeten laten kruisigen. Hij had je wel kunnen vermoorden. In elk geval zou hij je ernstig hebben verzwakt. Binnenkort zullen we de Hellespont oversteken, Telamon. Misschien winnen we, misschien verliezen we. In het tweede geval moeten we ons heel snel terugtrekken en je weet best wat er gebeurt met de zwakken wanneer een leger de aftocht blaast. Wil je graag dat de Perzische onsterfelijken spelletjes spelen met je hoofd? Of wil je de rest van je leven rotsen hakken in een van hun zilvermijnen?' Aristandros' standpunt was duidelijk. 'Leontes gedroeg zich verdacht. Ik heb zijn bezittingen doorzocht. Hij bezat poeder van gevlekte scheerling, Perzisch goud en, als allerbelangrijkste, goed verstopte aanbevelingsbrieven van de Perzische satraap Arsites. Treur dus niet om Leontes. Niemand zal hem missen. En nu opstaan, we hebben werk te doen!'

Aristandros glipte de tent uit. Telamon kreunde. Het koor had zich kennelijk bij zijn meester gevoegd en reciteerde nu verzen uit *De vogels* van Aristophanes.

'Niet te geloven,' mompelde de arts. Hier was hij, in een legerkamp, omringd door moord, snelle executie, verraad en intriges. Niemand scheen werkelijk te zijn wie hij voorgaf te zijn. Buiten stond Aristandros in de warme ochtendlucht zijn troep moordenaars te prijzen voor hun kennis van een Atheens toneelstuk. Telamon zuchtte en waste zich haastig. Hij smeerde een beetje olie in zijn baard en haar, trok een tuniek en een paar stevige sandalen aan, greep een mantel en voegde zich bij Aristandros.

De prachtige jongens, zoals Aristandros hen noemde, begroetten hem als een verloren gewaande broer. Hij kreeg nu geen dreigende blikken, maar beerachtige omhelzingen. Telamons gezicht werd tegen kledingstukken van leer en bont gedrukt die de scherpe geur van een dierenverblijf uitwasemden.

'Je ziet het, Telamon,' Aristandros stak zijn handen uit, 'ze zijn dol op je. Ze beschouwen je als een vriend.' Hij sprak op opgewonden toon tegen het koor, waarop de leider naar voren kwam, neerhurkte en Telamons hand greep.

'Trek je niet terug!' waarschuwde Aristandros. 'Ze zweren je trouw.'

'Waarom? Omdat ik jouw vriend ben?'

'Nee.' Aristandros grijnsde. 'Omdat ik hun heb verteld dat je hun dokter bent. Kom nu!'

Telamon keek rond. De enclave stond vol met soldaten van de koninklijke lijfwacht, eenvoudig gekleed in mantels en kausia's – platte hoeden met een brede rand. Ze waren zo opgesteld, dat niemand de enclave kon verlaten zonder te worden aangehouden. Het was eigenaardig rustig. Ondanks de sterker wordende zon en de verfrissende ochtendbries, die elke soldaat verwelkomde, waren er geen vuren aangemaakt en hingen er geen veelbelovende kookgeuren in de lucht.

'Iedereen slaapt nog,' fluisterde Aristandros, maar er lag een behoedzame, terughoudende blik in zijn ogen.

'En Alexander?' vroeg Telamon.

'Alexander slaapt. Zijn gerechtigheid niet.'

Het kamp achter het koninklijke gedeelte was wel wakker en overal waren kookvuurtjes aangestoken om een dunne pap van gerst of tarwe op te bereiden. De meer welvarenden hadden reepjes gedroogd vlees en er liepen kwartiermeesters rond met diepe manden vol donker roggebrood dat samen met kruiken wijn aan de troepen werd uitgedeeld als ontbijt. Telamon, Aristandros en zijn koor werden begroet door een mengelmoes van geuren, beelden en geluiden. Het geheel leek meer op een markt dan op een militair kamp. Uit de omliggende dorpen waren boeren en venters het kamp binnengestroomd met etenswaren die dikke zwermen luidruchtig zoemende vliegen aantrokken. Een ondernemende barbier had onder een boom zijn stalletje opgezet; hij bood aan hoofdharen en baarden te snijden en daarna te oliën met een parfum van amandelen en sesamzaad. Een groepje soldaten marchandeerde met een hoer, maar plotseling braken ze hun onderhandelingen af om de spot te drijven met een Atheense dandy die er zeer verzorgd uitzag met rouge op zijn wangen en zijn geoliede, gekamde en geverfde lange haar. Aan zijn hand prijkte een enorme ring van onyx, die hij duidelijk liet flonkeren terwijl hij op zijn hooggehakte laarzen rondtrippelde met de elegantie van een danseres. Zijn geborduurde jas sleepte achter hem aan door het stof. Hij werd gevolgd door zijn minnaar en Telamon zag dat beiden deden of ze doof waren voor de beledigingen van de soldaten.

'Die mannen kunnen beter voorzichtig zijn,' fluisterde Aristandros. 'Atheense hoplieten kleden en gedragen zich misschien als dames, maar het zijn bekwame zwaardvechters die je met rust moet laten.'

Telamon nam het schouwspel in zich op. Hij was de vorige avond vlak voor donker aangekomen, en nu zag hij pas de ware omvang van Alexanders kamp, waar op het eerste gezicht weinig te merken viel van organisatie en discipline. Verschillende eenheden liepen door elkaar. Sommige mannen hadden tenten, terwijl anderen geïmproviseerde hutjes hadden gebouwd van takken en struikgewas. Vrouwen en kinderen kwamen begerig op de verse vruchten af die te koop waren – druiven, granaatappels, enorme pompoenen en komkommers. Bakkers verkochten koekjes, die naar honing en wijn smaakten. Plaatselijke vissers leurden met zeepaling en gedroogde vis die naar pekel en zure wijn rook. Een optimistische koopman had een kaasstalletje opgezet waar een afstotende knoflookwalm omheen hing, maar in elk geval maskeerde deze geur de stank van ranzige room. Marskramers verkochten naald en draad. Zwetende bakkers waren in de weer bij de geïmproviseerde legerovens. Smeden maakten hun smidsvuren klaar, staken de brand in komfoors met houtskool en wakkerden de vlammen aan met blaasbalgen. Soldaten dromden om hen heen met onderdelen van hun wapenrusting die ze wilden laten repareren.

'Als we nu eens werden aangevallen?' mompelde Telamon.

'Dat worden we niet,' antwoordde Aristandros terwijl hij om een hoop paardenvijgen heen stapte. 'Maar als het wel gebeurde, zou je opkijken.'

Ten slotte bereikten ze de rand van het kamp, waar het veel minder chaotisch toeging. Rijen gehelmde infanteristen met schild en zwaard in de hand bewaakten de grenzen. Aristandros en Telamon, vergezeld door de lijfwachten, mochten passeren. Hier op het open, ruige weiland oefenden de cavaleristen. Ze lieten hun paarden heen en weer rennen en trainden ze met zachte hand. Er dwarrelde fijn stof rond en de ochtendlucht weerklonk van geschreeuw, bevelen en het dreunende geklepper van paardenhoeven.

'Waar gaan we heen?' vroeg Telamon.

Aristandros liep door het struikgewas naar een koel cipressenbosje. Tot Telamons verbazing troffen ze daar Antigone en haar twee helpsters aan. De priesteres zat op een rots, met de twee meisjes als wachters naast haar. Onder een boom stonden Perdikles en de andere artsen bezorgd te kijken. Midden in het bosje lag een met een paardendeken bedekt lijk, dat werd omringd door Kritias en zijn groep gidsen. Ze gingen opzij toen Aristandros verscheen. Telamon zag een hand en een been onder de deken uit steken. Aristandros trok de bedekking met een ruk weg, zodat Telamon neerkeek op de vermoorde gids. Een forse man, met het hoofd in de nek en een paar nietsziende ogen die op de hemel waren gericht. Zijn ene arm lag uitgestrekt, de andere raakte bijna de gevleugelde Keltische dolk die diep in zijn linkerzij was gestoken. De stank van dood en bederf, overheerst door bloed vermengd met urine vervuilde de lucht.

'Waarom is iedereen hier?' vroeg Telamon terwijl hij op zijn hurken ging zitten, en hij het antwoord eigenlijk wel kon raden nu hij de gevleugelde dolk en het opgerolde stukje perkament in de hand van de dode man zag. Hij pakte het rolletje en gaf het aan Aristandros. 'Ik weet al wat erop staat,' verklaarde hij. 'De stier is bereid voor het offer. Alles is klaar. De moordenaar wacht.'

Aristandros hurkte naast hem en rolde het stukje perkament uit. 'Als ik je niet beter kende, zou ik je laten arresteren, Telamon,' fluisterde hij. 'Net als bij de dood van Philippus, niet? Een gevleugelde Keltische dolk in het hart, de woorden van Delphi. En weer is er een gids vermoord.'

Telamon onderzocht het lijk nauwkeurig. Hij staarde in het gallige gezicht en rook aan de mond. De geur van wijn was nog altijd sterk. Hij bevoelde de armen en benen van de man – ijskoud.

'Is hij al uren dood?' vroeg hij Aristandros.

'Ja, een van de vroege patrouilles heeft hem gevonden. Ik heb hem hierheen laten brengen. Het is niet goed voor de troepen om een lijk door het kamp te zien dragen, dat tast het moreel aan,' meesmuilde Aristandros.

'Waarom heb je al die andere artsen laten komen?'

'Omdat ik wantrouwig begin te worden, Telamon,' antwoordde Aristandros scherp. 'Je kent het oude gezegde "één rotte appel..." Die gids is kennelijk vermoord terwijl wij gisteravond aan het feesten waren. Ik weet dat de hogepriesteres Antigone bij ons was en de tent niet heeft verlaten. Ik heb ook gehoord dat ze een van de dienaren vroeg naar haar twee helpsters te gaan kijken. De man rapporteerde haar dat de meisjes lagen te slapen en de wachtpost buiten hun tent verklaart dat ze niet naar buiten zijn geweest. We weten waar Alexanders vrienden waren en dus blijven onze edele geneesheren over!'

'Maar waarom zij?'

'Waarom niet?' zei Aristandros honend. 'Ze kennen allemaal de details rond Philippus' dood. Ze kunnen schrijven, wat niet geldt voor de meeste soldaten, en ze moeten begrijpen hoe belangrijk de gidsen zijn.'

Aristandros bracht Telamon naar de priesteres, die geen last scheen te hebben van de korte nacht en het drinkfestijn van de vorige avond. Ze stond op toen ze in haar richting kwamen. De rest van de gidsen slenterde achter haar aan, maar Aristandros schreeuwde dat ze op afstand moesten blijven. Direct stelde het koor zich op tussen hun meester en de nu zenuwachtige, zij het slaperig uitziende gidsen.

'Goede morgen, Telamon.' Antigone greep zijn hand en drukte hem zacht.

'Het is heel vriendelijk van u om te komen, vrouwe,' zei Aristandros verontschuldigend, 'maar ik had u hier nodig. U hebt deze mannen ingehuurd?'

'Op dringend verzoek van Alexander,' verklaarde ze, terwijl haar ogen op Telamon gericht bleven.

In het ochtendlicht viel Antigones stralende schoonheid nog meer op. Telamon kon niet beslissen of haar huid ivoor- of heel licht olijfkleurig was. Hij werd geboeid door haar volle rode lippen, haar hoge jukbeenderen en haar delicate, iets schuinstaande ogen met hun dromerig grijze blik. Haar wenkbrauwen waren fijntjes geëpileerd en haar dikke, weelderige haar werd net niet helemaal bedekt door haar lichtblauwe sluier. Haar parfum geurde aangenaam en al haar bewegingen waren sierlijk en vrouwelijk.

'Weet u zeker dat we elkaar niet eerder hebben ontmoet, vrouwe,' plaagde Telamon haar. 'U staart me aan alsof dat wel zo is. Ik vraag me af waarom een vrouw als u dienstdoet in een stoffige tempel in Troje.'

Hij wierp een snelle blik op haar twee metgezellen. Ze leken wel uit dezelfde vorm gegoten: donkere huid, zwart haar, hun ogen altijd waakzaam. Ze giechelden om Telamons compliment en keken verlegen een andere kant op.

'Weet je dat niet?' Aristandros wilde het uitleggen, maar Antigone stak haar hand op.

'Weet je dat niet?' herhaalde ze de vraag. 'Ik ben van zuiver Macedonisch bloed. Een familielid van Philippus en een verre verwant van Alexander zelf. Mijn leven is altijd gewijd geweest aan de godin. Waarom Troje?' Ze haalde elegant haar schouders op. 'Waarom niet?' Ze leunde naar hem toe. 'Ik heb dienstgedaan in Eleusis en zelfs in Athene. Ik ben naar Troje gegaan omdat Philippus het me vroeg. Als je wilt weten wat er op de markt gebeurt, ga er dan middenin staan, Telamon.'

'Philippus was een slimme vos,' mompelde Telamon. 'Iedereen komt door Troje.'

'Ja, dat klopt.' Antigone lachte zachtjes. Ze keek langs Telamon heen naar het lijk op het bedauwde gras en haar glimlach verdween.

'Deze mannen zijn Alexanders ogen!' zei ze kortaf. 'Ik heb hen zorgvuldig uitgekozen. Ze hebben brood en zout gewisseld en een dure eed van trouw gezworen voor de godin in mijn tempel. Ik heb er zes meegebracht en nu zijn er nog maar vier over.'

'Zullen ze deserteren?' vroeg Aristandros fluisterend.

'Dat is mogelijk,' antwoordde de priesteres. 'Ik zal hun tent laten bewaken. Wel, heren, ik heb gedaan wat ik kon.' Ze greep de plooien van haar mantel bijeen. 'Ik heb hun verzekerd dat alles in orde is, dat ze veilig zijn en dat dit allemaal het werk is van een verrader. De rest laat ik aan jullie over. Oh, en tussen haakjes,' ze trok haar kap over haar hoofd, 'hoe zit het met jullie doktervrienden?' Ze duidde de groep met haar ogen aan. 'Ze lijken nerveus. En er ontbreekt er ook eentje.'

Aristandros ging opzij om haar te laten passeren.

'Maak u om hem geen zorgen, vrouwe. Hij heeft besloten naar huis te gaan.'

Antigone knikte naar Telamon en stak vergezeld van haar twee helpsters de open plek over. Ze bleef nog even staan, legde haar hand op Kritias' schouder en fluisterde iets. De man knikte en de priesteres verdween tussen de bomen.

'Je mag haar wel, niet Telamon? Ze heeft echter een gelofte van kuisheid afgelegd.'

'Weet je dat niet?' kaatste Telamon terug. 'Ik ook.'

Aristandros grinnikte en nam hem mee naar het groepje gidsen bij het lijk. Hij ondervroeg de mannen grondig, maar hun verhaal was eenvoudig en eerlijk. De dode was Laskos, een ruige bonk, ruw in de mond, maar een goede kameraad. Hij had de vorige avond met hen gegeten en gedronken en was weggelopen van het kampvuur om te gaan plassen. Hij was niet meer teruggekeerd.

'We dachten dat hij was gaan slapen,' verklaarde een van hen. 'In de tent, of ergens op het gras. Pas toen Kritias ons vanochtend wakker maakte....'

'We liepen terug naar het kampvuur,' legde de kaartenmaker duidelijk nerveus uit. 'Daar troffen we wachtposten die zeiden dat ze een lijk hadden gevonden. Ik liet Aristandros komen en het lichaam werd hierheen gebracht.'

'Waar was je gisteravond?' vroeg Telamon.

'Wie bent u om me zoiets te vragen?' snauwde Kritias.

'Daar heeft hij alle recht toe!' Aristandros gebaarde met zijn handen. 'Doe niet zo bokkig, Kritias, geef gewoon antwoord.'

'Ik ben mijn tent niet uit geweest. Ik was druk bezig met mijn kaarten. Vraag maar aan de wachtposten!'

'Dat zullen we zeker doen!'

Kritias wierp Aristandros een boze blik toe.

'En de rest van jullie?' vroeg Telamon.

De gidsen vormden een hecht groepje angstige boeren die nu spijt hadden als haren op hun hoofd dat ze hun dorpen hadden verlaten en de Hellespont waren overgestoken. Ze bevestigden stuk voor stuk elkaars verhaal. Laskos was weggelopen en niemand was hem achternagegaan. De meesten van hen hadden zoveel gedronken, dat ze niet eens meer wisten wat er aan het einde van hun bacchanaal was gebeurd.

'Dit is niet wat de koning heeft beloofd!' protesteerde een van hen. 'Wapens en goud zouden we krijgen.'

'Elke held loopt gevaar,' spotte Aristandros. 'Laat in het vervolg niemand meer in z'n eentje op stap gaan. Blijf bij elkaar. De koning zal jullie tent laten bewaken.'

'Dat is niet goed genoeg...' klaagde een van hen, maar zijn protest stierf weg onder Aristandros' woedende blik.

'Jullie kunnen gaan!' beval Aristandros.

Zachtjes mopperend sloften de gidsen weg tussen de bomen. Perdikles stond op en kwam naar Aristandros.

'Mijn metgezellen en ik...' begon hij.

'Je metgezellen en jij moeten zwijgen en daar blijven!'

Aristandros greep Telamons pols. 'Kom, dan laat ik je zien waar het lijk is gevonden.'

Ze lieten de groep geneesheren achter in het cipressenbosje. Aristandros liep naar een soldaat die op zijn speer stond te leunen in het met gaspeldoorn begroeide stuk tussen de grens van het kamp en het cipressenbosje. De man ging opzij toen ze naderden. Aristandros wees naar het platgedrukte gras en de nog zichtbare donkere vlek. Toen een van de cavaleristen te dicht langs de plek galoppeerde, schreeuwde Aristandros hem toe uit de buurt te blijven. Telamon hurkte neer en staarde naar de bloedvlek. Hij ving de geur van urine op en keek over zijn schouder naar het kamp.

'Hoe streng worden de grenzen bewaakt?'

'We zijn niet in vijandelijk gebied, dus niet zo erg intensief,' verklaarde Aristandros.

Telamon wees in de richting van het kamp.

'Laskos was daar dronken, zijn buik en zijn blaas waren vol. Hij was een vreemdeling en hij wilde geen aanstoot geven, daar–

om kwam hij hier. Waarschijnlijk was hij blij met de wandeling in de koude nachtlucht. Hij wankelde hierheen, plaste en werd prompt vermoord.'

'Maar hoe? De moordenaar kon niet weten dat Laskos hier zou komen.'

'Het is heel eenvoudig,' legde Telamon uit. 'De moordenaar wist dat de gidsen naar hartelust zouden eten en drinken bij de dodenwake. Het was slechts een kwestie van tijd voordat een van hen weg moest, zoals het geval was met Laskos. Hij hoefde hem alleen maar te volgen en toe te slaan.'

'Maar je hebt die gids toch gezien,' protesteerde Aristandros. 'Een forse, gespierde man. Hij kon zich zeker verdedigen.'

Telamon schudde zijn hoofd en stond op. 'Daar had hij te veel voor gedronken. Verplaats je in zijn situatie, Aristandros, ver weg van huis, alleen op deze winderige kale plek onder de nachtelijke hemel, omringd door duisternis. Je weet toch wat het is om dronken te zijn? Laskos komt hier, waggelend op zijn benen, half slapend...'

Aristandros haalde zijn schbouders op.

'De snelvoetige moordenaar glipt geruisloos door het donker,' vervolgde Telamon. 'Eén welgemikte beweging en dat is het einde van Laskos. Ik heb moordenaars hetzelfde zien doen op een druk marktplein.'

Aristandros krabde op zijn hoofd. 'Weet je, Telamon, het nieuws zal zich overal verspreiden. Als ik een van die gidsen was, zou ik afzien van alle goud en roem en me bij de eerste de beste gelegenheid uit de voeten maken.'

'Hoe belangrijk zijn ze?' vroeg Telamon.

'Je moet ons zien als dolend in een groot bos dat zich in alle richtingen uitstrekt: Overal paden, boomgroepen, moerassen en natte gebieden. Wanneer we eenmaal de Hellespont zijn overgestoken, is dat namelijk waar we mee te maken krijgen. We zijn dan op Perzisch terrein en zij kennen hun land. Ze kunnen hun legers verplaatsen en ons in verwarring houden. En dan hebben we het nog niet eens over de kwestie van bronnen, rivieren en stromen. Waar kunnen we ze oversteken en waar niet.' Aristandros hoestte en wuifde een stofwolk weg die werd opgeworpen door de oefenende paarden. 'Ik moet me met andere dingen gaan bezighouden.' Hij wees naar het cipressenbosje. 'Ondervraag je mededokters. Ze weten het al van Leontes. Laat dat een waarschuwing zijn!'

Aristandros trok zijn mantel om zich heen, riep om zijn 'mooie jongens' en beende weg. Telamon zag hem omringd door het koor verdwijnen. Hij had nooit iets begrepen van de nauwe band die Alexander met Aristandros had. Wat er ook gebeurde, Aristandros veranderde nooit. Telamon dacht na. De waarzegger was door Olympias naar het Macedonische hof gehaald. Wist hij iets van haar? Was hij slechts een verlengstuk van het brein van de heksenkoningin dat kronkelde als een doos vol slangen? Leontes' executie de vorige avond was zo'n summiere procedure geweest. Wilde Olympias wel dat haar dierbare zoon de Hellespont overstak? Was Aristandros betrokken bij een of ander schimmenspel? Telamon hurkte neer en keek weer naar de vlek in het gras. 'En wat moet ik doen?' mompelde hij.

Hij voelde zich klemgezet als een acteur die een toneel op was geduwd. Hij had geen keuze, hij moest zijn rol spelen. Als hij het kamp verliet, zou Alexander hem achtervolgen. De Perzische gebieden waren voor hem gesloten, evenals Griekenland en Macedonië. Hij zuchtte en stond op. 'Of je wilt of niet,' fluisterde hij tegen zichzelf, 'hier hoor je thuis en het werk moet worden gedaan.'

Hij liep terug naar het cipressenbosje. De artsen zaten nog steeds zachtjes te praten onder de bomen. Perdikles had zich opgeworpen als hun leider en woordvoerder. In geen tijden had Telamon een angstiger en zieliger troepje gezien. Nikias had zelfs overgegeven van angst en spanning. Kleon zat er somber en afgetrokken bij. Telamon voegde zich bij hen.

'Hebben jullie gehoord wat er met Leontes is gebeurd?'

'Zijn lichaam is opgehaald,' verklaarde Perdikles. 'Aristandros zei dat we het later op de dag kunnen verbranden met die andere twee lijken.' Hij glimlachte vluchtig. 'Je mag er wat wierook bij gooien en je beker op hem heffen. Aristandros beweerde dat het een ongeluk was – Leontes "ging een eindje wandelen" en "gleed uit".' Perdikles keek Telamon beschuldigend aan. 'Wat is er werkelijk gebeurd?'

'De harde, wrede waarheid? Ze hebben hem naar beneden gegooid, hij is schuldig bevonden aan spionage.'

Kleon kreunde. Hij ging op zijn rug in het gras liggen en staarde naar de takken. Nikias sprong overeind. Telamon staarde Perdikles indringend aan. Sinds de dood van Leontes de vorige avond had hij nagedacht over wat hij wist. Het werd tijd – en bovendien was het zijn plicht – om deze sluw-ogende Athener te waarschuwen dat hij een gevaarlijke weg bewandelde.

'Waarschijnlijk verdiende hij het,' verklaarde Perdikles. 'Heeft hij die jonge vrouw vermoord?'

Telamon haalde zijn schouders op. 'Alles is mogelijk.' Hij luisterde naar het gezang van de vogels. Af en toe dwaalde zijn blik af naar het kamp achter de bomen, vanwaar steeds meer lawaai klonk nu het Macedonische leger een nieuwe dag van kuilen graven, fourageren en exerceren tegemoet ging.

'Jullie moeten heel voorzichtig zijn,' waarschuwde Telamon. 'We zijn artsen, we reizen van land naar land en van stad naar stad. We hebben stuk voor stuk aan de voeten van Perzische meesters gezeten en hun goud aangepakt. We moeten allemaal de vraag beantwoorden waarom we hier zijn.'

'Jij weet waarom!' schreeuwde Kleon die nog steeds in het gras lag. Hij ging rechtop zitten en veegde zijn mond af met de rug van zijn hand. 'Om dezelfde reden als jij, Telamon. We zijn goede geneesheren, maar mannen zonder vader, we kunnen nergens heen. Dat geldt voor velen in Alexanders leger. Aristandros zelf durft niet in Macedonië te blijven, zo haten de generaals hem. Het kamp zit vol met waarzeggers, ambachtslieden, huurlingen, schrijvers, priesters, dienaren en koks die hier allemaal zijn ondergedoken omdat ze nergens anders heen kunnen.'

'En er zullen ook Perzen zijn,' waarschuwde Telamon. 'Om precies te zijn, Perzische verraders. Anderen, en die zijn nog gevaarlijker, hebben een voet in beide kampen. Als Alexander wint, zullen ze hem de hemel in prijzen, maar als hij verliest, zijn ze in een oogwenk verdwenen. En zelfs nog eerder als het geld op is.'

'Dat is al op!' snauwde Perdikles. 'Oh ja, we hebben een tent en voedsel, maar wanneer worden we betaald?'

'Als jullie Perzische dareiken bezitten, dan zou ik die zo snel mogelijk wegdoen als ik jullie was,' drong Telamon aan. 'Ik durf er een obool onder te verwedden dat Aristandros al jullie bezittingen heeft doorzocht.'

'Arme Leontes!' kreunde Kleon. Hij krabde zijn wang en staarde in de verte. 'Ik moest vluchten uit Korinthe vanwege de jaloezie van anderen,' voegde hij er treurig aan toe. 'Er zijn twee dingen die de wereld haat: een arts die faalt en een arts die succes heeft.' Hij stond op. 'Zal Alexander weer een offer brengen? Ik hoop bij de Hades van wel, zodat we allemaal moeten opdonderen en deze vervloekte plek kunnen verlaten! Als ik het geld had, ging ik naar Sestos om dronken te worden en de dikste hoer te vinden die ik maar te pakken kon krijgen!' Kleon liep naar het lijk. 'Alleen de goden weten wie dit heeft gedaan! Kom op, ik heb nog niet ontbeten!'

Telamon had Perdikles willen vragen achter te blijven, maar zijn aandacht werd getrokken door een vluchtige kleurvlek in de bosjes links van hem. Eerst dacht hij dat het een vogel was geweest, maar toen bewogen de bosjes opnieuw. Hij wist zeker dat hij een kleine hand zag en de glinstering van een ring. De andere artsen liepen weg. Telamon bleef met gekruiste benen op de grond zitten en keek hen na. Hij had honger en hij proefde het zuur achter in zijn keel. De extra bekers wijn die hij de vorige avond had gedronken, speelden hem parten. Hij besefte dat hij werd bespied, maar de spion kon pas weg wanneer er niemand meer in zijn buurt was. Telamon hoopte dat de geheime gluurder net zo'n honger had als hijzelf.

'Je mag daar nog een poosje wachten,' fluisterde hij en toen begon hij op een rijtje te zetten wat er was gebeurd sinds hij in het Macedonische kamp was aangekomen.

Hij sprak hardop de eerste vijf letters van het Griekse alfabet uit: 'Alfa, bèta, gamma, delta, epsilon.' Dus wat hebben we tot nu toe? peinsde hij.

Alfa: Mijn tent werd in brand gestoken voordat ik zelfs maar was aangekomen. Waarom? Er was niets in te vinden. Was het een ongeluk? Of hield het verband met die mysterieuze gebeurtenissen?

Bèta: Die jonge vrouw, die Thessalische maagd, het offer aan de godin Athene. Wat was er voor verschrikkelijks met haar gebeurd waardoor ze haar verstand had verloren? Antigone had blijkbaar goed voor haar gezorgd en haar meegenomen over de Hellespont, zodat Alexander haar kon ondervragen. Maar waarom? Telamon wiegde naar achteren en naar voren. Waarschijnlijk omdat het niet veilig was haar in Troje achter te laten – haar aanvallers zouden haar kunnen opsporen en vermoorden. Uiteindelijk was ze inderdaad vermoord. Maar hoe? Telamon sloot zijn ogen. Hij dacht aan die beker vol wijn. Verschillende mensen hadden die aangeraakt, maar hij wist zeker dat hij niemand er enig poeder of drankje in had zien doen. Toch was het meisje gestorven. Hij opende zijn ogen weer en stompte met zijn vuist tegen zijn knie. Maar hoe? Die tent was hermetisch gesloten en werd bewaakt. En waarom moest ze worden vermoord? Omdat ze weer bij haar positieven kon komen?

Gamma: De dood van de twee gidsen. Telamon begreep heel goed dat ze van levensbelang waren voor het Macedonische leger. Degene die bezig was hen af te slachten, wilde Alexander zand in de ogen strooien, zodat hij na het oversteken van de Hellespont zou ronddwalen zonder te weten waar hij was, of liever nog, in een hinderlaag zou belanden. Die moord van gisteravond was angstaanjagend. Telamon zag het voor zich. Een dronken boerenpummel, onvast ter been, snel en genadeloos aangevallen in het donker. En de dood van de eerste gids? Wie had hem naar de klippen gelokt en hem daar neergestoken? Voorzover Telamon wist, was die gids niet dronken geweest. Een jonge, krachtige man, die zich goed kon verdedigen, was ter slachtbank geleid als een lam.

Delta: Degene die achter dit alles zat, kende Alexander door en door. De woorden van het orakel van Delphi en de gevleugelde Keltische dolk waren met opzet gebruikt om herinneringen op te rakelen, de schuldgevoelens in Alexanders ziel aan te wakkeren en in te spelen op zijn bijgelovigheid. Als dit alles algemeen bekend werd, zou het het moreel van de troepen aantasten. Was dit het werk van de spion Naihpat? Was hij ook degene die Alexander citaten uit de *Ilias* bleef sturen over zijn naderende dood? Wie die Naihpat ook was, een persoon of een groep, er moest rekening mee worden gehouden. Alexander was nerveus, bijgelovig en angstig. Hij had het zelfvertrouwen dat zo kenmerkend voor hem was verloren.

En ten slotte epsilon: De offers. Telamon glimlachte. Hij had daar zijn vermoedens over, maar wanneer kon hij de verantwoordelijke persoon daarmee confronteren? Vanuit zijn ooghoek hield hij het struikgewas in de gaten. Hij stond op en liep er langzaam heen.

'Heb jij nooit Aristoteles gelezen?' schreeuwde hij. 'Met name zijn *Ethica*? Schitterende tekst! Hoe was het ook weer? Dat beroemde vers uit hoofdstuk vier? Oh ja.' Telamon staarde naar de struiken. '"De man die om de juiste reden boos is, op de juiste mensen, op de juiste manier, op het juiste moment, gedurende de juiste periode, verdient lof." Ik ben boos. Ik ben het ook eens met Aristoteles' regel uit zijn *Metaphysica*: "Alle mensen verlangen van nature naar kennis." Wat ik echter niet begrijp, is waarom ze zich in de bosjes moeten verstoppen om die kennis te verkrijgen. Als je je daar blijft verschuilen, word ik steeds kwader. Ik word niet graag bespied.'

De struiken kwamen in beweging. Er verscheen een groot hoofd: zwart, kortgesneden haar en het lelijke gezicht van een sater. Bolle ogen, een plompe neus en een mond als van een karper op het droge. Het hoofd ging iets omhoog, zodat een paar gespierde schouders zichtbaar werd.

'Oh, in naam van Apollo, sta op!' riep Telamon, 'en kom te voorschijn!'

'Ik sta al rechtop!'

De dwerg duwde de struiken opzij en stapte naar voren. Hij grijnsde boosaardig om Telamons verbazing. Hij was nauwelijks 1,25 meter lang, wat de Grieken een 'rariteit' noemden. De dikkerd had korte beentjes en een hoofd dat bijna net zo groot was als zijn lichaam. Hij was gekleed in een donkergroene tuniek met een koord om zijn middel. Zijn mollige voeten staken in stevige sandalen. Om een van zijn polsen hing een armband en aan zijn vingers schitterden goedkope, opzichtige ringen. Telamon staarde hem nieuwsgierig aan.

'Hoe heet je?'

'Herakles.'

'Ach, de grote held.' Telamon herinnerde zich de gefluisterde woorden van Aristandros de vorige avond.

'Als ik iets goed kan, dan is het wel luisteren.' De stem was verrassend diep, de toon beschaafd. De dwerg bestudeerde Telamon van top tot teen met boze ogen. Telamons geheugen werd wakker. Hij ging op zijn hurken zitten en prikte het mannetje op de borst.

'Herakles! Ik herinner me jou. Jij bent een van Aristandros' beschermelingen, nu weet ik het weer!' Telamon dacht aan Miëza, Aristoteles' academie voor jonge Macedoniërs. 'Olympias kwam ons opzoeken. Ze arriveerde in een strijdwagen, opvallend als altijd, en ze had Aristandros bij zich. Jij liep naast hem, hand in hand. We dachten dat je zijn knaap was.'

'Dat ben ik ook.' De dwerg stak zijn hoofd uit. 'Ik zou het waarderen als u niet op uw hurken ging zitten wanneer u tegen me praat.'

Telamon mompelde een verontschuldiging en stond op.

'Waarom ben je me hier aan het bespioneren?'

'Ik bespioneer u niet, ik bespioneer de artsen. Ik bespioneerde Leontes. Zo hoorde mijn meester Aristandros over het Perzische goud en over de wijn die hij u had gestuurd. Zonder mij zou u nu de hele dag in de latrine doorbrengen.'

'Waarom bleef je dan hier?'

'Dat moest ik toch wel ? Ik dacht dat u gelijk met de anderen zou weggaan.'

'Hoe ben je dat te weten gekomen over de wijn?' vroeg Telamon. 'En over Leontes?'

'Ik heb me onder zijn bed verstopt.'

'Dus je kunt ook tenten in en uit glippen?'

'Alleen wanneer mensen niet opletten.'

'En wat ben je te weten gekomen over onze vrienden de geneesheren?'

'Ze zijn dom en bang. Perdikles moet in de gaten worden gehouden.' Het gezicht van de dwerg werd volslagen getransformeerd door een glimlach. Zijn hoofd kwam omhoog en zijn ogen glinsterden. 'Aristandros vertrouwt u.'

'En Perdikles?' vroeg Telamon.

'Hij zei iets opmerkelijks. Hij denkt niet dat het leger zich zal verplaatsen of dat de vloot zal uitvaren. Hij probeerde die idioot uit Korinthe te troosten. Hij zou zijn mond moeten houden.' Herakles' brede gezicht kreeg een lelijke uitdrukking. Hij keek Telamon aan. 'Ik moest wel in de bosjes blijven. Ik dacht dat u hier de hele dag zou zijn.'

'Wel, dat valt mee.' Telamon stak zijn hand uit. 'Ik ga nu terug naar het kamp. Je kunt met me meegaan. Ik wil ontbijten en met mijn medeartsen overleggen.'

Herakles greep Telamons hand en samen liepen ze het cipressenbos uit. Ze staken het open stuk over, waar het inmiddels nog veel drukker was geworden met cavaleristen. Toen ze het roerige kamp binnenkwamen, verdween Heraklesna een kneepje in Telamons hand in de menigte.

Kleon zat zich buiten Perdikles' tent vol te proppen met brood en olijven. Perdikles zat binnen op zijn hurken een manuscript te bestuderen en mompelde voor zich uit. Hij keek op toen Telamon binnenkwam.

'Wat heb je op je lever? Ik heb wel gezien hoe je naar me keek in dat cipressenbos.'

Telamon ging zo dicht bij Perdikles op z'n hurken zitten, dat de Athener het manuscript weggraaide en oprolde.

'Als je nog dichterbij komt, komen er praatjes van.'

'Heb je hier gerstebaarden?' vroeg Telamon.

115

'Wat?'

'Kafnaalden.'

'Wat moet ik nu met kafnaalden?'

'Ja, dat vraag ik me ook af,' antwoordde Telamon. 'Waarom heeft een elegante Atheense arts zijn jas vol gerstebaarden zitten? En waarom zitten op zijn bemodderde sandalen nog meer gerstebaarden? Waar zijn ze nu? Was het wel modder, of was het de mest van een of andere stier? En waarom werd je zo nerveus toen dit alles me opviel?'

'Waar heb je het over?'

'Dat weet je heel goed, Perdikles. Je hebt rondgelopen in de offerstallen waar de stieren worden klaargemaakt voor het offer. Als je door de modder ploetert blijven er wat kafnaalden van het voer voor de dieren aan je jas en je sandalen hangen. Wat heb je gebruikt? Fijngestampt taxusgroen? Niet genoeg om het dier te doden, maar in elk geval genoeg om zijn ingewanden een vreemde kleur te geven? Daar denkt niemand aan. Je kunt gewoon belangstelling veinzen voor stieren en ossen. Je bent zo dol op dieren! Niemand zou je wantrouwen, want niemand zou iets verdachts zien. Ik zag gisteren echter wel iets verdachts: kafnaalden op je jas en een paar opzij gesmeten sandalen met een dikke laag mest eraan.'

De arrogante blik trok weg van Perdikles' gezicht. Zijn ogen gleden naar de hoek van de tent waar zijn sandalen en zijn jas lagen.

'Daar heb je geen meer tijd voor,' zei Telamon. 'Perdikles, hoe lang kennen we elkaar nu al? Jaren? Onze wegen kruisen keer op keer. Waar ben je mee bezig? Je geeft niets om welke stad of welk land dan ook. Wat maakt het nu eigenlijk uit of Macedonië of Perzië wint? Waarom verstop je je hier, Perdikles? Voor een of andere kwade echtgenoot? Iemand die wel eens een knokploeg zou kunnen oproepen?' Telamon tikte hem zachtjes op zijn neus. 'Je bent een uitstekend arts, Perdikles, maar je hebt twee zwakke punten: de mooie vrouw van een ander en de verlokking van goud.'

Perdikles slikte en ging weer op zijn hurken zitten.

'Als Aristandros dit wist, zou Leontes niet de enige geneesheer zijn die ging hemelen,' vervolgde Telamon op fluistertoon. 'Ik kan het mis hebben, maar er kleven nog gerstebaarden aan je mantel. Aristandros zal vragen stellen.'

'Wat wil je?' Perdikles snakte naar adem.

116

'Het antwoord op twee vragen. In de eerste plaats, waarom? In de tweede plaats, wanneer houdt het op?'

'Blijf hier.' Perdikles kwam langzaam overeind. 'Nee, maak je geen zorgen, ik zal je vragen beantwoorden, maar daar heb ik nog iemand anders bij nodig.'

Telamon ging op een krukje zitten. Hij hoorde hoe Perdikles op boze toon tegen Kleon riep dat hij buiten de tent moest blijven en zich met zijn eigen zaken moest bemoeien. Voor de eerste keer sinds hij in het Macedonische kamp was aangekomen, moest Telamon toegeven dat hij behoorlijk tevreden over zichzelf was.

'Niet alles is een mysterie,' mompelde hij.

Hij luisterde een poosje naar de geluiden van het kamp, tot Perdikles terugkwam, gevolgd door een gedaante met een kap over het hoofd. Toen de kap naar achteren werd geschoven, blikte het aapachtige, scheel kijkende gezicht van Ptolemaios glimlachend op Telamon neer.

'Wel, wel, Telamon, geen wonder dat Alexander jou heeft ingehuurd. Hij zei al dat je de blik van een havik hebt.'

Ptolemaios zag eruit alsof hij last had van de naweeën van het drinkfestijn van de vorige avond. Hij knipte met zijn vingers en Perdikles droeg haastig een kampkrukje aan. Ptolemaios ging zitten en wreef in zijn ogen.

'Wat schrijf jij voor bij een kater, Telamon?'

'In de eerste plaats, niet drinken. In de tweede plaats, als je toch drinkt, eet er dan behoorlijk bij en drink de rest van de dag zoveel mogelijk vers water.'

Ptolemaios meesmuilde. 'Veel soldaat zit er niet in je, Telamon. Weet je nog dat ik tegen je vocht op de Academie van Miëza?'

'Hoezo, wil je er nu mee doorgaan?'

Ptolemaios' gezicht werd hard. 'Die offerstier? Perdikles kan geen weerstand bieden aan goud.'

'Hij deed het dus in opdracht van jou?'

'Ik houd van overwinningen, Telamon.' Ptolemaios haalde diep adem. 'Je hebt Alexanders leger gezien. Een kleine vloot en zo'n dertig- tot veertigduizend man. Aan de andere kant van de Hellespont kan Darius over een miljoen man beschikken. Alleen Memnon kan al een troepenmacht van Griekse huurlingen op de been brengen die bijna net zo groot is als de onze.'

'Dus jij vindt dat Alexander niet moet oversteken?'

'Nog niet. We hebben meer schepen nodig, meer mannen en

meer geld. De Perzische vloot is veilig ver weg in de Nijldelta, maar komt op een dag weer terug.' Ptolemaios leunde naar hem over, zijn adem stonk naar wijn. 'Bedenk eens wat er kan gebeuren, Telamon. Alexander steekt de Hellespont over en loopt in een hinderlaag. Hij worstelt zich terug naar de kust. Dan komt het nieuws dat Griekenland, onder leiding van Athene, in opstand is gekomen. De Perzische vloot, versterkt door Atheense triremen, patrouilleert door de zeestraten.' Hij stak een hand met gekromde vingers uit. 'We moeten de Perzische vloot uit de weg ruimen. We kunnen beter wachten tot de herfst, misschien zelfs tot volgend voorjaar.'

'Dus Alexander moet doen wat Ptolemaios wil?' zei Telamon scherp. 'Want daar gaat het eigenlijk om, is het niet? Ptolemaios, die denkt dat hij de zoon is van Philippus, vindt dat hij een betere generaal is dan Alexander!'

Ptolemaios wendde zijn blik af.

'Heb je er nu al genoeg van om de tweede viool te spelen, Ptolemaios? Als Alexander dit te horen krijgt, zal hij je in ketenen terugsturen naar Pella.'

'Maar hij komt het toch niet te weten? En weet je waarom, Telamon? Omdat jij niet alleen een goed arts bent, maar ook een moralist! Je hebt nooit van klikken gehouden. En dus zullen de volgende keer wanneer Alexander een offer brengt de voortekenen ondubbelzinnig zijn en buitengewoon gunstig.' Hij stak zijn hand uit. 'Afgesproken, als oude vrienden onder elkaar?'

Telamon greep Ptolemaios' hand en knikte. Ptolemaios stond op en schopte het krukje omver.

'Ik sta bij jou in de schuld, Telamon, voor de eerste keer in mijn leven. Ach, en Perdikles, jij gaat ook niet babbelen, toch?' Hij greep de arts bij zijn schouder en trok hem naar zich toe.

Perdikles schudde zijn hoofd, zijn gezicht was een en al angst.

'Want anders...' Ptolemaios liep de tent rond. Hij wachtte even en keek over zijn schouder. 'Heel jammer van Leontes, vind je niet?'

Stilletjes lachend tilde hij de tentflap op en liep naar buiten. Telamon wilde hem volgen, maar Perdikles riep zijn naam.

'Wat is er?'

'Wees voorzichtig,' waarschuwde de Athener.

'Oh, maak je geen zorgen.' Telamon glimlachte. 'Dat had ik al besloten.'

Hoofdstuk 5

De stad Thebe werd stormenderhand ingenomen, geplunderd en met de grond gelijkgemaakt. Alexander hoopte dat hij met zo'n afschrikwekkend voorbeeld de rest van Griekenland tot onderwerping zou dwingen.

Plutarchus, *Levens*, Alexander

Telamon zat buiten zijn tent op een kampstoel. Hij vond de hitte en de herrie van het kamp onaangenaam. Elke dag werd het weer warmer en de zon krachtiger. Als Alexander niet snel opbrak, zou het leger apathisch worden. Het aantal deserteurs zou toenemen en als de koninklijke schatkist leeg was, zou het leger wegsmelten als sneeuw voor de zon. De arts liep naar de tentflap en sloeg hem terug om wat frisse lucht in de tent te laten.

De wachtpost die buiten rondhing, tilde zijn hoofd op van de schaal met pap die hij met zijn vingers in zijn mond zat te proppen. 'Ik heb wat eten meegebracht, heer. Het staat binnen.'

'Dank je.'

Het eten stond op een kist en was afgedekt met een linnen doek. Telamon trok de doek weg en zag een hoeveelheid ranzige kaas, half verrot fruit en versgebakken brood. Het bier in de kruik was een plaatselijk brouwsel, nogal waterig, maar niet slecht van smaak. Telamon begon te ontbijten. Hij voelde zich vuil, bezweet en moe. Hij vroeg zich af wat Alexander zou beslissen. Bij zijn terugkeer had hij tot zijn verbazing gezien dat de koninklijke lijfwachten hun volle wapenrusting droegen, alsof er een of andere crisis gaande was.

Een schaduw verduisterde de ingang van de tent. De dwerg Herakles kwam zwierig binnen.

'Nomalet.'

'Pardon?'

'Nomalet.' De dwerg grinnikte. 'Daar ben ik heel handig in, in namen achterstevoren spellen.'

'Mooi, Selkareh,' antwoordde Telamon op zijn beurt.

'Ik ben dol op letters, weet u.' Herakles kwam dichterbij. 'Ik vind het leuk om ermee te spelen. Sommige namen kun je nauwelijks omkeren, vindt u niet?' Hij zweeg en staarde naar het ontbijt. 'Wilt u die kersen nog opeten? Ik heb weinig nete gehad vanochtend.'

'Nete?'

'Eten.' Herakles stopte een kers in zijn mond en kauwde er luidruchtig op.

'Je schijnt me wel te mogen, maar je bent vast niet gekomen om mijn ontbijt met me te delen,' merkte Telamon op.

'Aristandros heeft u direct nodig, met uw medicijnen.' Herakles pakte nog een kers. 'En wanneer mijn meester "direct" zegt, bedoelt hij ook direct.'

'Dan zullen we hem maar niet laten wachten.'

Telamon duwde het blad met eten weg. Hij pakte zijn leren tas en was de tent al uit voordat Herakles hem inhaalde. Het mannetje liet zijn hand in die van de arts glijden.

'De naam van mijn meester is moeilijk om te keren.'

'Als het om jouw meester gaat, is er geen kop of staart aan te vinden,' zei Telamon gevat.

'Dat zou ik ook nog gemener kunnen zeggen,' antwoordde Herakles.

'Wat is er aan de hand?' vroeg Telamon.

'Ik weet het niet.'

Via de nauwe doorgangen tussen de tenten liepen ze naar de grote open plek voor het koninklijke paviljoen, waar het wemelde van koninklijke lijfwachten. De soldaten stonden in gesloten gelederen voor de ingang, met hun borstharnassen van purperkleurig brons, gekleurde krijgsrokken en scheenplaten. Ze droegen ouderwetse hoplietenhelmen, en hun gezichten gingen vrijwel schuil achter neus- en wangbeschermers. Elke man had een speer en op de ronde, tegen hun benen steunende schilden was de aanvallende leeuw van Macedonië afgebeeld. Ze stonden bewegingloos, ongevoelig voor de hitte en het stof. Officieren liepen heen en weer. Langs de zijkanten van het paviljoen stonden lichtbewapende troepen. Telamon en Herakles mochten pas doorlopen toen de dwerg het wachtwoord van de dag uitsprak.

Aristandros wachtte hen op in het voorvertrek. Hij greep Telamon bij zijn arm en duwde hem bijna de privé-ruimte van de koning binnen. De dwerg moest achterblijven. Alexander lag plat op zijn bed en Hephaistion zat met een bezorgd gezicht op een krukje naast hem. De tent rook zurig. Alexander droeg nog steeds de tuniek die hij de vorige avond bij het drinkgelag had aangehad, maar er zaten nu etens- en wijnvlekken op. Zijn gezicht was bleek, zijn ogen waren halfgesloten en zijn oogleden trilden.

'Is hij vergiftigd?' fluisterde Hephaistion hees.

Telamon zag de resten van braaksel rond Alexanders mond. Aristandros kwam achter hem staan.

'Hoe lang is hij al zo?' vroeg Telamon, terwijl hij zijn leren tas op de grond liet zakken.

'Toen hij vanochtend wakker werd, was hij wat zwaar in zijn hoofd,' antwoordde Hephaistion. 'Hij wilde niets eten en bleef op zijn bed zitten. Hij heeft overgegeven, maar ik heb hem schoongemaakt.'

'Alexander! Alexander!' Telamon pakte de koning bij zijn schouder. Alexanders ogen vlogen open en staarden afwezig naar Telamon. Het kleurcontrast tussen beide ogen was opvallend, zijn pupillen waren sterk vergroot.

'Ik ga je onderzoeken,' legde Telamon uit.

Alexander probeerde iets te zeggen, maar hij kokhalsde en schudde zijn hoofd. Zonder plichtplegingen voelde Telamon Alexanders handen en voeten. Ze waren koud, maar zijn nek en borst waren warm. Hij voelde de maag van de koning en kneedde de harde spieren met zijn vingers. Hij kon niets ontdekken wat op een verdikking leek. Alexander hield zich groot en dwong zich tot een glimlach.

'Wat zijn mijn symptomen, dokter? Ben ik vergiftigd?'

'Je hebt te veel gedronken,' antwoordde Telamon streng, 'maar dat is het niet, wel?'

'Wat is het dan?' vroeg Aristandros scherp.

'Kun je gaan staan? Kun je lopen?' vroeg Telamon aan Alexander.

'Ik voel me zo gespannen,' bekende de koning. 'Ik ben bang dat ik omval als ik ga staan. Mijn keel is droog, mijn buik voelt alsof ik onrijpe druiven heb gegeten.' Hij kreunde en greep naar zijn hoofd. 'En hier bonst het als een oorlogstrom.'

'Wat heb je gedroomd?' vroeg Telamon.

'Goeie ouwe Telamon, altijd de geest, nooit het lichaam!' spotte Alexander. 'Ik droomde weer de bekende droom. Ik was terug in Chaironeia en ik viel de Thebaanse falanx aan op mijn paard Boukephalas. Ze hadden mijn vader omsingeld. Ik sloeg me door hun gelederen heen, maar het was als inhakken op water. Ik kwam niet vooruit. Ik werd steeds wakker en viel dan weer in slaap. Ik dacht dat ik gewoon te veel had gedronken, maar vanochtend kwam er weer zo'n waarschuwing.'

Aristandros liet een stukje perkament in de schoot van de dokter vallen. Het perkament was grof, het handschrift kon van iedereen zijn – keurige letters, zorgvuldig gevormd om de persoonlijkheid van de afzender te maskeren. Het waren drie aanhalingen uit de *Ilias*. Het eerste citaat was uit het negende boek: 'Begrijp je niet dat de macht van Zeus niet langer aan jouw kant staat?' Het tweede kwam uit het elfde boek: 'Mij zul je roem brengen en je leven naar de Hades.' Het laatste citaat was uit het negentiende boek: 'Wij zijn de Furiën die vanuit de onderwereld dode mannen wreken.'

'Hoe is dit hier gekomen?' vroeg Telamon. 'Buiten staan wachtposten. Je hebt spionnen tussen het gras en achter de bosjes, Aristandros. Jij behoort de geheime dienst van de koning te zijn.'

Alexander lachte scherp. Aristandros leek niet op zijn gemak. 'Het rolletje perkament was dichtgebonden met touw,' legde hij uit. 'Het werd neergegooid aan de voeten van een wachtpost bij de toegang tot de koninklijke enclave. De man heeft niet gezien wie het heeft gebracht. Hij heeft het opgeraapt en aan mij gegeven.'

'En jij hebt het aan Alexander laten zien?'

'Natuurlijk. Ik bewaar zijn geheimen, niet de mijne.'

Telamon stond op en boog zich over Alexander heen.

'Ga rechtop zitten, heer!'

Alexander wilde weigeren, maar de arts gaf Hephaistion een teken. Ze sleurden de koning in zittende positie en stopten samen de met veren gevulde kussens in zijn rug. Telamon zag tot zijn vreugde dat er weer een beetje kleur op Alexanders wangen kwam en dat zijn ademhaling minder hortend werd.

'Wat is er mis?' vroeg Alexander schor, maar zijn ogen vermeden die van Telamon.

'Je weet wat er aan de hand is.'

Telamon greep Alexanders pols en nam de snelle hartslag op.

'Je kent alle trucjes, hè, Telamon?'

'Ik ken jou, Alexander. Je hebt een paniekaanval, opgeroepen door wijn, nachtmerries en dreigementen.'

'Alexander kent geen paniek,' verklaarde Hephaistion.

'Paniek is iets dat Alexander kende, kent en zal kennen.' Telamon glimlachte naar de vriend van de koning. 'Zijn spieren zijn strak gespannen, zijn ademhaling is oppervlakkig. Hij is bang. De wijn maakt hem labiel. Zijn geest wordt gekoeld. Dit roept een diepe angst op en zijn lichaam reageert navenant. Het is als zout strooien in een wond. Ik heb goed nieuws voor je, Alexander.' Telamon hoopte van harte dat zijn leugen overeind zou blijven. 'Ik heb vannacht ook gedroomd. Ik waadde door de Hellespont. Aan de andere kant stond een man in volle wapenrusting. Toen ik dichterbij kwam, zette de krijger zijn helm af, een helm met een grote paardenharen pluim, zo zwart als de nacht. Het was je vader. Hij gebaarde naar me en schreeuwde: "Waarom volgt Alexander niet?"'

Aristandros sputterde, maar Telamon hield Alexanders blik vast.

'Ik heb hem verteld over de offers. Philippus antwoordde: "Vertel mijn zoon dat hij het platteland moet afzoeken naar een zuiver witte stier. Laat vertrouwde wachters het dier meenemen en bij zich houden tot de tijd van het offer aanbreekt. Vertel hem geen acht te slaan op waarschuwingen en fluisteringen in de nacht."'

De verandering in Alexander was opvallend. Zijn ogen stonden niet meer dof en zijn gezicht was niet langer bleek. Hij leunde naar voren en greep Telamons hand.

'Weet je het zeker? Lieg je niet?'

'Het was maar een droom, heer, maar zoek dit dier op, offer het en laat het leger zich inschepen.'

Alexander liet zich terugzakken in de kussens.

'In de tussentijd,' vervolgde Telamon droog, 'wil ik dat je gaat slapen. Aristandros? Een beetje wijn graag.'

De geheimenbewaarder bracht hem een kleine beker. Het ding herinnerde Telamon aan de beker waaruit de jonge vrouw de vorige avond had gedronken. Hij nam zich stilletjes voor Antigones tent nogmaals te bezoeken. Hij opende zijn leren tas, haalde er zijn kostbare papaversap uit en voegde een beetje ervan toe aan de wijn. Hij roerde en hield de beker aan de lippen van de koning.

'Denk aan Perzië,' fluisterde Telamon. 'Denk aan de overwinning! Bevrijd je geest van donkere schaduwen – drink!'

Alexander gehoorzaamde en dronk de beker in één teug leeg. Telamon bleef bij het bed zitten en hield zijn hand vast. De koning wilde het gesprek voortzetten, maar zijn lichaam begon te schokken, zijn ogen werden zwaar, zijn hoofd zakte opzij en hij viel in een diepe slaap.

'En wanneer hij wakker wordt?' vroeg Hephaistion, zo bezorgd als een moeder voor haar kind.

Telamon bestudeerde het donkere, baardige gezicht van Alexanders vriend. Een eenvoudige soldaat, peinsde hij, onwankelbaar in zijn trouw en genegenheid. Alexanders boezemvriend, zijn verpleger, zijn leidsman die met alles instemde wat de koning zei. In veel opzichten leek Hephaistion veel op Alexanders vader Philippus.

'Wanneer hij wakker wordt, zal hij zich veel beter voelen,' zuchtte Telamon. 'Een beetje zwaar in zijn hoofd, maar de pijn en de angst zullen verdwenen zijn. Misschien blijft hij wel uren slapen. Laat hem voedzame dingen eten, geen fruit, maar brood en gedroogd vlees. En geef hem geen wijn, maar zuiver water!'

Hij maakte de sluitingen van zijn leren tas weer vast en verliet de tent. Aristandros volgde hem tot in het voorvertrek.

'Alexander gelooft je. Weet je dat? Wanneer hij wakker wordt, zal hij zeggen dat Telamon hem de waarheid heeft verteld omdat Telamon geen dromen heeft en niet in de goden gelooft.'

'Dan hebben we iets gemeen, is het niet?' antwoordde Telamon.

Voor de eerste keer sinds hun ontmoeting lachte Aristandros.

'Gisteravond gaf de koning me ook nog een boodschap voor jou, geneesheer. Je hebt een assistent nodig. Hij had het over de slavenverblijven, waar we nog steeds een aantal gevangenen uit Thebe vasthouden. Het zijn er niet veel, maar je kunt kiezen wie je maar wilt.' Onder zijn mantel haalde Aristandros een klein zegel vandaan – een stukje hardgeworden was met het stempel van de koning erop.

'Laat dit zien wanneer iemand je vragen stelt of het je lastig maakt.'

Telamon pakte het zegel aan en staarde ernaar.

'Pas er goed op,' waarschuwde Aristandros.

'En die boodschappen?' vroeg Telamon, terwijl hij het zegel in zijn zak stopte. 'Die citaten uit de *Ilias*?'

Aristandros vertrok zijn gezicht. 'Dat soort perkament kun je overal in het kamp kopen. De inkt is gangbaar en de letters zijn opzettelijk netjes geschreven. Ze kunnen van iedereen zijn. De wachtpost weet niet wie dat rolletje heeft gebracht. Het lag gewoon plotseling aan zijn voeten en dat is ook de gebruikelijke manier waarop mensen petities bij de koning indienen.'

'Ja, maar deze persoon kent zowel de *Ilias* als Alexanders ziel.'

'Net als jij, Telamon. Jij herkende zijn angstaanval, die plotselinge paniek.'

'Dat kunnen slechts weinig mensen,' gaf Telamon toe. 'Ik was erbij toen hij in Miëza zijn eerste aanval kreeg. Nearchos, Alexander en ik hadden een weddenschap gesloten – wie het snelst een bepaalde rivier over kon zwemmen.' Telamon zuchtte. 'We waren nog jongens en we dachten niet na. We kleedden ons uit en sprongen naakt in het water. De rivier was dieper en snelstromender dan we hadden gedacht. Nearchos zwom naar de overkant en ik ook. Alexander keerde om. Dat is de enige keer dat ik hem ooit heb zien weigeren een uitdaging aan te gaan. Hij liet ons zweren het geheim te houden. Nearchos reageerde geweldig, hij zei alleen maar dat hij had gedaan wat elke waterrat kon.'

'Nearchos is geen bedreiging,' merkte Aristandros op, 'maar anderen zouden deze angst als zwakheid kunnen uitleggen.'

'Ik zie er gewoon Alexander in,' antwoordde Telamon. 'Hij is angstig en onzeker: hij weet niet of hij naar links of naar rechts moet. Maar heeft hij eenmaal gekozen, dan zal hij als een speer op zijn doel afgaan en ons allemaal meeslepen. Naar de overwinning of naar de Hades!'

Buiten stond Herakles op hem te wachten.

'Wat is er aan de hand? Wat is er aan de hand?' Hij greep Telamons jas vast.

'Het gaat goed met de koning en de koning slaapt,' antwoordde Telamon luid, zodat iedereen om hem heen het kon horen.

Hij baande zich een weg door de rij wachtposten. Kleitos en Seleukos stonden met hun hoofden dicht bij elkaar zachtjes te praten. Ptolemaios knipoogde samenzweerderig naar hem.

'Waar gaat u nu heen?' vroeg Herakles dringend.

'Naar de priesteres Antigone.'

'Ah, nog zo'n naam die zich moeilijk laat omkeren. Ze is familie van Alexander, wist u dat? Ze kende Philippus heel goed. Hij zei dat hij haar zijn leven zou toevertrouwen. Waarom gaat u naar haar toe?'

'Vanwege een moord.'

Telamon liep snel door de nauwe gangen tussen de tenten en paviljoens. De soldaat op wacht buiten Antigones tent liet hem passeren. De priesteres zat op een stoel en bekeek een borduurwerk. Selena en Aspasia zaten ineengedoken op de grond voor haar en waren druk bezig met naald en draad. Antigone legde de lap stof neer en stond op toen Telamon binnenkwam.

'Ben je bij de koning geweest?'

'Ik ben bij de koning geweest. Hij slaapt nu goed.'

Antigone trok een wenkbrauw op. 'En je bezoek hier? Kom je voor onze gezondheid? We hebben last van de hitte en van de vliegen.'

'Ik zou best een beker wijn lusten.'

Antigone staarde naar Herakles. 'Je schijnt allerlei schepsels aan te trekken.'

De dwerg maakte een onbeleefd geluid. Antigone keerde zich af.

'Mag ik de beker waaruit die vrouw gisteravond heeft gedronken? Die vrouw die is gestorven.'

'Zeker.'

Antigone liep dieper de tent in en kwam terug met de beker, half gevuld met wijn.

'Ik heb er wat water bij gedaan. Hij is niet zo sterk als de wijn die de koning gisteravond heeft gedronken.'

Aspasia pakte een krukje. Telamon bedankte haar en ging zitten. Hij dronk de wijn op en bekeek de beker aandachtig.

'Maak je geen zorgen. Ik heb hem zelf schoongemaakt.' Antigone had haar borduurwerk weer gepakt en keek glimlachend naar hem op.

Telamon wees naar de tafel. 'Daar zat ze. U bracht haar de beker. Ik deed het geneesmiddel erin. Wat gebeurde er toen?'

'Jij dronk eruit, ik dronk eruit,' antwoordde Antigone. 'Jij zette de beker op tafel. Anderen dromden eromheen.'

'Ik zag hem bewegen,' mompelde plotseling Aspasia. 'Een hand pakte hem beet en zette hem dichterbij, maar ik kan me niet herinneren wiens hand het was.'

Telamon onderzocht de beker nauwkeurig. Hij was gemaakt van edelmetaal, met een zilveren fries aan de buitenkant waarop een jonge vrouw was afgebeeld die een bologige uil vasthield. De steel en de voet waren ook van zilver en de binnenkant was glanzend gepolijst. Telamon gaf de beker terug. Hij had gehoopt dat hij door terug te gaan naar de tent zijn geheugen zou opfrissen, maar er gebeurde niets. Hij nam afscheid. Herakles, die vrijwel was genegeerd, volgde hem naar buiten.

'Waar nu heen, dokter?'

'De slavenverblijven.'

'Ik zal u laten zien waar die zijn.'

Telamon was liever alleen gegaan, maar Herakles wilde beslist zijn hand grijpen en hem de koninklijke enclave uit leiden. Het lawaai van het kamp kwam hen tegemoet. Telamon kon merken dat de manschappen rusteloos waren nu er niets te vechten viel. Ze hadden hun wapenrusting afgelegd en zochten de schaduw op tegen de felle zon. De tijd werd verdreven met bikkelen en dobbelen. De enige mannen die harnas en wapens droegen, waren de rondslenterende, waakzame officieren, die er op schenen te wachten om in te grijpen bij ruzies.

'U ziet het gevaar zeker wel?' veronderstelde Herakles.

Ze bleven even staan om de weg te vragen en ten slotte vonden ze het slavenverblijf in de buurt van de paardenstallen. Een soldaat met een leren borstharnas zat, met zijn helm naast hem, bij de ingang. Hij stond op toen Telamon naderde.

'Ik ben nieuw hier,' riep hij met opgestoken handen. 'Maar ik heb mijn orders. Dit is mijn eerste opdracht. Voor hoeren moet u zelf zorgen, de slaven zijn om te verkopen en niet om te gebruiken!'

'Houd je mond. Je weet niet tegen wie je het hebt!' grauwde Herakles.

'Ik zei toch al dat ik nieuw ben,' mompelde de soldaat. Hij krabde in zijn zwarte baard en veegde het zweet van zijn voorhoofd. Hij had een mager en wreed gezicht, waarin één oog permanent halfdicht werd gedrukt door een litteken dat dwars over zijn voorhoofd tot onder zijn oor liep. Telamon liet hem het koninklijke zegel zien. De soldaat bekeek het nieuwsgierig en gaf het terug.

'Waar kom je vandaan?' vroeg Telamon.

'Argos.' De man grijnsde, waardoor hij met zijn puntige hoektanden iets wolfachtigs kreeg. 'Ik heet Droxenios. We zijn vanochtend hier aangekomen. We zijn ingeschreven en we hebben onze drachmen gekregen. Dit is mijn eerste dienst, de slaven bewaken. Gaat het goed met de koning?'

'Gaat je niets aan,' snauwde Herakles.

Telamon liet de hand van de dwerg los. 'Je kunt nu wel gaan. Ik wil verder alleen zijn.'

Herakles ging achteruit en terwijl hij wegliep maakte hij een obsceen gebaar met zijn middelvinger tegen de wachtpost.

Het slavenverblijf bestond uit een grote gevlochten kooi.

Droxenios tilde de klink van de deur op en nodigde Telamon met een spottend gebaar uit om door te lopen.

'Het is niet veel bijzonders en de stank is vreselijk.'

Telamon stapte naar binnen. De wachtpost had gelijk, het stonk er als in een varkensstal. Aan het andere uiteinde zat een opeengepakte groep gebroken, meelijwekkende mensen met donkere ogen en smalle gezichten, als schimmen uit de Hades. Dit was het overschot van Alexanders veroveringstocht, het resultaat van zijn grootse overwinning op Thebe. Mannen en vrouwen, beroofd van hun familie, die nu een leven van mishandeling en slavernij tegemoet gingen. Telamon keek naar links, waar zich een rij waterkruiken bevond. Een daarvan, afgedekt met een gebarsten stuk hout, moest de latrine zijn. De stank was om misselijk van te worden. Vliegen zoemden maar de slaven gaven geen enkel geluid. Alle ogen waren op Telamon gericht. Ze keken naar hem als geesten vanuit het enige gedeelte van de gevlochten kooi dat schaduw bood. Telamon telde hen. Het waren er minstens veertig. Een van hen trok in een flits zijn aandacht, een vrouw met rood haar en heldere ogen – niet dof, zoals bij de anderen. Ze droeg een donkergroene tuniek vol vlekken en hield zich verborgen achter twee oude mannen. Ergens in de groep jammerde plotseling een vrouw. Telamon besloot dat er, wat er ook gebeurde, iets moest worden gedaan voor deze erbarmelijke schepsels. De meesten waren oud en zouden weinig opbrengen op de slavenmarkten. Als ze hier bleven of het leger moesten volgen, zouden ze binnen enkele maanden dood zijn.

'Ik kan iets voor jullie doen,' verklaarde Telamon, hoewel hij zelf besefte hoe hol zijn woorden klonken. Er kwam dan ook geen reactie uit de opeengepakte groep.

'Ik zal voor beter voedsel en water zorgen. Dit is een varkensstal.' Telamons stem haperde. 'Is er verder nog iets?'

'Je zou van de rotsen af kunnen springen!' schreeuwde een vrouw.

Telamon was er zeker van dat het de roodharige was. Voor de eerste keer sinds zijn komst kwam er beweging in de groep. Telamon hoorde onderdrukt gelach.

Hij hield zijn boosheid in. 'Ik ben hier om jullie te helpen. Ik ben arts.'

'Genees jezelf dan maar!' kaatste de vrouw terug.

'Ik heb een helper nodig, een assistent. Is er hier iemand die iets van medicijnen weet?'

'Nee, alleen van het gebrek eraan!' riep de vrouw.

'Ik zoek een assistent,' herhaalde Telamon. 'Degene die ik uitkies, of die zich vrijwillig aanbiedt, zal vrij zijn!'

Doffe ogen staarden terug. Een oude man kwam moeizaam overeind en sprak met een Dorisch accent.

'Vroeger, eh, was ik arts.'

Een oude vrouw pakte zachtjes zijn hand en trok hem weer omlaag.

'Is er iemand anders?' riep Telamon luidkeels.

Stilte. Hij zuchtte, draaide zich om op zijn hielen en liep terug naar de ingang.

'Waarschijnlijk ben je op zoek naar mij.'

Telamon keek om. De roodharige jonge vrouw stond nu voor de anderen. Telamon liep terug. Ze was van gemiddelde lengte, met krachtige benen en armen, en een slank lichaam. Haar rode haar stond uit als een aureool, alsof ze het met haar vingers had gekamd, haar enige schakel met het gewone leven. Haar enigszins schuinstaande ogen waren groen en stonden uitdagend in een sterk gezicht dat eigenlijk niet mooi was. Haar huid was ruw door de inwerking van zon en wind en had nu een gelige tint door maandenlange ondervoeding. Haar handen waren smerig en haar linkerarm was bedekt met opgedroogde modder. Ze volgde Telamons blik.

'Een paar soldaten hadden zin in een lolletje,' verklaarde ze. Haar sterke kin kwam omhoog, haar onderlip stak uit. Ze hield haar hoofd een beetje schuin. 'Maar ze hebben me niet gedwongen. Niemand heeft me gedwongen. Ik vertelde hun dat ik aan de godin ben gewijd, de oorlogsgodin Athene.'

'En klopt dat?'

'Ja.' Ze wendde haar blik niet af. 'Daarom heb ik het overleefd. Ik was ooit een helpster, een assistente in de tempel van Athene vlak bij de Kadmeia, de citadel van Thebe.'

Telamon knikte. Nu begreep hij het. Toen Thebe werd verwoest, had Alexander de tempels gespaard.

'En waarom werd je dan gevangengenomen?'

'Ik was zo stom om naar een vriend te gaan zoeken. Ik zei tegen de soldaten wie ik was, maar ze geloofden me niet.'

'Waar bevinden zich de speekselklieren?' vroeg Telamon onverwacht.

'Aan de achterkant van de tong.'

'Wat stuwt het bloed?'

'Het hart.'

'Hoe neem je iemands hartslag op?'

'Door je vingers zachtjes tegen zijn hals of zijn pols te leggen.'

'Als ik een patiënt venkelknol geef en peterselie laat weken in zoete witte wijn, waarvan hij dagelijks twee bekers moet drinken met water, wat zou zijn klacht dan zijn?'

'Ik zou zeggen dat de patiënt iets aan zijn blaas had.'

'Heel goed!' Telamon glimlachte. 'En als hij duizelig is, een zwaar gevoel heeft in zijn voorhoofd, als zijn oren suizen, zijn ogen tranen, zijn neus niets meer ruikt en zijn tandvlees gezwollen is?'

'Dan zou ik zeggen dat hij verkouden is en dat er slijm uit zijn neus komt. Ik raad een brouwsel van gekookte hysop op de nuchtere maag aan. Daarnaast mosterd en warm water met honing om te drinken en mee te gorgelen.'

Ook hiermee stemde Telamon in.

'En als een vrouw zwanger is? En haar borsten of haar buik beginnen plotseling sterk te krimpen in de zevende of achtste maand?'

De vrouw knipperde met haar ogen en keek een andere kant op. 'Dan heeft ze veel geluk, dokter. Haar ongeboren kind is dood en zal niet in deze afschuwelijke wereld opgroeien!'

'Heb je het werk van Hippokrates gelezen?'

'Natuurlijk. Ik heb zijn kruidenremedies geleerd, maar ook zijn lijst met symptomen en herkenningstekens.'

Telamon knikte. Op zijn reizen naar Griekenland en Egypte was hij eerder dergelijke vrouwen tegengekomen. Tempels, zoals die van Athene in Thebe, waren oorden van medische kennis waar men, zo wilde de traditie, niemand mocht weigeren. De vrouwen die er werkten, waren vaak bekwamer en efficiënter dan veel zogenaamde artsen die meer theoretische dan praktische kennis van het menselijk lichaam hadden.

'Als ik ermee akkoord ga, zou je me dan kiezen?' De stem van de vrouw was scherp. 'Ben ik dan vrij?'

'Dan ben je vrij.'

'Geef je me daar een schriftelijk bewijs van?'

'Ik zal het ondertekenen en bezegelen.'

De ogen van de vrouw werden waakzaam, haar gezicht nam een behoedzame uitdrukking aan.

'Je ziet eruit als een typische arts,' spotte ze. 'Schoon, netjes, gedisciplineerd, precies. Je gezicht zou ik saai noemen, behalve dan je ogen. Een man die zijn hartstochten graag onder controle houdt, denk ik. Hij is gekwetst, maar wil dat verbergen. Daarom ben je hierheen gekomen, toch? Je wilt een buitenstaander om je heen hebben, want je weet niet, wie je anders moet vertrouwen.'

Telamon klapte spottend in zijn handen.

'En wie garandeert je dat ik niet 's nachts je keel doorsnijd en op de vlucht sla?' vervolgde ze.

'Dat zou je kunnen doen, maar dan zouden de Furiën je achtervolgen,' verklaarde Telamon.

Ze lachte en schudde haar hoofd. 'Daar geloof ik niet in.'

'Je zou als vreemdeling arm en kwetsbaar rondzwerven in de wildernis. Je hebt je afweging gemaakt. Je hebt besloten dat je beter af bent met mij dan hier bij de rest of ergens anders. Heb ik gelijk of niet?'

De vrouw likte haar lippen af. 'Ik zou dolgraag wat water willen, vers, schoon water.' Ze wees met haar duim over haar schouder. 'En die arme stakkers? We zijn maanden bij elkaar geweest. Ik kan hen niet zomaar achter me laten.'

'Ja hoor, dat kun je wel. In de komende maanden zul je heel veel dingen achter je laten.' Hij zweeg even. 'Ik kan niets beloven, maar ik zal kijken wat ik kan doen. Ga je mee of niet? Die stank hier is verschrikkelijk!' Telamon verjoeg een vlieg.

'Vooruit maar, meester,' plaagde ze. 'Zal ik achter je gaan lopen of voor je uit? Of naast je, zoals een brave hond?'

'Mijn naam is Telamon. Waar je loopt of hoe je loopt, is je eigen zaak.'

De arts en de vrouw stapten uit de kooi. Toen ze wegingen, wendde de soldaat zich af. Hij schraapte zijn keel en spuwde. Telamon schudde zijn hoofd en liep door.

'Wat is er?' vroeg de roodharige. 'Zijn er problemen?'

'Dat zul je straks wel merken,' antwoordde Telamon.

Ze verlieten de stoffige omgeving en gingen het kamp binnen. Ze hadden nog geen twintig stappen gelopen, of het gefluit en gejoel begon.

'Hé, roodharige!' riep een soldaat, terwijl hij zijn tuniek optilde en zijn geslachtsdelen liet zien. 'Zin in een worstje?'

'Nee, dank je, ik lust alleen grote!'

Dit antwoord zorgde voor een bulderend gelach. Ze baanden zich een weg langs de stoffige tenten en hutjes. Groepen soldaten

131

zaten gehurkt te dobbelen of deelden een kruik wijn met elkaar. Een graatmager slangenmeisje voerde een exotische dans uit bij het geluid van een fluit en een trom. De soldaten klapten en toen Telamon en zijn metgezel passeerden, nodigden ze de vrouw uit om mee te doen. Telamon greep haar pols en merkte tot zijn genoegen dat ze haar hand niet wegtrok.

'Hoe heet je?'

'Kassandra.'

'Dat is niet je echte naam, wel?'

'Kassandra was een onheilsprofetes,' verklaarde ze. 'Zo is nu mijn naam en dat zal altijd zo blijven. Het is de enige...' ze bracht haar gezicht dichter bij het zijne, 'de enige waar ik naar luister.'

Telamon deinsde terug voor de stank die ze uitwasemde en de vrouw nam afstand. 'Ik heb geprobeerd mezelf schoon te houden, maar deze tuniek is mijn enige kledingstuk. Ik heb me al maanden niet gewassen. Toen ze ons wegvoerden uit Thebe, stonden ze ons toe door een rivier te waden – dat was mijn laatste bad!'

'Wat kun je nog meer behalve genezen?' vroeg Telamon.

'Ik kan zingen en dansen.'

'Geef me gewoon antwoord!'

Kassandra glimlachte, haar ogen glinsterden ondeugend. 'Ik kan genezen, kruidenremedies bereiden en kompressen maken. Ik kan een wond uitbranden. Ik heb vlees dichtgenaaid.'

'En aderen?' vroeg Telamon.

'Slechts twee keer, maar dat liep niet goed af. De man bloedde dood. Zijn been was verbrijzeld onder een kar, een van de artsen van de tempel had het afgesneden.'

'Het eeuwenoude probleem,' mompelde Telamon. Hij werd afgeleid door naderende soldaten die naar Kassandra gluurden.

'Een zilverstuk, heer!' schreeuwde een van hen. 'Een zilverstuk als ik haar tot morgenochtend mag lenen!'

Telamon hield het koninklijke zegel omhoog. Mompelend en vloekend maakten de soldaten zich uit de voeten. Kassandra staarde hem met open mond aan.

'Ben jij een arts van de koning. Eentje uit de kring van de gehoornde demon?'

Telamon drukte een vinger tegen haar lippen. Hij had die benaming van Alexander eerder gehoord. Het sloeg op de manier waarop Alexander zijn haar naar voren streek, of op zijn helm in de vorm van een ramskop.

132

'Ik zou maar voorzichtig zijn met wat je zegt, Kassandra. Houd je ogen open en je mond dicht!'

Ze trok haar gezicht weg. 'Dat is een goede raad voor een jonge vrouw. Vertel me nu eens wat je de slavenverblijven opeens had. Je schudde je hoofd terwijl je wegliep.'

'Iedere soldaat die we passeerden floot, joelde, maakte obscene gebaren of bood aan tussen je dijen te kruipen. Alleen de man bij het slavenverblijf keek een andere kant op,' antwoordde Telamon terwijl hij doorliep.

'Misschien houdt hij van jongens,' mompelde Kassandra. 'Dat doen een hoop soldaten. Een paar fraaie billen en ze zijn in de Elyseïsche velden. Jij bent toch niet zo, Telamon?'

De arts negeerde haar en ging opzij voor een paardenknecht die met een dartel strijdros het smalle pad af kwam. Daarop liep hij snel door, zodat Kassandra zich moest haasten om hem bij te houden. De wachtposten lieten hen de koninklijke enclave binnen. Weer klonk er een concert van gefluit en gejoel. Ptolemaios beende op hen af.

'Een beetje gezelligheid in de tent, Telamon?'

'Generaal Ptolemaios, dit is Kassandra. Een tempeldienares uit Thebe.'

Ptolemaios bekeek de vrouw van top tot teen. Kassandra rochelde luidruchtig. Telamon schoof haar haastig een eind opzij.

'Nu al jaloers?' schreeuwde Ptolemaios.

Kassandra draaide zich razendsnel om, haar ogen vlamden van woede. 'Ik ben je hond niet! Waarom deed je dat.'

'Je stond op het punt hem te bespuwen!' siste Telamon.

'Hij had de leiding bij de aanval op Thebe,' antwoordde Kassandra woedend. 'Bij de goden, ik had nooit verwacht dat ik de kans zou krijgen zoveel kelen door te snijden. Ik hoop dat hij ziek wordt.'

Telamon duwde haar zijn tent binnen en negeerde het gefluit van de wachtpost. Hij liep snel naar een kist, gooide hem open en haalde een dolk te voorschijn. Kassandra deinsde niet terug toen hij de punt tegen haar keel hield.

'Wil je graag dood?' vroeg Telamon. 'Want de manier die ik je nu aanbied, is snel. Ptolemaios zou je laten kruisigen. Wil je dat liever? Boven op de rotsen?' Hij draaide de dolk om en bood haar het heft aan. 'Of je kunt als je wilt ook je eigen keel doorsnijden. Ik beloof je dat ik zorg zal dragen voor je crematie.'

'Ik wil graag wat water.'

Telamon liep naar een waterkruik, haalde de pollepel op en vulde een aardewerken kan. Kassandra dronk gulzig en goot het restant over haar gezicht.

'Zul je je gedragen?' Telamon stak zijn hand naar haar uit. 'Ik ben een vreemde voor je, maar we zouden vrienden kunnen worden. Ik zweer je bij het leven van mijn vader, bij mijn vaders ziel, bij hemel en aarde, bij alles wat heilig heet te zijn, dat je van mij niets te vrezen hebt. Ik wil je niet als bedgenote of als slavin, maar als assistente. Als je je daar niet in kunt vinden, beschouw ons dan als twee soldaten, rug aan rug. Ik bescherm de jouwe, jij de mijne.'

Kassandra grijnsde. 'Ik heb al heel wat voorstellen gehad in mijn leven, maar dit is het beste.' Ze kuste zijn hand.

'Mooi! En voortaan slaap je hier.' Telamon wees in het rond. 'Ik zal er een tweede kampbed in laten zetten. Je mag mijn eten bereiden, of ik bereid dat van jou. Controleer alles wat je eet of drinkt – ook het water waarvan ik je zojuist wat heb gegeven. Houd de boel netjes en zeg het me als ik dat niet doe. Ga hier niet rochelen, spuwen, je neus en oren schoonmaken – of welke andere lichaamsopeningen dan ook. Wanneer je naar de latrine moet, zal de wachtpost buiten met je meegaan. Maar wat stink je!' Hij liep terug naar de kist en haalde er een flaconnetje uit. 'Dit is een soort parfum, ik gebruik het zelf ook. Zoals je weet, heeft Hippokrates de artsen aangeraden om aangenaam te ruiken,' zei hij grijnzend.

Hij greep Kassandra bij haar elleboog en ze verzette zich niet toen hij haar naar buiten bracht. De soldaat krabbelde overeind. Het was een lange, grofgebouwde man met waterige ogen en een eeuwig openhangende mond, maar zijn bewegingen waren snel.

'Vind je het prettig soldaat te zijn?'

'Ja, zeker, heer.'

'Wil je graag plunderen?'

'Wie niet?'

'En je wilt niet worden gekruisigd?'

De mond van de man viel nog verder open.

'Wat is er aan de hand?' stamelde hij.

Telamon klopte op Kassandra's schouder. 'Dit is Kassandra, mijn assistente en mijn vriendin. Ze stinkt.'

De soldaat snoof. 'Ik ruik het. Ze is nog erger dan een koe.'

'Ik ben niet geïnteresseerd in je seksleven,' snauwde Kassandra hem toe.

De soldaat gooide het hoofd in de nek en lachte.

'Breng haar naar het magazijn,' beval Telamon. 'Ze heeft kleren nodig – een tuniek en een mantel.' Hij stak zijn hand omhoog. 'Twee stel kleren, stevige sandalen en een dolk.'

'Wie gaat dat allemaal betalen?'

Telamon overhandigde hem het koninklijke zegel. 'De koning.'

De soldaat pakte het zegel aan en kuste het.

'Je haalt ook een stuk linnen,' zei Telamon tegen hem terwijl hij het parfumflaconnetje in Kassandra's hand duwde. 'Deze jonge vrouw gaat naar het strand, daar trekt ze haar kleren uit' – hij negeerde Kassandra's stokkende ademhaling – 'en daar gaat ze in zee zwemmen. Ze wast zich grondig en zolang dit alles plaatsvindt, houd jij je rug naar haar toegekeerd. Eén blik en je zult een maand lang latrines graven.'

De soldaat liet Kassandra met een spottend gebaar voorgaan. 'Als de vrouwe zo goed wil zijn?'

Telamon keek hen na en ging toen de tent in. Hij pakte een kruik met licht gezouten en met kruiden gezuiverd water, bracht deze naar de ingang van de tent en waste zijn gezicht en handen. Hij keek de tent rond om zich ervan te verzekeren dat alles in orde was en ging op zijn bed liggen. Hij had honger en was een beetje moe. Terwijl hij met een half oor naar de kampgeluiden luisterde, dwaalden zijn gedachten af. Hij wist zeker dat hij de juiste keuze had gemaakt. Die Kassandra had iets. Ze was berekenend, waarschijnlijk ook geslepen – dat moest ze wel zijn om te overleven – maar ze was niet gek. Als ze haar tong kon bedwingen en haar ware gevoelens kon verbergen...

Telamon viel in slaap. Toen hij wakker werd, zat Kassandra op een krukje aan de voet van zijn bed met een dolk in haar hand naar hem te staren. De arts ging overeind zitten.

'Zat je erover na te denken?'

De vrouw had haar dikke rode haar bij elkaar gebonden. Haar gezicht en handen waren schoongeboend, haar nagels waren netjes korter gemaakt met de dolk. Ze was gekleed in een bruine tuniek met een koord om haar middel. Aan haar voeten droeg ze stevige sandalen.

'Wie ben je?' vroeg Telamon. 'Ik zou je graag een eed willen laten afleggen.'

'Waar is mijn vrijlatingsbrief?' antwoordde ze.

'Die zal ik door een schrijver laten opstellen. Ach, waar is trouwens het zegel?'

Kassandra maakte het beursje open dat aan het koord om haar middel was gebonden, haalde het zegel eruit en gaf het terug.

'Ik zal de brief laten opstellen en hem veilig opbergen,' bevestigde Telamon nog eens. 'Geloof je in de goden, Kassandra?'

Ze schudde haar hoofd. 'Nooit gedaan. Toen Thebe werd geplunderd, werden mijn laatste twijfels weggeruimd. Het was verschrikkelijk, luguber, de straten waren volgepakt met soldaten. Slachters waren het, ze trokken van huis naar huis. Op sommige plekken stond het bloed tot aan je enkels. Ik liep de tempel uit en ging in de portiek staan. Daar zag ik alleen maar schilden en zwaarden. Een ware zee van helmen. IJzer, glinsterend in de zon, druipend van het bloed. Ze gingen met de burgers om als slagers met lammeren. Niemand werd gespaard. En toen staken ze de stad in brand. Overal hing de stank van brandend vlees. Alles wat je at of dronk, smaakte ernaar. En dat gebeurde allemaal voor de glorie van Macedonië!'

'Thebe had niet in opstand moeten komen.'

'Ik zie aan je ogen dat je dat zelf niet gelooft! De Macedoniër wilde een voorbeeld stellen. Hij wilde Griekenland angst aanjagen. Alexander is een grote moordenaar. Hij is belust op bloed!'

'Dat mag je nooit in zijn bijzijn zeggen.'

'Nee, maar zolang ik leef, zal ik het in mijn ziel zeggen!'

Hoofdstuk 6

Philippus werd opgevolgd door zijn zoon Alexander, een prins groter dan zijn vader, zowel in het goede als in het kwade.

Marcus Junianus Justinus, *Historiae Philippicae*,
Boek 9, hoofdstuk 8

Herakles liep het bos in – zo noemde hij het althans, hoewel het eigenlijk slechts een groepje bomen zo'n anderhalve kilometer buiten het kamp was. Hij keek achterom in de richting van waaruit hij was gekomen. De grond was onregelmatig en zijn uitzicht werd belemmerd door bomen, struiken en hoog gras. Hier kwamen nauwelijks mensen. Het terrein bestond grotendeels uit verraderlijke, drassige grond en nadat er twee boogschutters waren verdronken, hadden de kampherauten publiekelijk verkondigd dat het gevaarlijk gebied was. Herakles wilde zich echter afzonderen. Hij lette zorgvuldig op waar hij liep, de grond onder zijn voeten was hard en droog door de zon. Herakles wist waar hij voor op moest passen – frisgroene sprietjes. Op een steenworp afstand lag zo'n plekje, waar het gras lange, weelderig groene scheuten vormde. De dwerg was graag alleen. Het kamp maakte hem nerveus. Hoewel zijn meester een machtig man was, was Herakles het mikpunt van vele grappen. En er was altijd wel een soldaat die riep: 'Kom hier, jongen! Ik heb een klusje voor je!'

Herakles pakte de kleine leren wijnzak die hij over zijn schouder droeg, trok de stop eruit en liet het onversneden vocht in zijn mond lopen. Misschien zou hij dronken worden, in slaap vallen en pas 's avonds terugkeren naar het kamp. Herakles beklaagde zich hevig. Hij hield van paleizen, van de schaduwrijke, luxueuze wandelgangen, de deuren en ramen waar hij doorheen kon kruipen, de sleutelgaten en kieren waar hij aan kon luisteren. Maar welk nut had hij in het stinkende kamp onder de blote hemel? Tenten lieten zich moeilijk afluisteren, hij moest altijd erg voorzichtig zijn. Als iemand een glimp opving van zijn schaduw langs een paviljoen waar hij niets te zoeken had... De dwerg ging op een steen zitten en peuterde aan een korstje op zijn kin. Aristandros was boos op hem geweest.

'Er is zoveel dat je zou moeten uitzoeken!' had hij gekrijst. 'Je hoort mijn kleine spion te zijn, Herakles, maar je ontdekt niets!'

'Dat is niet waar!' had de dwerg vanuit het verlaten cipressenbosje teruggeschreeuwd. 'Dat is verdorie een grove leugen!'

Hij had geprobeerd luistervink te spelen, maar het was moeilijk. Bij Leontes had hij geluk gehad. Herakles was zijn tent in geglipt en toen er iemand binnenkwam, had hij zich verstopt onder het bed — waar hij vervolgens de gouden Perzische dareiken en de belastende brieven had gevonden. Herakles haalde zijn neus op. Eigenlijk was dat een van de velen in het Griekse kamp die op de een of andere manier in Perzische dienst waren geweest. Elke dag kwamen er huurlingen binnen, om maar te zwijgen van de meute die het leger volgde, aangetrokken door het vooruitzicht van gemakkelijke plunderingen. Waarzeggers uit Griekenland, voorspellers uit Egypte, kwakzalvers en piskijkers, beroepsbedelaars en allerlei ambachtslieden.

'Ze komen aanzwermen als vliegen die op een koeienvlaai neerstrijken,' mompelde Herakles somber.

Hetzelfde had hij tegen Aristandros gezegd toen zijn meester 's avonds zijn goudblonde pruik opzette en vrouwenkleding aantrok. Het kleine geheimpje van de koninklijke geheimenbewaarder, noemde hij dat. Wanneer de koning hem niet nodig had, verfde Aristandros zijn gezicht. Hij maakte zijn lippen rood, zette een pruik op en trok een zachte vrouwentuniek en -mantel aan. Hij was dol op de hooggehakte schoenen van de hetaeren, de Atheense courtisanes met hun armbanden en ringen. Een vreemde man, die Aristandros! Zijn meester liet graag doorschemeren dat hij de zwarte kunst beheerste en demonen kon oproepen, maar dat geloofde Herakles niet. Aristandros was ongrijpbaar en onvoorspelbaar. De dwerg was altijd bang dat zijn meester geen belangstelling meer voor hem zou hebben en een andere spion zou aanstellen. Hij had zelfs een paar dwergen tussen de nieuwkomers gezien. Herakles had Aristandros gewaarschuwd tegen deze vreemdelingen van de andere kant van de Hellespont, maar zijn meester had die bezwaren weggewuifd.

'Alleen het feit dat iemand in Perzië is geweest, betekent nog niet dat hij een verrader is,' had Aristandros gepiept met dat hoge falsetstemmetje dat hij op dergelijke avonden gebruikte. Hij had zijn hulpje een duw tegen zijn borst gegeven. 'Jouw werk, mannetje, is verraders ontdekken. Ik wil weten waarom die offers bezoedeld zijn en wie onze gidsen afslacht.'

Herakles had zijn orders. Hij had rondgesnuffeld als een rat op de vuilnisbelt, maar tot nu toe had zijn prooi zich beperkt tot die Leontes. Als het aan hem lag, zou Herakles alle artsen laten arresteren. De dwerg haatte hen. Ze beschouwden hem altijd als een rariteit, een misbaksel. Die dokters konden beter op hun tellen passen! Ze waren hier alleen maar omdat Alexander dat had bevolen en omdat ze nergens anders heen konden. Telamon was een uitzondering. Herakles nam nog een teug van de wijn. Telamon mocht hij wel. Afstandelijk, vrij koel, maar toch niet onvriendelijk, een man die tegen hem praatte alsof hij ook een man was, en geen lachwekkend object. Aristandros dacht daar anders over. Zijn meester had waarschuwend een geverfde vingernagel opgestoken: 'Geloof me, Herakles, Telamon is een zeer gevaarlijk man,' had hij gefluisterd terwijl hij de dwerg bij zijn schouder greep, zodat deze moest niezen van de wolk parfum die opsteeg uit het kostbare vrouwengewaad.

'En waarom dan wel, meester?' Ook toen had Herakles het gevoel dat de geheimenbewaarder zich wilde voordoen als een nieuwe Sokrates, met zijn constante vraag-en-antwoordspel.

'Omdat Telamon niet bang is voor Alexander.' Aristandros liet zich op de bank vallen. 'En wat nog belangrijker is, hij is ook niet echt bang voor mij. Twee hele goede redenen en ik zal je er nog een geven. Telamon gelooft niet in de goden.'

'Of in zwarte kunst,' voegde Herakles er cynisch aan toe.

Daarvoor had Aristandros hem een klap gegeven.

'Als hij niet in de goden gelooft, onderdeurtje, hoe kan hij dan geloven dat Alexander de zoon is van een god en voorbestemd voor de overwinning? En dan is er nog iets. Telamon denkt voor zichzelf. Oh, ik ken hem. Hij gelooft alleen wat hij ziet en wat hij gelooft, analyseert hij direct.'

'Waarom heeft Alexander hem hierheen gehaald?' had Herakles gevraagd.

'Och, wees niet zo stom! Dat is toch duidelijk. Telamon is onomkoopbaar. Als hij zijn woord geeft, houdt hij het. Ze zijn al vanaf hun kinderjaren bevriend en – wat het allerbelangrijkste is – hij zal Alexander de waarheid vertellen. Dat kan zeer gevaarlijk zijn, daar hebben we het al eerder over gehad.'

Herakles was gevoelig voor de parfumgeur. Zijn ogen werden al zwaar. 'Waarom is Telamon weggegaan uit Miëza?' vroeg hij.

Aristandros lag in zijn favoriete vrouwelijke houding op de bank. Met zijn elleboog op een van de armsteunen en zijn vingers gespreid imiteerde hij de elegante, minachtende gebaren van een courtisane.

'Dat, mijn dwergje, is iets dat ik dolgraag zou willen weten. Hij was de zoon van een van Philippus' aanvoerders, een favoriet met de naam Margolis, en dus ging Telamon net als Alexander naar de school van Aristoteles in de bossen van Miëza. Aristoteles,' snauwde hij, 'die arrogante filosoof met zijn spillebeentjes! Hoe dan ook, Margolis arriveerde op een dag in Miëza en nam zijn zoon mee. Dat was het einde van zijn verblijf daar.'

'Hoe oud was Telamon toen?'

'Iets ouder dan Alexander. Ongeveer veertien of vijftien. Zelfs Olympias weet niet waar het om ging. Ze heeft Philippus genoeg aan zijn hoofd gezeurd, maar hij wilde het niet vertellen.'

Er knapte een tak. Herakles draaide zich snel om. Hij zette de wijnzak op de grond en trok de lange dolk uit de schede aan zijn gordel. Hij tuurde de groene duisternis in, terwijl een plotseling gevoel van angst het zweet op zijn rug deed afkoelen. Had iemand hem vanuit het kamp gevolgd? Niemand volgde Herakles ooit. Misschien lag het deze keer anders. Misschien waren het mensen die hij had bespioneerd. Er fladderde een vogel weg. Herakles zuchtte en ging door met zijn bespiegelingen. Zijn meester was niet tevreden. Herakles had de opdracht gekregen zoveel mogelijk over Telamon te weten te komen, maar die dokter was zo waakzaam als een kat en zo sluw als een wezel. Hij babbelde en roddelde niet zoals de anderen en hij had die page ook zo snel mogelijk de laan uit gestuurd. Herakles had geprobeerd bij hem in het gevlei te komen, maar Telamon had heel duidelijk laten merken dat hij liever zijn eigen gang ging. Hij was zelfs in z'n eentje het slavenverblijf binnengegaan en had die roodharige meid uitgezocht. Herakles' handen gleden naar zijn kruis. Ze zag er fors en stevig uit en er was nog iets wat Herakles miste: de dames van het hof die onder invloed van wijn ruimhartig konden zijn met hun gunsten. Aristandros had hem gewaarschuwd uit de buurt van de kamphoeren te blijven.

'Ze hebben elke ziekte die er maar bestaat!' had hij verklaard. 'Ik wil niet dat je die vuiligheid meebrengt!'

Aristandros aapte vrouwen graag na, maar hij was terughoudend in de omgang met hen en voor Olympias was hij doodsbenauwd! Herakles probeerde vaak haar naam achterstevoren uit te spreken. Hoe was het ook weer, oh ja: SAIPMYLO. Dat sloeg nergens op. Herakles was dol op dit spelletje. Hij richtte zijn aandacht op de spion Naihpat. Achterstevoren werd die naam Taphian. Waar had hij dat toch eerder gehoord?

Hij nam nog een teug wijn. Als hij de identiteit van de verrader kon achterhalen, zou zijn meester hem belonen, hem niet meer uitschelden en slaan, hem misschien zelfs geld geven om naar een huis van plezier in Sestos te gaan. Herakles likte zijn lippen. Naihpat. Taphian. Wat betekende dat? De dwerg kon lezen en schrijven, maar sinds zijn meester hem had gekocht van een groepje rondreizende acteurs, had hij de meeste kennis opgedaan door aan andermans deuren en ramen te luisteren.

Het gekwetter van vogels wekte hem uit zijn dromerij. Er flitste een dier over de grond, een glimp van wegschietend bont. Ik ben dronken, concludeerde Herakles. Hij hoorde een geluid achter zich, maar nam de tijd om de stop op zijn wijnzak te doen voordat hij omkeek. Tegen die tijd was het net al uitgeworpen. Het viel helemaal over hem heen en hoe meer hij worstelde, hoe meer de gewichten hun werk deden en hij in de mazen verstrikt raakte. Herakles hees zich overeind en struikelde. Hij zag een schaduw en schreeuwde toen de knots de zijkant van zijn schedel verbrijzelde. Schreeuwend verloor hij het bewustzijn. De moordenaar bleef met de knots slaan totdat Herakles' hoofd in een smurrie van bot, bloed en hersenen was veranderd.

Kassandra wond het verband om Telamons pols.

'Daar ben ik het niet mee eens.' Hij maakte het los. 'Het zit te strak. Zo belemmer je de bloedstroom en kan de wond niet ademen. Als de wond niet goed is schoongemaakt, sluit je bovendien de ontsteking in. Hoe vaak zou je het verband verwisselen?'

'Om de dag.' Haar groene ogen kregen rimpeltjes van plezier. 'Wil je me vertellen dat dat ook niet goed is?'

'Bij een simpel sneetje is dat prima, maar bij een grote wond? Ik zou dan het verband zo mogelijk elke dag verwisselen, misschien zelfs tweemaal. En ik zou de wond schoonmaken met een mengsel van sterke wijn, zout en honing.'

Ondanks het eelt aan haar handen was Kassandra's aanraking zacht en weldadig. Sinds haar uitbarsting over Alexander had Telamon het gesprek een andere wending gegeven en haar diepgaand ondervraagd over haar medische kennis.

'Je weet veel,' complimenteerde hij haar.

'Ik zou meer hebben geweten als Alexander Thebe niet had platgebrand.' Ze haalde haar schouders op. 'Nu ziet het ernaar uit dat mijn opleiding verder gaat. Weet je zeker dat je me niet als bedgenote wilt?'

Telamon gaf haar een zacht tikje onder haar kin. 'Als ik ja zeg, zul jij nee zeggen. Als ik nee zeg, zul je protesteren.'

'Wel, ben ik niet aantrekkelijk? Ik zeg niet dat ik dat wil zijn, maar ben ik niet aantrekkelijk?'

Telamon bestudeerde haar sterke gezicht, nu schoon, maar nog steeds verweerd door zon en wind. Ze zag een beetje grauw en haar wangen waren lichtelijk ingevallen door ondervoeding.

'Je ziet er aardig uit,' antwoordde hij, 'maar ook alsof je behoorlijke voeding nodig hebt. Is je familie omgekomen in Thebe?'

Kassandra plukte aan haar rode haar. 'Ik had geen familie. Ik ben als vondeling achtergelaten op de trap van het heiligdom van Athene. Dat is de gebruikelijke manier. De tempelwachters dachten dat ik de dochter was van een Kelt, misschien van een van de huurlingen die de stad had aangetrokken. Mijn moeder kan een dochter of een echtgenote van een respectabele Thebaanse koopman zijn geweest.' Ze gluurde met gebogen hoofd naar Telamon. 'Je zult wel lachen! Ik was een koekoeksei dat in iemands nest werd gelegd. Als ik een donkere huid en zwart haar had gehad, dan was het niet zo moeilijk geweest. Veel mannen zijn er niet zeker van wie hun vader is en ik vermoed dat het ook voor een verrassend aantal vrouwen geldt. Maar in een stad vol donkerharige mensen valt een robuust kind met een bleke gelaatskleur en een dikke bos rood natuurlijk erg op.'

'Het is een wonder dat je niet ergens op een veld bent neergelegd,' merkte Telamon op, 'want tempelwachters staan niet bekend om hun goedhartigheid.'

'Ik hield een uiltje in mijn knuistje geklemd,' legde ze uit. 'En er hing een soortgelijke amulet om mijn hals. Zo wisten de wachters dat ik aan de godin Athene was gewijd. Dat gold voor een aantal van ons. De meeste anderen liepen zo snel mogelijk weg.'

'En jij?'

'Waar moest ik heen? Ik werd beschouwd als een rariteit. Iedereen wist het, toen...' Ze zweeg.

Telamon was ervan overtuigd dat ze zich bijna had versproken.

'... Zelfs wanneer ik naar de markt ging,' ging ze achteloos verder, 'volgden de straatkinderen me en werd ik uitgescholden.'

Kassandra raapte het verband op en maakte er een net rolletje van. 'En bovendien, ik vond het wel prettig in de tempel. Ik had een kamer, wat kleren, goed eten en de dankbaarheid van de patiënten. Ik genoot van mijn werk. Ik ging eigenlijk nooit weg uit Thebe en als Alexander niet was gekomen, was ik daar waarschijnlijk ook gestorven van ouderdom of van verveling. En jij, meester?'

'Telamon. Mijn naam is Telamon.'

'Ja, meester.'

'Wel,' zei de arts zuchtend, 'ik kan het je maar beter vertellen, voordat Ptolemaios een of ander verhaal verzint. Mijn vader was een aanvoerder van de voetgezellen. Zijn naam was Margolis. Hij was lang en zijn haar was ravenzwart. Hij was een van de drinkmaten van Philippus, een woeste krijger, dapper in de strijd. Philippus stuurde zijn zoon Alexander naar de Academie van Miëza, een rustig, landelijk oord, waar hij van Kleitos de Zwarte een militaire opleiding zou krijgen en van de filosoof Aristoteles het beste onderwijs dat Athene kon bieden.' Telamon zweeg even. 'Er werd een groepje gekozen om met hem mee te gaan en daar was ik er een van. Ik ben er drie jaar geweest. Ik wilde niet weg van mijn moeder.' Hij zuchtte weemoedig. 'Ik was de enige zoon, althans op dat moment. Ik moest zowel een geleerde als een krijger worden, dus de helft van mijn leven was prettig. Ik kon goed studeren, maar wanneer het op zwaardvechten aankwam, op het gebruik van een dolk, of op de beste manier om een speer vast te houden of met een piek te stoten, bracht ik er niet veel van terecht.'

'Was je een lafaard?'

Telamon krabde aan zijn kin. 'Ja, zo zou je het kunnen noemen. Ik vond het niet leuk om gewond te raken. En ik zag het nut er niet van in om anderen te verwonden. Ik zat veel liever aan de voeten van Aristoteles om hem vragen te stellen als: Wat was er eerder, de dag of de nacht? Waarom gaat de zon in het oosten op en in het westen onder? Is de wereld een schaal die tussen hemel en aarde is opgehangen? Wie zijn de goden?'

'En was je daar goed in?'

'Aristoteles zei dat ik een meesterlijk oog voor symptomen heb.'

'Wat bedoelde hij daarmee?'

'Hij liet me iets bestuderen en dan moest ik hem vertellen wat ik had geleerd door alleen maar heel goed te kijken. Waarom helde een groep bomen naar links in plaats van naar rechts? Lag

143

dat aan de wind. Of kwam het doordat de takken naar de zon groeiden? Wanneer een paard op een bepaalde manier galoppeerde met zijn voorbenen, of zijn hoofd naar één kant hield, wat betekende dat dan? Zelfs de bedienden haalde hij erbij. Waarom kneep een van hen zijn ogen dicht? Wat kon ik afleiden uit de handen van een bepaalde vrouw?' Telamon lachte zachtjes. 'Ik genoot ervan. Aristoteles wist niet veel van het menselijk lichaam, maar hij deed alsof. Hij begreep niet hoe het bloed stroomt. Werd het aangestuurd door de hersenen, door het hart of door een of ander andere gril van het lichaam?'

'En Alexander?'

'Hij beschermde me op het exercitieterrein en in ruil daarvoor hielp ik hem met zijn studie. We lazen allebei de *Ilias*. Alexander wordt er nog steeds door geobsedeerd,' voegde hij er droog aan toe. 'Ik vond het een prachtig gedicht, de manier waarop de goden betrokken raken bij menselijke aangelegenheden. Alexander was gefascineerd door mijn theorie dat Homeros een arts moet zijn geweest, omdat hij verwondingen zo nauwkeurig heeft beschreven. We bleven vaak de halve nacht wakker om onder de sterren de verschillende gevechten door te spreken.

Alexanders moeder stopte zijn hoofd vol met verhalen dat Achilles haar voorouder was en daarom dus ook de zijne. Alexander begon te denken dat hij Achilles was, een onsterfelijke halfgod, de grootste krijger ter wereld. Mij werd natuurlijk de rol van Patroklos toebedeeld, de minnaar en metgezel van Achilles.'

'Waren jullie minnaars?'

'Oh, we omhelsden elkaar, we zaten arm in arm of liepen hand in hand. Ik vond dat altijd een beetje belachelijk. Ik zei tegen Alexander dat ik niet zijn Patroklos was, maar dat hij die op een dag zeker zou vinden.'

'En die heeft hij nu, in de persoon van Hephaistion?'

Telamon beaamde dit en klakte met zijn tong.

'Dus waarom ben je er weggegaan?'

Telamon knipperde met zijn ogen. 'Ik kan nog zo mijn best doen, maar elke keer dat ik het vertel – en jij bent de tweede vrouw bij wie ik dat doe – krijg ik tranen in mijn ogen,' mompelde hij. 'Het leger was teruggekeerd naar Pella, mijn vader dus ook. Weer een van Philippus' grootse overwinningen! Meestal kwam in zo'n geval mijn vader zo snel mogelijk naar Miëza galopperen, met zijn grote oorlogshelm op zijn hoofd en zijn kuras en krijgsrok glinsterend in de zon. Maar die keer deed hij dat

144

niet. We waren op het exercitieterrein aan het oefenen met houten zwaarden toen er een man verscheen. Zijn haar en zijn baard waren lang. Hij stond naar me te kijken met zijn armen langs zijn lichaam en zijn vingers waren gekromd. Hij was gekleed als een arme boer in een tuniek met een touw om zijn middel. "Dat is je vader!" riep een van mijn kameraden. Eerst kon ik het niet geloven. Ik liet mijn zwaard vallen en rende naar hem toe. Hij pakte me vast en drukte me tegen zich aan. Hij leek veranderd, hij rook anders en zijn ogen en zijn gezicht stonden bedroefd. Ik werd bang. Was er iets mis met mijn moeder? Met mijn pasgeboren broertje, mijn zusje? Hij hield me van zich af, zijn ogen zochten elk stukje van mijn gezicht af. "Er is niets aan de hand, Telamon," fluisterde hij. "Je gaat mee naar huis.'"

'Was er iets mis?'

'Nee. We bezaten een boerderij buiten Pella, de grond was vruchtbaar en rijk, maar mijn moeder begreep er net zo weinig van als ik. Ze vertelde me dat vader was teruggekomen in een simpele tuniek. Hij had zijn wapens, zijn harnas en zijn paard aan Philippus teruggegeven. Hij zwoer dat hij nooit meer zou doden en hij verliet het paleis. Philippus dacht dat hij op de een of andere manier gewond was geraakt, dat hij een klap op zijn hoofd had gehad of zoiets. Hij kwam ons opzoeken en hij nam Alexander mee. Ik hoorde hun ruziënde stemmen, maar Philippus hield van mijn vader. Hij zei dat hij zijn beslissing zou respecteren. Als er iets was dat hij wilde... maar mijn vader heeft nooit ergens om gevraagd. Hij werd weer boer, zijn interesse lag bij de gewassen en de dieren. Ik heb hem een keer aangetroffen met een pasgeboren lammetje. Hij zat met zijn rug tegen een muur en hield het lammetje in zijn armen, terwijl de tranen over zijn gezicht stroomden.' Telamon schudde zijn hoofd. 'Zo werd hij. Mijn vader wilde niets meer doden. Hij at geen vlees meer. Oh, wij mochten slachten wanneer er een feest was, maar zelf raakte hij het vlees niet aan. Hij praatte nooit over het leger, maar hij verbood zwaarden of schilden in huis. Hij ging nooit naar de tempels, maar liep naar buiten, ging tussen de gerst staan, stak zijn handen omhoog en aanbad de hemel – althans, daar leek het op.'

'Ben je nooit te weten gekomen waarom?'

'Nooit. Er was iets gebeurd dat zijn leven had veranderd, maar hij sprak er nooit over. "Macedonië is een oorlogstempel geworden," zei hij een keer. "Jij moet nooit soldaat worden, Telamon.'" De arts glimlachte. 'Daar waren we het roerend over eens. Ik wilde geneeskunde studeren. Vader stelde zijn rijkdom tot mijn beschikking. Ik bezocht alle grote medische scholen: Athene, Korinthe, het eiland Kos. Tijdens mijn studie stierven zowel mijn vader als mijn jongere broer. Tegen die tijd was ik verwijderd geraakt van mijn familie.'

Telamon zweeg omdat hij geluiden buiten de tent hoorde: het geschetter van een trompet, het geschreeuw van een officier, schaterend gelach. 'Ik werd een reiziger op zoek naar kennis, als een boer die tarwe uitzoekt, die het verkeerde van het goede scheidt. Ik leerde zoveel mogelijk over het menselijk lichaam.' Hij glimlachte dunnetjes. 'Maar onderhand leerde ik weinig over de menselijke ziel. Ik dwarrelde rond als een veertje in de wind, totdat ik Thebe in Egypte bezocht.' Telamon schudde zijn hoofd. 'Een wonderbaarlijke plek, Kassandra. Tempels en standbeelden zo hoog als de lucht. Met goud beklede obelisken die de stralen van de zon vingen. Die enorme necropolis, die levendige tempels. Daar heb ik heel veel geleerd over geneeskunde. En ik ontmoette er de grote liefde van mijn leven.' Hij zag de verrassing op Kassandra's gezicht. 'Oh jawel, ik heb bemind en werd bemind. Haar naam was Analoe. Ze was een tempelmeisje, een priesteres van Isis.'

'Was ze mooi?'

'Egyptische tempeldienaressen scheren hun hoofd. Ze droeg altijd een in olie gedrenkte pruik, samengebonden met een prachtige zilveren haarband. Om haar hals lag een gouden sierkraag, ingelegd met kornalijn en edelstenen. Ze kon zingen en dansen. Ze liep over van vrolijkheid.' Zijn stem werd hees. 'Ik moest gewoon aldoor bij haar zijn en zij bij mij.'

'Is ze gestorven?'

'Nee,' verzuchtte Telamon. 'Ze werd vermoord. De Perzische officier die het op z'n geweten had, heb ik gedood. Ik vluchtte naar Cyprus – daar haalden de agenten van Olympias me op. Ze zeiden dat ik nodig was in Macedonië en dus kwam ik weer thuis. Ik had niet veel bezittingen.' Hij gebaarde naar de zijkant van de tent. 'Mijn medicijntas, een paar kisten met boeken en geschriften, en wat kledingstukken.' Hij leunde over naar Kassandra en trok aan haar haar. 'Tussen haakjes, ik betaal je per maand – als we overleven tenminste. Stuiten we op de vijand en winnen we, dan is dat mooi. Ziet het ernaar uit dat we gaan verliezen, wel, dan hebben we één ding gemeen, Kassandra, en dat is een stevig stel benen. Dan rennen we weg!'

Ze barstte in lachen uit. 'En ben je toen hierheen gekomen omdat Olympias het vroeg?'

'Nee, ik ben hier om een aantal redenen gekomen. Ik kon nergens anders heen. Ik was nieuwsgierig naar Alexander en om helemaal eerlijk te zijn, ook nieuwsgierig naar mijn vader. Ik zou graag willen weten wat er is gebeurd. Ik wacht tot Alexander het me vertelt.'

Telamon draaide zich om bij het geluid van een kletterende wapenrusting. De tentflap werd opgetild. Alexander kwam binnen. Hij klapte in zijn handen, keek om zich heen en grijnsde van oor tot oor.

'Ik kom je bedanken, Telamon. Ik heb geslapen als een kind.' Hij kwam dichterbij en duwde Telamon omlaag toen de arts aanstalten maakte om op te staan. 'Wel, wat vind je van je patiënt?'

Alexander was een heel andere man. Zijn goudblonde haar was gekortwiekt en geolied. Hij rook heerlijk naar een of ander parfum. Hij droeg een witte tuniek met een gouden rand die tot onder zijn knieën viel en aan zijn voeten had hij sandalen. Om zijn linkerpols was een armband met een afbeelding van de Pythia geschoven. Aan zijn vingers glinsterden ringen. Hij zette zijn nagels in Telamons schouder.

'Je dromen waren toch waar, Telamon? Waren het echt geen leugens?' Hij boog zich voorover. 'Zag je Philippus? En zei hij dat ik moest oversteken?'

Telamon knikte.

'En de stier? Het offer?'

'Zuiver wit,' antwoordde Telamon. 'Hij moet goed worden bewaakt.'

'Ik heb Ptolemaios al aan het werk gezet.' Alexander klopte Telamon op zijn schouder en wendde zich tot Kassandra. 'En dit is je roodharige helpster? Ze ziet er sterk genoeg uit.'

'Wat moet ik doen, majesteit, knielen?'

Telamon deed zijn ogen dicht. Alexander koos ervoor haar sarcastische toon te negeren. Hij nam Kassandra's kin in zijn handen en ze keek hem vol woede aan.

'Je komt uit Thebe, is het niet?' Hij vertrok zijn gezicht. 'Dat was een lesje tegen overmoed. Ik verloor mijn geduld, maar de Thebanen hadden dure eden afgelegd.'

'Zou u een eed aan een onderdrukker houden?' antwoordde Kassandra scherp. 'Wat er over is van Thebe leeft als varkens in die kooi.'

Alexander hield zijn hoofd schuin en bekeek haar aandachtig. 'Hoe heet je?'

'Kassandra.'

'Ah, de onheilsprofetes. Is dat je echte naam?'

'Het is mijn naam.'

'Je herinnert me een beetje aan Olympias, mijn moeder. Wat moet ik met je doen, Kassandra? Je een oorvijg geven voor je brutaliteit? Je terugsturen naar die varkensstal?' Alexander keek over zijn schouder. 'Aristandros,' riep hij.

Zijn geheimenbewaarder haastte zich naar binnen met een gevlochten mandje in zijn handen. Alexander had alleen oog voor Kassandra.

'Doe het mandje open, Aristandros!'

De deksel werd opgetild.

'Laat Kassandra zien wat ik heb meegebracht.'

Aristandros duwde de mand naar haar toe. Alexander liet haar gezicht los, zodat ze de voorwerpen eruit kon halen. Zilveren haarklemmetjes in de vorm van sprinkhanen, een ivoren kam, een met goud versierde handspiegel en een kruikje met een verzegelde stop.

'Dat is een mengsel van muskus en wierook,' legde Alexander uit. 'Mijn geschenken voor jou, Kassandra. Voor Telamon heb ik niets meegebracht.' Hij glimlachte traag tegen haar. 'Je hebt een venijnige tong! Aristandros, ga naar die varkensstal, geef elke gevangene een zilverstuk en wat brood en vlees in een doek. Ze mogen zich wassen in zee. Een tuniek, een mantel, een paar sandalen en een wandelstok per persoon.' Alexander telde wat hij opnoemde af op zijn vingers. 'Zeg hun dat ze vrij zijn en dat ze kunnen gaan waarheen ze willen.'

Kassandra keek nog steeds opstandig. Alexander wilde haar weer aanraken, maar ze deinsde terug. De koning klopte op haar schouder.

'Ik begrijp hoe je je voelt. Ik zorgde altijd dat ik aan de kant van mijn vader stond waar hij blind was.' Alexander liep over van nerveuze energie. 'Het offer gaat lukken,' verklaarde hij, alsof hij zichzelf wilde geruststellen. 'Ik heb de kampcommandanten al gezegd dat ze alle ongewenste elementen moeten verwijderen.'

Telamon werd afgeleid door een bijtende geur die de tent binnendrong. Hij snoof hard.

'Ik weet het,' mompelde Alexander, 'ze zijn de doden aan het

148

verbranden – en niet alleen van de moorden. Er is ziekte in het kamp, het wordt tijd dat we verder trekken. Maar ik heb een beloning voor je, Telamon, is het niet, Aristandros? We gaan picknicken met een klein groepje. Vrouwe Antigone heeft toegezegd mijn gast te zijn. Mijn koks hebben hun best gedaan: lichte wijn, reepjes geroosterde eend, fruit en versgebakken brood. We zullen de stank van dit kamp achter ons laten. Alleen jij, Telamon. Kassandra heeft haar beloning al gehad.'

De koning duldde geen weigering. Hij beende de tent uit en gaf Telamon een wenk hem te volgen.

'Welke moorden?' fluisterde Kassandra.

'Dat vertel ik je wanneer ik terugkom.'

Telamon volgde de koning. Buiten in de zon stond Hephaistion met Antigone. De koning sloeg een soldatenmantel om en schoof de kap over zijn hoofd.

'Ik wil niet worden herkend, de paardenknechten staan al te wachten,' verklaarde hij.

Ze verlieten de koninklijke enclave. Bij de ingang hielpen Alexanders pages hem met het aangorden van zijn wapens: een schouderriem met een zwaard en een dolk, beide met een ivoren gevest, in met zilver afgezette houders. Hephaistion voorzag zich van hetzelfde. Alexander wierp ook Telamon een zwaardriem toe.

'Om hout te kappen,' riep hij plagend.

Ze liepen het kamp in. Het was nu het begin van de middag en de meeste mannen hadden ergens in de schaduw beschutting gezocht tegen de brandende zon. Een stevige zeebries bracht enige verkoeling, maar voerde ook een weeïge, zoete geur en vlagen zwarte rook aan van de brandstapels langs de kaap die hoog opvlamden.

Alexander begaf zich snel over de smalle paden, door de kring wachtposten heen, in de richting van het cipressenbosje waar Telamon eerder die dag Aristandros had getroffen. Hier liepen de koninklijke paardenknechten rond met de paarden. Alexanders schitterende vos had een met zilver beslagen tuig en een glanzend, zacht zadelkleed van luipaardvel. Hephaistion bereed een soortgelijk paard met gepoetste teugels en een sneeuwwitte lamsvacht als dekkleed. Voor Antigone stond een kalm damespaard klaar en Alexander hielp haar galant met opstappen. Aristandros had wat hij zelf een 'zielige knol' noemde en Telamon kreeg een vurig tweejarig paard dat Alexander de bijnaam 'Bliksemschicht' had gegeven. Telamon keek er achterdochtig naar. Het was een prachtig dier, zwart als de nacht, met overdadig zilverbeslag op teugels van dezelfde kleur en een dik rood zadelkleed.

'Ik ben geen ruiter.'

'Het is een goed paard.' Alexander bood Telamon de teugels aan. 'Mijn geschenk aan jou.'

Telamon accepteerde en liet zich met behulp van een van de paardenknechten voorzichtig in het zadel zakken. Het dier was verrassend mak en goed getraind. Hij hinnikte en schudde zijn hoofd. Telamon leunde voorover en klopte het paard op zijn nek.

'Zo hoort het,' zei Alexander, 'mishandel nooit een paard.

Hephaistion riep de lijfwachten – twee cavalerieofficieren van de Macedonische gezellen, gekleed in grijs-met-purperen tunieken, witte kurassen en leren krijgsrokken van dezelfde kleur. Om hun middel droegen ze een purperen sjerp – de kleur van hun regiment. Beiden hadden een Boiotische helm op en ze waren bewapend met een zwaard en een korte speer.

'Is dat wel genoeg bescherming?' vroeg Aristandros.

Alexander keek over zijn schouder. 'Ik wil zo weinig mogelijk aandacht trekken. Zo is het wel goed.' Hij steeg op en gaf de anderen een wenk te vertrekken.

Hephaistion leidde de pony met de proviand aan de teugel. Alexander en hij lachten om iets dat eerder die dag was gebeurd. De koning deed alsof hij zo fris als een hoentje was opgestaan – geen woord over misselijkheid of paniekaanvallen. Ze lieten de drukke zoom van het kamp achter zich, waar de wegen en paden wemelden van lastpaarden en marcherende manschappen. Natuurlijk werd de koning herkend. De mannen gingen opzij en sloegen met hun zwaarden tegen hun schilden of hieven hun speren op als groet. Alexander was in een goede bui en hield af en toe zijn paard in om even te praten. Wanneer hij bepaalde soldaten herkende, riep hij hun naam en vroeg naar hun familie en hun plannen.

Antigone ging naast Telamon rijden en duwde haar kap naar achteren. Ze leek nu zelfs nog mooier, met de wind door haar rossige haar, een paar stralende ogen en een gezicht dat gloeide van opwinding.

'Het is heerlijk om uit het kamp te zijn, Telamon. Ik hoorde dat je het druk hebt gehad. De koning had een dokter nodig en je hebt ook nog een gezellin gevonden.'

'De koning had niet meer nodig dan een poosje goed slapen,' antwoordde Telamon.

'Kijk eens, een goed voorteken.'

Hephaistion wees naar de lucht, waar een arend zich op de luchtstroming liet drijven terwijl hij op de grond naar een prooi speurde. Aristandros deelde zijn mening. Hij probeerde een betoog te houden waarom arenden geluk brachten, maar niemand luisterde. Hephaistion had moeite met het lastpaard en Alexander plaagde hem.

'Als je zo'n beest al niet onder controle hebt, hoe kun je dan een regiment aanvoeren?'

Hephaistion maakte een obscene opmerking als antwoord. Alexander lachte en keerde zich af om de anderen op bezienswaardigheden te wijzen.

'Een goed land!' riep hij over zijn schouder. 'Althans om te jagen. Let eens op al die verschillende boomsoorten: steeneiken, eiken, essen, laurierbomen en sparren.' Hij wees naar de boomgroepen die her en der op de met gras begroeide heuvels stonden. 'Nu nog een paar beken en rivieren, dan kunnen we ons terug wanen in Macedonië.'

Telamon dacht aan de vlaktes, de snelstromende rivieren, de moerassen en de dichte, weelderige wouden van zijn vaderland. Hij schudde het hoofd.

'De vlaktes van Thracië zullen mij nooit aan thuis herinneren,' fluisterde hij.

Toch was het landschap aangenaam. Hier en daar stond een boerderij, maar de meeste boeren waren bij de nadering van Alexanders leger naar de stad gevlucht. Van tijd tot tijd werd het pad beschaduwd door rijen sparren en voor Telamon was dat een welkome beschutting tegen het felle zonlicht waar hij last van had. Hij had het kamp zo haastig verlaten dat hij het platte ronde hoofddeksel had vergeten dat veel van zijn landgenoten als zonnehoed gebruikten.

'Waarom heeft Alexander dit bedacht?' vroeg hij aan Aristandros, die in elkaar gezakt naast hem reed en diep in gedachten was verzonken.

'Zijne excellentie is altijd al impulsief geweest,' antwoordde Aristandros spottend. Hij keek over zijn schouder naar de twee cavaleristen die kinderlijk babbelend achter hen reden. 'Ik wou alleen dat hij meer lijfwachten had meegenomen.'

'Het kamp is dichtbij,' antwoordde Telamon. 'Hier lopen we geen gevaar.'

Aristandros schudde zijn hoofd. 'Een koning is nooit veilig,' zei hij. 'Ik maak me ook zorgen om mijn dwerg Herakles. Hij is al uren weg. Jij hebt hem vanochtend toch nog gezien? Toen je naar de slavenverblijven ging om die roodharige teef uit te zoeken?'

'Kassandra. Mijn steun en toeverlaat heet Kassandra.'

'En de mijne heet Herakles, maar hij schijnt verdwenen te zijn,' snauwde de geheimenbewaarder. 'We hebben allemaal wel iets beters te doen dan langs de weg te hobbelen als een stel boerenpummels. Vrouwe,' riep hij naar Antigone, 'zijn de gidsen nog zo zenuwachtig?'

'Natuurlijk zijn ze dat, met twee doden die nu door de brandstapel worden verteerd. Bovendien hebben ze het gevoel dat ze niet meer worden vertrouwd.'

'Ah! U bedoelt dat ze nu worden beschermd door Thessalische manschappen?'

'Of worden belet te deserteren.'

Aristandros haalde zijn schouders op. 'Komt op hetzelfde neer,' mompelde hij. 'We zitten allemaal in hetzelfde schuitje, omringd door oorlogsschepen.' Hij had de teugels gegrepen en spoorde zijn paard aan om naast Alexander te gaan rijden.

'Waarom bent u hierheen gekomen?' vroeg Telamon aan Antigone. 'Waarom hebt u niet gewoon aan de andere kant van de Hellespont op de koning gewacht?'

'Ik ben in Griekenland geboren, getogen en opgeleid,' zei ze glimlachend. 'Bovendien ben ik een verre verwant van Alexander.' Haar glimlach werd breder. 'Zijn vader kende ik goed. Nee, nee,' ze stak met een elegant gebaar haar hand omhoog, 'niet op die manier! Philippus stak vaak de Hellespont over om de troepen te inspecteren en zijn bruggenhoofd te vestigen. Ik had hem al eerder ontmoet. Dankzij zijn invloed kreeg ik de tempel in Troje. Natuurlijk komt iedereen naar Troje, ook Philippus. Dit was, oh, zo'n vijf jaar geleden. Hij kocht mijn twee Thessalische dienaressen voor me, Aspasia en Selena. Philippus kwam me opzoeken om in de tempel te bidden en met me te praten. En praten kon hij! Hij vertelde hoe hij naar de rand van de wereld zou marcheren, zodat iedereen over zijn prestaties zou spreken. Hij hoopte alleen dat een tweede Homeros zijn wapenfeiten zou opschrijven.'

'Heeft hij ooit verteld waarom?'

'Philippus was een jongen in een mannenlichaam,' antwoordde Antigone. 'Net zo erg als Alexander.' Ze liet haar stem dalen. 'Hij beschouwde zichzelf als een grote held. De nieuwe Agamemnon die net zoveel avonturen zou beleven als Odysseus. Ik zei vaak plagend dat hij gewoon zoveel mogelijk afstand tussen hem en Olympias wilde creëren, maar dat nam hij me nooit kwalijk.' Ze schudde haar hoofd en staarde over het ruige grasland. 'Hij was overdreven edelmoedig. Ken je het verhaal van Chaironeia?' Ze wachtte geen antwoord af en vervolgde: 'Philippus versloeg de gezamenlijke legers van Griekenland en werd daarna zo dronken, dat hij over het slagveld begon te dansen. Een Atheense gevangene, een zekere Demades, schreeuwde dat Philippus zich gedroeg als een barbaar en dat hij geen respect toonde voor de gevallenen. Elke andere koning zou Demades' hoofd hebben afgehakt, maar Philippus was op slag ontnuchterd. Hij verontschuldigde zich voor zijn gedrag, liet Demades vrij, overlaadde hem met rijkdommen en stuurde hem terug naar Athene als zijn afgezant.'

'Hebt u het weer over vader?' Ondanks het getrappel van de paarden en de gedempte toon waarop was gesproken, had Alexander meegeluisterd. 'Wist hij u ook te charmeren, Antigone?'

'Hij charmeerde iedereen,' antwoordde ze. 'Hij nam me vaak mee in een vissersboot. Dan ving hij zelf het avondeten en maakte het nog klaar ook.'

Alexander haalde nonchalant zijn schouders op en reed terug naar Hephaistion.

'Maar Alexander is Philippus niet,' fluisterde Telamon. 'Waarom bent u gekomen?'

'Ik heb de gidsen gebracht. En ik heb informatie meegebracht. Maar ik heb vooral mezelf gebracht, als teken van geluk.' Ze kwam dichter naar hem toe. 'Geloof me, Telamon, Alexander zal al het geluk nodig hebben dat de goden hem sturen.'

'Die Thessalische maagden die in de omgeving van Troje werden vermoord, waarom heeft Philippus dat gebruik weer ingesteld?' vroeg Telamon.

'Ik wilde meer gezelschap,' antwoordde Antigone. 'Ik heb je al verteld hoe ik informatie verzamel. Aspasia en Selena ondervragen reizigers, vooral wanneer ze van het Perzische hof komen. Philippus wilde niet alleen dat die Thessalische meisjes metgezellen waren voor mij, maar ook dat ze goed zouden luisteren en de informatie zouden doorgeven.'

'Bent u een Macedonische spion, vrouwe?'

'Ik ben een priesteres van Athene.' Haar ogen lachten. 'Natuurlijk ben ik een Macedonische spion en de Perzen kunnen me niets doen. Wanneer mensen in contact willen komen met Alexander, of met de Griekse steden, dan komen ze naar Athenes tempel in Troje.'

'Was u verbaasd toen een van Memnons generaals u benaderde?'

'Ach ja, de afvallige! Hij heeft een ruiterijaanvoerder met de naam Lysias, die geloof ik wilde overlopen. Hij zou Alexander in Troje ontmoeten. Ik heb echter een verandering van dat plan meegebracht, want Lysias werd verraden, waarschijnlijk door de spion in de directe omgeving van Alexander.'

'Hebt u een vermoeden wie die spion zou kunnen zijn?'

'Dat weet niemand,' antwoordde Antigone kortaf. 'Wie het ook is, hij is al een hele tijd actief. Philippus werd geteisterd door deze zelfde verrader. De koning kan niet beslissen of het om één persoon gaat, of om twee. Het zou zelfs een groepje kunnen zijn.'

'En zijn consorten?' vroeg Telamon, geïntrigeerd door het idee van zo'n zwaar verraad.

'Geruchten genoeg. Sommige mensen fluisteren de naam Aristandros. Ik heb zelfs Olympias horen noemen.'

'Olympias?'

'Tegen het einde haatte ze Philippus. Ze heeft grote twijfels over de veldtocht van haar zoon. En ze is niet de enige. Kijk om je heen, Telamon. De artsen met wie je omgaat, Alexanders drinkmaten. Heb je gehoord van Parmenion?'

'Alexanders generaal in Azië, de commandant van het bruggenhoofd.'

'Weet je hoe vaak hij heeft geprobeerd gidsen te huren? Minstens vijf keer. Het is hem niet gelukt. Een keer huurde hij bij vergissing mannen die in dienst waren van Perzië en hij moest zich in het gezicht van Memnons legermacht terugtrekken.' Ze trok aan de teugels. 'Nee, de voortekenen zijn niet goed. Niet iedereen wil dat Alexander naar de rand van de wereld marcheert.'

Telamon boog zich voorover en klopte op de nek van zijn paard. De situatie werd steeds duidelijker. Hij dacht aan Ptolemaios' intelligente gezicht en de angstige ogen van Perdikles. Had hij een fout gemaakt die ochtend? Was Alexander wel simpelweg het slachtoffer geweest van te veel drinken en kwade dromen? Of was het een of ander subtiel vergif? Telamon keek naar de lucht. Voor de eerste keer sinds zijn komst vroeg hij zich in stilte af of de wereld waaruit zijn vader hem had gered op het punt stond hem in te sluiten en voor altijd gevangen te houden.

Hoofdstuk 7

*Memnon van Rhodos, befaamd om zijn militaire capaciteiten,
bepleitte een politiek van directe gevechten vermijden... en tegelij-
kertijd wilde hij zee- en landtroepen naar Macedonië sturen,
zodat het zwaartepunt van de oorlog in Europa zou liggen.*
Diodorus Siculus, *Bibliotheca historica*, Boek 17, hoofdstuk 18

Droxenios en zijn vier metgezellen waren drijfnat van het
zweet. Ze liepen op een sukkeldrafje in de felle zon met hun
volle wapenrusting op hun schouders. Ten slotte bleven ze staan
onder een vijgenboom. Droxenios trok zijn tuniek uit en de
anderen volgden zijn voorbeeld, waarna ze zich in de schaduw
lieten neervallen en hun natte lijven naar de verkoelende bries
keerden. Alleen gekleed in hun lendendoeken en de sandalen aan
hun voeten, deelden ze hun grove brood en eenvoudige wijn,
terwijl hun harnassen en wapens om hen heen lagen opgestapeld.
Droxenios brak zelf het brood en doopte het in het kleine hoop-
je kostbaar zout dat op een breed blad was gestrooid. Hij hief een
stuk brood op en bracht een saluut aan zijn kameraden.
'Op de dood!' mompelde hij.
'Op de dood!' antwoordden ze in koor.
Ze aten het brood met zout, dronken de wijnzak leeg en
gooiden hem weg. Vervolgens keken ze naar de zon en luisterden
aandachtig, terwijl hun leider een hymne aan de almachtige,
onoverwinnelijke Apollo aanhief. Droxenios trok zijn zwaard en
hield het omhoog, zodat de kling schitterde in de zon. Toen hij
het wapen weer liet zakken, keek hij met treurige ogen naar de
anderen: 'Als een van jullie liever weggaat...'
'Je hebt ons antwoord,' riep een van hen, terwijl hij bossen
gras afrukte en zijn huid droogwreef. 'De overwinning of de
dood.'
'Mooi zo.' Droxenios glimlachte. 'Laten we nu een paar minu-
ten van inkeer houden.'
Hij stond op en liep naar de rand van de beschaduwde plek.
De huurlingenleider was vervuld van herinneringen en beelden.

Schimmen dromden om hem heen. Zijn dierbare vrouw met haar lieve gezicht, zijn zus en zijn broer, zijn grijze grootvader. Hun huis bij de Kadmeia in Thebe met zijn witgekalkte muren, zijn binnenhoven en zijn bloeiende boomgaarden – nu niet meer dan een berg as en sintels. Zijn kameraden en hij hadden bij aarde en lucht, vuur en water, de allerheiligste eed gezworen om deze verwoesting te wreken. Hoewel wraak nu zijn enige doel was om voor te leven, vond Droxenios het moeilijk op een dag als deze aan de dood te denken. Voor zijn ogen strekte zich het voorjaars-gras uit, dofgeel verbrand door de zon, maar opgevrolijkt door het oranje en blauw van bloeiende hyacinten en krokussen. De bomen met hun brede kronen, de tamarisken met hun zwellende knoppen, de verschillende tinten groen van de wilgen en de iepen, dit alles riep herinneringen aan gelukkiger dagen op.

Een van zijn kameraden kwam achter hem staan. 'We boffen. Hoe wist je het?'

'De tiran is impulsief,' antwoordde Droxenios zonder zich om te draaien. 'Dat is Alexanders grote zwakheid. Hij heeft het al eer-der gedaan, zomaar een eind wegrijden met een paar anderen. Sommige mensen zeggen dat het een gebaar van vriendschap is, anderen beweren dat hij het nodig heeft om na te denken. Hoe dan ook, dit is onze kans. Die gelegenheid krijgen we nooit weer.' Hij keek naar de lucht.

'En als we succes hebben?' vroeg de ander.

'Dan zorgen we dat we bij de kust komen,' antwoordde Droxenios. 'We stelen daar een boot of een visserssmak en gaan onze beloning halen. Maar genoeg daarover.'

Ze keerden terug naar de rest en maakten zich klaar voor de strijd. De tunieken moesten weer aan en daaroverheen de borst-harnassen van bronzen platen. Ze hielpen elkaar door de uit twee stukken bestaande kurassen vast te houden, de banden dicht te knopen en de schoudergespen te sluiten. Ten slotte bonden ze de koppel om hun middel. Ze stapten in hun krijgsrokken, die als een franje van leren repen tot hun knieën vielen, en bonden hun zwaardriemen om. Gevoerde bronzen scheenplaten werden vast-gemaakt om hun benen te beschermen. Ze raapten hun ronde schilden op, staken hun armen door de riemen en controleerden zorgvuldig of deze het gewicht konden dragen. Ze stonden in een kring. Droxenius stak zijn hand uit en de vier anderen legden hun hand op de zijne.

'Het moet gebeuren,' fluisterde Droxenios, 'dus laten we gaan!'

Ze grepen hun grote Korinthische helmen met de stijve helmkammen die stuk voor stuk in een andere kleur waren geverfd. Nu zagen ze er plotseling niet meer uit als mannen, maar als vleesgeworden oorlogsgoden. De zware helmen bedekten hun oren, terwijl het grootste deel van hun gezicht schuilging achter de brede neusbeschermer die tot de bovenlip reikte. Droxenios draaide zijn schild om en staarde naar de gorgonenkop die erop was afgebeeld.

'Als... Als dat gezicht mijn vijanden toch eens werkelijk in steen kon laten veranderen,' fluisterde hij.

Hij trok zijn zwaard. De anderen deden hetzelfde en zo kwamen ze achter hun leider uit de beschaduwde oase te voorschijn. Dekking zoekend achter struikgewas en bomen slopen ze als wolven in de richting van Alexanders lijfwachten.

Telamon zat onder de breedgroeiende takken van een eik naar de beek te staren die op korte afstand bruisend en klaterend voorbijstroomde. Ze hadden hun sandalen uitgetrokken, hun voeten gewassen en hun dorst gelest. Hephaistion had het eten uitgedeeld. Aristandros zat nog steeds te mokken en foeterde dat hij het nut van de tocht niet inzag. Antigone en Telamon knabbelden in gedachten verzonken op de laatste restjes kaas. Alexander en Hephaistion zaten als twee jongens met hun hoofden bij elkaar. De koning gaf instructies over wat er nog moest worden gedaan. Telamon besloot Aristandros te negeren en ging met zijn rug tegen de boom leunen.

'Horen jullie dat?' riep Alexander. 'Hephaistion zegt dat we nog maar voor dertig dagen voorraden hebben, daarna moeten we van het land gaan leven.'

'Ik heb veel ernstiger nieuws,' antwoordde Telamon terwijl hij een irritante vlieg wegjoeg en niet eens de moeite nam zijn ogen te openen. 'Als we nog veel langer blijven, heer, wordt het kamp een bron van vervuiling. De beerputten zullen overlopen en naarmate het warmer wordt, zullen ziektes zich razendsnel verspreiden.'

'Het offer moet worden gebracht!' drong Aristandros aan. 'We moeten hier weg!'

Telamon kwam uit zijn luie houding, want hij had een geluid gehoord. Hij keek naar de heuvelrug waar de lijfwachten waren achtergebleven. Was dat een schreeuw? Een gekletter van metaal? Hephaistion reageerde er niet op, maar Alexander draaide zich om en keek als een jachthond, terwijl hij zachtjes iets mompelde. Telamon wist zeker dat het een verwensing was. Aristandros merkte Telamons onrust op.

'Wat is er?'

Telamon stond op, liep om de eik heen en tuurde naar de heuvel. Hij zag een beweging en zijn keel werd droog. Vijf gedaanten verschenen op de top van de heuvel. Om de een of andere reden dacht hij onmiddellijk aan een gedeelte uit Homeros' gedicht de *Ilias*: de verrassing van de Trojanen toen Achilles niet langer in zijn tent bleef mokken, maar recht op hen af kwam. De vijf gestalten tekenden zich korte tijd sinister en zwart af tegen de horizon. Hephaistion sprong overeind.

'Misschien is het een groep uit het kamp,' verklaarde hij.

Telamon wierp een blik naar de plek waar de paarden waren vastgebonden, afgetuigd en zonder zadelkleden.

'Vergeet dat maar,' mompelde Alexander, terwijl hij zijn bezwete handpalmen aan zijn tuniek afveegde. 'De paarden zullen in paniek raken en bovendien moeten we heuvelopwaarts. We zullen er meer last dan gemak van hebben!'

Telamon keek over zijn schouder naar Antigone. Ze stond daar gewoon met grote ogen in een bleek gezicht, terwijl haar lippen geluidloos bewogen alsof ze een gebed mompelde.

'Die komen niet uit het kamp,' verklaarde Telamon. 'Ik geloof niet dat ze ons verse wijn en brood brengen. Die twee lijfwachten moeten dood zijn. Ze komen ons vermoorden.'

De vijf gestalten kwamen in hun richting, niet stormenderhand, maar bedaard, weloverwogen. De wind voerde het gekletter van hun wapenrusting en het angstaanjagende, schuifelende geluid van hun sandalen door het gras mee. Ze waren allevijf gewapend als hoplieten. Ze droegen geen mantels en bewogen zich als groep, slechts enkele centimeters van elkaar verwijderd. De zon glinsterde op hun getrokken zwaarden en de schilden die ze voor hun borst hielden.

'Het zijn huurlingen,' mompelde Alexander. 'Kijk maar naar hun kleding, naar die ouderwetse helmen en naar de manier waarop ze hun schilden dragen, niet te hoog, niet te laag. Hun lichamen zijn licht gedraaid, zodat ze ieder moment hun schilden aan kunnen sluiten tegen een regen van pijlen.'

'Dit is geen exercitieterrein!' schreeuwde Aristandros. 'We hadden bogen en pijlen mee moeten brengen en meer lijfwachten.'

Alexander glimlachte, terwijl hij heen en weer wiebelde op de bal van zijn voeten.

'Misschien kunnen we wegrennen,' stelde Hephaistion voor.

'Jij en ik en misschien Telamon zouden sneller zijn, ja,' zei de koning, 'maar Aristandros en Antigone? Bovendien slaat Alexander van Macedonië voor niemand op de vlucht.'

Telamon droop van het zweet. Zijn keel was kurkdroog. Hij dacht aan het zwaard dat hij in het wijnlokaal in Thebe had getrokken en aan de manier waarop hij snel en moeiteloos die Perzische officier had doorkliefd. Zou hij zoiets weer kunnen doen? Ondanks zijn angst was hij gefascineerd door Alexanders reactie. De koning vond het heerlijk en verheugde zich op het gevecht.

'Wat doen we?' mompelde Hephaistion.

De vijf hoplieten kwamen nog altijd langzaam en afgemeten dichterbij. Telamon kon nu hun glinsterende ogen en gebaarde gezichten onderscheiden. Hij ving hun stank op – zweet en leer – en vroeg zich af wie hen had gestuurd.

'We moeten vechten.' Alexander liep weg en trok zijn zwaard met het ivoren gevest uit de schede. Hij raapte zijn mantel op en wikkelde die om zijn linkerarm. Hephaistion en Telamon deden hetzelfde.

'Aristandros, breng Antigone naar de overkant van de beek en ga naar de paarden,' beval Alexander. 'Als dit niet goed afloopt, doe dan je best!'

'Ik kan vechten!' verklaarde de priesteres. 'Ik heb een dolk.'

'Bid dan maar dat u die niet tegen uzelf hoeft te gebruiken!' plaagde Hephaistion.

Alexander kwam uit de schaduw van de eik en liep naar de heuvel. 'Hephaistion, jij neemt de linkerkant! Telamon, jij de rechter!' beval hij. 'Doe precies wat ik zeg. We moeten hen tegenhouden voordat ze de voet van de heuvel bereiken. Op een helling zullen ze zich onzeker voelen.'

Alexander ging met grote stappen voorwaarts met het zwaard langs zijn zij. Telamon veegde het zweet van zijn handen, pakte zijn zwaard en volgde hem. Alexander koos positie: de eik in zijn rug, Telamon aan zijn rechterkant, Hephaistion links. Hij stond met zijn ene voet vooruit en zwaaide zijn zwaard naar achteren en naar voren. Telamon keek over zijn schouder. Aristandros en Antigone waren de beek overgestoken. De vijf huurlingen leken een beetje onzeker door Alexanders zelfvertrouwen. Hun leider draalde. Zijn kameraden en hij hadden moeite een stevig houvast op de steile helling te vinden. Ze bleven staan in een zwijgende rij. Telamon bekeek hen stuk voor stuk. Aan hun manier van lopen, hun gedeukte wapenrustingen, de wijze waarop ze hun schilden droegen – met hun lichamen een fractie gedraaid en hun zwaarden voor zich uit – herkende hij veteranen die hun diensten overal rond de Middellandse Zee hadden aangeboden.

'Mede-Grieken! Mannen!' riep Alexander. 'Wat doen jullie hier? Zijn jullie uit het kamp?'

De leider, wiens helmkam bloedrood was geverfd, stapte naar voren. Telamon kon een baardig gezicht onderscheiden en een paar fonkelende ogen. Hij zag ook een litteken waardoor zijn geheugen werd opgefrist – hij herinnerde zich de soldaat die eerder op de dag bij het slavenverblijf had rondgehangen.

'Zeg me je naam,' eiste Alexander. 'Waarom ben je hier?'

'Mijn naam is Droxenios,' antwoordde de leider. 'We zijn niet afkomstig uit uw kamp, maar uit Thebe.'

'Ah!' Alexander zuchtte diep. 'En het bloed van je familie kleeft aan mijn handen?'

Droxenios knikte.

'Zijn jullie uit jezelf gekomen of zijn jullie gestuurd?'

'We brengen boodschappen van generaal Memnon.'

'Ach, de overloper van Rhodos.'

'Aan de Macedonische moordenaar!'

'En jullie zijn geen haar beter,' kaatste Alexander terug. 'Moordenaars op een warme voorjaarsmiddag.'

Droxenios hief zijn zwaard omhoog in een saluut. 'Wij geven u meer waarschuwing dan u onze familieleden in Thebe gaf.'

Achter hen hoorde Telamon het gejammer en de protesten van Aristandros. Hij had het gevoel of hij droomde. De schaduwrijke eik, de grasvlakte, het heldere gezang van de vogels en de geur van wilde bloemen, vermengden zich met de stank van oorlog, leer en brons, bloed dat vergoten zou worden, krassend metaal, het gegrom en gevloek van mannen die voor hun leven vochten. Alles waartegen zijn vader hem had willen beschermen. De mantel om zijn linkerarm werd zwaar. Hij keek opzij. Alexander hield zijn hoofd enigszins schuin en bestudeerde Droxenios alsof hij hem herkende. De leider van de huurlingen stapte nu achteruit om zich bij zijn kameraden te voegen. Alexander bleef beweginloos staan. De man aan Droxenios' rechterkant fluisterde iets en Droxenios draaide zijn hoofd om.

'Nu!' brulde Alexander en hij sprong naar voren.

Verbaasd volgde Telamon zijn voorbeeld. Overrompeld kwamen ook de huurlingen in beweging, maar toen draaide Alexander zich abrupt om en trok Telamon aan zijn jas. Telamon vluchtte Alexander achterna, bereikte de schaduw van de eik en daarna de rand van de beek. De huurlingen, die volkomen verrast waren, vielen toch aan, maar de steile helling en hun eigen snelheid brachten hen uit balans. Een van hen struikelde en viel, een ander raakte met zijn helm verward in de overhangende takken van de eik. Hun gesloten front was doorbroken.

'Nu, Telamon! Nu, Hephaistion!' riep Alexander dringend. 'Blijf staan en vecht!'

Het gezicht van de koning was strak en enigszins bleek, maar zijn ogen glansden. Telamon had geen keus, hij moest gehoorzamen. Alexander en Hephaistion vormden de voorhoede en Telamon volgde. De vijand was in verwarring. Alexander kwam tegenover zijn eerste tegenstander te staan, bewoog zich snel naar rechts en gaf met zijn zwaard een houw in het onbeschermde deel van het lichaam tussen helm en borstharnas. Hephaistion botste met zijn volle gewicht tegen het schild van zijn tegenstander, zodat de man achteruit vloog en op de grond viel. Daarop stak Hephaistion zijn zwaard diep onder de krijgsrok, tot in het onderlichaam van de vijand, die schreeuwend en kronkelend bleef liggen. Alexander sprong alweer naar voren om zich met de man bezig te houden die zijn enkel had bezeerd toen hij struikelde. Hephaistion keerde zich tegen Droxenios terwijl Telamon zich schrap zette om het op te nemen tegen de huurling wiens helm was vastgeraakt in de takken van de eik. De man had zich inmiddels bevrijd en kwam op hem af met een geheven schild, en een zwaard dat flikkerde als de tong van een slang. Telamon probeerde zich wanhopig de tactieken te herinneren die hij op het exercitieterrein van Miëza had geleerd. Alexander had de kansen gekeerd, maar Telamon durfde niet om hulp te vragen. Hephaistion hakte in op Droxenios' schild en achter de eik was Alexander met de gevallen huurling in een gevecht van man tegen man gewikkeld. Telamons tegenstander was een oude veteraan. Zijn haar, zijn snor en zijn baard waren metaalgrijs, zijn ogen klein en zwart. Littekens overdekten zijn getaande gezicht en zijn mond hing enigszins open, waardoor een aantal zwarte stompjes en ontbrekende tanden werden onthuld. De insignes op zijn schild lieten een Kretenzische stier-danser zien. De huurling bewoog zijn schild zorgvuldig en er lag een glimlach op zijn lippen. Hij was

161

zich bewust van Telamons zenuwachtigheid en gebrek aan ervaring.

'Ben jij de dame van de groep?' fluisterde hij. Zijn accent klonk ruw.

Telamon antwoordde niet. Hij stapte naar voren en zijn tegenstander liep achteruit.

'Kom op, mooie dame!' siste de man.

Telamon maakte de mantel om zijn arm los, een truc die Kleitos de Zwarte hem had geleerd. De huurling stormde op hem af. Telamon ging opzij en gooide de mantel in het gezicht van zijn tegenstander. De man stoof hem voorbij en graaide naar het kledingstuk. Telamon zwaaide zijn zwaard naar achteren en haalde met halfgesloten ogen uit naar het hoofd van de man. Het zwaard sneed diep, trilde en gleed uit zijn hand. Zijn tegenstander keerde zich om. Telamon was hulpeloos, maar één blik was genoeg om vast te stellen dat hij van de huurling niets meer te vrezen had. Bloed stroomde uit een afzichtelijke kloof die van een oor tot de kin liep. De huurling wankelde alsof hij aan een kant zwaarder werd. Hij hoestte. Bloed spoot uit zijn neus en mond. Zijn zwaard gleed uit zijn hand, hij zakte door zijn knieën en viel kreunend zijwaarts op de grond.

Telamon raapte zijn zwaard op. Alexander knielde naast zijn tegenstander en veegde zijn wapen af aan het gras. Droxenios en Hephaistion waren nog in elkaar verstrengeld. De huurling had zijn schild laten vallen en Hephaistion was zijn zwaard kwijt. Ze leken wel twee afschuwelijke minnaars in een dodelijke omhel-zing, hijgend en grommend, duwend en dringend. Hephaistion was vastbesloten het zwaard uit de hand van zijn tegenstander te schudden. Op zijn gemak liep Alexander naar hen toe. Hij pas-seerde Droxenios van achteren, en voordat de huurlingenleider besefte wat er gebeurde, stak Alexander zijn zwaard diep in de zijde van de man, door de opening tussen de twee delen van het borstharnas. Hephaistion schoof hem van zich af. Droxenios wankelde achteruit en zakte door zijn knieën. Met zijn zwaard nog in de hand greep Alexander de paardenharen helmkam en trok met een ruk de helm van Droxenios' hoofd. De huurling verkeerde inmiddels in zijn eigen wereld van pijn. Er kwamen vreemde geluiden uit zijn keel.

'Droxenios,' mompelde Alexander alsof de man zijn vriend was. Het hoofd van de stervende kwam omhoog. Alexander liet zijn zwaard een zilveren boog door de lucht beschrijven en onthoofdde de huurling met één slag, zodat het hoofd over de grond stuiterde. Bloed stroomde uit het nog rechtop zittende lichaam, opborrelend als water uit een fontein. Alexander schopte het lichaam omver en liep daarna in de richting van de beek. Telamon viel op zijn knieën en hoe hij ook zijn best deed, hij kon zijn misselijkheid niet bedwingen. Hij kotste alles uit wat hij had gegeten en gedronken. Hij had het koud en rilde bij het zien van de verspreid liggende lijken. Zijn eigen tegenstander keek hem met nietsziende ogen aan. De huurling die door Hephaistion in de buik was gestoken, lag kreunend in een steeds groter wordende plas bloed. Hephaistion liep naar deze tegenstander toe en knielde naast hem neer. Telamon keerde zich af toen hij een zwaard door zacht vlees hoorde gaan, gevolgd door de laatste, door bloed gesmoorde zucht van de man. Diens helm bungelde nog steeds aan een eikentak. In het hoge gras lag het met bloed bevlekte lijk van Alexanders eerste slachtoffer. Telamon merkte dat Hephaistion naast hem stond, zijn mantel om zijn schouders legde en een wijnzak tegen zijn mond duwde.

'Kom op,' mompelde Hephaistion. 'Drink, Telamon. Vertrouw me maar.' Hij ging op zijn hurken zitten. 'Ook al ben ik geen arts.'

Telamon dronk.

'Dat is genoeg.' Hephaistion haalde de wijnzak weg en hielp Telamon overeind.

Ze liepen samen naar de beek. Aristandros en Antigone zaten er met Alexander, die zijn handen had gewassen en zorgzaam vroeg of alles in orde was. Hij knipoogde naar Telamon en klopte op de grond naast zich.

'Ga zitten, ga zitten! Het gaat weer over.'

Telamon gehoorzaamde. De wijnzak ging van hand tot hand. Hephaistion en Alexander zaten te kletsen als een paar jongens. Antigone was bleek en geschokt door wat ze had gezien. Aristandros was een en al verontwaardiging.

'Waarom hebben we Kleitos de Zwarte niet meegenomen, of meer lijfwachten?'

Alexander, die blaakte van strijdlust, veegde het zweet van zijn armen. 'Moet ik half Macedonië meeslepen wanneer ik ergens heen ga?' Hij hief zijn gezicht en handen op naar de hemel. 'Ik dank u, vader Zeus, voor de gunsten die u uw zoon hebt betoond. Ik zal meer en meer offers brengen. Ik beschouw dit als een teken van uw welwillendheid.' Hij liet zijn handen zakken en boog het hoofd.

Telamon sloot zijn ogen. Alexander was gelukkig, niet alleen omdat hij dol was op de strijd, op veroveringen en op overwinningen, maar ook omdat hij naar een teken had gezocht, dat hij nu had gevonden. Telamon deed zijn ogen weer open en staarde naar de koning die met gebogen hoofd geluidloos zat te prevelen. Had Alexander dit gehoopt? Had hij opzettelijk het vrije veld opgezocht omdat hij op zoek was naar een teken, een of andere aanwijzing van goddelijke instemming? Aristandros had gelijk, zelfs hier in Thracië was Alexander omringd door vijanden, mannen die het op zijn hoofd hadden gemunt om een vette beloning te krijgen van zijn vele vijanden, zowel in eigen land als in het buitenland.

Telamon schudde de mantel af. 'Het gaat alweer beter,' zei hij. Hij voelde zich warm en een beetje slaperig, de misselijkheid was verdwenen.

'Ben je gekwetst?' vroeg Alexander.

'Alleen mijn waardigheid.'

Hephaistion haalde zijn schouders op. 'Dan is het een kwestie van: dokter, genees jezelf.'

Telamon kwam overeind en liep over het slagveld. De lichamen werden al stijf, de plassen bloed begonnen te stollen. Grote zwermen zwarte vliegen hingen boven de lijken. Hij wilde ontsnappen en hij was al halverwege de heuvel toen de koning hem inhaalde.

'Neem Hephaistion zijn geplaag niet kwalijk.' Alexander stak zijn arm door die van Telamon. 'Je hebt het goed gedaan, geneesheer. Een krijger die zijn eerste tegenstander in de strijd heeft gedood.'

'En ik hoop dat het de laatste was.' Telamon zweeg even. 'Waarom heb je je blootgegeven?'

Alexanders gezicht was nu rimpelloos, glad – een gezicht uit het verleden. Zijn blik was open en helder. Telamon werd getroffen door de lachrimpeltjes bij zijn mond, het verwarde rossigblonde haar en de zoete lichaamsgeur die Alexander altijd uitwasemde, hoe sterk hij zich ook inspande.

'Je was zeker op zoek naar een teken? Je moet hebben geweten dat moordenaars in het kamp al je bewegingen in de gaten houden!'

'Mijn leven ligt in de handen van de goden, Telamon. Ik moet mijn bestemming bereiken.' Alexanders stem klonk nonchalant, maar hard als ijzer. 'Als alle troepen van Perzië door die beek

164

waren gemarcheerd, zou ik toch ongedeerd zijn gebleven. Je dromen waren juist, geneesheer, mijn lot is gekeerd.' Hij kneep in Telamons arm. 'Je hebt me geluk gebracht. Je hebt het volste recht een zilveren kroon te dragen. Je hebt naast je koning gevochten en aristeia verdiend.' Hij zag het onbegrip in Telamons ogen. 'Dapperheid in de strijd. En laten we nu, terwijl Hephaistion de paarden ophaalt, eens gaan kijken wat er is gebeurd met die arme kerels die mijn lijfwachten hadden moeten zijn.'

De twee cavaleristen lagen in het gras net over de top van de heuvel. De plas bloed begon al te stollen, een feest voor de vele vliegen. Een van de mannen had niet eens de tijd gehad zijn zwaard te trekken – hij was op slag vermoord door een houw in zijn nek. De tweede soldaat lag een paar meter verder op zijn rug en staarde met nietsziende ogen naar de lucht, met een hand bij een verschrikkelijke snee in zijn keel.

Telamon wees langs de heuvel naar het lange, wuivende gras. 'Ze moeten hebben geslapen, arme donders! Droxenios en de anderen kropen als katten naderbij. Soldaten die in slaap vallen op open terrein, dat loopt nooit goed af.'

Alexander verwijderde de sjerpen van de beide mannen – het insigne van hun regiment.

'Ze verdienen ze niet. Mannen die mij bewaken, mogen niet slapen!'

'Geldt dat ook voor mij, Alexander?'

De koning begon de heuvel af te lopen en gaf Telamon een wenk hem te volgen.

'Telamon, de spion aan mijn hof zoemt als een kwade, onzichtbare bij die steekt en dan weer wegvliegt. Wel, wie het ook is, hij heeft genoeg en ook te diep gestoken. Als Aristandros hem niet kan vangen, dan moet jij het doen!' Alexander greep Telamons hand en kneep hem in zijn vingers. 'Ik kan andere gidsen huren, maar de besten hebben we al verloren.'

'Denk je dat de spion hier achter zit?'

Alexander vertrok zijn gezicht en staarde omlaag naar de weg. 'Misschien. Mijn leven ligt in de handen van de goden, maar ik ben me bewust van het gezegde: De goden helpen hen die zichzelf helpen. Het geluk kan een grillige teef zijn!'

'Wat doen we met de doden?' riep Hephaistion, die samen met de anderen naar de top van de heuvel was geklommen.

'Laat maar liggen!' schreeuwde Alexander hem toe. 'We gaan terug naar het kamp en sturen een wel ploeg.'

'Gaan we de huurlingen ophangen?' brulde Aristandros.

'Nee. Het waren krijgers. Neem hun wapens mee en zet ze als trofeeën voor het altaar buiten mijn tent. Nu heb ik dorst en ik weet zeker dat Ptolemaios goed nieuws voor me heeft.'

Het koninklijke paviljoen baadde in een zee van licht. Een deel van de olielampen was langs de tafels gezet en een deel hing aan zilveren kettingen aan de draagconstructie van het tentdak. Het was er warm en de lucht rook naar zoete parfum. Telamon vroeg zich af hoe lang deze festiviteiten zouden duren. Alexander en zijn kameraden lagen op ligbanken over de tent verspreid. Ze dronken elkaar toe met wijn die heel weinig water bevatte. De koning droeg nu een purperen gewaad met een gouden rand. Op zijn hoofd prijkte een zilveren krans. Hephaistion en Telamon moesten er van hem ook een dragen. Bij zijn komst had Telamon buiten de tent de trofeeën zien liggen – de wapenrustingen die van de huurlingen waren afgenomen, bekroond door de helm van Droxenios. De vorige eigenaars waren nu niet meer dan as op de grote brandstapel die Alexander langs de kust had laten oprichten.

Antigone bood Telamon een schaal fruit aan. 'De koning is in zijn nopjes,' merkte hij op.

'Daar heeft hij een goede reden voor,' antwoordde Telamon. 'Hij beschouwt zijn overwinning als een glimlach van Zeus.'

'En dan is er natuurlijk Ptolemaios' vondst.'

'Oh ja, ook dat ,' stemde Telamon in.

Ptolemaios had een zuiver witte stier gevonden. Het dier was naar de offerplaats met uitzicht op zee gebracht. De koning had zijn lijfwachten om zich heen verzameld, de vuren waren aangestoken, er was wierook gebrand en er waren plengoffers gebracht, maar Alexander liet niets meer aan het toeval over. Voordat de offerplechtigheid begon, had hij Aristandros zonder dat iemand het zag een tekst uit de *Ilias* op zijn rechterarm laten schrijven: De goden zijn u gunstig gezind.

De stier was te voorschijn gehaald en zijn keel was doorgesneden. Aristandros had de voortekenen uiterst gunstig bevonden. Hij had gehuild van vreugde toen hij het bloed van zijn armen veegde en de priesters en alle anderen om hem heen de mysterieuze boodschap toonde die op zijn arm was verschenen.

Alexander was toegejuicht met lofzang en wapengekletter.

De koning had zijn zwarte strijdros bestegen en zijn troepen gepassioneerd toegesproken in korte zinnen die werden omgeroepen door herauten, met een witte staf als teken van hun ambt.

'De goden hebben hun instemming laten blijken!' luidde de boodschap die werd meegevoerd door de zeewind. 'De glorie van de Olympos is om ons heen! De weg naar Azië ligt open. We zullen allemaal als koningen door Persepolis rijden!'

Alexanders woorden waren beantwoord met de woeste Macedonische strijdkreet 'Enyalios! Enyalios! Enyalios!' en met het gekletter van wapens.

Bij zijn terugkeer in de koninklijke enclave was Alexander buiten zichzelf geweest van vreugde en zijn opgetogen stemming had het hele kamp aangestoken. De administratie van het leger, met Eumenes aan het hoofd, was al druk bezig met monsterrollen en alle nieuwkomers werden kritisch onderzocht. De kampcommandanten ontvingen nieuwe orders om vagebonden, bedelaars, kamphoeren en alle andere ambulante figuren uit het kamp te verwijderen. De manschappen werden teruggeroepen naar hun eenheden. De bewaking rond het kamp werd versterkt. De langverwachte proclamatie was afgekondigd: binnen twee dagen zou het leger scheep gaan, de vloot lag klaar. Binnen een week zouden ze in Azië zijn.

Telamon keek de tent rond. Alexander had verklaard dat dit de laatste avond was dat ze feest zouden vieren. De koning wankelde overeind met de vriendschapsbeker in zijn handen. Hij keek naar zijn metgezellen: Ptolemaios, Hephaistion, Seleukos, Amyntas, Kleitos en een nieuwe aanwinst, zijn vaders favoriete generaal – de grijze Parmenion met zijn gezicht vol littekens. Hij had het bruggenhoofd in Azië gevestigd en was verantwoordelijk voor het aanmonsteren van de vloot die het leger over de Hellespont zou brengen.

'Jullie hebben goed gegeten en gedronken!' schreeuwde Alexander. 'Mijn koks hebben jullie magen gevuld met de heerlijkste dingen!'

Er klonken kreten van instemming. De koninklijke keukens hadden er veel werk van gemaakt: verse schol, gekookt in azijn, olijfolie en kappertjes; schaaldieren; sterk gekruid everzwijn; fruit; noten en gebak bedekt met een dikke laag honing. De wijn had gestroomd als water en dat was te merken. Louter glanzende ogen in rood aangelopen gezichten keken Alexander aan.

'Ik heb jullie magen gevuld!' riep de koning opnieuw. 'Maar

ik beloof dat ik jullie harten zal vullen met roem en jullie beurzen met Perzisch goud!'

Opnieuw klonk er een gebrul van bijval. Telamon keek naar links. Antigone staarde met glinsterende ogen, vochtige lippen en halfopen mond naar Alexander. Ook zij had stevig gedronken en menige toost met de koning gewisseld. Ze was duidelijk vereerd met het respect dat Alexander haar betoonde. Het was heel ongebruikelijk dat een vrouw een dergelijk feest bijwoonde.

'We zullen vechten en we zullen winnen!' brulde Ptolemaios.

'Waar is Aristandros?' vroeg Antigone.

Telamon schudde zijn hoofd. De waarzegger was woedend naar het kamp teruggekeerd. Hij had zich kranig gehouden bij de offerplechtigheid, maar daarna had hij zich in zijn tent teruggetrokken om te mokken en zich zorgen te maken over zijn dwerg die er nog steeds niet was.

'Wat was dat? Wie is er niet?' Alexander stak zijn hand omhoog om Ptolemaios tot zwijgen te brengen. Zwaaiend op zijn voeten keek hij rond. Telamon vroeg zich af of hij echt dronken was of alleen maar deed alsof.

'Is onze bewaarder van de koninklijke geheimen nog steeds kwaad op me?' vroeg Alexander met dubbelslaande tong. 'Omdat hij bijna met een zwaard in aanraking kwam? Ga hem halen, Telamon.' Hij zette de wijnbokaal neer en klapte in zijn handen. Een van zijn lijfwachten stapte uit de schaduw achter de bank. Alexander pakte het schild en het zwaard van de man en sloeg met het wapen tegen de rand van het schild. Hij begon een schuifelende dans en de anderen volgden zijn voorbeeld. Ze sprongen overeind en grepen de schilden en zwaarden van de lijfwachten om mee te doen aan Alexanders krijgsdans. Ze klommen over de banken en begaven zich naar het midden van de ruimte, waar ze een kring vormden en met de zwaarden tegen de schilden sloegen. Onder het schreeuwen van de Macedonische oorlogskreet bewogen ze zich voor- en achteruit.

'Precies als Philippus,' fluisterde Antigone. 'IJzer en bloed, het vooruitzicht van de overwinning.' Ze knikte naar de dansers, die nu hun eigen onheilspellende muziek maakten.

Telamon was blij dat hij een excuus had om te vertrekken. Hij knikte tegen Antigone en glipte weg langs de zijkant van de tent. Toen hij in de koude avondlucht kwam, bleef hij eerst een poosje staan, zodat de bries zijn gezicht en nek kon afkoelen. In de verte klingelden de belletjes die de wachtposten aan elkaar doorgaven

– een systeem dat door Alexander was ingesteld om zeker te weten dat de cirkel gesloten was en geen enkele wachtpost in slaap viel.

Telamon begaf zich naar Aristandros' tent. De ingang werd bewaakt door leden van het koor, die Telamon begroetten als een verloren gewaande broer, hoewel ze hem niet door wilden laten.

'Op bevel van de koning!' snauwde Telamon.

'Oh, laat die jongen door!' kirde Aristandros' stem.

De tentflap werd opgetild. Telamon stapte naar binnen en bleef verbijsterd staan. Aristandros was alleen en lag op een bank die was omringd door kleine olielampen. De waarzegger was vrijwel onherkenbaar. Zijn gezicht was zwaar beschilderd en van rouge voorzien. Rond zijn ogen waren zwarte cirkels van kohl getrokken. Zijn lippen waren karmijnrood gekleurd en zijn vingernagels diep purper. Hij droeg een zwart-met-gouden vrouwentuniek en een witte schoudermantel. Ondersteund door kussens aan de zijkant van de bank hield hij met zijn ene hand elegant een geciseleerde zilveren bokaal vast, terwijl de andere hand boven een schaal rijpe pruimen zweefde.

'Kom binnen, jongen!' fluisterde Aristandros.

Telamon ging zitten op de hem aangeboden kruk. Als hij niet zo verbaasd was geweest, zou hij in lachen zijn uitgebarsten, maar de harde blik in Aristandros' wrede ogen maakte dat hij zijn gezicht in de plooi hield.

'Een man moet zich ontspannen aan het eind van de dag,' lispelde Aristandros, 'en wat is er heerlijker dan je ontspannen als een vrouw? Ik was zo bang, Telamon. Die vreselijke kerels en hun afschuwelijke zwaarden. Waarom nam Alexander niet meer lijfwachten mee? En waarom mocht ik mijn mooie jongens niet meebrengen? Het koor zou korte metten met hen hebben gemaakt! Wil je wat wijn? Dan kun je een van hun optredens bewonderen. Ze zijn heel goed in *De vogels* van Aristophanes.'

'Aristandros...'

'Nee, noem me Narkissa!'

'Aristandros, de koning verlangt je aanwezigheid in zijn tent,' vervolgde Telamon zonder acht te slaan op de kwade blik die hem werd toegeworpen. 'Hij weet dat je boos bent.'

'Wel, dan moet hij maar wachten, niet? Ik ben nog steeds uit mijn doen. Ik maak me grote zorgen om Herakles. Hij is altijd terug wanneer het donker wordt. Ik heb nu niemand om me te bedienen.' Aristandros boog zich voorover. 'Vind je me aardig, Telamon?'

'Waarom vertrouwt de koning je?'

Aristandros schudde zijn vinger heen en weer. 'Dat vind ik zo prettig aan jou, geneesheer, je bent zo direct en eerlijk. Bij de tieten van een paard, wat je van Telamon ziet, is wat je krijgt! Maar om je vraag te beantwoorden, jongen: de koning vertrouwt me omdat...' hij wuifde luchtig met zijn hand, '... omdat hij me vertrouwt. Ik ken geheimen. Ik ontdek zijn vijanden. Ik vernietig hen.'

'Met Naihpat breng je er anders niet veel van terecht.'

'Nee, dat klopt. Het lijkt wel of ik een nevel probeer te grijpen.'

'Hoe lang bestaat die Naihpat al?'

'Zo'n vier, misschien vijf jaar.'

'En je hebt geen idee?'

'Totaal niet.'

'Waarom is die spion zo gevaarlijk?' vroeg Telamon.

'De Perzen kennen te veel van onze geheimen,' antwoordde Aristandros. 'Ze waren heel snel op de hoogte van Philippus' plannen met Azië. Het was voor Parmenion moeilijk, bijna onmogelijk zelfs, om een bruggenhoofd te creëren. Hij bracht het er niet goed af tegenover Memnon, die hem terugdreef.'

'Het moet dus iemand zijn die heel nauw bij het Macedonische hof is betrokken?'

'Slimme jongen!'

'En er zijn al eerder moorden gepleegd?'

Aristandros' onderlip trilde. 'Sommige mensen geloven dat, ja,' lispelde hij. 'Dat klopt. Er zijn mensen die geloven dat Philippus werd vermoord op bevel van Naihpat en van Mithra, zijn opdrachtgever.'

'Maar het was toch die krankzinnige Pausanias, een van Philippus' voormalige minnaars, die door een paar van Philippus' kameraden was mishandeld en verkracht.'

'Hij was de ideale keuze,' antwoordde Aristandros met een sluwe glimlach. 'Het is gemakkelijk het verstand van een krankzinnige te beïnvloeden en zijn verlangen naar wraak aan te wakkeren.'

'Dus het was niet Olympias?'

'Dat heb ik niet gezegd,' snauwde Aristandros. 'Er bestaan net

170

zoveel theorieën over de dood van Philippus als er haren groeien op een beer.' Aristandros trok de blonde pruik van zijn hoofd en gooide hem op de grond. 'Geloof me, Telamon, ik heb naar die Naihpat gezocht. Hier en daar, als een hond die rondsnuffelt op een boerenerf. Ik heb een tijd gedacht dat Naihpat in dienst was van de Atheners, maar ik heb Athene in mijn zak – en daar kon ik niets ontdekken. Nee, hij is Perzisch, door en door. Zijn taak is te voorkomen dat de Macedoniërs de Hellespont oversteken. Dat is waarom die huurlingen vandaag op ons af werden gestuurd. En waarom de gidsen werden vermoord. Die arme Herakles...' Aristandros' stem trilde.

'Heeft die dwerg van je iets ontdekt?'

'Misschien. Herakles gleed als een schaduw door dit kamp. Hij was zeer geïnteresseerd in jouw doktersvrienden.' Aristandros boog zijn hoofd en glimlachte. 'Vooral in Perdikles en zijn relatie met generaal Ptolemaios. Weet jij daar iets van?'

Telamon staarde koel terug.

Aristandros leunde voorover. 'Je hebt je twijfels, is het niet? Over die huurlingen die ons vandaag probeerden te vermoorden?'

'Ik ben tot een conclusie gekomen.' Telamon keek de tent rond. Hij vroeg zich af wat Kassandra aan het doen was. Sinds zijn terugkeer had hij nauwelijks de kans gehad met haar te praten. Zijn tent was schoon en netjes geweest en Kassandra had verteld dat ze verse kruiden had gevonden die goed van pas zouden komen.

'En welke conclusie heeft mijn brave arts dan getrokken?'

'Dat die gidsen zijn vermoord door Naihpat. En ook je dwerg Herakles, Apollo verhoede, als hij te dicht bij de waarheid is gekomen! Maar die huurlingen? Daar ben ik niet zo zeker van.'

Aristandros zwaaide zijn voeten van de bank af en ging recht-op zitten. Hij begon de kettingen en armbanden van zijn hals en polsen af te halen.

'Je maakt me nieuwsgierig, Telamon.'

'De Perzen willen dat Alexander oversteekt naar Azië,' ver-volgde Telamon. 'Dat is zonneklaar – dat heeft de koning me zelf verteld. Als Darius zou willen, kan hij een vloot van oorlogssche-pen sturen, of nog erger, een heel leger laten landen in Thracië. Hij wil dat Alexander naar Azië komt om te worden verslagen, gegrepen, vernederd en vermoord. Als Naihpat zijn spion is, zal hij Darius' bevelen opvolgen: Alexander in verwarring brengen, hem angst aanjagen, zijn leger zonder gidsen laten rondzwerven, maar hem wel verder laten trekken.'

Aristandros ging staan. Hij trok het vrouwengewaad uit, zodat een schriel lichaam zichtbaar werd, dat hij zo snel mogelijk verborg onder een donkergroene tuniek met een gouden koord om het middel.

'Ik begrijp heel goed wat je bedoelt, Telamon. Die kerels zeiden vanmiddag dat ze door Memnon waren gestuurd en waarschijnlijk is dat ook zo. Dat betekent – en dit zal Alexander zeker interesseren – dat er spanning heerst tussen Memnon en zijn Perzische meesters. Wanneer Darius hoort wat er is gebeurd, zal hij woedend zijn. De kloof tussen Memnon en Darius zal groter worden. Je kent de Perzen, Telamon, ze houden niet van Grieken.' Aristandros liet zich weer op de bank zakken en tikte met zijn vingers tegen zijn mond. 'Mag ik degene zijn die dit aan Alexander vertelt?'

'Ga je gang,' antwoordde Telamon. 'Het is jouw gevolgtrekking.'

'Memnon bezit landerijen niet ver van Troje.' Aristandros klakte met zijn tong, een gewoonte die hij van Olympias had overgenomen. 'Ik zal tegen Alexander zeggen dat die landerijen niet mogen worden geplunderd. Laten we eens kijken of we de afstand tussen Memnon en zijn meesters nog groter kunnen maken. Kom hier, mijn mooie jongens!' brulde hij.

Het koor stampte de tent binnen. Aristandros verlangde water en een handdoek om zijn handen en zijn gezicht te wassen.

Hij glimlachte terwijl hij zijn handen waste. 'Oh, tussen haakjes, Telamon, vertel aan niemand anders wat je mij vanavond hebt verteld, vooral niet aan Ptolemaios. Hij doet niets liever dan...' Aristandros zweeg omdat buiten de tent het geluid van stemmen klonk. Kassandra stormde naar binnen. Haar rode haar zat in de war en haar brede gezicht zag er slaperig uit.

'Ze zeiden dat ik je hier zou vinden,' zei ze hijgend.

'Wat is er, meisje?' vroeg Aristandros scherp.

'Kritias de kaartenmaker lag dood in zijn tent. Hij is vermoord!'

Hoofdstuk 8

Alexander was begerig in actie te komen en verzette zich tegen
verder uitstel.

Diodorus Siculus, *Bibliotheca historica*, Boek 17, hoofdstuk 16

'De moordenaar heeft een boodschap achtergelaten,' verklaarde Alexander rustig. 'De gebruikelijke bedreiging: "De stier is bereid voor het offer. Alles is klaar, de moordenaar wacht."' Hij wapperde met het stukje perkament tussen zijn vingers.

'Waar werd dat achtergelaten?' vroeg Telamon.

'Op de grond naast hem.'

Telamon ging op zijn hurken zitten. Het bloed uit Kritias' zijde lag gestold op de grond. Het mes was bijna tot het heft in zijn lichaam gestoken. Telamon trok het er met een misselijk makend geluid uit en onderzocht het nauwkeurig. Het zag er net uit als bij de vorige moorden: een bronzen lemmet met een heft van gehard metaaldraad, aan weerszijden voorzien van een vleugel.

'Ik heb al inlichtingen ingewonnen,' verklaarde Aristandros. 'Dergelijke dolken zijn op elke markt te koop. De Kelten maken ze in hun smidses en exporteren ze naar het zuiden.'

Telamon woog de dolk op zijn hand. Het was een licht, gemakkelijk mee te nemen ding, met een gemene punt en scherpe, gekartelde randen. Het zou zonder problemen iemands vlees binnenglijden en zijn levensdraad doorsnijden. Hij legde het wapen neer en kroop op handen en voeten om de stoel en de tafel heen.

'Wat doe je daar?' plaagde Alexander. 'Snuffel je naar een geurtje?'

'Is het lichaam zo gevonden?' Telamon stond op.

'Ja,' antwoordde Alexander. 'De wachtpost werd achterdochtig. Hij hoorde geen geluid en vroeg zich af of alles in orde was. Kritias ging meestal wel even wandelen, of vroeg om wijn. Hij maakte graag een praatje. Toen de soldaat de tentflap optilde, was dit wat hij zag. De olielamp die nog brandde en Kritias die over de tafel lag. Zijn aandacht werd getrokken door de plas bloed die glinsterde in het lamplicht.'

'Breng hem hier!' eiste Telamon.

Aristandros bracht de wacht binnen, een potige Macedonische boerenjongen met een wilde bos zwart haar. Hij was ongeschoren en zijn ogen waren rood van vermoeidheid.

'Kom, ga naast me zitten,' zei Alexander uitnodigend. 'Je hebt niets verkeerds gedaan. Je komt van een boerderij buiten Pella, is het niet?'

'Nee, heer, verder naar het zuiden.'

'Ah ja, ja.'

Alexander babbelde een poosje over gewassen, de vruchtbaarheid van de grond en de problemen bij het rooien van bomen voordat het land kon worden geploegd. Toen wees de koning naar het lijk.

'Heb je vaak met hem over Macedonië gesproken?'

'We praatten over van alles en nog wat, heer. Soms vroeg Kritias me om binnen te komen en soms liep hij naar buiten.'

Twee olielampen flakkerden en gingen uit. Aristandros bracht andere.

'En vanavond?' vroeg Telamon.

De wachtpost aarzelde.

'Geef antwoord op zijn vraag,' drong Alexander zachtjes aan.

'Ik verveelde me. De nacht duurde lang. Ik tilde de tentflap op. Kritias lag over de tafel te slapen met zijn hoofd op zijn armen.'

'Hij sliep dus?'

'Oh ja, het was tussen de eerste en de tweede wacht. Dat deed Kritias vaak en later werd hij dan weer wakker. Toen we in de derde wacht zaten, tilde ik de tentflap weer op. Ik zag het bloed en sloeg alarm. De artsen waren niet ver weg, ze zaten rond een kampvuur wijn te drinken en te kwebbelen als een troep kraaien. Een van hen ging u wekken, heer,' hij wees naar Telamon, 'maar die roodharige meid zei dat u op het feest was.'

'Daar kan ik voor instaan,' verklaarde Alexander met een scheve grijns. 'Ik was de enige daar die niet dronken was.'

'Heeft iemand het feest verlaten?' vroeg Telamon.

Alexander schudde zijn hoofd. 'Sommigen konden niet eens meer een wijnbeker vasthouden, laat staan een dolk.' Hij greep de wacht bij zijn schouders en kneep hard. 'Je ziet er slaperig uit. Zou er iemand langs je hebben kunnen glippen?'

De soldaat wilde overeind springen, maar Alexander drukte hem omlaag.

'Niet liegen, man!'

'Ik zou nooit liegen tegen de koning. Dat durf ik te zweren bij de ziel van mijn moeder. Ik ga zitten tijdens mijn wacht, heer, maar ik leg mijn lans over mijn knieën, zodat hij voor de tentflap ligt. Door die ingang is niemand naar binnen gegaan. Zelfs al was ik weggedoezeld – en dat is niet zo – dan zou een indringer over mijn lans zijn gestruikeld. Bovendien was de tentflap dichtgebonden. Dat deed Kritias tegen de koude nachtwind. Wanneer ik de flap wilde openen, moest ik altijd eerst de knopen lospeuteren.'

Alexander gaf de man een muntstuk, klopte hem op zijn hoofd alsof hij een hond was en stuurde hem weg. Telamon kwam overeind en staarde naar de stoel.

'Wat is daar voor bijzonders aan te zien?' vroeg Aristandros verbaasd.

'Het lichaam is niet verplaatst,' zei Alexander. Hij ging naast Telamon staan. 'Is dat wat je je afvraagt?'

Telamon gaf geen antwoord. Hij trok het lijk uit de stoel en legde het zachtjes op de grond. Daarna verplaatste hij de stoel.

'Kijk eens naar die afdrukken in de grond. Ze zijn stevig en vrij diep. Kritias moet hier uren hebben gezeten. Hier werd hij vermoord. Wat me verbaast is niet alleen dat de moordenaar binnen is gekomen, maar ook dat Kritias direct dood moet zijn geweest.'

'Lag Kritias te slapen?' vroeg Alexander.

Telamon wees naar de lege wijnbeker. 'In een roes van wijn slaapt een man diep,' mompelde hij. 'Mag ik even, heer?'

Alexander wierp hem een onderzoekende blik toe, maar knikte. Telamon bracht hem naar de stoel en liet hem plaatsnemen.

'Ik vermoed dat de moordenaar van Kritias achter hem ging staan toen hij sliep,' Telamon drukte met zijn vingers op Alexanders keel, 'zijn keel doorsneed en de dolk diep in zijn zij stak.'

'Zou Kritias dan niet met een schreeuw van schrik wakker zijn geworden?' vroeg Alexander.

'De moordenaar tilde simpelweg Kritias' hoofd op, legde een hand op zijn mond en sneed zijn keel door van oor tot oor. Daarop legde hij het hoofd weer zachtjes neer, stak de dolk in het lichaam en liet de waarschuwing achter op de grond naast hem.'

Alexander knikte. 'Dat heb ik zelf precies zo gedaan bij vijandelijke schildwachten, en die waren dan nog wakker ook. Kritias stierf zonder het te beseffen.'

Telamon keerde zich naar de tafel, die bezaaid lag met stukjes perkament. Met inkt gemaakte tekeningen die nu slecht herkenbaar waren door het gestolde bloed.

'Waar zijn zijn kaarten?'

Alexander liep naar een kleine, lichtbruine kist van cederhout uit de Libanon. Hij maakte de sluiting open, klapte de deksel omhoog en vloekte.

'As!' riep hij uit.

'Onmogelijk!' schreeuwde Aristandros.

'Hier lagen minstens zeven kaarten in,' verklaarde Alexander. 'Kritias zou ze aan me overhandigen zodra we de Hellespont waren overgestoken.'

Telamon greep het kistje. Grijswitte asvlokken dwarrelden als veren naar de grond.

'Vanavond waren ze hier nog,' zei Alexander. 'Ik ben bij Kritias geweest en hij heeft ze me laten zien. Ik vroeg hem naar de route ten zuiden van Troje. Hij beschreef me tot in details welke doorwaadbare plaatsen zich daar bevinden.'

Telamon tuurde naar de binnenkant van de kist die wel sporen had van de as, maar niet geschroeid of verbrand was.

'Wat betekent dit?' fluisterde Aristandros. Hij griste het kistje uit Telamons handen. 'We hebben een kist vol kaarten op perkament, dat is opgerold en dichtgebonden. De maker ervan is doodgestoken en de kaarten zijn tot as verbrand zonder dat het hout ook maar één schroeiplek vertoont.' Hij zwaaide met het kistje. 'Heer, ik ben een waarzegger. Laat niets hiervan bekend worden.' Hij liet zijn stem dalen tot een gefluister. 'Er zouden praatjes rondgaan onder de manschappen over vuur uit de hemel en de woede van de goden. Het hele effect van ons gunstige offer zou teniet worden gedaan!'

'Dit is onmogelijk!' Alexander greep het kistje en onderzocht het met zijn vingers voordat hij het aan Telamon doorgaf. Het hout voelde koud en glad aan.

Alexander liep heen en weer terwijl hij met zijn vuist tegen de palm van zijn hand sloeg. 'Telamon, jij hebt de ogen van een havik! Aristandros, jij bent de bewaarder van de koninklijke geheimen! Toch word ik in het vrije veld aangevallen, wordt mijn kaartenmaker vermoord en is er van al zijn werk niet meer over dan vlokken as!'

176

Telamon gaf hier geen antwoord op, maar onderzocht nauwgezet de tentpanelen. Alle leren huiden waren strakgetrokken en deskundig vastgebonden in de daarvoor bestemde gaten. Geen van de verbindingen was los of maakte de indruk dat ermee was geknoeid. Telamon verontschuldigde zich en liep naar buiten. Daar had zich een menigte verzameld. Hij herkende Ptolemaios, die er opvallend ontnuchterd uitzag. Antigone stond weggedoken in een mantel naast een bezorgd kijkende Perdikles. Telamon weerde hun vragen af. Hij liep om de tent heen, maar kon aan de buitenkant geen ongerechtigheden ontdekken. De scheerlijnen waren onaangetast en zaten vast aan houten pennen die diep in de grond waren geslagen. Hij trok aan de tentpanelen, maar ze waren zo strak gespannen dat er niemand onderdoor had kunnen kruipen. Hij ging de tent weer binnen. Alexander was nog altijd perplex over het kistje. Aristandros stond met zijn armen langs zijn lichaam. Zijn treurige gezicht verried dat Alexander een of andere scherpe opmerking had gemaakt. Opnieuw bekeek Telamon het op de grond liggende lijk, luguber in het licht van de flikkerende lampen, de plas bloed op de tafel, de gevleugelde Keltische dolk, de hoop as en het verfrommelde stuk perkament dat de waarschuwing bevatte.

'Wat is dat lawaai buiten?' vroeg Alexander.

De tentflap werd opgetild en Ptolemaios leidde Antigone en Perdikles naar binnen.

'Wat is er?'

Ptolemaios keek rond en nam het hele tafereel in zich op. 'Weer een lijk, hè?'

De uitdrukking op Alexanders gezicht maakte razendsnel een einde aan Ptolemaios' spottende glimlach. Antigone hurkte neer naast Kritias. Ze nam zijn gezicht zachtjes tussen haar handen en mompelde een gebed.

'Vraag het me niet, want ik weet het niet. Ik kan niet zeggen wat hier is gebeurd!' fluisterde Alexander.

Antigone staarde met bezorgde uitdrukking in haar ogen naar de as op de grond.

'De dood van Kritias is een flinke klap, heer,' zei ze zacht.

'Het moet geheim worden gehouden,' beval Alexander. 'Dat geldt ook voor jou Perdikles. Wat zoek je hier trouwens? Waarom ben je gekomen?'

'Kleon is verdwenen.'

'Wat?'

Telamon kwam naar hem toe. 'Kleon?' Hij dacht aan het nietszeggende dikke gezicht en het verwarde blonde haar.

'Hij heeft zijn bagage meegenomen,' biechtte Perdikles op. 'Zijn geneesmiddelen en zijn manuscripten zijn ook verdwenen!'

'Sinds wanneer?' eiste Alexander.

'Sinds vanavond. Hij is nog gezien bij de paardenstallen.' Perdikles haalde zijn schouders op. 'Hij is niet teruggekomen.'

'Weggegaan!' riep Alexander uit. 'Zonder mijn toestemming!'

'Hij was een vrij man,' zei Ptolemaios lijzig. 'Hij bezat zijn eigen paard. Hij kon komen en gaan wanneer hij wilde, net als de rest van ons.'

'Niet uit dit kamp!' Alexander greep Ptolemaios' schouder en draaide de generaal met een ruk om. 'Je bent niet zo dronken als je je voordoet, mijn vriend!'

Telamon besloot tussenbeide te komen voordat het op ruzie uitliep. 'Kan ik je onder vier ogen spreken, heer?'

Alexander stuurde iedereen de tent uit, inclusief Aristandros, die Telamon woedende blikken toewierp.

'Wat is er?' snauwde Alexander.

'Je hebt mensen van naam in dit leger,' verklaarde Telamon. 'Je hebt artsen gehuurd voor jezelf en voor degenen in je directe omgeving.'

Alexander knikte kort.

'Ik weet waarom je mij hierheen hebt gehaald, maar hoe zit het met de rest?'

'Tongkijkers en kwakzalvers zijn met karren vol te huur,' zei Alexander schouderophalend. 'Goede geneesheren zijn echter zeldzaam. Je mag dan niet zo dol zijn op je collega's, Telamon, maar jullie hebben veel gemeen. Jullie zijn allemaal bekwaam. Jullie zijn allemaal zonder vaderland en jullie hebben vooral niets te verliezen door met mij mee te gaan. Moeder heeft een lijst samengesteld en jouw naam stond bovenaan. Het is alles één pot nat. Jullie hebben allemaal kleine geheimpjes waar moeder achter is gekomen.' Hij lachte schamper. 'Jullie hebben allemaal zaken gedaan met Macedonië en jullie zijn niet bepaald geliefd in andere gebieden.' Alexander werd afgeleid door de dolk op de tafel. Hij pakte hem en schudde er druppels bloed af. 'Bovendien hebben jullie één belangrijk minpunt gemeen.' Hij staarde Telamon aan. 'Geneesheren staan erom bekend dat ze veel reizen, net als filosofen. Jullie zijn allemaal aan de overkant van de Hellespont geweest. Jullie zijn zowel in Griekse als in Perzische dienst geweest. Jullie zouden stuk voor stuk door de vijand kunnen worden betaald. Dat gold zeker voor Leontes en nu ziet het ernaar uit dat ook die dikke onbenul van een Kleon een voet in beide kampen had.'

'Maar waarom is hij nu weggegaan?' Telamon vertrouwde Alexanders nonchalante houding niet.

'Hoe bedoel je?'

Buiten werd het geprat luider. Aristandros' hoge piepstem was duidelijk te onderscheiden.

'Waarom zou Kleon nu vertrekken?' zei Telamon nadrukkelijk. 'Zou hij de spion Naihpat kunnen zijn?'

Alexander kneep zijn ogen halfdicht. 'Dat is mogelijk. Hij heeft, net als de rest, nog onder mijn vader gediend. Hij was toen ingehuurd als legerarts. Enkele van onze geheimen kent hij vast wel. Ik weet nog steeds niet zeker of Naihpat echt bestaat of dat het een schaduw is, maar Kleon kan dat meisje hebben vergiftigd en die gidsen hebben vermoord, dat is waar.'

'Als ik het goed begrijp,' zei Telamon, 'is Kleon gevlucht voor de offerceremonie en dus weet hij niet dat we op het punt staan de Hellespont over te steken. Bovendien kan hij niets te maken hebben met de moord op Kritias. Misschien had Kleon er gewoon genoeg van of...'

Alexander leunde voorover. 'Of wat?'

'Hij heeft kennelijk het kamp verlaten na onze terugkeer. Misschien was Kleon Naihpat of Naihpats boodschapper. Hij maakte zich uit de voeten om zijn opdrachtgevers te vertellen dat de moordaanslag was mislukt. Dat zou een dringende zaak voor hen zijn.'

Alexander kwam overeind en sloeg zijn arm om Telamons schouder. De arts rook wijn op zijn adem.

'Jij zult me toch niet in de steek laten, Telamon?'

'Zoals je zelf hebt benadrukt, ik kan nergens heen.'

'Aristandros kan hier niets mee.' Alexander haalde zijn arm weg. 'Hij is gewend om in paleisgangen rond te snuffelen. Hij is heel goed in het bespioneren van anderen, maar van spionnen vangen brengt hij niet veel terecht. Dat is jouw taak, Telamon.' Alexander wees naar het lijk. 'Ik wil die Naihpat te pakken krijgen.' Hij haalde diep adem. 'Dit heeft lang genoeg geduurd. Het lichaam van Kritias kan worden verbrand. Morgen gaat het hele leger op exercitie. Stelletje luiwammesen, ik zal Ptolemaios en zijn soort iets geven om over na te denken!' En na een vriendelijk klopje op Telamons arm liep Alexander de tent uit.

Direct stoof Aristandros naar binnen. Telamon onderzocht de tent nogmaals minutieus. Toen glipte hij zonder aandacht te schenken aan de bittere klaagzang van de koninklijke geheimenbewaarder naar buiten, waar hij naar de sterren aan de avondhemel bleef staan kijken.

'Er klopt iets niet,' fluisterde hij. 'Hoe kon Kleon zomaar weggaan?' Hij wreef in zijn ogen alsof hij zo zijn vermoeidheid kon wegtoveren. En Alexander? Was er niet iets onoprechts aan zijn boosheid over Kleons plotselinge vertrek?

De wind voerde het geluid mee van de belletjes van de wachtposten, gevolgd door een trompetstoot die het wisselen van de wacht in de nacht aangaf. Telamon liep naar de rand van de koninklijke enclave en zag vele kleine lichtpuntjes van officieren die hun ronde deden. Een op zijn speer leunende wachtpost vertelde hem dat de soldaten werden voorbereid op de exercitie van de volgende ochtend. Hij onderschreef Alexanders gevoelens – het werd tijd dat al die luilakken eens lieten zien wat ze waard waren!

Telamon liep door. Hij sloeg een groep officieren van het regiment schilddragers gade die het met een deken bedekte lichaam van Kritias wegdroegen. Toen zocht hij zijn tent op. Kassandra had er een klein kampbed neergezet en lag te slapen in de uiterste hoek. Telamon had plezier om het feit dat ze zijn bed in de andere hoek had neergezet. Hij trok zijn sandalen en zijn tuniek uit en gebruikte een beetje kostbaar zout om zijn tanden schoon te maken. Hij waste zijn handen en zijn gezicht in de schaal water en ging op de rand van zijn bed zitten om zich af te drogen, terwijl hij zijn gedachten liet dwalen over wat hij had gezien en gehoord.

'Hoe maakt de machtige geneesheer het?' Kassandra's stem klonk gesmoord. 'Weer een moord? Wil je me vertellen wat er aan de hand is?'

'Ik zal je vertellen wat er aan de hand is wanneer ik het zelf weet,' antwoordde Telamon terwijl hij op zijn bed ging liggen en de ruwe deken over zich heen trok. 'Maar vertel me eens, is Kassandra je echte naam?'

'Is Telamon jouw echte naam?'

De arts gaf geen antwoord. Zijn geest was vervuld van beelden van hoplieten, zwaarden en opgeheven schilden en zo viel hij in een onrustige slaap.

Hij werd nog voor het aanbreken van de dag wakker door

trompetgeschal en het geschreeuw van officieren. De manschappen werd ruw gewekt en onder de wapens geroepen, waarna ze zich rond hun officieren en vaandels moesten scharen.

'Wat gebeurt er?' riep Kassandra slaperig. 'Het is zo heerlijk weer in een bed te slapen. Je mag wel hier komen als je wilt!'

'Dat meen je niet,' mompelde Telamon. 'Onze opperbevelhebber staat op het punt zijn legermacht te laten paraderen. Er gaat niets boven manoeuvres om de mannen tevreden te houden. Achteraf zullen er vele kwetsuren, verstuikingen en kneuzingen te behandelen zijn, dus ik stel voor dat je nog even gaat slapen.'

Telamon staarde naar de rand van licht rond de tentflap en dacht weer aan de gebeurtenissen van de vorige dag. De bloedige strijd bij de beek. Alexander, die in zijn luisterrijke purperen mantel, witte kuras, goudgerande krijgsrok en zilveren scheenplaten, zijn handen had uitgestoken in een gebed om de instemming van Zeus te verkrijgen. Het drinkgelag daarna. Kritias die in zijn eigen bloed lag, met een gapende wond in zijn keel. Telamon probeerde weer in slaap te komen, maar het kamp werd luidruchtiger. Een groep koninklijke pages besloot vlak bij de tent een balspel met twee teams te spelen. Telamon kreunde. Hij gooide de deken opzij, stond op en wankelde naar de ingang van de tent. De schildwacht beloofde hem water te brengen, zo mogelijk ook met water verdund bier en iets te eten. De zon stond aan de hemel, maar werd bijna geheel versluierd door de stofwolken die de marcherende soldaten opwierpen. Het stof deinde mee op de ochtendbries. De soldaat dankte de goden dat hij op wacht stond. Hij was meer dan bereid om 'te halen en aan te slepen', zoals hij het uitdrukte. Telamon schoor met behulp van een stuk glanzend gepolijst metaal zorgvuldig zijn gezicht en werkte zijn baard bij. Daarna waste hij zich. Hij trok een schone tuniek aan en maakte de leren riem om zijn middel vast.

'Kassandra, ik wacht op je bij de ingang van de tent!'

Telamon ging bij de ingang naar de pages zitten kijken die heen en weer renden in hun witte tunieken. Achter hem kon Kassandra haar gang gaan. Toen ze klaar was kwam ze naast hem staan en legde een hand lichtjes op zijn schouder.

'Ik ben uitgehongerd, Telamon. Ik heb zo'n honger dat ik wel een van die pages kan opeten!'

De schildwacht kwam terug met twee kommen havermeel met melk en honing. Onder zijn jas toverde hij nog twee broodjes en een stukje kaas in een niet al te frisse lap vandaan. 'Dit heb ik gepikt van een van de koninklijke koks. Het is het beste wat ik kon vinden.' Hij brulde tegen de pages dat ze moesten opdonderen en toen ze dat niet deden, schreeuwde Telamon dat ze een kruik bier moesten halen. Uiteindelijk gaf een van hen er met een onbeschofte opmerking gehoor aan. Na een poosje kwam hij terugslenteren en zette de kruik aan Telamons voeten. Weer klonken de trompetten en de pages renden weg. Telamon en Kassandra trokken zich diep in de tent terug, waar hij haar kort en bondig op de hoogte bracht van de moorden. Ze luisterde aandachtig.

'Er is altijd bloed.' Ze haalde haar schouders op. 'Alexander laat overal een spoor na van bloedige, plotselinge moorden. In dit geval ligt het simpel. De moordenaar wil onze grote veroveraar angst aanjagen en zijn leger blindelings laten rondzwerven wanneer het aan de andere kant van de Hellespont belandt. Jij zou de goden moeten danken. Je hebt geboft dat je gisteren aan de dood bent ontsnapt.'

'Ik geloof dat ik hun leider Droxenios eerder heb ontmoet,' antwoordde Telamon. 'Hij stond buiten het slavenverblijf toen ik je voor het eerst zag.' Hij beschreef de huurling en Kassandra knikte.

'Arme kerel!' zei ze, terwijl ze haar kom schoonveegde met haar vingers. 'Waarschijnlijk was hij op zoek naar overlevenden van zijn familie. Ik herinner me hem wel. Er liep een litteken over zijn gezicht. Ik wist niet of hij dreigend of treurig keek. Wel, hij is er niet meer. En dat zal spoedig voor ons allemaal gelden.' Kassandra zuchtte.

Telamon bood haar de kan bier aan en ze nam een flinke teug. 'Je hebt scherpe ogen en bent snel van begrip,' zei ze.

'Hoe denk je dat deze mensen werden vermoord?' vroeg Telamon.

Kassandra vertrok haar gezicht. 'Die eerste gids snoof misschien alleen maar wat frisse zeewind op. De tweede was dronken.'

'En Herakles?'

'Oh, Aristandros' dwerg? Ik heb over hem horen praten, hij sloop als een slang van de ene tent naar de andere. Misschien heeft hij iets gezien dat niet voor zijn ogen was bestemd. Het is gemakkelijk een lijk in zee te laten verdwijnen, of in de bossen en moerassen hier in de omgeving.' Ze smakte met haar lippen. 'Die moord op Kritias is anders, dat is echt een mysterie. Een man die in zijn stoel zit, de enige toegang bewaakt, zijn keel doorgesneden,

182

een mes tussen zijn ribben, zijn kaarten verbrand, maar de kist waarin ze zich bevonden niet eens geschroeid. Geen wonder dat de Macedoniër kwaad is. Soldaten zijn nog erger dan zeelieden wanneer het op bijgelovigheid aankomt. Ik heb er nog nooit een moeten helpen die geen amulet of een bezweringsmiddel droeg.' Ze tilde haar hoofd op bij een lange schrille trompetstoot. 'Maar deze dingen gaan ons niet aan, meester. Of moet ik Telamon zeggen?' Ze grijnsde. 'Alexander is omringd door verraders. Ik durf er een gouden dareik onder te verwedden dat de Perzen meer spionnen in dit kamp hebben dan er haren op mijn hoofd zitten. Blijkbaar was je collega Kleon er een van.' Ze stond op en ging in de ingang van de tent staan. 'Heb jij ooit gevochten, Telamon?'

'Nooit in een veldslag.'

'Ik heb eens zien vechten,' zei ze, 'toen Alexander Thebe aanviel. Het elitekorps van de verknochte wapenbroeders nam zijn positie in buiten de Elektrapoort. Ik sloeg het verbod van de priester in de wind en klom op de muur. Ik heb nooit meer zoiets afschrikwekkends gezien. Rij na rij gewapende mannen en dan die afschuwelijke speren...'

'Sarissa's,' corrigeerde Telamon haar. 'Ze zijn minstens vijf meter lang.'

Kassandra liep naar hem toe en knielde naast hem. 'Wat is dat toch met Alexanders leger? Waarom behaalt het zoveel overwinningen?'

Telamon haalde het schild dat de kwartiermeester hem had gegeven. De ronde vorm van brons had een leren voering en leren riemen om zijn arm door te steken. Op het glanzende oppervlak was een aanvallende stier afgebeeld.

'Angstaanjagend!' plaagde Kassandra hem.

'Het Griekse leger vecht altijd met het schild in de linker- en de speer in de rechterhand,' legde Telamon uit, terwijl hij zijn arm door de leren draagbanden stak. Hij tikte op zijn borst. 'Meestal dragen de soldaten een borstharnas of kuras aan de voor- en achterkant, een krijgsrok van leren stroken om hun onderlichaam te beschermen en laarzen met een zachte leren voering, die op hun plaats worden gehouden met banden over de voetzool en de hiel. De cavaleristen dragen deze ook, of anders stevige sandalen. Soms vechten de infanteristen op blote voeten. Ze dragen een zwaard dat aan een riem onder hun linkerarm is gebonden en meestal een dolk aan hun rechterkant. Hun hoofd wordt beschermd door de grote hoplietenhelm met zijn brede oor- en neuskleppen en zijn paardenharen helmkam, hoewel deze helmen wel ouderwets beginnen te worden.'

'Dragen ze nu andere?'

'Ja, de Boiotische helm, eigenlijk meer een leren of bronzen muts, aan de voorkant open, met een brede rand om de wangen en de nek te beschermen.'

'Of die met de hanenkam, de Phrygische? Maar wat maakt Alexanders leger zo anders?'

'In het verleden kwamen de hoplieten op de vijand af. Beide legers ontmoetten elkaar dan voor een strijd van man tegen man,' legde Telamon uit. 'Als jij dit schild droeg, Kassandra, welke kant zou je dan uitgaan?'

'Naar rechts.'

'Waarom?'

'Omdat mijn linkerkant wordt beschermd door het schild en dus zoek ik vanzelfsprekend de beschutting van het schild van de man aan mijn rechterhand.'

'Prima!' Telamon deed het schild af. 'Philippus van Macedonië en Alexander hebben dit allemaal veranderd met drie basisingrediënten: verrassing, schokeffect en de sarissa. Philippus onderwees ons erover wanneer hij naar de Academie van Miëza kwam. "Wat is het nut van een zware helm?" brulde hij bij die gelegenheden. "Als je niets kunt zien of horen, biedt hij weinig bescherming." Hetzelfde geldt voor schilden en borstharnassen tegenover een lange speer en daarom introduceerde Philippus de sarissa. En nu ben je een Macedonische soldaat.' Telamon stond op en trok Kassandra overeind. 'Je draagt een klein schild om je linkerpols, maar je houdt ook een vijf meter lange piek vast van kornoelje- of iepenhout met een verzwaarde voet als tegenwicht. Hoeveel handen heb je dan nodig?'

'Twee! De voorste linie begrijp ik nu, maar wat doe ik met zo'n lange piek wanneer ik in de tweede rij sta?'

'Je laat hem op de schouder van de man voor je rusten.'

'Ah, ik begin het te snappen. Wanneer duizenden opmarcherende mannen deze pieken richten...'

'Precies,' stemde Telamon in. 'Dan bereiken ze de vijand lang voordat die in nauw contact met hen komt. Het is alsof de tegenstanders tegen een enorm stekelvarken of een gigantische egel aan lopen. Wat moeten ze dan nog met hun zielige lansjes? Met hun bronzen schilden of hun helmen?' Telamon herinnerde zich zijn enthousiasme toen Kleitos hen trainde. 'Kun je je dat voorstellen, Kassandra, duizenden sarissa's die recht op je af komen, vastgehouden door goed getrainde mannen die snel optrekken? Wat zou je dan doen?'

'Me omdraaien en wegrennen!'

'Dat is precies wat de vijanden van Macedonië doen. Maar er is nog meer. Philippus besefte het belang van een cavalerie. Hij gebruikte infanterie en cavalerie gezamenlijk om de vijand aan te vallen, verwarring te veroorzaken en een opening te creëren, zodat zijn falanxen van sarissadragers konden doorstoten.'

'En waar dient dat gedoe van naar rechts gaan dan allemaal voor?' Ze hield haar hoofd schuin. 'Weet je, Telamon, dit is de eerste keer dat ik je echt enthousiast heb gezien. Eigenlijk ben je toch een soldaat, niet?'

Telamon schudde zijn hoofd. 'Nee, ik heb alleen bewondering voor de afschrikwekkende pracht en de adembenemende gruwelijkheid van de soldaat. Voor zijn moed, zijn onverschrokkenheid en zijn passie. Kom, dan zal ik je laten zien wat naar rechts bewegen betekent.'

Ze grepen hun mantels en verlieten de tent. Buiten begon het stof te zakken. De zon stond nu hoger en de koele ochtendbries was gaan liggen. Ze vroegen de weg aan een wachtpost en begaven zich door het vrijwel verlaten kamp. Alleen de kampcommandanten, slaven, bedienden, enkele zieke of gewonde soldaten en de schrijvers van de verschillende secretariaten waren achtergebleven. In de verte rezen wolken stof omhoog die het geschetter van trompetten en het gebrul van mannen die zich klaarmaakten voor de strijd dempten. Ze gingen het kamp uit, liepen langs de offerplaats en voegden zich bij de toeschouwers op de heuvelrug die uitzicht bood op de winderige vlakte die Alexander had uitgekozen voor de manoeuvres. Zelfs Telamon hield zijn adem in toen hij het schitterende schouwspel in de diepte zag. Het complete Macedonische leger in volle krijgsuitrusting, tot in de wazige verte in een lange linie opgesteld op enkele meters van de rand van de klippen. Het leger stond nu stil. Elke eenheid had zijn plek gevonden. Telamon wees Alexander aan die op Boukephalas langs de gevechtslinie heen en weer galoppeerde, schitterend uitgedost in zijn purperen mantel en grijs-met-purperen kuras, waarbij hij een indrukwekkende oorlogshelm droeg. Hij hief zijn zwaard op en de hele linie sloeg de wapens tegen elkaar, terwijl er een donderende, bloedstollende oorlogskreet klonk, een angstaanjagende lofzang op de Macedonische krijgsgod:

'Enyalios! Enyalios! Enyalios!'

Toen Alexander zijn rit had beëindigd, geëscorteerd door zijn persoonlijke metgezellen van de bereden garde, reed hij langzaam terug. Het stof begon te zakken.

'Kijk!' Telamon greep Kassandra's schouder. 'Het hart van het Macedonische leger wordt gevormd door de gezellen, regimenten van de infanterie en de cavalerie.'

'Die zie ik,' antwoordde Kassandra. 'De cavaleristen hebben purperen mantels en sjerpen van dezelfde kleur om hun middel.'

'Dat zijn Macedoniërs,' legde Telamon uit. 'Zij dragen simpele, bronzen Boiotische helmen. Die kun je herkennen aan de brede rand boven het voorhoofd, rond de oren en langs de nek. Zo kunnen de soldaten duidelijk horen en zien. De officieren zijn te onderscheiden door de witte veren of paardenharen pluimen op hun helmen. Ze dragen borstharnassen of kurassen die zodanig zijn gevormd, dat ze de spieren van het lichaam beschermen. Ze zijn ook nog eens verstevigd met een riem en schouderbeschermers. De mannen dragen kleine schilden en een speer. Aan hun linkerzijde een zwaard en soms rechts nog een dolk.'

'En de verschillend gekleurde zadelkleden?' vroeg Kassandra.

'Dat is weer de kleur van het regiment. Purper-met-geel, rood-met-goud. De hoogste officieren hebben meestal de huid van een of ander dier, een luipaard, een jaguar of een panter.'

'Vallen ze zo niet extra op in de strijd?'

'Philippus zei precies hetzelfde,' antwoordde Telamon. 'Zijn wapenrusting was vaak sober en versleten, en zijn zadelkleed meer een soort deken dan iets anders. Philippus was een dapper man, maar hij viel niet graag op.' Telamon schudde zijn hoofd. 'Alexander en zijn persoonlijke metgezellen zijn er niet alleen enorm trots op dat ze legeraanvoerders zijn, ze willen ook graag in die positie worden gezien. Persoonlijke moed is hun devies.'

'En de andere ruiters? Oh, kijk! Die daar!' Kassandra wees naar de beide vleugels van het leger, waar zich eskadrons te paard bevonden die vreemde helmen droegen. Sommige ruiters hadden een simpele wapenrusting met schild en lans, andere waren zwaar uitgerust en droegen huiden van wilde dieren om hun schouders.

'Thracische en Thessalische regimenten,' legde Telamon uit. 'Alexanders bondgenoten.'

'Dus dat zijn ze,' fluisterde Kassandra. 'De overlevenden van Thebe hadden het over wilde monsters op paarden.'

'Mogen de goden iedereen genadig zijn die in hun handen valt,' was Telamons reactie. 'Het zijn moedige, maar genadeloze wilden. Er gaan zelfs geruchten dat het kannibalen zijn.' Hij wierp een snelle blik op Kassandra. Ze was bezweet en ademde snel – de aanblik van het leger maakte herinneringen bij haar wakker. Hij besloot door te gaan. 'De cavalerie is onderverdeeld in eskadrons. Elk eskadron bestaat uit tweehonderd man met een aanvoerder en een trompetblazer. Vier eskadrons vormen een brigade. Twee brigades zijn een regiment. En ten slotte vormen een aantal regimenten een falanx. Het hoogste eskadron bestaat uit het koninklijke keurkorps van de bereden garde en neemt altijd de positie rechts in, de ereplaats. Daar staan Ptolemaios en de rest nu. Zij dragen de titel van koninklijke lijfwacht en zijn met niet meer dan zeven of acht man. Zij treden op als Alexanders generaals en aanvoerders.'

'En die cavalerie-eenheden vooraan? Die met de lichte schilden en speren?'

'Oh, dat zijn de prodromi, de verkenners. Zij waaieren voor het leger uit. Ze zijn afhankelijk van wat ze van de plaatselijke omstandigheden weten – daarom huurde Alexander Kritias en die gidsen. Verkenners zijn nuttig in open gebied of weidse vlaktes, maar op onbekend terrein hebben onoplettende verkenners hun leger wel eens in een hinderlaag geleid.'

Kassandra wees naar de uiterste rechterflank van het leger. Achter de koninklijke lijfwachten stonden daar boogschutters, slingeraars en licht bewapend voetvolk, gecombineerd met anderen die zware wapenrusting droegen en met pluimen versierde helmen.

'Die zie je ook aan de linkerkant,' verklaarde Telamon. 'Het zijn huurlingen: Kretenzische boogschutters, Agrianische infanteristen en slingeraars. Alle huurlingen aan de Middellandse Zee stromen toe als antwoord op de Macedonische belofte van Perzisch goud. Maar het hoofdleger in het midden is de ruggengraat van Macedonië. Kom!' Telamon ging Kassandra voor naar een ander deel van de heuvelrug. Daar bleven ze staan kijken naar de rijen en rijen infanteristen die hun grote sarissa's omhoog gericht hielden.

'Wat zijn ze licht bewapend!' riep Kassandra uit.

'Er zijn twee types,' legde Telamon uit. 'In de eerste plaats de falangisten – zij dragen alleen een tuniek, laarzen en een platte hoed of kausia. Hun echte wapen is de sarissa. Aan weerszijden

187

van hen staan de regimenten van schilddragers, dat zijn degenen met de Phrygische helmen met de hanenkam.'

'En de verschillende kleuren duiden verschillende regimenten aan?'

'Precies.'Telamon glimlachte.'Degenen die pluimen of veren dragen, zijn de officieren. De schilddragers dragen borstharnassen, scheenplaten en helmen. Hun taak is het beschermen van de kwetsbare flank van de falangisten. De infanteristen zijn verdeeld in eenheden. De kleinste eenheid is een rot van zestien man. Een compagnie bestaat uit tweeëndertig rotten. Drie compagnieën vormen een bataljon en twee bataljons zijn een regiment. Net als bij de ruiterij hebben ze allemaal verschillende kleuren, nog afgezien van de trompetblazers. Die worden door de legerleiding getraind in een reeks verschillende signalen. Als je oplet, zie je dat de koninklijke trompetblazers nooit ver achter Alexander staan. Elk signaal betekent een ander bevel: wapens op de grond laten zakken, wapens opnemen, enzovoort – dat is wat er nu gaat gebeuren.'

Langs de hele gevechtslinie klonk het geluid van trompetten. Elke eenheid ontving het signaal en gaf het verder door.Telamon, die dit al vele malen had zien gebeuren, voelde zijn hart een slag overslaan. Zijn bloed stroomde sneller. De gevechtslinie begon zich uit te rekken. De cavalerie op de flanken bewoog zich naar voren, samen met een deel van de infanterie, zodat de hele formatie de vorm aannam van een stierenhoorn.Achter de cavalerie groepeerde zich de licht gewapende infanterie – huurlingen, slingeraars en voetsoldaten. De echte blikvanger was echter het hart van het leger: de Macedonische infanterie van falangisten en schilddragers. Als bestuurd door een enorme onzichtbare hand namen ze snel verschillende vormen aan, van diepteformatie naar lange rijen en vervolgens naar gesloten formatie waarbij elke sectie van de infanterie veranderde in een rechthoek van overeind staande pieken, vier man breed en zestien man diep. De trompetten klonken opnieuw en de regimenten namen een andere strijdorde aan: kleine, vierkante falanxen, acht man breed en acht man diep. Dan een ander trompetsignaal: de falanxen kwamen weer samen.

'Nu zie je het, eenheden en regimenten die één enorme falanx vormen,' merkte Telamon op.

Weer lieten de trompetten een lange, oorverdovende stoot horen. De Macedonische strijdkreet schalde door de lucht, zodat

188

de vogels opvlogen en een goed heenkomen zochten. De falangisten begonnen langzaam naar voren te komen. De voorste gelederen lieten hun sarissa's kantelen, zodat ze uitstaken. Degenen achter hen kantelden de lange pieken zoveel mogelijk.

'Kassandra!' zei Telamon dringend. 'Stel je eens voor dat je een Perzische cavalerist of een Atheense soldaat bent. Je staat tegenover dreigende infanterieregimenten. Eskadrons cavalerie, ondersteund door lichte infanterie en hulptroepen, bestoken je flanken. Je kunt de vijanden voor je niet aanvallen, want hun sarissa's zijn drie keer zo lang als jouw speer. Je probeert de sarissa's kapot te hakken met je zwaard, maar dat gaat moeilijk vanwege de mannen om je heen. De sarissa's rukken op...'

Hij zweeg. De falanx versnelde zijn pas en het ritme van duizenden sandalen produceerde zijn eigen sombere oorlogsmuziek. Een schrille trompetstoot klonk. De enorme falanx in het midden bewoog zich nu sneller, terwijl de cavalerie op de vleugels overging in draf. Telamon kon zich voorstellen hoe bang en bedreigd een vijand zich moest voelen die een dergelijke tegenstander ontmoette.

Kassandra haalde hem uit zijn bespiegelingen. 'Ik kan begrijpen dat het hier werkt, of op de vlaktes van Chaironeia of voor Thebe. Maar wat gebeurt er wanneer ze zich op een steile rivieroever of op bebost en heuvelachtig terrein bevinden?'

'Ah!' Telamon schudde zijn hoofd. 'Dat is waar Philippus en Alexander hun ware kracht laten zien.'

Zijn woorden werden overstemd door het geschal van de trompetten. De hele gevechtslinie hield in en stond stil als één man. Officieren schreeuwden en er ging een luid gejuich op.

'De koning prijst hen,' legde Telamon uit, 'maar om op je vraag terug te komen, het schokeffect en de sarissa zijn machtige wapens. En vergeet ook Alexanders grootste talent niet – dat van de verrassing.'

Hij wilde nog meer zeggen, maar werd afgeleid door geschreeuw. Hij keek over zijn schouder. Aristandros, Antigone en Selena haastten zich naar hem toe, omringd door het koor dat een geïmproviseerde draagbaar meedroeg waarop een door een deken bedekt lijk lag. Telamon snelde in hun richting. Antigones gezicht was nat van tranen en Selena leek in een trance te verkeren.

'Het is Aspasia,' legde Aristandros uit. 'Ze is dood in het bos gevonden.'

Hoofdstuk 9

Aristandros… vertelde Alexander dat hij geen reden had tot onge-
rustheid.

Arrianus, *Alexander de Grote*, Boek 1, hoofdstuk 2

Er voegden zich al snel twee andere artsen bij hen, Perdikles en
Nikias, die ook de manoeuvres hadden gadegeslagen. Perdikles
sloeg de deken terug. Kassandra's adem stokte van schrik. Ook
Telamon, die toch gewend was aan de dood in al zijn verschij-
ningsvormen, werd erdoor aangegrepen. De jonge vrouw was
bedekt met een dikke laag modder uit het moeras; het slijk zat
zelfs in haar mond, neusgaten en ogen. Selena snikte hardop en
werd ondersteund door Antigone. Het verdriet van de priesteres
bleek uit haar zwijgen en de tranen die over haar gezicht stroomden. Het lijk trok al snel de aandacht van anderen en daarom liet
Aristandros zijn koor een beschermende kring rond de geïmproviseerde draagbaar vormen.

'Niet hier,' zei Telamon.

'Je kunt mijn tent gebruiken,' bood Perdikles aan.

Van de heuvel bij het exercitieterrein, waar de lucht weer-
galmde van de commando's van officieren en de metalige signalen van de trompetten, liepen ze naar het kamp. Ze begaven zich
naar Perdikles' tent. Het koor bleef buiten op wacht staan. Perdikles bood Antigone en Selena krukjes aan, terwijl Telamon, Nikias
en Aristandros het lijk onderzochten. Er werden kruiken water
en doeken gebracht en de kleding van de jonge vrouw werd verwijderd. Telamon zag dat ze om haar hals en haar polsen sieraden
droeg en dat haar ringen nog om haar vingers zaten – ook deze
werden verwijderd. Aspasia's mond, oren, neus en ogen werden
schoongemaakt en de modder werd van haar lichaam gewassen.
Haar huid was nog zacht, haar ledematen waren soepel. Ze zag
eruit alsof ze sliep, op de halfgeopende ogen en de gapende mond
na.

'Ze is nog maar net dood,' merkte Telamon op. 'Denk je ook niet, Perdikles?'

'In elk geval niet meer dan drie uur.'

'Hoe is ze gestorven?' vroeg Antigone dringend.

'U kunt ons waarschijnlijk meer vertellen dan wij u, vrouwe,' antwoordde Telamon.

'Waar was ze?' vroeg Perdikles.

'Ze is vanochtend uitgegaan,' zei Antigone. Haar ogen waren dik van het huilen, maar ze had haar stem in bedwang. 'Ze nam een grote mand mee om bloemen en kruiden te verzamelen. Ze wilde naar een stuk bos zo'n drie kilometer van het kamp.'

'Waarom is er niemand met haar meegegaan?' wilde Perdikles weten.

Antigone glimlachte teder. 'Aspasia was veilig,' mompelde ze. 'Ze was een dienares van Athene. Geen soldaat zou zijn hand tegen haar durven opheffen. Ze kreeg alleen maar respect.'

'Dat klopt,' gaf Telamon toe. 'Haar lichaam vertoont geen sporen van geweld en ze heeft haar sieraden nog.'

'Ze had niet mogen gaan!'

Iedereen draaide zich met een ruk om naar Selena. Haar gezicht was gezwollen van het huilen en ze had met haar nagels haar wangen opengehaald. Het bloed drupte op haar witte wollen gewaad.

'Ze had niet mogen gaan!' herhaalde ze woedend. 'Ze was mijn vriendin!'

Selena wankelde overeind. Trillend van kwaadheid stampte ze met haar voet op de grond. Haar ogen vlamden van drift, haar mond ging open en dicht, maar in haar hysterische opwinding kwam er niet meer dan een vreemd gegorgel uit haar keel.

'Laat haar maar aan mij over.' Antigone liep naar het meisje toe, sloeg een arm om haar schouders en praatte zachtjes tegen haar in een taal die Telamon niet verstond. De priesteres keek hem aan en glimlachte zwakjes. 'Het is Phrygisch, de oude taal van Troas, het gebied rond Troje. Ik zal haar in veiligheid brengen.'

De vrouwen verlieten de tent en Telamon zette zijn onderzoek voort.

'Wat is er gebeurd?' vroeg hij.

'Voorzover ik weet, ging de jonge vrouw bloemen en kruiden verzamelen,' antwoordde Aristandros, die gebogen stond over een manuscript op een kistje naast Perdikles' bed. 'Ze ging het bos in met een grote mand. Jij bent de deskundige, Telamon, dat is toch de beste plek om kruiden te zoeken?'

'Dat klopt,' antwoordde de arts afwezig. 'Een schaduwrijk dal of een vruchtbaar bos. Zelf heb ik ook op dergelijke plekken gezocht. Daar krijgen de planten genoeg water en worden ze sterker. Bovendien groeien daar meer soorten.'

'Misschien heeft ze iets gezien,' vervolgde Aristandros. 'Een plant of een bloem die ze graag wilde plukken, en is ze toen gestruikeld en in het moeras gevallen.' Hij wees naar de bemodderde kleren die naast het lichaam op de grond lagen. 'Misschien raakten haar gezicht en haar benen verward in haar kleding. Je kunt het je wel voorstellen – hoe meer ze spartelde, hoe erger het werd.'

'Zou haar lichaam dan niet zijn gezonken?'

'Nee,' wierp Aristandros tegen. 'Ze was licht en niet verzwaard met stenen, of met een wapenrusting zoals een soldaat.'

'Hoe werd ze gevonden?' vroeg Kassandra.

De waarzegger keek haar verbaasd aan, want van een vrouw verwachtte hij geen vragen.

Telamon herhaalde de vraag. 'Hoe werd ze gevonden, Aristandros?'

'Sinds gisteren ben ik waakzamer geworden wat betreft de beveiliging van de koning. Ik heb eskadrons lichte cavalerie uitgestuurd om de omgeving uit te kammen. Alexander wil opnieuw een jonge stier offeren en dan moeten er geen verrassingen meer op de loer liggen in het struikgewas. Ik heb ook nog steeds hoop dat Herakles wordt gevonden.' Aristandros veegde een traan uit zijn ogen. 'Hoe dan ook, een oplettende cavalerieofficier zag een gekleurde vlek tussen de bomen. Zijn groepje steeg af en ging het bos in. Ze zagen een omgevallen mand liggen en niet ver daarvandaan dreef Aspasia's lichaam in een moeras.'

'Zou iemand haar overvallen hebben?' vroeg Perdikles.

Telamon gebaarde naar het lijk. 'Dat betwijfel ik. Ze vertoont geen enkele blauwe plek of ander teken van geweld.'

'Wel, het is een vreemde geschiedenis,' verklaarde Aristandros. 'De cavaleristen hebben dat bos bekeken. Ze waagden zich niet al te ver uit angst voor de moerassen en de verraderlijke plekken, maar ze weten zeker dat daar niemand anders is geweest. Een andere patrouille heeft de jonge vrouw gezien toen ze over de vlakte naar het bos liep. Ze lieten net hun paarden rusten. Ze groetten haar en zij groette terug. Niemand is haar het bos in gevolgd.'

Telamon bekeek de handen van de jonge vrouw. 'Ik zou daarvan uitgaan als ik dit niet had gezien.' Hij wees naar de geschaafde knokkels van Aspasia's rechterhand en naar twee gebroken vingernagels.

'En kijk hier eens.' Kassandra streek Aspasia's ravenzwarte haar opzij.

Telamon bestudeerde de blauwe plek midden op haar voorhoofd.

'Eigenlijk stelt het weining voor,' merkte Kassandra op. 'De knokkels van haar rechterhand zijn geschramd, twee vingernagels zijn gebroken en ze heeft een vage blauwe plek op haar voorhoofd.'

'Ze is dus niet buiten bewustzijn geweest als gevolg van de klap?' vroeg Aristandros.

'Nee, het is maar een buil die ze kort voor haar dood moet hebben opgelopen.'

'Wat denk je dat er is gebeurd?' vroeg Nikias. De bijgelovige dokter was op eerbiedige afstand van het lijk gebleven. Telamon begreep waarom – Aspasia was een aan de godin Athene gewijde tempeldienares geweest.

'Ik vermoed dat Aspasia bloemen of kruiden zag staan,' antwoordde Telamon terwijl hij overeind kwam en neerkeek op het lichaam. 'Het kan zijn dat ze is vermoord of aangevallen, maar ik denk het niet. Aspasia was hier niet bekend. Ze vergat de waarschuwingen over de moerassen. Ze zag een plant of een kruid dat ze wilde plukken, zette haar mand neer en ging er in haar enthousiasme op af. Zo kwam ze in het moeras terecht. Ze struikelde en viel voorover in de modder. Zo kan ze haar hand hebben geschaafd en haar voorhoofd hebben gestoten. Ze raakte in paniek en probeerde te schreeuwen, maar daardoor kreeg ze modder in haar mond en neusgaten. Ze moet snel dood zijn geweest. De arme vrouw is gestikt.' Telamon tikte Kassandra op haar schouder. 'Ze is een priesteres en moet worden klaargemaakt voor haar crematie. Dat moet Kassandra doen, heren. We mogen geen aanstoot geven. Ik weet zeker dat vrouwe Antigone het met me eens zal zijn.'

Nikias was maar al te blij dat hij de tent kon verlaten. Aristandros kondigde aan dat hij met Perdikles wilde spreken, en ze slenterden samen naar buiten. Telamon ging op een krukje bij de ingang zitten om de bries op te vangen die nog steeds de klanken droeg van trompetten en luide bevelen op het exercitieterrein.

'Wat moet ik doen, Telamon?' vroeg Kassandra.

'Reinig haar lichaam en kijk heel goed of je iets verdachts ziet. Neem een van Perdikles' dekens en wikkel haar daarin. Waarschuw Antigone zodra je klaar bent. Probeer meer details te vinden over wat er vanochtend is gebeurd.'

Telamon keek naar een wolk van stof die langs de tent werd geblazen. 'In deze hitte moet haar lichaam snel worden vernietigd, zeker binnen een uur of twee.'

Kassandra toog aan het werk. Er werden opnieuw water en doeken gebracht. Telamon liep naar zijn eigen tent en keerde terug met wat specerijen en een parfumflaconnetje dat mirre en wierook bevatte.

'Ik kan geen spoor van geweld vinden,' verklaarde Kassandra terwijl ze het haar van de dode vrouw kamde.

'Was ze een meisje?' vroeg Telamon.

'Nou, het is geen soldaat,' plaagde Kassandra.

'Een maagd?' snauwde Telamon.

'Ja en nee.' Kassandra keek op. 'Haar maagdenvlies was gescheurd, maar niet recentelijk. Er is geen teken van enig seksueel contact.'

Ze streelde de voeten van het dode meisje en mompelde iets onverstaanbaars.

'Wat zeg je daar?' vroeg Telamon.

'De geurige dauw valt op de rozen en de velden zijn overdekt met bloeiende meibloemen.'

'Ben je een dichteres?'

'Was ik dat maar,' antwoordde Kassandra. 'Het zijn regels van Sappho, een passende treurzang voor deze jonge vrouw.' Ze glimlachte om de verbazing op Telamons gezicht.

'Ben je een volgelinge van Sappho?'

'Wel, wat denk je, meester?' Kassandra staarde hem met harde ogen aan. 'Ken je die beroemde passage uit Aristophanes' *Lysistrata*?'

Telamon schudde zijn hoofd.

Kassandra sprong met uitgestrekte handen overeind, als een actrice op het toneel. Telamon moest lachen toen ze aanstellerig de tent op en neer dribbelde in nabootsing van de adellijke dames uit Aristophanes' satire.

'Alles wat je maar wilt,' citeerde Kassandra uit het stuk. 'Als het moest, zou ik door het vuur lopen. Alles liever dan penissen opgeven. Daar kan niets tegenop, mijn dierbare Lysistrata.'

'Maar daar geloof jij niet in', veronderstelde Telamon lachend. 'Jij bent het vast niet eens met de schrijver van *Vrouwenziekten*.' Hij sloot zijn ogen terwijl hij de zin die hij bedoelde uit zijn herinnering opdiepte: 'Vrouwen die gemeenschap hebben met mannen zijn gezonder dan vrouwen die dat niet hebben.'

'Nee, daar ben ik het niet mee eens,' antwoordde Kassandra scherp. Ze liep terug naar het lijk. 'Typisch mannelijk om zoiets te beweren. En waar geloof jij in, meester, of moet ik zeggen Telamon? Ben je het eens met de woorden van de vermoorde Agamemnon die door Odysseus in de Hades wordt bezocht: "Er bestaat niets dodelijkers op aarde dan een vrouw?"'

'Vind je het gek dat hij dat zegt?' spotte Telamon. 'Hij werd tenslotte door zijn vrouw vermoord!' Hij knielde naast het lijk. 'Wat was ze mooi!' Hij keek naar haar stevige borsten, de smalle taille, de brede heupen en de lange, slanke benen. 'Denk je dat ze een volgelinge van Sappho was? Haar maagdenvlies was uiteindelijk gescheurd.'

'Misschien.' Kassandra haalde haar schouders op. 'Schrijft jouw beroemde Aristoteles in zijn verhandeling *Over de ziekten van vrouwen* niet dat het maagdenvlies ook kan scheuren door andere heftige gebeurtenissen? Ik betwijfel of Aspasia een man heeft gehad, er is in elk geval geen teken van zwangerschap.'

'Ben jij ooit verliefd geweest, Kassandra? Heb je met een man geslapen?'

Kassandra's gezicht verzachtte. 'Ik heb mensen ontmoet van wie ik hield,' antwoordde ze raadselachtig. 'Maar trouwen, kinderen krijgen? Nooit! Eens kwam er een groep toneelspelers naar onze tempel. Ze voerden *Medea* van Euripides op. Ik zal nooit de regel vergeten die door Medea zelf werd uitgesproken: "Liever sta ik driemaal in de frontlinie bij een veldslag dan één enkel kind op de wereld te zetten."'

'Ben je bang voor de pijn?' vroeg Telamon, zelf verbaasd over de wending die het gesprek had genomen.

'Nee.' Kassandra kwam overeind. Ze goot water in een kom en waste haar handen. 'Waarom zou ik een kind op deze bloeddorstige wereld zetten? Een wereld die wordt bevolkt door mannen als Alexander, Philippus en Ptolemaios?'

195

Ze kwam naar hem toe terwijl ze haar handen afdroogde aan een van de doeken. Telamon wist niet of ze boos was of op het punt stond in tranen uit te barsten.

'Ik heb de geruchten gehoord, Telamon,' fluisterde ze voorovergebogen. 'Binnen een paar weken zal Alexander in Azië zijn. Denk eens aan al het bloed dat zal vloeien. Dood door het zwaard, door het vuur of door stomme ongelukken zoals in dit geval.' Ze wees naar het lijk.

Ze verlieten de tent. Telamon riep twee wachtposten. Hij beval een van hen het lichaam te bewaken en de ander om Antigone te halen.

'Waar gaan we heen?' vroeg Kassandra.

'Ik wil de plek zien waar deze jonge vrouw is gestorven.'

Telamon ging op zoek naar Aristandros. Binnen een uur bracht een jonge cavalerieofficier hen over de zonovergoten grasvlakte naar de koele schaduw van de bomen. Hij vertelde onderweg wat er was gebeurd en zijn verslag kwam precies overeen met dat van Aristandros. Telamon bedankte hem en de officier verdween. De arts en zijn assistente gingen in de schaduw van een eik zitten en staarden het bos in.

'Het ligt voor de hand hoe het ongeluk is gebeurd,' merkte Kassandra op. 'Struiken, bomen, pollen hoog gras. Kijk eens naar die bloemen, Telamon, het lijken wel lichtbakens die je proberen te lokken. Je gaat er argeloos op af, zet je voet op de verkeerde plek neer en voordat je het weet, zak je tot je middel in de modder!'

'En je hebt geen andere sporen of blauwe plekken bij haar ontdekt?' vroeg Telamon.

'Waarom vraag je dat?'

'De mand is verdwenen.'

'Die is waarschijnlijk teruggegeven aan Antigone. Waar zinspeel je op?'

'Ik heb mijn geografische kennis wat opgefrist,' verklaarde Telamon. 'Ik ben tweemaal in Troas geweest. Veel is er niet te zien, alleen ruïnes – graven op de kaap, door de wind geteisterde vlaktes en in de verte de beboste berghellingen van de Ida. Troje en al haar glorie bestaan niet meer. Wanneer je naar het zuiden reist, kom je in een heel ander gebied. Daar zou je gemakkelijk kunnen verdwalen.' Hij zuchtte, stond op en hielp Kassandra overeind. 'En wat nog belangrijker is, een klein leger als dat van Alexander kan in een hinderlaag worden gelokt. Kortom, het lijkt wel of iedereen die Alexander door dat gebied heen kan helpen wordt doodgeslagen, neergestoken of, zoals in dit geval, omkomt in de modder.'

'Maar het was toch een ongeluk,' protesteerde Kassandra.

'Een filosoof heeft wel eens gezegd dat ongelukken niet bestaan...'

'Telamon! Telamon!' brulde een stem.

De arts greep Kassandra's hand. Ze begaven zich tussen de bomen door naar de plek waar de leider van Aristandros' koor in zijn met bont gevoerde jas als een enorme beer op hen stond te wachten. In zijn ene hand hield hij zijn groteske helm met een everzwijnkop, in de andere zijn dolk. Hij wees met het mes naar Telamon.

'U moet bij de koning komen. Hij heeft u nodig!'

'En jij moet dat wegsteken!' snauwde Kassandra met haar ogen op de dolk gericht.

De leider van het koor staarde haar nietszeggend aan.

Kassandra kwam dreigend op hem af. 'Vooruit! Stop die lelijke dolk weg! Je staat je alleen maar uit te sloven. Dit is de vriend van de koning. Hij komt omdat hij dat zelf wil!' Ze keek over haar schouder naar Telamon en wierp een blik op de hemel van ergernis. 'Als ik één ding heb geleerd over de Kelten, dan is het wel dat ze geweldige bluffers zijn en zich dolgraag aanstellen.'

De leider van het koor stopte zijn dolk weg. Hij staarde nu vol aanbidding naar Kassandra, alsof ze een of andere verloren gewaande koningin was.

'Wel, kom op dan, jij bonk vlees!'

De leider van het koor ging in de houding staan en boog. Daarop beende hij zo snel weg over de grasvlakte, dat Telamon en Kassandra zich moesten haasten om hem bij te houden.

De legermanoeuvres waren voorbij en de manschappen marcheerden in hun eenheden terug naar het kamp. De discipline was nu wat minder streng – helmen werden afgezet, slaven en bedienden droegen de pieken en schilden. Een cavalerie-eenheid die voorbij daverde in een stofwolk werd begroet met gejoel en verwensingen van het voetvolk. De leider van het koor wurmde zich door de menigte, maar in plaats van hen naar de koninklijke enclave te brengen, zette hij koers naar de kant van het kamp waar naast een beekje de hospitaaltenten waren opgezet. Tot nu toe waren ze alleen gebruikt voor onbelangrijke verwondingen en aandoeningen, maar Telamon hoorde al bij het naderen van de hoofdtent een afschuwelijk geschreeuw. Koninklijke lijfwachten verdrongen zich bij de ingang. In de tent, die gebrekkig werd verlicht door olielampen, rook het zurig. De koning en zijn metgezellen hielden een jonge cavalerieofficier tegen een schraagtafel gedrukt. Ze waren met bloed bespat en op de grond aan de rechterkant van de tent hadden zich plassen bloed gevormd.

'Apollo zij dank!'

Alexander, nog altijd in zijn volle wapenrusting van purper en grijs, begroette hen. Zijn haar was doorweekt van het zweet. Hij maakte zijn halsdoek los om het zweet van zijn armen te vegen. Ptolemaios, Hephaistion en de anderen stonden om de kreunende en gillende patiënt geschaard en lieten zich niet afleiden. Alexander duwde Telamon naar voren.

'Hij is van zijn paard gevallen,' legde de koning uit.

Telamon keek naar de hand van de man, nu niet meer dan een verwrongen hoop vlees. 'Een schop van een paard?'

'Nee. Het paard is er gewoon op gaan staan,' antwoordde Alexander droog. 'Telamon, ik weet hoe bekwaam je bent. Wat kun je doen?'

'Je hebt andere artsen, heer. Als je me op de proef wilt stellen, zeg dat dan.'

Alexander negeerde deze opmerking. 'Wat raad je aan, Telamon?'

'Heeft hij een verdovend middel gehad?'

'Hij heeft helemaal niets gehad.'

Telamon draaide zich om en pakte een ordonnans bij zijn arm. 'Breng me de sterkste wijn die je hebt met wat papaverpoeder – weet je wat dat is?'

De man knikte.

'Kassandra, ga naar mijn tent. Haal mijn medicijntas en het kleine cederhouten kistje dat met een zilveren slang is versierd. Een van de mannen van de koning zal met je meegaan.'

Alexander keerde zich om en knipte met zijn vingers. Kassandra verliet de tent met een escorte van twee officieren. De ordonnans bracht de wijn en het papaverpoeder. Telamon mengde het poeder met de wijn, droeg de metgezellen van de gewonde officier op hun vriend stevig vast te houden en goot wat van de wijn tussen de lippen van de man.

'Drink!' drong hij aan, alsof hij de wanhopige blik in de ogen van de ander niet zag. 'Drink, dan krijg je rust.'

'Ik ga dood,' hijgde de man met bloed op zijn lippen omdat

198

hij op zijn tong had gebeten. Zijn gezicht was asgrauw en bedekt met zweet.

'Je gaat niet dood,' antwoordde Telamon. 'Nog niet. Drink dit, dan krijg je rust. Blijf nog even vechten tegen de pijn en drink deze wijn op.'

De man gehoorzaamde. De beker werd opnieuw gevuld met wijn en een beetje poeder. De patiënt werd er slaperig van, zijn ogen begonnen dicht te vallen, maar Telamon hield hem wakker door hem in zijn gezicht te tikken totdat hij de tweede beker had leeggedronken. Eindelijk lag de man stil.

'De rivier de Lethe. De wateren der vergetelheid!' mompelde Alexander.

'Papaverpoeder en zware wijn,' antwoordde Telamon scherp. 'En het duurt niet lang. De pijn zal hem weer bij bewustzijn brengen.'

'Ik wil dit zien, maar ik heb het te warm!' Alexander tilde zijn armen op en direct kwam een page aansnellen om zijn kuras los te maken. 'Wat ga je doen, Telamon?' Alexander leek het leger vergeten te hebben. Voorop stond weer die onverzadigbare nieuwsgierigheid waarmee hij Aristoteles in Miëza zo had achtervolgd. 'Wat ga je doen?'

Telamon negeerde hem. Hij legde de afhangende arm van het slachtoffer voorzichtig op de tafel. Daarop onderzocht hij nauwgezet zijn schouder, zijn onderarm en zijn pols. Hij tilde de geplette hand op. De patiënt bewoog. Telamon ging op zijn hurken zitten en bekeek de hand. De verpletterde vingers waren niet meer dan bloederige strengen van huid en bot.

'Ik zal moeten amputeren,' verklaarde Telamon. 'Hier, bij de pols en ik zal het snel moeten doen.'

De ordonnans vergat wie er aanwezig was. 'Kunt u dat wel? Hij zal vast doodbloeden!'

'Als ik het niet doe, zal de hand binnen enkele uren gaan ontsteken,' antwoordde Telamon. 'Het vergif zal zich verspreiden, zijn arm zal opzwellen en hij zal een afschuwelijke dood sterven. Ik heb vuur in een aardewerken schaal nodig, heet water en schoon verband. Is dat er allemaal?'

'Zorg ervoor,' beval de koning kortaf.

De ordonnans gehoorzaamde. Korte tijd was alles in rep en roer. Alleen Alexander, zijn metgezellen en de ordonnans mochten van Telamon in de tent blijven. Kassandra keerde terug met het gevraagde. Telamon droeg haar en de ordonnans op hun handen

199

zorgvuldig te wassen. Hij maakte zijn medicijntas open en haalde zijn instrumenten te voorschijn: een kleine, scherpe zaag, een tang, bronzen klemmetjes en naalden. Hij hield alles boven het vuur.

'Waarom doe je dat?' vroeg Alexander.

'Voor alle zekerheid,' antwoordde Telamon. 'Ik heb een soortgelijke operatie in Zuid-Italië zien verrichten. Vuur heeft een sterk reinigend effect en alles wat in aanraking komt met een open wond, moet worden gereinigd.'

'Zal hij sterven?' Alexander klopte op de schouder van de jonge officier die alweer onrustig begon te worden.

'Dat risico loopt hij,' verklaarde Telamon. 'De hand verwijderen is gemakkelijk – een slager met een hakmes zou dat ook kunnen. Het gaat om het stoppen van de bloeding en het verbinden.' Hij raakte zachtjes het gezicht van de bewusteloze patiënt aan. 'En als hij de bloeding overleeft, kan hij nog sterven aan de geestelijke schok. Ik kan geen garanties geven. Ben je klaar, Kassandra?'

Telamon haalde enkele poeders uit zijn tas en mengde deze met een beker wijn.

'Nog meer papaverpoeder?' vroeg Ptolemaios, die nu niet meer cynisch keek.

'Nee, nee, iets sterkers. Alruin, mits in de juiste hoeveelheid toegediend, is echt het water der vergetelheid.'

Telamon duwde de mond van de patiënt open en goot de wijn tussen de lippen door, waarbij hij het hoofd van de officier, die wakker begon te worden uit zijn gedrogeerde slaap, achteroverboog om de man het middel te laten doorslikken. Toen de beker leeg was, stapte Telamon tevreden achteruit.

'Kassandra, ik ga de hand bij de pols verwijderen, maar eerst zal ik boven de pols en de elleboog tourniquets aanbrengen. Vlak voor de amputatie moet je de tourniquets zo strak mogelijk aandraaien. Dan ga ik aan het werk. Er zal bloed uit de wond sijpelen, maar als het geluk met ons is, zal het niet veel zijn. Terwijl ik bezig ben, zullen de aderen zichtbaar worden. Ik hoop dat ik die kan afknopen of dichtklemmen. Wanneer de beschadigde hand eenmaal is geamputeerd, moeten de klemmetjes pas worden verwijderd, als ik ga hechten.'

Kassandra keek hem angstig aan. 'Kun je dat doen?'

'Ik zal het doen,' bevestigde Telamon. 'Ik zal ook een rasp gebruiken om het bot glad te maken. De stomp moet worden gewassen.' Hij keerde zich tot de ordonnans. 'Breng me de zwaarste wijn en de sterkste azijn. En zoveel honing als je kunt vinden. Ik zal ook proberen de stomp schoon te branden.' Hij glimlachte tegen Alexander. 'En onze koning zal iets hebben geleerd.'

De cavalerieofficier lag nu volledig buiten bewustzijn met zijn hoofd achterover, maar toch bleef hij bewegen. Ptolemaios bood aan te helpen bij het aanbrengen van de tourniquets, terwijl Alexander de schouders van de patiënt vastgreep.

'Eigenlijk zou hij nu stil moeten liggen,' merkte Telamon op, 'maar het is eerder gebeurd dat een patiënt door de pijn weer tot bewustzijn kwam.'

Telamon waste zijn handen, pakte de kleine zaag en haalde het blad door de vlam. Met gesloten ogen mompelde hij een kort gebed dat hij zich alles wat hij had gezien en gelezen zou kunnen herinneren. Daarop begon hij aan de afzetting. Ptolemaios en Kassandra draaiden de tourniquets aan. Telamon werkte zo snel mogelijk en de amputatie duurde niet lang. Hij bracht onmiddellijk de klemmetjes aan en gebruikte een rasp om het uiteinde van het bot zo glad mogelijk te maken. Er vloeide niet veel bloed uit de wond. Telamon begon vlug te hechten.

'Waarom die haast?' fluisterde Kassandra.

'De bloedstroom mag niet te lang worden tegengehouden,' antwoordde Telamon. 'De tourniquets moeten worden losgemaakt.'

Ten slotte verklaarde Telamon dat hij tevreden was. Er kwam nauwelijks nog bloed uit de wond. De hechtingen hielden en de stomp werd uitvoerig gewassen met een mengsel van wijn, azijn en honing. Telamon schudde zijn hoofd bij Alexanders stroom van vragen.

'Deze middelen bevatten stuk voor stuk stoffen die ontstekingen tegengaan,' legde hij uit. 'Hoe sterker de wijn en de azijn, hoe beter het is.'

'Ik dacht dat er op pus moest worden gewacht?' wierp Ptolemaios op.

'De Egyptenaren denken daar anders over.' Telamon veegde met de rug van zijn pols het zweet van zijn wang. 'Zij zijn van mening dat een wond niet in zichzelf bederf bevat, maar dat een ontsteking ontstaat door de lucht en door vuil. Hoe schoner een wond is, hoe beter.'

Hij haalde een mes uit zijn kist en hield het boven de vlam. Zodra het heet aanvoelde, duwde hij het voorzichtig tegen het open vlees. De cavalerieofficier bewoog zich en kreunde in zijn kunstmatige slaap. Telamon werkte verder met het mes en vermeed zorgvuldig de plekken waar hij de hechtingen had aangebracht.

'De stomp is vlak en schoon.'

Telamon bracht nog meer wijn, azijn en honing op de stomp aan en wikkelde deze vervolgens zorgvuldig in linnen doeken.

'Moet dat niet veel strakker?' vroeg Alexander.

'Veel mensen doen het inderdaad anders dan ik,' antwoordde Telamon. 'Een arts in Italië leerde me dat een wond moet ademen, terwijl hij toch wordt beschermd. Egyptische geneesheren denken er net zo over.'

Eindelijk was het verbinden klaar. Telamon beval de ordonnans de wond 's ochtends, 's middags en 's avonds te controleren, met het voorgeschreven mengsel te wassen en met schoon verband te verbinden. Al het gebruikte verband moest worden verbrand. Daarop voelde hij de hartslag in de hals van de officier.

'Mooi! De hartslag is regelmatig en sterk,' verklaarde hij.

'En de alruin?' vroeg de ordonnans.

'Niet meer daarvan. Sterke wijn en papaverpoeder.' Hij wees naar de vuile troep rond de tafel. 'Breng de patiënt naar een schonere plek. Maak hier alles goed schoon met water, zout en azijn.' Hij keek naar Alexander. 'Ik ben klaar, heer. Ik heb gedaan wat ik kon.'

Telamon liep de tent uit en Alexander volgde hem.

'Ik heb gehoord dat je naar de manoeuvres hebt gekeken.' Alexander tikte met zijn sandaal op de grond. 'Het leger is er klaar voor!'

Ergens in het kamp ging een luid gejuich op.

'Ze hebben de vloot gezien,' merkte Alexander op. 'Honderdzestig triremen. Aan de andere kant van de zeestraat zal Parmenion de troepen verder leiden.'

'En wij?' vroeg Telamon.

'Wij maken onze eigen reis.' Alexander glimlachte. 'Een pelgrimstocht, een stukje naar het zuiden en dan naar Troje.' Hij stampvoette en keek naar de lucht. 'Ik heb gehoord dat er weer een dode is gevallen, Telamon. Je mag die soldaat dan misschien hebben gered, maar de spion doet gewoon wat hij wil in mijn kamp.'

'Er is geen bewijs van moord. Het kan een ongeluk zijn.'

Alexander draaide zijn hoofd om en keek Telamon cynisch aan. 'Jou vertrouw ik, Telamon,' mompelde hij, 'maar ik vertrouw niet iedereen.' Hij klapte in zijn handen om zijn lijfwacht dichterbij te laten komen. 'Ga je opknappen, geneesheer. Dat was een hele prestatie.' Hij prikte Telamon op zijn borst. 'Aristoteles zou trots op je zijn geweest. Laten we hopen dat je koning het ook is!'

Daarop draaide Alexander zich snel om op zijn hielen. Hij stapte weg met een arm rond Hephaistions middel en een arm op Ptolemaios' schouder.

'Schooljongens,' fluisterde Kassandra. 'Ze zijn net kinderen die een spel spelen.'

'Schooljongens zijn het niet,' antwoordde Telamon. 'Het zijn op bloed en glorie beluste krijgers die naar de rand van de wereld willen marcheren. Ze beschouwen het wel als een soort spel, een dodelijk spel. Misschien komt er een einde aan de moorden wanneer we de Hellespont zijn overgestoken.'

'Aan één soort moorden,' corrigeerde Kassandra hem.

'Ja, je hebt gelijk. Aan de andere kant begint het echte bloedvergieten pas.' Telamon pakte Kassandra bij de arm.

'Waar gaan we heen?' vroeg Kassandra.

'Ik wil Antigone een bezoek brengen in verband met Aspasia's dood.'

De priesteres was in haar tent. Selena lag te slapen op een van de bedden. Antigone was haar spullen aan het inpakken. Haar ogen waren rood omrand van het huilen. Ze droeg een simpele boerentuniek en haar weelderige haar hing los over haar schouders. Ze glimlachte tegen Kassandra, maar haar ogen werden hard toen ze Telamon zag.

'Ik ben dankbaar voor wat je voor Aspasia hebt gedaan.' Ze gebaarde naar de tentflap. 'Het is te vochtig om het lichaam hier te bewaren. De koning is zeer edelmoedig.' Haar stem droop van sarcasme. 'Hij zal de crematie regelen. De brandstapel zal kort voordat we morgenochtend vertrekken worden aangestoken.'

'Morgenochtend?'

'Niet over zee,' legde Antigone uit. 'Alexander heeft een aanval van bijgelovigheid gehad. De rest van het leger steekt de Hellespont over, maar Alexander trekt naar het zuiden, naar het schiereiland Elaious. Weet je wie daar begraven ligt?'

'Protesilaos. De eerste Achaiër die werd gedood in de Trojaanse oorlog. Men zegt dat zijn geest nog steeds rondwaart bij het graf,' antwoordde Telamon.

'Alexander en zijn huishouding – en daar hoor jij ook bij, Telamon – gaan offers brengen om deze geest gunstig te stemmen. Alexander is niet van plan te sterven op de eerste dag dat hij in Azië is.'

'Maar u zult wel blij zijn om terug te keren naar Troje.'

'Ik verheug me erop naar huis te gaan.'

Telamon keek naar een bundeltje kleren op een krukje.

'Van Aspasia,' legde Antigone uit. 'Ze was kinderlijk, zo opgewonden bij het vooruitzicht weer naar huis te gaan. Ze had alles al ingepakt.'

Telamon legde het bundeltje opzij en ging op het krukje zitten. Antigone stond tegenover hem. Ze was zo dichtbij, dat hij haar parfum kon ruiken.

'Ik zou je graag wat wijn aanbieden, maar ik heb niets.'

'Waar komen ze vandaan?' vroeg Telamon met een blik op de slapende Selena. 'Selena en Aspasia?'

'Het zijn Thessalische meisjes, maar ik beschouw hen als familie.' Antigone staarde naar Kassandra die naar de ingang van de tent was gelopen.

'Hoe lang zijn ze al bij u?'

'Vier of vijf jaar. Zij waren de eersten die vanuit Thessalië werden gestuurd. Koning Philippus koos hen zelf uit en betaalde voor hun overtocht naar Troje.'

'Waarom bent u gekomen? Ik bedoel hierheen? Naar deze oorlogsplek?'

'Dat heb ik je al verteld, Alexander heeft me ontboden.' Ze glimlachte. 'Wel, ik wilde ook komen. Het was jaren geleden dat ik Alexander had gezien. Bovendien moest ik de gidsen brengen en die onfortuinlijke kaartenmaker Kritias.'

'Gaan de gidsen er straks vandoor?'

Antigone vertrok haar gezicht. 'Dat zou kunnen. Ze zijn bang. Ze denken dat ze ten dode zijn opgeschreven. Aristandros houdt hen scherp in de gaten, wanneer hij tenminste niet om die dwerg zit te treuren.'

'Kende u Herakles?'

'Een druk en vervelend baasje, Telamon. Hij irriteerde de soldaten, vooral Ptolemaios. Herakles had een paar akelige gewoontes, zoals mensen beloeren wanneer ze aan het vrijen waren. Dat is een trekje waarmee je geen vrienden maakt.'

Telamon stond op en liep naar Selena. Hij legde zijn hand tegen haar wang, die warm en nogal rood aangelopen was.

'Perdikles heeft haar een slaapdrankje gegeven,' legde Antigone uit. 'Het komt wel weer in orde met haar. Ik had niet verwacht dat ze zo hysterisch zou worden, maar Aspasia en zij waren heel erg aan elkaar gehecht. Ik heb hen beiden ingewijd in de mysteriën.'

'Die meisjes uit Thessalië die zelf hun weg moesten zoeken naar uw tempel in Troje, hoeveel van hen zijn er omgekomen?'

Antigone kneep haar ogen samen. 'Philippus heeft het gebruik weer ingesteld als straf voor de Thessalische stammen die hij had verslagen.' Ze lachte schamper. 'Philippus geloofde niet in de goden, maar hij geloofde wel in geluk. Hij wist dat zijn legers op een dag door Troje zouden trekken. Hij wilde elke god te vriend houden, inclusief Athene.'

'En al die meisjes werden vermoord?'

Antigone glimlachte. 'Je begrijpt het niet goed. We weten niet eens of ze ooit zijn gekomen. Nee,' corrigeerde ze zichzelf, 'van die laatste twee weten we het wel. Ik heb tenslotte zelf de enige overlevende bij Alexander gebracht, maar de anderen? Meer geruchten dan feiten.' Ze haalde haar schouders op.

Kassandra riep van de ingang van de tent. 'Telamon, daar komt een boodschapper.'

Er kwam een page binnen.

'Uw aanwezigheid is vereist,' verklaarde hij gewichtig. 'De koning is in vergadering.'

'Wij allebei?' vroeg Antigone.

'U allebei, maar zij niet.' Hij wees met zijn duim over zijn schouder. 'Niet die roodharige merrie!'

Kassandra haalde naar hem uit, maar de jongen was te snel. Hij ontweek haar zwaaiende hand en rende brullend van het lachen de tent uit.

'Wat Alexander wil, krijgt Alexander!' mompelde Antigone. Ze wees naar Selena. 'Zeg maar tegen de koning dat ik zo snel mogelijk kom. Ik wil eerst een wachtpost hier hebben.'

Telamon verontschuldigde zich en ging.

'Welke indruk krijg je van haar?' vroeg hij Kassandra toen ze buiten gehoorafstand waren.

'Een toegewijde priesteres die woedend is over de dood van haar helpster. Dat is duidelijk te merken aan haar toon en de manier waarop ze zich gedraagt.'

'Ga terug naar onze tent,' zei Telamon dringend. 'Alexander is niet meer te houden – bij zonsopgang wordt het kamp opgebroken.' Hij wees op de steeds rumoeriger wordende strijdmacht. 'En blijf daar uit de buurt. Ze hebben iets te vieren!'

Kassandra stapte opzij en schudde haar vingers. 'Oh, maak je geen zorgen. Je schijnt te vergeten, Telamon, dat ik heb meegemaakt hoe Macedoniërs iets vieren!'

In het koninklijke paviljoen knielde Alexander – gewassen en omgekleed – op de grond met zijn generaals om hem heen. Ze bekeken kaarten en monsterrollen en er gingen allerlei documenten van hand tot hand. De koning tilde zijn hoofd op toen Telamon binnenkwam.

'We vertrekken morgen, Telamon. Bij zonsopgang.' Alexander knipoogde. 'Je moet om twee redenen in mijn buurt blijven. In de eerste plaats wil ik een stier offeren aan de zee, mijn geschenk aan Poseidon – en die kan maar beter onbezoedeld zijn. In de tweede plaats, en dat is geen geheim, lijd ik aan zeeziekte. Ik wil je bij de hand hebben. Ik wil niet dat de jongens zien hoe Alexander van Macedonië zijn ingewanden uitkotst.'

'In alle opzichten een echte nazaat van Achilles.'

'In alle opzichten! Een reïncarnatie van Achilles,' zei Alexander gevat. 'Ga zitten, Telamon. We vertrekken dus morgen. Ik wil dat je zorgt dat alles in orde is met die stomme stier. Het mag niet misgaan.' Alexander gebaarde naar Parmenion. 'Jij maakt de oversteek van Sestos naar Abydos en vandaar marcheer je naar het zuiden. We ontmoeten elkaar op de vlakte van Troje. Jij brengt alles voor de belegering en de wagens mee.'

'En dan?' vroeg Ptolemaios terwijl hij op een stuk vlees kauwde.

'Dan worden het stoffige dagmarsen en karige rantsoenen,' verklaarde Alexander kortaf. 'We zullen het Perzische leger opzoeken, er slag mee leveren en het verpletterend verslaan. Hoe eerder hoe beter! Ah, vrouwe.'

Alexander stond op toen Antigone, gekleed in haar gewaden van priesteres het paviljoen binnenkwam. Hij schopte Seleukos om een doorgang te creëren, haalde een krukje en nodigde de priesteres met een hoffelijk gebaar uit te gaan zitten.

Ze glimlachte. 'Ik ben geen soldaat, Alexander.'

'Nee, vrouwe, maar u bent de priesteres van Troje.' Alexanders gezicht gloeide van opwinding en zijn ogen schitterden zo, dat Telamon zich afvroeg of de koning soms koorts had. 'Achilles is vlak bij uw tempel begraven, is het niet?'

'Op een kaap met uitzicht op zee, ten westen van de stad,' beaamde ze.

'En uw tempel is in het bezit van zijn wapens?'

'Ja, die werden aan de tempel opgedragen door Agamemnon.'

Ptolemaios mengde zich in het gesprek. 'Dan moeten ze allang zijn verroest en vergaan!'

'Ze zijn goed bewaard en verzorgd,' antwoordde Antigone scherp. 'Opgeborgen in met pek bestreken zakken. Ik zal ze je laten zien.'

'Ik eis ze op als Achilles' afstammeling,' verklaarde Alexander. 'Als opperbevelhebber van Griekenland, als de wraak van Zeus op de arrogantie van de Perzen!'

'Je bent oppermachtig!' Antigone verhief haar stem terwijl ze de woorden van het orakel van Delphi herhaalde. 'Je bent oppermachtig, Alexander van Macedonië!'

'In ruil daarvoor zal ik mijn eigen wapens opdragen aan Athene,' riep Alexander. 'Om haar zegen te vragen voor deze heilige onderneming!'

Alexanders opwinding was aanstekelijk. Hij maakte zich niet langer zorgen over de oversteek van de Hellespont, maar was vervuld van toekomstige glorie. Hij zag zichzelf als de reïncarnatie van Achilles, de uitverkorene van de goden. Hij bladerde steeds opnieuw door de kaarten en gaf elk van zijn aanvoerders nauwkeurige instructies. Eventuele gevaren van de kant van de Perzische vloot wees hij kortweg van de hand. Er werd wijn geschonken en rondgedeeld, waarna de discussie steeds verhitter werd. Alexander stelde voor Troje te herbouwen, als eerbewijs aan de tempel van Athene. Plotseling brak hij zijn betoog af en grijnsde tegen Telamon.

'Je kunt nu wel gaan.'

Telamon stond op. Ook Antigone verontschuldigde zich en kwam overeind.

'Loop je even mee naar mijn tent?' vroeg ze.

Ptolemaios mompelde een schunnige opmerking. Sokrates, een van zijn aanvoerders, barstte uit in een rauw gelach, maar Alexander bracht hem met een blik tot zwijgen. Telamon negeerde hen en liep naar buiten met Antigone aan zijn arm.

'Ik zal blij zijn wanneer ik weer thuis ben. Ze zeggen dat het weer zich goed zal houden. Ik zou alleen willen dat Alexander zijn bijgelovige ideeën eens kon loslaten.'

'Hij is geagiteerd,' vergoelijkte Telamon. 'Al die moorden en die voortdurende verwijzingen naar zijn vader werken op zijn zenuwen, hij is overal voor op zijn hoede. Alexander wil strijd. Hij heeft nog meer tekenen van de goden nodig. Hij wil alle schaduwen en spoken die zijn dromen onveilig maken gunstig stemmen. Mag ik u een vraag stellen, vrouwe? Wat die meisjes uit Thessalië betreft, u hebt uzelf toch ooit beschreven als een luister-post voor Macedonië?'

'Dat klopt. Het was de bedoeling dat zij me daarbij hielpen.'

'En Aspasia en Selena?'

Antigone bleef staan bij het pad dat naar haar tent leidde. 'Zij ook!' Ze kuste Telamon op zijn wang. 'Maar nu zijn we misschien niet meer nodig.'

Telamon wenste haar goedenacht en liep op zijn gemak door de koninklijke enclave. Kassandra zat voor zijn tent met de wachtpost te praten. Hij bleef een poosje naar hen staan kijken, maar toen hij plotseling een luid geschreeuw en gegil hoorde, haastte hij zich terug naar Antigones tent. De priesteres lag op haar knieën voor de ingang. Ze had haar gewaad gescheurd en gooide stof over haar hoofd. Telamon duwde haar opzij en ging naar binnen. Selena lag op de grond. Er druppelde bloed uit haar mond, haar ogen stonden nietsziend in haar bleke gezicht. Tussen haar ribben was een gevleugelde Keltische dolk gestoken.

Hoofdstuk 10

Alexander stak de Hellespont over, bracht in Troje offers aan Athene en eerde de nagedachtenis van de helden die daar waren begraven, met name Achilles.

Plutarchus, Levens, Alexander

'Poseidon, almachtige heerser over de golven! Gebieder van de stormen! Berijder van de winden!'

Telamon zette zich schrap tegen het slingeren van het oorlogsschip en staarde naar de zestig triremen die het escorte vormden van Alexanders vlaggenschip *De leeuw van Macedonië*. De zeilen waren opgevouwen, de ankerstenen lagen hoog opgestapeld op de voorsteven. De zeebries was fris en zilt. De zon scheen fel op het dek en liet het vergulde boegbeeld van Athene glinsteren. Om het schip heen dromde de vloot, althans die triremen die niet met Parmenion waren meegegaan voor het transport van de rest van Alexanders leger naar Abydos. Zwart, gestroomlijnd als alen, met een opgeschilderd rood oog net onder de voorsteven die van alle schepen naar de Aziatische kust in de verte was gewend, had de oorlogsvloot wel iets van een troep wolven. Telamon hield zich vast aan het hakkebord.

'Het ene offer na het andere, hè?' fluisterde Kassandra.

Dat klopte. De vorige dag had Alexander zijn hoofdleger verlaten. Hij was naar het zuiden gemarcheerd waar hij op het schiereiland Elaious offers had gebracht en eer had bewezen aan Protesilaos. Daarna waren ze scheep gegaan. Nu, met de kust van Azië in zicht, was Alexander vastbesloten aan de goden te offeren, zeeziek of niet zeeziek. Telamon keek gespannen toe terwijl de zwaar verdoofde sneeuwwitte stier over het dek werd geleid. De priesters kwamen naar voren, er werd wierook gebrand, het toefje haar tussen de horens van de stier werd afgesneden en in de schaal met vuur op het geïmproviseerde altaar net onder de voorsteven gestrooid. De stier stribbelde enigszins tegen. Telamon en de anderen, op enkele meters achter Alexander, hielden hun adem in.

'Oh goden!' mompelde Ptolemaios. 'Het laatste waar we op zitten te wachten, is een losgebroken stier!'

De priesters hielden de kop van het dier achterover en Alexander sneed hem behendig de keel door met een kopis, een gebogen offermes. De doodskreet van de stier werd verwelkomd met geschreeuw en gejuich terwijl het warme, gutsende bloed werd opgevangen in een zilveren schaal. Alexander volbracht het offer in volle wapenrusting met een purper-met-grijze mantel om zijn schouders en een lauwerkrans op zijn hoofd, te midden van wolken wierook en de zoete geuren van mirre, hars en cassia. Het dek was overstroomd met bloed. Soldaten en zeelui doopten hun vingers erin en trokken een streep over hun voorhoofd, begerig om deel uit te maken van dit succesvolle offer aan de goden. Inmiddels waren de slagers al bezig het dode dier vakkundig in stukken te snijden, terwijl matrozen gewapend met leren emmers vol zeewater het dek begonnen te schrobben. Alexander keerde zich om naar zijn huishouding. Met stralende ogen hief hij zijn handen op.

'We hebben offers gebracht, de goden hebben geantwoord, de overwinning is verzekerd!'

Er klonk een trompet. Ergens diep in de trireem begon een trom te slaan. De roeiriemen gingen omlaag. Alexanders purperen embleem werd geheven. De vloot van oorlogstriremen en begeleiders vertrok naar de Aziatische kust.

'Hij had acteur moeten worden,' mompelde Kassandra. 'Hij geniet werkelijk van elke seconde.'

De andere aanvoerders omringden Alexander om hem te feliciteren. Er werden signalen gegeven aan de schepen, die prompt dichterbij kwamen. De lucht was vol geluid van trompetten en trommels. Vaandels werden geheven en de aanstekelijke opwinding greep om zich heen. De mannen dromden samen langs de zijkanten en op de voorsteven, speurend naar de haven van de Achaiërs, de plek waar Agamemnon en zijn leger waren geland om de beroemde stad Troje te plunderen en plat te branden.

Kassandra, die achter Telamon stond, hield haar mond niet. 'Ik heb een interessant verhaal gehoord over de minnaar Leandros die regelmatig bij Abydos in de Hellespont sprong om naar Hero te zwemmen, zijn geliefde in Sestos. Ze was een priesteres van Aphrodite en wees hem altijd met een lamp de weg.'

'En wat gebeurde er?' vroeg Telamon. Hij draaide zich niet om, want hij keek naar Alexander die de kapitein instructies gaf.

210

'Op een nacht ging het zo misten dat het licht van de lamp werd versluierd. Leandros verdronk en Hero pleegde zelfmoord.'

'Kan een mens de Hellespont overzwemmen?' vroeg Telamon.

'Het is maar een afstand van drie en een halve kilometer en het is eerder gedaan. Zeelui noemen het een rivier in plaats van een zee. Ze zeggen dat er volop vis in zit, maar ik denk niet dat Alexander daar veel tijd aan zal besteden. Kijk eens!' Ze wees en de arts kon in de ochtendnevel een vooruitspringende kaap onderscheiden.

'Sigeion,' zei Kassandra. 'De klippen van Troje.'

'Waar Achilles en Patroklos zijn begraven?'

'Het is ook de plek waar Agamemnon zijn eerste vuurbaken aanstak om zijn vrouw Klytaimnestra te laten weten dat Troje was gevallen. Hij wist niet dat Klytaimnestra van plan was hem te vermoorden. Ach ja.' Kassandra zuchtte. 'Denk je dat de Perzen ons aan de andere kant van die klippen staan op te wachten?'

De arts schudde zijn hoofd. Hij keek hoe de roeiriemen omhoog en omlaag gingen op de maat van de stuurmanstrommel. Hij zette zich schrap terwijl het schip zijn snelheid verhoogde.

'De Perzen zullen geen confrontatie met ons aangaan. Ze willen dat de uitgestrektheid van hun land ons opslokt, zoals een vogel dat met een mug doet.'

'En zal dat lukken?'

'Misschien worden we als Xenophon en marcheren we heen en weer,' zei Telamon.

'Hoe komen we weer thuis?'

Niet dat Kassandra zich daar zorgen over maakte, ze probeerde alleen de onverstoorbare arts met zijn strakke gezicht te bestoken. Hij fascineerde haar. Een man die zijn gevoelens verborg, een arts die levens kon redden, een banneling die bevriend was met en begunstigd werd door een koning. Telamon de koele die af en toe ook zo aardig kon zijn.

'Ik geloof niet dat we ooit naar huis zullen gaan.'

Een zeemeeuw scheerde langs de voorsteven. Telamon dacht aan een verhaal van zijn vader over zeemeeuwen die de zielen waren van dode zeelui.

'Als Alexander de overwinning behaalt, marcheert hij door tot de rand van de wereld,' zei hij.

'En als hij wordt verslagen?' vroeg Kassandra.

'De Perzische schepen zullen in deze wateren op de loer lig-

211

gen. Degenen van ons die ontsnappen, zullen net als Leandros voor hun leven moeten zwemmen. Maar we zullen Troje verlaten aantreffen en Alexander kan Achilles spelen zoveel zijn hart begeert.'

Telamon dacht onwillekeurig aan Antigone, die onder een leren zonnescherm op de achtersteven zat. De priesteres leek kalm en beheerst. Haar gezicht was nog steeds enigszins bleek, haar handen lagen in haar schoot, haar ogen waren gesloten en ze was blijkbaar verdiept in gebed. Telamon keek naar een schip met een voorsteven in de vorm van een griffioen dat laag en zwart door het water sneed. Alexander was woedend geweest over Selena's dood. De moord op een dienares van Athene was een slecht voorteken. Haar dood werd geheimgehouden en haar lichaam was nog diezelfde avond verbrand. Aristandros en Telamon hadden beiden de wind van voren gekregen omdat ze te weinig succes boekten.

Alexander had hen ontboden en met een grimmige uitdrukking op zijn gezicht naar hun verklaringen geluisterd. Achter hem stonden Ptolemaios en de twee artsen Perdikles en Nikias. Het was duidelijk dat ze alledrie genoegen schepten in Telamons vernedering.

'Wat is dit?' had de koning rood van woede geschreeuwd. 'Is deze moordenaar een of andere doodsengel? Kan hij zich door mijn kamp bewegen en aanraken wie hij wil met zijn zwarte, gevederde vleugels? Zit jij achter al deze moorden, Aristandros?'

Hij had beschuldigd en gescholden tot hij het beu was. Toen was hij met handgebaren van minachting weggestampt. Als het zijn bedoeling was geweest Aristandros bang te maken, dan had hij succes. De geheimenbewaarder protesteerde in alle toonaarden, maar, zoals hij stilletjes aan Telamon bekende, hij begreep niets van Selena's dood. Antigone was naderhand bekomen van haar smart. De wachtpost die dienst had bij haar tent bezwoer luidkeels zijn onschuld.

'De priesteres was weggegaan,' luidde zijn verklaring, 'en ik tilde af en toe de tentflap op en keek naar binnen. Het jonge meisje sliep op het bed met haar rug naar me toe. Ik zag niets ongewoons. Er is niemand in de buurt van de tent geweest.'

Telamon had de plek van de moord onderzocht. De tent had slechts één ingang en net als bij de andere moorden had geen moordenaar door of onder de tenthuiden naar binnen kunnen kruipen. Selena was genadeloos en vakkundig vermoord. De dolk was met kennis van zaken onder haar ribben gestoken tot recht in haar hart. Haar lichaam was al koud geweest, het bloed gestold. Telamon ging ervan uit dat de vrouw minstens een uur en misschien zelfs langer voordat ze werd gevonden was vermoord. De wachtpost had de ontdekking van het lichaam beschreven. Vrouwe Antigone was bij de tent gekomen, hij had de flap voor haar opgetild en samen hadden ze het lijk op de grond zien liggen. Selena's kleding was doordrenkt van bloed, evenals het linnen beddengoed en de stromatras. Er waren geen sporen van een worsteling of van verzet. Alleen de gruwelijke dood, de openstaande, met bloed gevulde mond, de halfgeopende ogen, de wrede dolk en, onder het bed, een rolletje perkament met de veelzeggende, inmiddels overbekende boodschap, deze keer lichtelijk veranderd: De stier is bereid voor het offer, de moordenaar wacht, alles is klaar.

Samen met Aristandros had Telamon zowel Antigone als de wachtpost grondig ondervraagd. Hun verhalen kwamen overeen. Selena sliep toen Antigone wegging. Er was niemand bij de tent geweest. Toen de priesteres terugkwam, lag het lijk op de grond. De wachtpost kon zich niet herinneren wanneer hij voor het laatst naar binnen had gekeken.

'Ik vond het moeilijk. Ik bedoel, ze was een tempeldienares. Ik wilde niet worden beschuldigd van gluren,' had hij met een zenuwachtige glimlach beweerd.

Telamon wreef in zijn ogen en rukte zich los uit zijn bespiegelingen. Hij veegde de zilte druppels van zijn gezicht. Hij had gisteren iets gezien dat hem bezighield, maar zijn geest was moe, hij kon zich het fijne ervan niet herinneren. Het was alsof hij naar een manuscript staarde – hij herkende de woorden, maar begreep hun betekenis niet. Hij werd afgeleid door een schreeuw van de uitkijk op de voorsteven. De klippen waar de beroemde haven van de Achaiërs lag, waren in zicht. Alexander greep het roer en zijn vlaggenschip schoot als een pijl richting kust. De peilers op de voorsteven gooiden hun met stenen verzwaarde touwen uit en orders werden doorgegeven. Het bonzende ritme onder het dek hield op. Er werd slechts één rij roeiriemen gebruikt en de andere schepen hielden in. Telamon voelde de opwinding. Dit was Azië, het beroemde Troje, de schatkamer van Perzië!

Met hulp van de roerganger hield Alexander de voorsteven op koers. Bevelen klonken, de roeiriemen kwamen omhoog en de kiel trilde toen de trireem over de zandige kiezelbodem schuurde en snelheid verloor. Alexander liet het roer weer over aan de stuurman en rende over het dek. Hephaistion stond al op de voorsteven te wachten met een werpspies in de hand. Alexander greep het ding en gooide het zo ver mogelijk weg. De spies beschreef een boog door de lucht en boorde zich, onder luid gejuich van de bemanning, in het zachte zand van het strand.

'Ik krijg Azië als een gift van de goden!' schreeuwde Alexander. 'Mijn prijs voor het speerwerpen!'

Zijn woorden werden verwelkomd met een gebrul van instemming. De kiel van het schip groef zich diep in het zand, de voorsteven kwam trillend uit het water en sneed door het kiezelstrand. Ten slotte lag het schip stil, het water klotste tegen de achtersteven die licht werd opgetild door de deining van de golven. Alexander, schitterend uitgedost in zijn volle wapenrusting, trok zijn zwaard, sprong van de voorsteven en marcheerde als een zegevierende held over het strand om zijn speer op te halen. Hij keerde terug met opgeheven armen, zijn speer in de ene hand en zijn zwaard in de andere. Zo zag hij eruit als wie hij wilde zijn – de nieuwe Achilles, de god van de oorlog, de opperbevelhebber van heel Griekenland die zijn rechtmatig eigendom kwam opeisen. Dit theatrale gebaar lokte nieuw gejubel uit. De kleine baai weerklonk van het gekletter van wapens, zodat de zeevogels krijsend wegvlogen. Alexanders aanvoerders bekeken ondertussen met arendsorgen de toppen van de klippen, maar het zag er niet naar uit dat zich daar tegenstanders bevonden. Geen spoor van cavaleristen of speerdragers, geen glimp van een Perzische mantel of de glinstering van een vaandel. De kust was verlaten! Nu liep ook de rest van de vloot binnen. Masten werden neergehaald en roeiriemen opgetild. Twee schepen liepen op onder water gelegen rotsen, maar er waren geen verliezen. Mensen, dieren en bagage werden veilig aan land gebracht.

Verkenners werden uitgestuurd en het vuur werd in aardewerken potten aan land gebracht, zodat er kampvuren konden worden aangestoken. Sommige slimmeriken hadden onderweg vis gevangen, die al snel boven de vlammen werd geroosterd. Alexander gaf zijn manschappen de gelegenheid zich te herstellen van eventuele zeeziekte, terwijl de triremen werden klaargemaakt om weer uit te varen zodra de wind draaide. Er klonk een trompetstoot en de commandanten bewogen zich door het kamp met de boodschap dat de verkenners waren teruggekeerd en dat er geen vijand te bekennen viel.

'Het is goed gelukt!' merkte Ptolemaios op toen hij Alexander langs een smal, kronkelend pad naar de top van de klippen leidde. 'De goden zij dank! Een groep vrouwen met spinrokken had ons kunnen tegenhouden!'

Telamon was blij het strand te kunnen verlaten. Hij haalde diep adem toen hij uitkeek over de winderige, met bomen bezaaide vlakte die naar Troje voerde. Het landschap leek te slapen onder de brandende zon. Niets dan grasland, olijfbomen en eiken. De wilde bloemen, waarvan hij sommige niet herkende, zagen er fleurig uit in hun uitbundige voorjaarsbloei. Verderop kreeg hij de met sneeuw bedekte, wolkeloze bergtop van de Ida te zien, evenals enkele dichte bossen, de glinstering van een rivier en de zwarte rook van een paar afgelegen boerderijen.

Alexander liep opgewonden heen en weer, citeerde regels uit de *Ilias* van Homeros en wees naar verschillende beroemde plekken om hen heen. Ten slotte wist Hephaistion hem zover te krijgen dat hij wat kalmeerde en zijn wapenrusting uittrok. Er werden paarden gebracht en beschermd door een muur van verkenners ging Alexander aan het hoofd van zijn leger over het stoffige witte pad tussen de bomen, over de vlakte en de stille heuvel, op weg naar de ruïnes van Troje. Bij hun nadering verschenen er boeren die brood en fruit als geschenken brachten of alleen maar met grote ogen nieuwsgierig stonden te kijken. Toen Alexander hen begroette als hun redder, hieven ze hun handen en ging er een onsamenhangend gejuich op.

Ten slotte bereikte het leger de zoom van de ruïnes – resten van dikke muren, lanen, ingestorte poorten, zuilen en grafheuvels. Een en ander was overwoekerd door gras of een dikke laag mos.

Alexander genoot. Hij wees in de verte om de rivier de Skamandros aan te duiden en de vermeende plekken waar een aantal gevechten uit de Trojaanse oorlog had plaatsgevonden. Troje zelf stelde teleur, het was nauwelijks meer dan een dorp van primitieve huisjes en hutten tussen de ruïnes. Telamon kon er niets heldhaftigs, homerisch of indrukwekkends in zien, maar hij hield net als de rest zijn gedachten voor zich terwijl Alexander het hoogste woord had en teksten uit de *Ilias* bleef citeren.

Uiteindelijk bereikten ze het grote plein, omringd door ruïnes en bouwvallige huizen. Sommige inwoners spraken een ruw soort Grieks, maar ze waren meer geïnteresseerd in wat ze konden verkopen, dan in de komst van het leger. Alexander steeg af en hielp daarna Antigone bij het afstijgen. Hij knipte met zijn vingers en wenkte Telamon.

'Weet u zeker dat het goed met u gaat, vrouwe?'

Antigone's gezicht was somber en bleek. Ze knikte met opeengeperste lippen en trok de kap van haar mantel over haar hoofd.

'Kan Telamon iets doen?' vroeg Alexander bezorgd.

Ze schudde haar hoofd. Alexander wilde nog meer vragen, maar op dat moment kwam er een groepje mensen uit een van de zijstraten. Voorop liep een oude priester die een staf in zijn ene hand droeg en een in een vod gewikkelde pot met gloeiende wierook in de andere. Achter hem liet een jongen een bel klingelen. De vreemde processie zocht haar weg over het plein en werd begroet met onderdrukt gelach van de kant van Alexanders entourage – waar de koning prompt met een woedende blik een einde aan maakte. De plaatselijke hoofdman kwam naar voren met een opzichtig kussen waarop een met goudverf besmeerde laurierkrans lag. Hij boog voor Antigone. Knipperend met zijn waterige ogen probeerde hij een speech te houden, maar zijn tong leek te groot voor zijn mond. Telamon vermoedde dat de man zich op deze gelegenheid had voorbereid door zoveel wijn te drinken als zijn vette buik maar kon bevatten, want hij stond te zwaaien op zijn benen. Hephaistion was al naar hem op weg. Antigone zei iets op scherpe toon en de man duwde het kussen in Hephaistions richting. De vriend van de koning pakte de vergulde krans en hield het ding omhoog alsof het de kroon van Azië was, voordat hij het voorzichtig op Alexanders hoofd legde. De koning drukte de krans stevig aan en stapte weer op zijn paard. Hierdoor aangemoedigd kwamen de stadsbewoners en de boeren dichterbij. Alexander trok zijn zwaard en verklaarde dat hij was gekomen om hen te verlossen van de Perzische tirannie, om de democratie te herstellen en om alle vredelievende Grieken te bevrijden. De inwoners lieten onder leiding van hun hoofdman een flauw gejuich horen. Ptolemaios en de rest hielden hun hoofd gebogen, terwijl hun schouders schudden. Telamon wierp een blik op Kassandra, die verwoed op haar lip beet. Zelfs Antigone vertoonde een hooghartige glimlach. Alexander ging echter volledig op in de glorie van het moment.

'Uw tempel, vrouwe. Daar zullen we eer bewijzen!' Hij wees naar de nauwe straat waaruit de processie was gekomen. Daarop trok hij aan de teugels en reed met Antigone naast zich door het met keien verharde straatje. Hier en daar stonden huizen tussen met mos begroeide ruïnes van muren en ingestorte paleizen. Het was moeilijk voor te stellen hoe rijk en trots het hof van Priamos moest zijn geweest of hoe de met goud versierde strijdwagens van Hektor door deze puinhopen hadden gereden. De smalle straat kwam uit op een plein waar een drukke markt werd gehouden. De kraamhouders dreven als bezetenen handel met de boeren van buiten de stad. De lucht was bezwangerd met de geuren van paardenmest, specerijen, rottend fruit en vuren waarop werd gekookt.

Alexander gaf een teken, waarop een heraut zijn trompet hief en drie schelle tonen liet horen. De markt viel stil. Alle ogen werden gericht op het begin van de straat. Alexander steeg af, liet het aan de toesnellende paardenknechten over om de teugels te grijpen en leidde zijn groep plechtig naar de tempel van Athene — een sjofel, groezelig gebouwtje met afbrokkelende traptreden naar een door zuilen ondersteunde portiek. Erboven bevond zich een fronton waarop Athene in wapenrusting was afgebeeld. Door de openstaande deuren van het schaduwrijke gebouw waren tempeldienaren zichtbaar die haastig voorbereidingen troffen. Een van hen was de trap nog aan het schoonvegen, zo plotseling en onverwacht was Alexanders komst.

Antigone liep voor de koning uit. De inwoners van de stad begroetten hun priesteres met gejuich en applaus, maar Alexander vatte dit op als een teken van bijval voor hemzelf. Telamon en anderen volgden hem de trap op, en kwamen via het voorvertrek in het lange, rechthoekige heiligdom met aan weerszijden een rij zijbeuken en aan het uiteinde een hoog oprijzend beeld van de godin Athene, uitgerust met helm, speer en schild.

Alexander brandde haastig wierook voor het beeld, want hij was meer geïnteresseerd in de met pek bestreken zware leren zakken die er aan beide kanten naast hingen. Op bevel van Antigone haalden de tempeldienaren de zakken naar beneden, en toen ze de touwen losmaakten kwam er een buitengewoon indrukwekkende wapenrusting te voorschijn. De wapens vormden een schril contrast met de sjofele omgeving. Het gouden kuras was naar de spieren van een man gevormd en voorzien van met zilver versierde banden en schouderbeschermers. De scheenplaten waren aan de binnenkant gevoerd met zacht leer en aan de buitenkant afgezet met zilver en goud. De rode strijdrok had een achtergrond van witte stof en elke reep leer was versierd met zilveren medaillons. Het schild had een binnenkant van zacht leer met zilveren banden en een buitenkant van vijf lagen geslagen goud met in het midden een groot zilveren medaillon waarop het afgeslagen hoofd met het rondwarrelende haar van Medusa was afgebeeld. De schitterende helm was Korinthisch – met een zilveren helmkam van paardenhaar – en de brede oor- en neuskleppen waren niet van metaal, maar van kostbaar donkerrood leer.

'De wapens van Achilles,' kondigde Antigone aan.

Telamon en de anderen staarden er vol ongeloof naar. De wapenrusting was kostbaar en zonder enige twijfel het werk van een vakman. Ondanks haar verdriet was de priesteres zich bewust van hun scepsis, maar Alexander was zonder meer overtuigd. Telamon diepte iets uit zijn geheugen op. Volgens de *Ilias* had de god Hephaistos deze wapens vervaardigd na de dood van Patroklos, toen Achilles zich voorbereidde op het dramatische, wraakzuchtige tweegevecht met Hektor.

Ptolemaios was sceptisch. 'En deze wapens moeten honderden jaren oud zijn? Ze zien eruit alsof ze gisteren zijn gemaakt!'

Telamon dankte in stilte de goden dat Kassandra er niet bij was – haar luide, spottende lach zou haar het hoofd kunnen kosten. Alexander had de opmerking van Ptolemaios kennelijk niet gehoord, zo gehypnotiseerd was hij, terwijl Antigone ervoor koos het cynische gemompel van de koninklijke metgezellen te negeren.

'Ze zijn voor jou, Alexander,' verkondigde ze neerslachtig maar duidelijk. 'Opperbevelhebber van Griekenland, afstammeling van Achilles!' Ze keerde zich tot de rest van de groep als om hun twijfels de kop in te drukken. 'Ik kan alleen maar zeggen wat ik weet. Deze wapens zijn altijd verborgen gehouden en doorgegeven van de ene priesteres op de andere.' Ze glimlachte zwak. 'Toegegeven, ze zijn gerepareerd, omgewerkt en vernieuwd, maar het zijn nog altijd de wapens van Achilles.'

Alexander was al aan het passen. De helm was een beetje te groot en hij mompelde iets over een kap eronder dragen. Het borstharnas paste precies. Alexander tilde het schild op – het medaillon ving het licht dat door de smalle ramen naar binnen stroomde en glansde als een zilveren munt. Alexander had een kleur van opwinding, zijn ogen straalden en hij leek er al van te dromen dat hij de nieuwe Achilles was. Hij bedankte de priesteres afwezig en zwoer haar zijn eigen wapenrusting aan Athene te zullen opdragen. Bovendien beloofde hij een nieuwe tempel te bouwen en Troje in al zijn glorie te herstellen.

Seleukos hield zijn gegniffel in, Ptolemaios sloeg zijn ogen ten hemel. Antigone verdween in de schaduwen en Alexander nam haar rol over als koning-priester. Zijn eigen wapenrusting werd gebracht en aan de voet van het beeld neergelegd. Er werd nog meer wierook gebrand en toen haastte Alexander zich de tempel uit in zijn nieuwe spullen.

Hij stond erop alle heiligdommen in Troje te bezoeken. Er werd een geïmproviseerd altaar opgericht op het marktplein en daar offerde Alexander aan Zeus, aan Apollo, aan Athene en aan Herakles. Hij bezocht de plek waar Achilles' zoon de keel van Priamos doorsneed en bracht nog meer offers. De troepen die hij had meegebracht, waren vergeten. Hephaistion overlegde stilletjes met Ptolemaios en generaal Sokrates werd weggestuurd om een kamp op te slaan. Onder leiding van Alexander bezocht het koninklijk hof de hele middag lang elke belangrijke plek in Troje. Kooplieden en winkeliers werden als potentiële gidsen meegesleept door Alexanders enthousiasme. De algehele opwinding groeide nog door zijn vrijgevigheid. Alle verhalenvertellers, minstreels en oplichters van het stadje werden erdoor aangetrokken als vliegen door een brok rauw vlees. Ze waren stuk voor stuk begerig hun verhaal te vertellen.

'Heer, dit is de poort waardoor Hektor met zijn strijdwagen reed.'

'Mijn heer koning, dit is de plaats waar Hektor stierf.'

'Precies op deze plek verkrachtte Ajax Kassandra en pleegde hij zelfmoord, heer.'

Alexander dronk het allemaal in alsof het de zoetste wijn was. Eén ondernemende winkelier maakte het echter te bont. Hij drong Alexander een krakkemikkige lier met gebroken snaren op.

'Heer, dit is het instrument waarop Paris speelde voor de goudharige Helena. Vergeet u niet dat Paris ook Alexander heette!' voegde de man er nog aan toe. De koning keek hem woedend aan en duwde hem opzij.

Telamons mond was droog van het stof en zijn benen deden pijn. Hij kreeg er genoeg van zich steeds regels uit de *Ilias* te moeten herinneren. Hij probeerde weg te glippen, maar Alexander greep hem bij zijn arm en sleepte hem terug, alsof hij wel vermoedde dat hij door Ptolemaios en de rest stilletjes werd uitgelachen.

Met Telamon aan de ene kant en Hephaistion aan de andere, draafde Alexander door, zonder te eten of te drinken. Hij leek ongevoelig voor de brandende zon, het stof, de zwermen vliegen of een behoefte aan rust. Verzen uit de *Ilias* tuimelden over zijn lippen. Als enige concessie aan de zware inspanning trok hij op een gegeven moment Achilles' wapenrusting uit. Het schild bleef hij dragen, maar de rest werd verdeeld onder de anderen, inclusief Telamon. En zo deden ze de ronde op de Trojaanse heuvel. Ten slotte bereikten ze de wilde, klaverkleurige velden die zich uitstrekten tot de vooruitspringende kaap ten westen van Troje. Hier bleef Alexander staan en op aandringen van Ptolemaios werd er met water verdunde wijn in beschadigde bekers geschonken.

Terwijl Telamon zijn keel en mond spoelde keek hij om zich heen. De paar overgebleven metgezellen van de koning werden zorgvuldig geschaduwd door een groep zwaarbewapende koninklijke lijfwachten. De rest was afgevallen. Telamon glimlachte stilletjes om de manier waarop Aristandros zich onzichtbaar had gemaakt.

Alexander knipperde met zijn ogen en veegde het zweet van zijn gezicht. 'Ik dacht dat er meer was,' mompelde hij terwijl zijn vreemde, enigszins uitpuilende ogen Telamon bestudeerden. 'Hier heb ik altijd aan gedacht. Als jongen droomde ik er al elke nacht van dat ik zegevierend naar Troje zou marcheren.' Hij haalde diep adem. 'Maar nu ben ik moe.'

Ptolemaios juichte zachtjes.

Alexander duwde Telamon zijn beker in de hand. Hij trok zijn mantel, zijn tuniek, zijn sandalen en zijn lendendoek uit en stond naakt voor hen. Zijn lichaam was bedekt met een stoffige zweetlaag, maar hij had geen last van schaamte.

'Breng me olie! En een bloemenkrans!' beval hij.

Een lijfwacht haastte zich weg om het gevraagde te halen. Alexander begon zijn spieren los te maken als een atleet. Niemand durfde te vragen waarom. Ptolemaios gluurde naar Telamon.

Alexander draaide zich om. 'Ik ga hardlopen. Hebben jullie de *Ilias* niet gelezen? Hoe Achilles en Patroklos naakt op wolven jaagden?'

Hij wees naar twee grafheuvels, op enige afstand van elkaar op de kaap.

'De graven van Achilles en Patroklos,' kondigde hij aan. 'Hephaistion, ga je met me mee?'

'We gaan met z'n allen,' zei Ptolemaios. 'Je wilt zeker een wedren houden?'

'Ja, als eerbetoon aan mijn voorouder,' antwoordde Alexander. 'Zoals de helden deden in de tijd van Homeros.'

Hij pakte het flesje olie aan van de wachter, die de bloemen naast hem op de grond legde. Ook de rest kleedde zich nu uit als atleten die zich voorbereidden op een wedren. Ptolemaios, klein, gedrongen en pezig. Hephaistion, donker en zwaargebouwd. Seleukos, licht van haar en propperig.

'Net als in Miëza!' verklaarde Alexander. 'We gaan hardlopen zoals we dat altijd deden bij zonsopgang. Gelukkig dat Kleitos hier niet bij is. Hij zou ons laten lopen tot we erbij neervielen.'

'Ik dacht dat ze samen waren begraven,' zei Telamon.

Alexanders gezicht betrok. 'Wie?'

'Achilles en Patroklos. Herinner je je het laatste boek van de *Ilias*?' Telamon sloot zijn ogen en citeerde het vers: '"Laat daarom één enkele kruik, de gouden urn met twee oren, die je moeder me heeft gegeven, de as van ons beiden bevatten." Zijn dat niet Achilles' woorden? En in de *Odyssea*, waar de rondzwervende Odysseus Agamemnon in de Hades bezoekt? Beschrijft Agamemnon daar niet hoe Achilles en Patroklos samen werden begraven? Waarom zijn er dan twee grafheuvels?'

Alexander greep Telamons pols en kneep hem in zijn vel. 'Misschien zijn ze samen begraven en werd die andere heuvel opgericht als een gedenkteken. Hoe dan ook, we gaan hardlopen en ik zal winnen.' Alexander gluurde vanuit zijn ooghoek naar zijn metgezellen.

Telamon en de rest van het gevolg zagen tot hun verbijstering dat Alexander rap als een haas over de vlakte snelde, zijn weg ploegde door het hoge gras en de helderrode klaprozen verpletterde. Ptolemaios en de anderen volgden lachend en schreeuwend, met zwaaiende armen en wapperende haren, maar niemand haalde Alexander in. De gedaanten verdwenen in de verte. Ze bereikten de grafheuvels en renden driemaal om elk van beide heen. Telamon zag dat Alexander elke heuvel beklom om olie te plengen en bloemen te strooien. Toen renden ze weer terug. De lijfwachten juichten.

Telamon vond het welletjes en ging terug naar de stad. Hij kwam terecht op het marktplein en liep rond om bij de verschillende kramen te kijken. Alles wat eetbaar was, was al opgekocht door de kwartiermeesters. Telamon bleef staan bij een kraam van een eenogige eigenaar die luidkeels de prijzen van zijn kruiken en kistjes noemde.

'Het werk van plaatselijke ambachtslieden,' verklaarde Eenoog. 'Bent u soldaat, heer? Nee, u kunt geen...'

'Ik ben arts en zoek altijd naar kistjes om instrumenten, potjes en drankjes in op te bergen.' Nieuwsgierig pakte hij een van de kistjes op.

'Slechts een paar obool, heer, minder dan een drachme.'

Telamon bestudeerde het kistje aandachtig. 'Wordt dit hier in de buurt gemaakt?'

'Ik zou graag nee zeggen, heer, maar ik zie dat u er verstand van hebt. Ja, door een timmerman met een klein bedrijf buiten Troje. Hij verkoopt ze aan mij, ik verkoop ze aan u.'

Telamon betaalde, nam het kistje mee en liep naar de tempel. Daar was geen spoor van Antigone. Een oude tempelwachter met een afhangende mond en dromerige ogen vertelde hem dat het huis van de priesteres in een kleine tuin achter de tempel lag. De man kwam overeind en bood aan hem rond te leiden.

Telamon bedankte hem, maar antwoordde dat hij liever alleen ging. Hij liep een poosje door de tempel, maar deze verschilde weinig van veel andere heiligdommen waar hij was geweest. De lucht rook nog naar de wierook van Alexander. De wapenrusting van de koning en de met teer bestreken zakken waren verdwenen. Telamon ging onder het beeld staan en keek om zich heen. Hij kon zich haast niet voorstellen dat een vrouw die zo verfijnd en waardig was als Antigone dienstdeed in een heiligdom als dit. Ten slotte liep hij terug naar het voorvertrek. Voordat hij weer naar buiten ging, haalde de portier een dikke rol perkament uit een kistje dat op slot was geweest.

'Zet uw naam, heer. Schrijf uw naam op en win de gunst van Athene.'

Telamon herkende het ritueel. Hij wilde geen aanstoot geven en dus overhandigde hij de man een muntstuk. De portier legde de van een leren achtergrond voorziene rol op de grond, samen met een inkthoorn en een schrijfstift gemaakt uit een ganzenveer. Telamon rolde het perkament af en schreef de datum en zijn naam op. Nieuwsgierig ontrolde hij de rest van het perkament daarna op de grond. Het viel hem op dat er de voorafgaande maanden weinig bezoekers waren geweest, maar één naam trok zijn aandacht: die van Kleon. Telamon herkende ook de naam van

Phipippus, Alexanders vader, en nog een naam die onbeholpen was neergekrast.

'Wat is er aan de hand, heer?'

'Oh niets, niets.' Telamon kwam overeind en de portier rolde het perkament weer op. Toen Telamon uit de tempel kwam, begon de zon onder te gaan en de wind werd kouder. Hij liep langs de zijkant van de tempel. Het huis van de priesteres lag achter de muur van een binnenhof, hij kon de rode dakpannen zien. Hij bleef staan bij een poort en duwde deze zachtjes open. Zo kreeg hij een kleine tuin te zien met in het midden een fontein in de vorm van een nimf. Antigone zat op een bank met haar rug naar hem toe. Hij wilde net haar naam roepen, toen hij haar schouders zag schokken en hij realiseerde zich dat ze huilde. Hij wilde haar niet storen, dus hij deed de poort weer dicht en besloot zijn tent op te zoeken.

Telamon slenterde het stadje door, passeerde de ingestorte stadspoort en liep de met gras begroeide heuvel af. Alexanders kleine leger had zijn kamp opgeslagen op de vlakte beneden. Als typische soldaten hadden ze het zich zo comfortabel mogelijk gemaakt. Sommigen hadden tenten opgezet en anderen, die minder fortuinlijk waren, hadden de bomen kaalgeplukt om een soort hut te bouwen. Generaal Sokrates had een goed functionerend systeem van wachtposten opgezet. Telamon werd een paar keer aangehouden, maar de wachters herkenden hem en lieten hem door. Een Thessalische soldaat die zich herinnerde dat hij Kassandra had gezien, bracht hem naar de ingang van de koninklijke enclave. Hij vond zijn tent, waar Kassandra buiten met de wachtpost zat te praten. Ze keek hem onderzoekend aan.

'Ik dacht dat je weer was weggevaren. Kom binnen!'

Ze tilde de tentflap op. Binnen was het comfortabel en netjes. Kassandra had van een kist een geïmproviseerde tafel gemaakt en daarop stonden brood, kaas, vlees, twee gebarsten kruiken, de een vol water, de ander vol wijn, en een kleine schaal met fruit.

'Ik heb op je gewacht.'

Ze zette een olielamp midden op de tafel. Telamon waste zijn handen en zijn gezicht.

'We horen samen te eten,' verklaarde Kassandra. 'De geneesheer en zijn assistente.'

Ze had zich gewassen en zelfs wat verf op haar gezicht gesmeerd. Haar dikke rode haar was met een bronzen speld opgestoken.

'Waar heb je al dat eten vandaan gehaald?'

'Jij had me wat geld gegeven en dus heb ik wat gekocht en wat gestolen, zoals iedereen in dit kamp. Waar is onze zegevieren-de held? Paradeert hij nog steeds door Troje met die belachelijke helm in zijn hand?'

Telamon grijnsde en pakte een stuk kaas. Het smaakte vers en pittig. 'Je kunt beter uitkijken wat je zegt.'

'En jij kunt beter goed op jezelf passen. Alexander van Mace-donië is wispelturig en ook nog geslepen. Hij was toch kwaad op je vanwege die moorden? Een wachtpost heeft het gehoord.'

Kassandra vulde een beker voor de helft met wijn, deed er wat water bij en overhandigde hem het geheel.

Telamon proefde van de wijn. 'Er zit geen logica in. Hier is Alexander van Macedonië die zich voorbereidt om Azië binnen te vallen. Hij heeft alles wat hij maar kon over Troje gelezen. Toch moet hij gidsen huren.'

'Dat vond ik aldoor al vreemd,' antwoordde Kassandra. 'Jij niet?'

'Niet tot op heden. Toen onze trireem op het strand liep.' Kas-sandra wilde iets zeggen, maar hij stak zijn hand op. 'Is het je ook opgevallen dat Alexander direct landinwaarts reed? Hij heeft die gidsen helemaal niet gebruikt. En bovendien, toen we bij die ruï-nes kwamen...' Telamon zweeg omdat er een trompetstoot klonk. 'De goden zij dank!' fluisterde hij. 'De koning is teruggekeerd! Hoe dan ook, Alexander arriveert in Troje en loopt rond alsof hij er is geboren.'

'Dat is precies wat ik bedoel. Ik kan die gidsen niet plaatsen. Toen we naar de manoeuvres van het leger keken, wees je me de verkenners aan, die lichte cavaleristen. Ik heb er net een paar zien terugkeren van een verkenningstocht in de omgeving – ze had-den geen gidsen nodig. En, wat ik nog belangrijker vind, ik ben naar het koninklijke paviljoen geweest.'

'Oh nee!' kreunde Telamon.

'Wel, ik heb gewoon mijn hulp aangeboden bij het opzetten van het paviljoen en bij het sjouwen met kisten en koffers. Ik kwam daar de administrateur van het leger tegen, hoe heet hij ook weer?'

'Eumenes.'

'Hij droeg stapels perkamentrollen. Ik heb snel even naar een van die rollen gekeken.'

Telamon rolde de beker heen en weer tussen zijn handen.

'Het was een kaart. Ik zag de stad Ephese en een andere plaats, Milete. De hele westkust van Azië met de eilanden voor de kust. De kaart was heel nauwkeurig. Eumenes bewaarde hem in een kist. Slim van mij, vind je niet?'

Telamon staarde haar vol ongeloof aan. 'Maar, maar...' Hij voelde een opkomende ergernis toen hij de schittering in Kassandra's ogen zag.

'Wat je probeert te zeggen, hooggeleerde geneesheer, is dit. Als Alexander over verkenners en zeer accurate kaarten beschikt, waarom had hij dan Kritias en die gidsen nodig? Waarom werd een van hen vermoord op de klippen? En die ander buiten in het donker? Wie heeft hen vermoord? En Kritias? Ik weet dat zijn dood je dwarszit. Ik vraag me af...' Kassandra kruiste haar armen en drukte ze tegen zich aan. 'Dat kleine onderkruipsel dat is verdwenen, Aristandros' dwerg Herakles. Zou hij iets hebben ontdekt?'

Telamon staarde haar verbijsterd aan. 'God in de Hades,' verzuchtte hij.

'Is het niet één grote leugen, Telamon?'

'Ik ben in de tempel geweest. Ik zag daar de naam van Kleon, de arts...'

'De verrader?'

'Ja. Op de terugweg begon ik na te denken.' Telamon stak zijn beker uit om hem weer te laten vullen. 'Kleon was klein en dik. Hij was niet bepaald een goede ruiter, maar toch slaagde hij erin onopgemerkt Alexanders kamp uit te rijden. Ik bedoel, als Alexander dat wilde en als Aristandros die artsen in de gaten hield...'

'Jij vermoedt dat Kleon helemaal niet is ontsnapt? Denk je dat hij dood is?'

'Het zou kunnen,' mompelde Telamon. 'Maar Alexander zou net zo goed een geraffineerd spelletje kunnen spelen waar Kleon gewoon deel van uitmaakt, net als de rest van ons.'

Hoofdstuk 11

De inzichten van Memnon werden door de andere Perzische generaals nauwelijks in overweging genomen. Ze maakten abrupt een einde aan de discussie.

Quintus Curtius Rufus, *Historiae Alexandri Magni*,
Boek 2, hoofdstuk 4

Daskylion, het aan een meer gelegen fort van Arsites, satraap van Phrygië, was een koele, groene oase. De hoog oprijzende muren en torens waren omringd door weelderige weilanden en wild-parken, waar zeldzame vogels en andere dieren in grote hoeveel-heden voorkwamen. Het was een waar paradijs, een lusthof met in terrassen aangelegde tuinen, palmbossen, beschaduwde wan-delwegen, overdekte prieeltjes en sprankelende fonteinen. Zowel binnen als buiten de muur rond dit fort glinsterden meertjes in het zonlicht, vol met vette karpers en andere vissen. Kleine wou-den van steeneiken, eiken, essen en sparren dienden als jachtter-reinen, speciaal gecreëerd voor het genoegen van de satraap. Meestal waren Arsites en zijn hofhouding ergens op hun gemak buiten aan het feesten en drinken, maar op die beslissende dag waren de parken leeg en stil, op het gekrijs van de schitterend gekleurde pauwen na, die rondstapten op de pas besproeide gazons rond de kasteelmuren.

Binnen, in de karig verlichte audiëntiezaal, hadden Arsites en zijn hof een ontmoeting met Memnon de Griek. De huurling uit Rhodos, gekleed in een eenvoudige, effen tuniek, schonk geen aandacht aan de schitterende wandkleden met afbeeldingen van exotische fauna. Hij lag slecht op zijn gemak op de vergulde lig-bank en verwenste het acaciahouten tafeltje dat voor hem stond, beladen met geglaceerd fruit en lange, gegroefde wijnkelken ver-sierd met zilveren tijgers en tot de rand gevuld met gekoelde witte wijn. Memnon had alleen oog voor Arsites, gekleed in zijn exotische ambtsgewaad over een lichtgele blouse die in een broek was gestopt. Zijn voeten staken in purper-met-zilveren slippers en zijn koelah, een nauwsluitende kegelvormige hoed, was voor-

226

zien van linten. Arsites' gezicht was met rouge gekleurd, zijn lippen waren geverfd en zijn vingernagels met henna behandeld. Zijn gekrulde haren, baard en snor glommen van kostbare olie.

Het leek wel een troep vrouwen, vond Memnon. Hij probeerde zijn ergernis te beteugelen, want hij wist dat een dergelijk oordeel niet rechtvaardig was. Arsites en zijn strijdmakkers die overal in de zaal op banken lagen, zagen er misschien uit als courtisanes, maar het waren dappere krijgers die begerig uitkeken naar een veldslag met Alexander. Dat was eigenlijk Momnons grootste zorg. Hij keek naar rechts, waar Kleon, de blonde, onnozel uitziende arts die recentelijk uit Alexanders kamp aan de overkant van de Hellespont was gekomen, luidruchtig uit zijn bokaal slurpte. Memnon wierp hem een kwade blik vol aversie toe en liet zijn ogen daarna ronddwalen. Hij ving een glimp op van het glimlachende gezicht van zijn dienaar en schildknaap Diokles die hem, zoals hij ook al voor het banket had gedaan, met zijn blik waarschuwde geen woede te tonen en niet te proberen Arsites, Mithridates, Niphrates en de rest te intimideren.

'Gaat het je goed, generaal Memnon?' Arsites boog zich voorover en pakte een druif uit de schaal die voor hem stond.

'Het gaat me goed, maar ik heb weinig tijd.'

Memnons botte antwoord maakte een einde aan het gebabbel – alle conversatie stokte bij deze schending van de etiquette. Arsites pakte weer een druif en stopte de vrucht in zijn mond. 'Ik heb nieuws voor je. De Macedoniër is in Troje. Hij is overgestoken vanaf Elaious!' Arsites' ogen stonden vijandig.

'Wat?' Memnon zwaaide zijn voeten van de bank en wierp een woedende blik op zijn gastheer. 'Hoeveel mannen heeft hij meegebracht?'

'Zestig triremen, een klein leger van drieduizend man.'

Memnon kneep krampachtig in zijn wijnbeker die op het tafeltje stond. 'Als we dat hadden geweten, hadden we schepen kunnen sturen, hem met een overmacht opwachten. Ik dacht dat hij samen met de rest zou oversteken naar Abydos en dan naar het zuiden zou trekken. Wat is dan het nut van een spion in hun kamp? Had die ons niet op de hoogte moeten brengen?'

'Kennelijk wist hij het niet op tijd. Alexander besloot het op het laatste nippertje.'

'Wat een kans! Ik dacht dat hij samen met de rest zou oversteken.' Memnon dacht hardop: 'We hadden hem in de val kunnen lokken, hem kunnen vermoorden.'

227

'Hij zal in de val lopen en hij zal worden vermoord,' antwoordde Arsites loom. 'Maar generaal Memnon, wie gaf de orders om moordenaars aan land te zetten en hen naar Alexanders kamp te sturen?'

Memnon keek naar Kleon. De arts hield zijn gezicht gebogen over zijn wijnbeker.

'Ja, onze brave arts heeft ons nieuws gebracht. Alexander heeft de moordenaars gedood en hun wapenrustingen als trofeeën opgestapeld buiten zijn paviljoen.'

Memnon mompelde een snel gebed om afscheid te nemen van Droxenios en de rest. 'Het waren goede mannen. Ze stierven eervol in de strijd. Wat wil een soldaat nog meer?' Hij keek de zaal rond, maar de sfeer beviel hem niet – zijn gastheren waren op hun hoede en gereserveerd. Ze vertrouwen me niet, dacht Memnon. Zijn gevoel van onbehagen werd sterker, er kwamen herinneringen aan Lysias in zijn ijzeren kooi bij hem boven. Op de binnenplaats beneden stonden tien hoplieten. Memnon had er nu spijt van dat hij niet meer manschappen had meegebracht van de vijftienduizend huurlingen die slechts enkele kilometers naar het oosten hun kamp hadden.

'Alexander zal in de val lopen en worden gedood,' herhaalde Arsites terwijl hij Memnon aandachtig gadesloeg.

Memnon hoorde een geluid en keek over zijn schouder. De deur ging open. Zes van Arsites' lijfwachten kwamen binnen, gewapend met schilden en getrokken zwaarden. Kleon hield op met slurpen en vertoonde zijn gezicht met de waterige blauwe ogen en de weke mond. Hij ving Memnons blik op en knipoogde.

'Mag ik u eraan herinneren, Arsites,' Memnon hield zijn stem neutraal, 'dat ik de persoonlijke gunst van de koning der koningen geniet.'

'Dat klopt. Dat klopt.'

'Wie is deze Naihpat?' vervolgde Memnon.

'Dat weten we toch niet, Kleon?' Arsites hief zijn wijnbeker om op de halfdronken arts te drinken.

'Ik heb gezocht en gezocht,' lalde Kleon. 'Maar wie het is?' Hij bewoog zijn hoofd naar achteren en naar voren alsof hij een of ander kinderachtig spelletje deed. 'Ik weet het niet.'

'Dan ben je geen beste speurder,' snauwde Memnon.

Arsites keek over de rand van zijn wijnkelk. 'Hij heeft zijn nut.'

Memnons onrust groeide. Sinds hij Persepolis had verlaten,

had hij regelmatig contact gehad met Arsites en de rest. Hij had wel vermoed dat Droxenios en zijn kameraden hadden gefaald. Als ze succes hadden gehad, zou het nieuws zich razendsnel over zee hebben verspreid.

'Welk nut?' vroeg Memnon.

'Wie die Naihpat ook is – en zelfs mij is de waarheid niet bekend, want de spion correspondeert in een geheimtaal die alleen heer Mithra begrijpt – hij heeft goed werk gedaan. We hebben berichten dat Alexander niet zo zeker is van zijn zaak. Onder de gidsen die hij had gehuurd, zijn slachtoffers gevallen.' Arsites glimlachte.

'Wat bedoelt u?'

'Er is een stel van vermoord, evenals de kaartenmaker Kritias. Alexander kan naar het zuiden trekken, maar dan loopt hij regelrecht in onze val. Deze man die zijn eigen vader heeft vermoord...'

'Daar hebt u geen bewijzen van.'

'We hebben geen bewijs nodig,' snauwde Arsites. 'Hij is een parasiet, een stank in de neusgaten van Ahoera-Mazda, die hem aan ons zal overleveren!'

Memnon schudde zijn hoofd. 'Nee, u moet geen confrontatie met hem aangaan.'

'En wat raad jij dan aan?' vroeg Niphrates, de jonge generaal naast Arsites. Hij was lichter van huid dan de satraap en had een fijnbesneden gezicht, maar zijn blik was hard en meedogenloos. 'Wat raad jij aan, generaal Memnon?'

'Dat we ons terugtrekken en daarbij elk huis, elke akker en elke voorraadschuur verbranden! Dat we het vee slachten of wegvoeren! Dat we de aarde verschroeien!'

'Nooit!'

Arsites' scherpe antwoord oogstte applaus van zijn collega's.

Memnon keek hen smekend aan. Er krijste een pauw. Dieper in de zaal begonnen de zangvogeltjes in hun gouden kooien te zingen. Arsites bewoog zijn hoofd en glimlachte vaag.

'De goddelijke koning heeft me bevel gegeven...' verklaarde Memnon.

'Hij heeft je het bevel gegeven over vijftienduizend huurlingen,' zei Arsites. 'En het recht deze krijgsraad bij te wonen. Maar jij bent geen koning der koningen, Memnon. Je moet geen...'

'Ik zal het advies geven dat ik nodig acht,' antwoordde Memnon rood van woede. 'Ik heb tegen die Macedoniër gevochten.

Verrassing, snelheid, driestheid zoals jullie nog nooit hebben meegemaakt.' Hij probeerde de anderen te overtuigen. 'Luister. Alexander zal langs de kust marcheren. Zijn vloot stelt niets voor, niet meer dan honderdzestig schepen en daar zijn ook transportschepen bij. Een flink gedeelte van zijn vloot komt uit Athene of uit andere steden die maar al te graag willen rebelleren tegen de Macedonische overheersing. Zo'n vloot is gemakkelijk te verslaan en van de zeeën weg te vagen.'

'Daar ben ik het mee eens,' verklaarde Arsites. 'De Macedoniër is gekomen, maar zal niet naar huis terugkeren.'

'Trek u terug,' drong Memnon aan. 'Verbrand het land, vergiftig de bronnen! Zijn manschappen zullen moe en hongerig worden, zijn cavalerie zal geen eer kunnen behalen. Laat hem rondzwerven, laat muiterij en ontevredenheid de kop opsteken. Laat zijn bondgenoten deserteren en hun voorwaarden stellen.' Memnon stak zijn gekromde vingers uit. 'En vernietig hem dan.'

'Dus je wilt dat we onze voorraadschuren verbranden?' antwoordde Arsites. 'Dat we onze bronnen vergiftigen, onze vissen en ossen vernietigen en alles veranderen in een stinkende woestijn onder de zon. Ja?'

Memnon knikte. 'Gras groeit weer aan. Nieuwe bomen kunnen worden geplant en ossen zijn te koop.'

'En onze mensen?' zei Arsites.

'Laat hen verder naar het oosten vluchten. Beloof hun compensatie, beloof hun de vreugde om Alexander in ketenen te zien en eventuele overlevenden van zijn leger geboeid in uw mijnen te laten werken. Of, als u dat liever wilt, laat hen dan kruisigen aan weerszijden van de koninklijke hoofdweg, als waarschuwing voor de rest van Griekenland.'

'Haat je hem zo hevig?'

'Zo hevig haat ik hem!'

'Maar jij bent een Griek.'

'Ja, en Alexander is een Macedoniër, een barbaar.'

'En haat hij jou?'

'Hij heeft gezworen dat hij geen genade zal kennen en binnen een kwartier afrekent met elke Griek die in een vijandelijk leger wordt aangetroffen,' antwoordde Memnon terwijl hij snel een slok uit zijn wijnkelk nam. 'Heer Arsites, ik zal met u optrekken, vechten en zo nodig sterven.'

'Maar wij hebben ook nog ander nieuws.'

Met een snelle beweging maakte Arsites zijn tafel vrij, zodat de schalen en kostbare wijnkelken kletterend op de grond terechtkwamen. Kleon sprong op. Diokles reageerde nerveus. Memnons hand zakte naar de plek waar zijn dolk had moeten zitten, maar uiteraard waren alle wapens buiten gelaten.

'Bent u boos, heer Arsites?'

'Ik ben heel boos.'

De Pers greep onder de bank en haalde een kistje te voorschijn dat hij op het tafeltje voor zich zette. Hij maakte in een handomdraai de sluiting open en tilde de deksel op. 'Dit zijn berichten uit Abydos, van onze spionnen in de haven en het omliggende gebied.'

Memnon kreeg een koude rilling. Hij had een akelig voorgevoel. Hij keek snel de zaal rond, maar de duistere, donkerharige Perzen staarden onverzoenlijk terug.

'Heb je daar landerijen?' vroeg Arsites scherp.

'De koning der koningen is heel edelmoedig geweest!'

'Ik heb er ook landerijen!' riep een Perzische aanvoerder.

'Ik ook!' verklaarde een ander.

'Velen van ons hadden daar landerijen. Die zijn nu verwoest en geplunderd. Alles is in de as gelegd,' zei Arsites zachtjes. 'Maar jouw landerijen, generaal Memnon, zijn niet aangeraakt.'

'U weet best waarom,' antwoordde Memnon. 'De koning der koningen heeft het volste vertrouwen in mij. Alexander heeft waarschijnlijk op advies van die sluwe vos Aristandros het bevel gegeven mijn landerijen te sparen om tweespalt en onenigheid tussen ons te zaaien.'

'Je loyaliteit wordt niet in twijfel getrokken, heer,' antwoordde Arsites. 'Toch, Kleon?'

De arts wierp een snelle blik op de Pers en daarna op Memnon. Hij schudde treurig zijn hoofd.

'Ik geloof werkelijk dat Alexander evenveel respect heeft voor jou als jij voor hem,' vervolgde Arsites. 'Net als wij werkt hij er hard aan om tweedracht te zaaien en wantrouwen te wekken.' Arsites wuifde luchtig met zijn hand. 'Maar we hebben wel bewijzen van andere dingen. Lees dit, generaal Memnon.'

Hij gooide de Griek een rolletje toe dat was dichtgebonden met een lint. Memnon haalde diep adem, maakte de knoop los en rolde de brief uit.

'Lees het hardop, heer!'

Memnon merkte dat hij geen woord kon uitbrengen. Zijn handen trilden. Hij herkende het handschrift van Alexander en ook het zegel van de koning onder aan de brief. Het werd dood-stil in de zaal. Buiten was de pauw opgehouden met krijsen. De zangvogels hipten onrustig heen en weer in hun vergulde kooi-en, alsof de broeierige atmosfeer ze alle lust tot zingen of kwinke-leren had ontnomen.

'Ik ben het met je eens, generaal Memnon,' Arsites' stem was nauwelijk meer dan een fluistering. 'Als we hadden geweten dat Alexander direct naar Troje zou varen met zo'n klein escorte, zouden we hem hebben opgewacht, misschien op zee en mis-schien aan land. Ik spreek de waarheid wanneer ik je het volgen-de vertel. Als ik dacht dat jouw strategie van verschroeide aarde en vergiftigde bronnen zou werken, dan zouden mijn collega's en ik ermee instemmen. We vertrouwen jou, generaal Memnon, maar we vertrouwen de mensen in je omgeving niet. Lysias was een verrader. Hij wilde Alexander in Troje ontmoeten. De god-delijke koning had zeker gelijk toen hij beweerde dat er anderen bij zijn verraad waren betrokken!'

Memnon staarde naar de brief, terwijl de tranen hem in de ogen schoten.

'Kortom, generaal Memnon, hoe kunnen we je onwankel-baar vertrouwen wanneer zelfs je bediende Diokles een verrader is?' fluisterde Arsites.

Diokles sprong zo heftig op van zijn bank, dat hij het tafeltje omgooide. Hij stond met zijn handen uitgestrekt, terwijl zijn mond woorden probeerde te vormen. Zijn ogen keken smekend naar zijn meester.

'Dat is een brief van Alexander van Macedonië, is het niet? vervolgde Arsites. 'Hij is geschreven in zijn handschrift en hij draagt zijn zegel! Het is geen vervalsing. Wat staat erin, generaal Memnon? Ik ken de woorden vanbuiten: "Alexander, koning van Macedonië, opperbevelhebber van heel Griekenland, aan Dio-kles. Vriend, dienaar van de verrader, gegroet. De informatie die je ons hebt gestuurd zal van groot nut zijn bij onze veldtocht naar het oosten, zoals ze dat ook was bij de ontmaskering van de Per-zische spion Leontes. De goden zijn met ons. Ik zal oversteken naar Troje om offers te brengen aan de goden en aan mijn voor-ouders. Daarna zullen we je meester gaan zoeken. Laat hij op de vlucht slaan."' Arsites wachtte even. 'Ja, dat staat er, is het niet?'

Hij negeerde Diokles die op zijn knieën was gevallen en zijn armen om zijn maag had geslagen. 'Ja,' herhaalde Arsites, 'en hoe gaat het verder? "Laat je meester op de vlucht slaan. Laat hij ons werk doen en alles achter zich verbranden. We zullen evengoed komen. En terwijl we optrekken, zullen we in kracht toenemen. De steden van Azië zullen hun poorten openen en zich aansluiten bij de bevrijder die hen zal redden van vuur en zwaard. We zullen spoedig bij je zijn. Vaarwel."'

'Waar komt deze brief vandaan?' Memnon kon haast niet spreken en zijn hart ging als bezeten tekeer. 'Hoe komt u eraan?'

'Ik heb hem meegebracht,' lispelde Kleon.

'Oh natuurlijk, je liep gewoon de tent van de koning binnen, bladerde door zijn correspondentie en nam mee wat je maar wilde hebben?'

'Dat heb ik niet gezegd.' Kleon glimlachte nu tegen Arsites. 'Op de dag dat uw huurlingen Alexander van Macedonië probeerden te vermoorden, generaal, verkeerde het kamp in chaos. Ik keerde terug naar mijn tent en ging op mijn bed liggen. Pas toen zag ik een leren zakje met opgerolde brieven. Ik haalde ze uit het zakje en las ze. De brief die heer Arsites u net heeft gegeven, was er een van. Er zijn er meer. Door alle verwarring in het Macedonische kamp heeft niemand misschien nog gemerkt dat ze weg zijn.'

'Hoeveel?' vroeg Memnon. 'Nog meer Grieken in mijn gezelschap?'

Arsites schudde zijn hoofd. 'Nee. Verraders in verschillende steden. Maak je geen zorgen, ze zullen hun straf niet ontgaan. De brieven bieden inzicht in de Macedonische ziel, mijn vriend.' Arsites zwaaide met zijn vinger. 'Alexander geeft nergens aan dat hij verlangend is onmiddellijk slag met ons te leveren. Hij hoopt dat we ons zullen terugtrekken. Hij rekent erop dat verraders in onze steden de poorten zullen openen.' Arsites wachtte even. Het geluid dat Diokles maakte, was hartverscheurend. Arsites sprong overeind. 'Ik ga pas door wanneer die verrader is opgeruimd!'

Diokles wilde over de vloer kruipen, maar Arsites klapte in zijn handen. De lijfwachten bij de deur kwamen in actie. Ze passeerden Kleons bank en trokken de tegenstribbelende Diokles overeind. Memnon kon niet meer doen dan vol ongeloof toekijken. Diokles was minstens tien jaar bij hem geweest als dienaar in oorlog en vrede! Memnon staarde naar de brief in zijn hand.

'Het is geen vervalsing,' moest hij toegeven. Hij wierp een woedende blik op Kleon. 'Kan die brief met opzet zijn achtergelaten?'

Kleon zuchtte. 'De spion Naihpat moet hem in mijn tent hebben gelegd. Hetgeen betekent, heer, dat hij ook wist dat ik

Perzisch goud ontving. Wilde hij me misschien waarschuwen? Tenslotte was een van mijn collega's al terechtgesteld, waarschijnlijk door verraad van uw dienaar hier. Aristandros hield mij en de rest in de gaten. Als deze brieven op mijn lichaam waren gevonden, had ik me er heel moeilijk uit kunnen praten en dus besloot ik zo snel mogelijk te vertrekken.'

'En niemand probeerde je tegen te houden?'

'Zoals ik al zei, verkeerde het kamp in chaos vanwege de aanval op Alexander. Ik kon gemakkelijk wegkomen. Ik haalde mijn paard en zei dat ik iets te doen had in Sestos. Maar ik volgde de kust en huurde een vissersboot. En hier ben ik.' Kleon spreidde zijn handen uit.

Diokles probeerde te ontsnappen.

'Breng hem weg!' beval Arsites.

Diokles verzette zich zo hevig, dat er een tafeltje door de zaal vloog. Een van de wachters greep zijn zwaard en sloeg de dienaar met één enkele klap neer. Bloed spatte op de marmeren vloer. De zangvogels krijsten. Arsites schreeuwde een bevel en Diokles werd de zaal uit gesleurd. Memnon had nog steeds zijn twijfels.

'Het is te gemakkelijk,' protesteerde hij. 'Brieven achtergelaten in een tent? En jij, Kleon, die dan besluit weg te gaan?'

Arsites ging op de rand van zijn bank zitten. 'Je vergeet iets, heer. Onze goede arts Kleon is vele maanden lang een bezoeker aan ons hof geweest. Hij wordt door ons betaald en heeft grote risico's genomen om voor ons te werken, net als Leontes, die werd verraden. Als Kleon was gesnapt, was hij misschien gekruisigd. Bovendien, waarom zou hij tegen ons liegen?'

'Wellicht heeft Alexander zelf die brieven daar achtergelaten.'

'Waarom zou de Macedoniër vermelden dat hij rechtstreeks naar Troje wilde varen? En waarom hield hij zich eraan? Hij moet immers hebben geweten dat deze brief weg was.'

'Omdat Alexander Alexander is,' zei Kleon met dikke tong. 'Hij had zijn zinnen erop gezet. En al had u het geweten, generaal Memnon, met al uw gepraat over terugtrekken, zou u hem dan werkelijk hebben opgewacht?'

Arsites tikte op het kistje. 'Je vergeet de andere brieven. We weten hoeveel man Alexander heeft meegebracht. Welke voorraden hij nodig heeft. Welke route hij zal volgen. En in de eerste plaats, wat zijn strategie is. Hij is ontvangen in Troje. Hij kan zich niet veroorloven dat andere steden hun poorten sluiten. Kijk, heer, Diokles is nu dood, zijn executie werd terstond voltrokken.'

Memnon sloot zijn ogen.

'Het was een snelle dood,' verzekerde Arsites hem. 'Zijn hoofd heeft zijn lichaam al verlaten. Hij heeft ons goud aangepakt, het brood met ons gebroken en ons zout gegeten. Ons vertrouwen in jou is echter ongeschonden. In deze zelfde brieven wordt in weinig vleiende termen over jou gesproken. Alexander van Macedonië vreest Memnon van Rhodos. Laten we dus bewijzen dat die angst terecht is.' Arsites stak zijn handen uit. 'We hebben onze bevelen uitgestuurd. Onze legers verzamelen zich. We zullen slag leveren met de Macedoniër.'

Memnon luisterde maar half.

'Generaal Memnon, je kunt je nu het beste een poosje terugtrekken,' verklaarde Arsites. 'Kom tot jezelf. Overwin je verdriet. Kom daarna terug, dan zullen we een wraakneming op touw zetten waar heel Griekenland getuige van zal zijn!'

De bloedstollende kreet in de vroege ochtend alarmeerde de herders. Het was een langgerekte, ijselijke schreeuw van ontzetting die de nachtelijke stilte verscheurde en de herders naar hun vuur trok, terwijl hun honden tegen de sterrenhemel begonnen te huilen. De leider wilde de zaak onderzoeken, maar de anderen waren terughoudend. Het spookte op de door wind geteisterde vlaktes rond Troje en de komst van de Macedoniër rakelde oeroude herinneringen op. De herders hielden hun honden dicht bij zich en zochten de hemel af naar de eerste tekenen van de dageraad. Ze vroegen zich af wat de oorzaak van een dergelijke panische schreeuw kon zijn. Het Macedonische leger kampeerde nu al vijf dagen rond Troje en er waren inmiddels veel andere troepen bijgekomen. Er was een zee van manschappen en paarden en een lange sliert bagagewagens met wapens en oorlogstuig. Enorme katapulten, blijden en stormrammen. Ze hadden de Macedonische koning vanuit de verte gezien. En ze hadden van rondtrekkende handelaars en ambachtslieden gehoord dat er een zelfs nog veel groter leger, een ware oceaan van ruiters, optrok naar het westen om de Macedoniër in de val te laten lopen, hem tot een veldslag te dwingen en hem te verpletteren.

In hun plaatselijke dialect bespraken de herders van wie de noodkreet kon zijn. Ten slotte was het Macedonische kamp omringd door gewapende wachtposten en werd de omgeving doorkruist door patrouilles te paard. Was het slachtoffer een Perzische spion of een verkenner? Of had een van die lichte cavaleris-

ten een eenzaam boerenmeisje of een rondtrekkende ambachts-
gezel ontmoet die misschien meer geld op zak had dan in deze
tijden verstandig was? Het kon ook iets noodlottigers zijn. Een
offer aan de goden? De Macedoniër was nogal dol op offers en
bouwde overal altaren. De ouderen vertelden dat de grote Perzische koning Xerxes duizend stieren had geofferd toen hij de Hellespont overstak. Zou de Macedoniër hetzelfde doen? Of geloofde hij dat mensenbloed effectiever was bij het gunstig stemmen
van de goden?

'De Macedoniër is niet succesvol,' verklaarde de leider van de
herders. 'Hij heeft gezanten naar de steden gestuurd, maar ze weigeren hun poorten te openen. De bestuurders van Lampsakos,'
hiermee bedoelde hij de nabijgelegen stad, 'sloten hun poorten
en stuurden zijn boodschappers weg.'

'Trekt hij verder of blijft hij in Troje?' vroeg een van de anderen.

'Hij moet op het punt staan verder te trekken,' antwoordde de
leider. 'En zodra hij dat doet, verplaatsen we onze kuddes. Anders
zouden onze lammetjes verdwijnen als sneeuw voor de zon.'

'Lijden ze dan honger?' piepte de herdersjongen. Meestal
speelde hij op zijn rietfluit, maar die schreeuw had alles tot zwijgen gebracht.

'Ze hebben gebrek aan voedsel,' bevestigde de leider van de
herders. 'Ze hebben alle voorraden opgekocht, de markt is leeg.'

'Waarom hebben ze onze lammeren tot nu toe met rust gelaten?' vroeg een ander, terwijl hij zijn handen uitstrekte naar de
vlammen.

'De Macedoniër heeft strenge orders uitgevaardigd – zijn
troepen mogen niet plunderen. Volgens hem zijn wij zijn onder-
danen en is ons eigendom onschendbaar,' zei de leider lachend.
'Maar maken jullie je geen illusies, als ze rammelen van de honger, krijgen we gewoon een klap op ons hoofd en gaan onze lammeren alsnog de pot in,' voegde hij er vol overtuiging aan toe.

'Wat moeten we dan?' vroeg de jongen.

'Het bos in,' verklaarde de leider. 'Kuddes, kinderen, alles. We
begraven wat we niet mee kunnen nemen en dan wordt het
wachten tot de smeerlappen weer weg zijn!'

Een van de herders keek naar de weg die in het maanlicht in
zuidwaartse richting kronkelde. De herders kampeerden hier elke
avond. Dat was veiliger. Wolven en andere wilde dieren kwamen
nooit naar een plek waar de geur van mensen sterk was.

'Weet hij welke kant hij op moet? De priesteres had toch gidsen voor hem meegenomen? Ik heb gehoord dat er een paar zijn vermoord.'

'Hij heeft geen gidsen nodig,' merkte de leider op. 'Jullie hebben die ruiters toch gezien?'

De herders trokken hun dierenvachten dichter om zich heen en knikten bedachtzaam. De Macedonische verkenners reden op hun snelle, magere paarden voortdurend langs de wegen heen en weer. Soms bleven ze staan om de herders aan te spreken in hun eigen dialect. De vragen waren altijd dezelfde: Hadden ze geruchten gehoord? Hadden ze Perzen gezien? Ze waren zelfs naar de Granikos in het oosten gereden en hadden twee herders meegenomen om hun te wijzen waar ze deze rivier het gemakkelijkst konden oversteken. Ze hadden vragen gesteld over hoe hoog de rivier kon stijgen. Ze waren zelfs de Granikos overgestoken en hadden de beboste heuvels aan de overkant verkend.

'Ik vind nog steeds dat we moeten gaan kijken wie het was.'

De dapperste herder waagde zich met een brandende tak weg van het kampvuur, maar al snel kreeg zijn verbeelding de overhand. De donkere bomen die in de nachtbries bewogen, de kreet van een dier en de roep van een nachtvogel waren aanslagen op zijn moed.

'We kunnen beter wachten tot de ochtend,' mompelde hij.

De lucht werd lichter, de zon begon op te komen. De herders maakten het vuur uit, grepen hun stokken en begaven zich naar de weg. De heuvel aan hun rechterkant was vol grotten en paden, maar die negeerden ze. De schreeuw was vanaf de weg gekomen. Aanvankelijk zagen ze niets bijzonders, maar uiteindelijk ontdekten de scherpe ogen van hun leider een gekleurde vlek bij het stoffige pad. Ze haastten zich erheen. Het lijk was van de weg gerold, zodat de bruine tuniek, het zwarte haar en de baard van het slachtoffer met fijn wit stof waren bedekt. Een blik op het doodsbange gezicht was genoeg om te begrijpen dat de man een afschuwelijke dood was gestorven. Ze gluurden nieuwsgierig naar de lugubere wond in zijn zij, de vreemde gevleugelde dolk tussen zijn ribben en het stukje perkament dat in zijn gekromde vingers was geduwd. Ze haalden het eruit en rolden het open, maar geen van hen kon lezen. Ze keken naar de heuvel. Was de man daar vandaan gekomen? Had hij zijn toevlucht in een van de grotten gezocht? Hij was vast niet afkomstig uit het kamp, want hij droeg geen wapenrusting, zijn tuniek zat vol gaten en gestopte plekken en zijn sandalen waren van slechte kwaliteit.

'Ik ken hem!' zei de leider en hij knipte met zijn vingers. 'Hij komt uit een dorpje dat een paar mijl zuidelijker ligt. Hij is een van de gidsen die de priesteres heeft ingehuurd voor het Macedonische leger.'

'Wat staat er op dat perkament? Is het een vloek?' vroeg een van de herders.

De leider keek er met samengeknepen ogen naar. Hij kon enkele letters herkennen, maar meer niet. Een van de honden sloeg aan. De herders werden daarna opgeschrikt door donderende hoeven, maar het was al te laat om te vluchten. De ruiters die achter de bomen vandaan kwamen stuiven, vormden een eskadron van lichte Macedonische cavalerie. Hun schilden glansden in de vroege ochtendzon en hun wrede, van weerhaken voorziene lansen waren omlaag gericht, klaar om toe te steken. De herders kropen bij elkaar. Het eskadron brak open en omcirkelde hen. Een van de herders probeerde te vluchten, maar een verkenner sloeg hem bedreven met zijn lans terug. De herders zakten neer bij het lijk en werden ingesloten door ruiters met hun lansen in de aanslag. Jonge mannen nog, dacht de leider van de herders terwijl hij naar de harde gezichten keek. Klaar om bij het eerste het beste excuus te doden en bloed te vergieten.

'Wat is dit?'

De eskadronleider steeg met een zwaai van een zwart paard, zette zijn bronzen helm af en veegde het zweet van zijn gezicht met de binnenkant van zijn arm.

'Een beetje op roof uit, jongens?' Hij ging op zijn hurken naast het lijk zitten. 'Weten jullie wat de straf voor moord is?'

De leider begreep dat de man hem hoonde.

'We weten niet wie hij is,' zei een van de herders opstandig. 'We hebben vannacht een schreeuw gehoord. Zodra het licht werd zijn we gaan kijken. Dit hebben we gevonden.'

'Jullie kennen hem niet?'

'Ja, we kennen hem wel,' antwoordde de leider van de herders, die zijn moed voelde terugkeren. 'We denken dat hij een van de gidsen van uw leger is.'

De eskadronaanvoerder was al niet meer geïnteresseerd in hun woorden. Hij trok de gevleugelde dolk uit het lichaam en bekeek hem aandachtig, zonder acht te slaan op de plas bloed die uit de wond sijpelde. De leider van de herders bood hem het rolletje perkament aan. De officier keek ernaar terwijl zijn lippen bewogen. Zijn ogen stonden niet langer honend. Hij moest even slikken en sprong overeind.

'Hij komt uit het kamp,' verklaarde hij. 'Breng het lijk daar maar heen, herders!'

Hij greep de teugels van zijn paard en sprong in het zadel. Een deel van zijn manschappen bleef achter om de herders te begeleiden, terwijl de rest in een donderende stofwolk teruggaloppeerde naar het kamp.

Telamon was bij de koning toen de boodschapper arriveerde. Alexander was in een goed humeur en plaagde de barbier die hem probeerde te scheren. Hij grijnsde tegen Telamon, die om deze audiëntie had gevraagd. Toen Ptolemaios de eskadronleider binnenbracht en Alexander de met bloed besmeurde dolk en het stukje perkament te zien kreeg, greep de koning een doek, veegde zijn gezicht af en stuurde de barbier weg. Hij gooide de dolk op de grond en overhandigde het perkament aan Telamon.

'Herken je het?'

'Ja, natuurlijk,' antwoordde Telamon. 'Dezelfde boodschap als altijd, als een demonisch refrein: De stier is bereid voor het offer, de moordenaar is nabij, alles is klaar.'

'En de andere citaten? Herken je die?'

'Dezelfde bron als eerder,' antwoordde Telamon. 'Euripides' *Bacchen*.'

'Lees ze voor!'

Telamon keek snel op. Slechts enkele seconden ving hij de blik van cynisch vermaak op in de ogen van de koning. Doe je maar alsof? dacht Telamon. Weet je hier meer van dan je ooit aan iemand hebt verteld? Hij keek weer naar de versregels. De afgelopen dagen in Troje had hij alles waar hij achter was gekomen op een rijtje gezet, maar hoe meer hij erover nadacht, hoe minder zeker hij van zijn zaak werd.

'Lees de regels, Telamon!'

'"Wanneer je beseft welke afschuwelijke misdaden je hebt begaan, zal je lijden vreselijk zijn."' Telamon keek op. 'Dat is de eerste. De tweede luidt: "Je trekt met een obsessieve woede op tegen de onoverwinnelijke."'

'En de derde?'

'"We hebben je in ons net. Je mag dan snel zijn, maar ontsnappen kun je ons nu niet meer."'

'En weet je wat mijn antwoord is, Telamon?' Alexander bette zijn gezicht met een doek. 'Als ik boodschappen terug moest sturen, zou ik boek zeven van de *Ilias* citeren: "We zullen opnieuw vechten, totdat de goden tussen ons kiezen en de overwinning aan de een of aan de ander schenken."'

'Wie is die ander?' vroeg Telamon. 'Alexander, wie is de ander? Wie is Naihpat?'

De koning gaf met een hoofdbeweging aan dat Aristandros, die zich in de uiterste hoek van de tent ophield, naar buiten moest gaan. 'En maak de tentflap achter je dicht!'

De waarzegger verdween met een zelfgenoegzaam lachje op zijn gezicht.

'Er is weer een gids vermoord,' zei Telamon.

'Ja, op de weg buiten de stad,' zei Alexander peinzend. 'En niemand weet hoe hij daar terecht is gekomen. Ik kan inlichtingen inwinnen, maar ik weet zeker dat het weer hetzelfde verhaal zal zijn. Voordat hij verdween is hij ergens in een biertent of wijnhuis gezien. Op de een of andere manier is hij voorbij de wachtposten gekomen en in het holst van de nacht ganadeloos afgeslacht in de wildernis, met net zo'n dolk als waarmee mijn vader werd vermoord. En deze beschuldigende regels van Euripides...' Alexander ging op een krukje zitten en wreef in zijn handen.

'Je zou je zorgen moeten maken,' zei Telamon.

'Dat doe ik ook.' De koning grijnsde. 'En als dit nieuws bekend raakt onder de troepen...' Alexander stak zijn vinger omhoog. 'Dat is het werkelijke gevaar van dit alles. Maar Aristandros zal het niet verder vertellen! De cavalerieofficier zal zijn mond houden en natuurlijk praat Telamon met niemand, behalve met die roodharige barbaarse vrouw van hem.'

'Ze is niet van mij,' zei Telamon scherp. 'En ze is geen barbaar, ze komt uit Thebe.'

'Ik zal je iets zeggen,' vervolgde Alexander alsof hij Telamons uitbarsting niet hoorde. 'Over een paar uur breken we het kamp op. Parmenion is aangekomen. We marcheren naar het oosten, naar de Granikos. De goden zullen beslissen.'

'Naar het oosten! Ik dacht dat we naar het zuiden gingen, langs de kust!'

'Ja, dat denkt iedereen.' Alexander glimlachte en genoot duidelijk van deze zeer goed bewaarde grap.

'Je hebt dit al lang geleden besloten, nietwaar?' riep Telamon uit. 'Het was allemaal verzonnen! Je gaat als een pijl af op het hart van Darius. Wie begint wordt beslist door één enkele worp van de dobbelsteen!'

'Ontbreekt het je aan vertrouwen, Telamon?'

'Wie is Naihpat, heer?'

'Ik weet het niet.'

'Maar je hebt je verdenkingen?'

Alexander legde zijn handen om zijn gezicht en trommelde met zijn vingers op zijn wangen.

'Ik verdenk menigeen, Telamon.'

'Niets is wat het lijkt.'

'Jij bent arts! Jij weet dat.'

'Kleon was ook arts.'

De koning gooide het hoofd in de nek en lachte.

Telamon voelde het bloed naar zijn wangen stijgen van boosheid. 'Kleon is toch geen verrader?' zei hij scherp. 'Ik kan me niet voorstellen dat onze dikke kleine arts zijn paard zadelt en wegrijdt. Is hij Naihpat?'

'Nee, nee, hij is het niet.' Alexander werd ernstig. 'Ik zal je de waarheid over hem vertellen. Kleon is een van Aristandros' trawanten. Kleon is een geboren spion, met zijn doffe ogen, zijn onnozele gezicht en zijn pietluttige gezeur. Niemand beschouwt Kleon als gevaarlijk, maar dat is hij wel. Hij is aan de hoven van de Perzen geweest en heeft kennelijk zijn ziel aan hen verkocht. Wat ze niet weten, is dat Kleon van mij houdt zoals een jong meisje van haar minnaar houdt. Hij zal nog eerder naar de zon vliegen dan mij verraden!' Alexander lachte even om de verbazing op Telamons gezicht.

'Hij is mijn spion die de Perzen misleidt, in het bijzonder Memnon, en die verwarring zaait in het vijandelijke kamp met brieven die ik hem heb meegegeven. Maar laat me je voordat we slag gaan leveren verzekeren dat we in Memnons kamp geen andere spion hebben. Lysias, een van zijn cavalerieaanvoerders, wilde me in Troje in het geheim ontmoeten. Kleon vermoedde dat het niet was omdat hij Memnon wilde verraden, maar om mij te vermoorden. Lysias was een Thebaan. Hij wilde bloedwraak. Hij zou net zomin knielen en mijn beschilderde teennagels kussen als ik zijn kont zou zoenen! Hij dacht dat Kleon aan zijn kant stond en vroeg onze brave dokter een ontmoeting te regelen. Kleon vermoedde echter de waarheid en in plaats van mij aan de Perzen te verkopen...'

'...Verkocht hij Lysias?'

241

'Heel goed, Telamon. Memnon heeft zwakke punten en dit is er een van. Hij neemt huurlingen in dienst die in de allereerste plaats trouw zijn aan zichzelf. Lysias heeft Memnon nooit iets verteld over dat voorgenomen bezoek. Alleen Kleon wist ervan.'

'En Droxenios?' vroeg Telamon. 'Die leider van de moordenaars die ons bijna hadden omgebracht?'

Alexander schudde zijn hoofd. 'Mijn leven ligt in de handen van de goden. Ik ben onsterfelijk, niet langer sterfelijk. Droxenios kon me net zomin afslachten als koning van Athene worden!'

'Wist je dat hij zou komen?'

'Nee, dat wist ik niet, maar Kleon drukte me op het hart voorzichtig te zijn.'

'En jij hebt wraak genomen?'

'Ja.' Alexander klopte op zijn dijbeen. 'De Perzen hebben Droxenios en zijn moordenaars niet gestuurd, want zij willen juist dat ik kom. Die Thebanen waren Memnons idee en dus wilde ik Memnon een lesje leren. Ga nooit op een leeuw jagen of een poging doen zijn huid te verkopen zolang hij als koning der dieren regeert. Ik heb hard en snel toegeslagen. Er zijn verschillende brieven in mijn eigen handschrift en voorzien van mijn persoonlijke zegel aan zogenaamde verraders in Perzische steden gericht. Ik heb er ook een aan Diokles geschreven, Memnons stomme dienaar en schildknaap. Ik regelde Kleons vertrek en zorgde dat hij veilig bij het fort van de satraap van Phrygië aankwam. Ik ben er zeker van dat hij daar op dit moment doet wat hij het beste kan, namelijk onenigheid zaaien.'

'Ah, dus hij was het die Aristandros over Leontes vertelde?'

'Natuurlijk. En Aristandros ging op jacht.' Alexander leunde naar voren en greep Telamons hand. 'Ik weet ook het nodige van Ptolemaios' foefjes. Ik zal hem binnenkort een lesje leren. Het probleem met Ptolemaios is dat hij gelooft dat Philippus zijn vader was, dat hij een beter generaal is dan ik en ook een beter soldaat! Ptolemaios is goed, maar het wordt tijd dat hij leert wat zijn plaats is.'

Telamon hield Alexanders blik vast en zag zijn ogen van kleur verschieten. Je bent meer dan één persoon, peinsde hij. Je bent een acteur. Je kunt rollen spelen en maskers opzetten met het gemak van een beroepsspeler: Alexander de drieste soldaat, Alexander de generaal, Alexander de romanticus, Alexander de dagdromer, Alexander de konkelaar en de intrigant.

242

'Ik heb een goede leerschool gehad,' fluisterde de koning. 'Met een moeder als Olympias en een vader als Philippus, kun je het me kwalijk nemen, Telamon?'

'Kleon zou gevaar kunnen lopen.'

'Telamon, we verkeren allemaal in gevaar. Kleon waagt het erop.'

'Maar ze zullen hem niet geloven.'

'Oh ja, volgens mij wel. Ik heb die oude Parmenion opgedragen Memnons landerijen in de omgeving van Abydos onaangeroerd te laten. Met Lysias heb ik al afgerekend. Nu zal ik de wig tussen Memnon en zijn Perzische meesters nog dieper drijven. Vergeet dit nooit, Telamon – Perzen houden niet van Grieken, Grieken houden niet van Perzen. Perzen vertrouwen Grieken niet, Grieken vertrouwen Perzen niet. Zal ik je vertellen wie mijn werkelijke vijand is? Niet Darius of Arsites, maar Memnon! Memnon is een goed soldaat. Hij heeft tegen Macedoniërs gevochten. Hij heeft mijn vaders methodes bestudeerd en ook de mijne. Ik ben maar voor één ding bang en dat is dat de Perzen Memnons advies zullen opvolgen. Stel je dat eens voor. Het hele land verbrand en verwoest. De Perzen die zich voor ons terugtrekken. De steden die hun poorten gesloten houden, tenzij ik een grote overwinning behaal. Dat moet ik dan ook snel doen. We hebben nog maar voor twintig dagen voorraden. Mijn vloot is klein en bovendien vertrouw ik een aantal van die kapiteins voor geen meter. We hebben voedsel nodig. We moeten plunderen. We hebben een overwinning nodig, anders komt het leger in opstand.'

'Ben je op een veldslag uit?'

'Daar bid ik elke dag om, Telamon.'

'En Naihpat?'

'De overwinning zal voor Naihpat zorgen, evenals voor jou. Ik wil er alleen zeker van zijn.'

'En die gidsen?' vroeg Telamon. 'Die heb je niet echt nodig. Je bezit al kaarten. Die moet je vader hebben laten maken.'

'Dat is allemaal een deel van het web.' Alexander wreef in zijn handen. 'Kleon zal de boel opstoken. De Perzen denken dat ik bang en gedemoraliseerd ben. Daarom zullen ze te voorschijn komen en vechten. Hoe dan ook, op een eenvoudige manier zal ik bewijzen wat ik altijd heb willen bewijzen.'

Alexander stond op en klopte de arts op zijn schouder. 'De rest laat ik aan jou over, Telamon, en aan de goden!'

243

Hoofdstuk 12

Voor de Pers leek de gelegenheid tot een gevecht van man tegen man een geschenk van de goden. Hij hoopte dat Azië door zijn persoonlijke moed zou worden verlost van de vreselijke bedreiging en dat Alexanders befaamde driestheid tot staan zou worden gebracht.

Diodorus Siculus, *Bibliotheca historica*, Boek 17, hoofdstuk 20

Langs het hele dal van de Granikos praatten de boeren en herders nog jarenlang over de enorme slachting, de bloederige veldslag die werd geleverd toen het stof dik op de velden met bloemen en graan lag en de rivierwind bij zonsondergang de eerste koelte bracht. Nog tientallen jaren later zochten hun kinderen naar wapenrusting: dolken, zwaarden, schilden en speren. Af en toe vond een gelukkige een juweel, een met goud ingelegde dolk, een ring of een kostbaar sieraad dat ooit pronkte op de schitterende gewaden die de Perzische aanvoerders en satrapen droegen. De dagen na de veldslag zwierven er prachtige paarden door de dalen op zoek naar hun meesters, terwijl haviken en buizerds en de aaseters uit de bossen hun magen vulden met het vlees van de lijken. De mensen uit het dal knikten wijs. Ze hadden het begin van dit alles gezien: duizenden en duizenden Perzische ruiters die heuvelafwaarts stroomden tussen de essen, eiken, sparren en cipressen door. De troepen van de koning der koningen, die optrokken om Alexander in de strijd te ontmoeten boden een magnifieke aanblik in hun met goud geborduurde mantels en bronzen maliënkolders, hun roodpaars-met-groene broeken, kniehoge laarzen van zacht geitenleer en de van pluimen voorziene metalen helmen op hun hoofden. De mooie jongens, de zonen van de Meden met beschilderde en met rouge opgemaakte gezichten, hadden hoornvormige vilten mutsen met kleppen voor hun oren en een mondstuk om hun lippen en neusgaten te beschermen tegen de stofwolken en de zwermen zwarte vliegen. Ze droegen met zilver ingelegde gordels waarin dolken en kromzwaarden waren gestoken. In hun ene hand hielden ze een rond schild in alle kleuren van de regenboog, in de

244

andere de lichte houten werpspies met de wrede, van weerhaken voorziene punt, speciaal gescherpt om diep door te dringen in de lichamen van de Macedonische barbaren.

De cavalerie mende, de teugels losjes in de hand, paarden van elke mogelijke kleur en soort, aangekleed met rijk versierde harnassen en schitterende zadelkleden. Ze stamden uit alle provincies van het rijk: Perzen met een lichte huid reden naast donkere, tulbanddragende lichte cavaleristen uit de fabelachtige landen van de Hindoe Koesh. Achter de cavalerie kwamen de Griekse huurlingen, met geschoren hoofden, kortgesneden snorren en baarden en zonverbrande gezichten. Ze droegen luchtige tunieken en marcheerden op laarzen. Hun wapens en harnassen, speren en schilden lagen hoog opgestapeld op de wagens die naast hen voortrolden. Hun leider Memnon reed bij de Perzische prinsen, maar de brigadecommandant Omertes, een man met een smal, door diepe littekens ontsierd gezicht, liep als een pauw voorop. De huurlingen waren in de beste stemming. Ze waren ruim bedeeld en elke man droeg zijn eigen rantsoen. De Perzische heren hadden hun proviandwagens ook gevuld met het beste brood, het beste vlees en de lekkerste bieren en wijnen uit hun Griekenland. Bovendien was de betaling niet mis: echte Perzische dareiken met de belofte van meer wanneer de veldslag voorbij was. De huurlingen marcheerden in slagorde – falanxen van acht man breed en zestien man diep, met een opening tussen ieder bataljon. Trompetblazers liepen langs de flanken, verkenners onderzochten het terrein verderop, klaar om alarm te slaan bij de dreiging van een verrassingsaanval. De officieren van de huurlingen hadden de manschappen verteld dat de Macedoniërs verdwaald waren, in verwarring verkeerden en nauwelijks nog voorraden hadden. Memnon, Omertes en de rest van de hoofdofficieren lieten hun toenemende bezorgdheid niet blijken – zowel het feit dat ze werden gewantrouwd door de Perzische aanvoerders, als de heftige discussie betreffende hun plaats, positie en functie in de Perzische gevechtslinie was verontrustend.

Memnon reed naast Arsites. De satraap en zijn aanvoerders waren uitgedost in magnifieke gouden en zilveren wapenrustingen met purper geverfde mantels. Hun oren, halzen en polsen glinsterden van kostbare juwelen. Memnon zelf was echter sober gekleed in een onversierde tuniek en een leren kuras, terwijl een page zijn helm en zijn schild droeg. Steeds weer vroeg hij Arsites om meer verkenners uit te laten zoeken waar Alexander was. Hij had zelfs geprobeerd door te drukken dat de Perzische aanvoerders zich terug zouden trekken, maar Arsites was vastbesloten. Hun laatste krijgsraad hadden ze in Zeleia gehouden, en daar was uiteindelijk een besluit genomen. Ze zouden naar de poort van Azië marcheren, het rivierdal waardoor de Granikos stroomde, en de oostelijke oever in beslag nemen. Memnon had gevraagd waarom en het antwoord was verpletterend geweest: Alexander marcheerde niet langs de kust naar het zuiden zoals verwacht, maar trok naar het oosten en kwam hen rechtstreeks tegemoet.

'Ik heb u toch gezegd,' zei Memnon tegen Arsites, 'dat Alexander razendsnel van gedachten kan veranderen. Wat hij zegt en wat hij doet zijn twee verschillende dingen.'

'En wat hij van plan is en wat er zal gebeuren, is weer een andere zaak,' antwoordde de Pers.

Memnon zuchtte en staarde in de verte. Ergens op de vlakte van Adresteia kwam zijn doodsvijand hem tegemoet.

In werkelijkheid bewoog Alexander zich sneller dan Memnon zich ook had voorgesteld. Een aantal detachementen had zich in Troje bij de koning gevoegd. Daarop had hij die beroemde stad achter zich gelaten om in het stadje Arasbio Parmenion met de hoofdmacht van het leger te treffen en oostwaarts te trekken. Nu liet hij alle schijn varen. De gidsen waren afgedankt. Tientallen verkenners werden uitgestuurd om de omgeving af te zoeken. Telamon zag hen steeds opnieuw langs de linies rijden. Alexander wilde opvallen. Het leger was omhuld door een enorme stofwolk en de heuvels weerklonken van het geluid van marcherende voeten, voortrollende wagens en klepperende paardenhoeven. De wapens glinsterden, de kleuren van de diverse regimenten straalden in het zonlicht en er klonken onafgebroken trompetsignalen. Het Macedonische leger was in volledige gevechtsopstelling: twee enorme colonnes, 750 man langs de voorkant, zestien man diep, een opening tussen elke achtste en negende man, zodat de achterste brigades zich zo nodig snel konden omdraaien om eventuele bedreigingen het hoofd te bieden. De cavalerie beschermde de vleugels en achteraan kwamen de bagagewagens, beveiligd door een scherm van speren. Hier en daar zongen soldaten schunnige spotliederen over hun kameraden in rivaliserende eenheden. Alexander galoppeerde langs de rijen en gaf zijn orders die verder werden doorgegeven, zodat elke man op de hoogte was.

'Denk aan de Macedonische methode! De rechtervleugel is

de hamer, de centrale falanx is het aambeeld, de linkervleugel is het vuur. Elke man moet zijn plaats weten, let dus op jullie bevelhebbers! Luister naar de trompetten, onthoud de signalen!'

Telamon en Aristandros vergezelden de koning op deze ritjes om het moreel te stimuleren. Alexander was uitstekend in vorm en gekscheerde met officieren en manschappen. Hij hield af en toe de teugels in, riep iemand uit de rijen, vertelde hem dat hij zijn vader of zijn familie kende, gooide de man een munt toe en reed dan verder. Er werd druk gespeculeerd waar de Perzen hun positie zouden kiezen. Parmenion, brigadecommandant van de linkerflank, drong aan op voorzichtigheid. Alexander lachte alleen maar.

'Als jij een Pers was, waar zou jij dan stelling kiezen?' riep Ptolemaios luid.

'Als ik een Pers was, dan zou er geen Macedonië bestaan!' kaatste Alexander terug onder luid gelach van zijn metgezellen.

De warme dag hield aan. De verkenners keerden terug. Ze brachten exacte informatie: de Perzen bevonden zich aan de overkant van de Granikos en stelden hun troepen in slagorde op. Alexander beval zijn colonnes halt te houden. De bagagewagens werden onmiddellijk naar voren gehaald en er werden wapens uitgedeeld. De falangisten grepen de lange sarissa's en drukten de kausia's stevig op hun hoofden. Schilddragers trokken borstharnassen aan, wapenden zich met schilden, zwaarden en speren en zetten hun Phrygische helmen op die waren versierd met de kleuren van hun eenheden. Ook Alexander kleedde zich voor de strijd en wilde per se de schitterende helm, het kuras, de krijgsrok, de scheenplaten en het schild dragen die hij uit de tempel van Athene in Troje had meegenomen. De helm was nu getooid met witte pluimen. Kleitos, die eruitzag als een beer, protesteerde.

'De Perzen zullen je zien. Ze zullen je herkennen. Moet je zo nodig paraderen als een pauw wanneer er geen vos in de buurt is, heer?'

'Mooie pauw, mooie vos,' antwoordde Alexander met een knipoog naar Telamon, die bevreemd naar de wapenrusting keek.

Gedurende de afgelopen dagen had Telamon steeds minder vertrouwen gekregen in de plannen die werden beraamd. Hij had alles met Kassandra besproken en er begon zich een hypothese te vormen. Soms zag hij dat Alexander hem vanuit zijn ooghoek gadesloeg. Telamon vermoedde dat Alexander de waarheid wel besefte, maar de koning gedroeg zich minstens zo impulsief, roekeloos en opvallend als anders. In zijn goud-met-zilveren wapenrusting, purperen mantel en indrukwekkende helm zou Alexander een goed zichtbaar doelwit zijn voor de Perzen. De koning leunde naar hem over en greep Telamons arm.

'Blijf je bij me, Telamon? Net als in Miëza?'

'Heb je me daarom hierheen gebracht?'

'Ik miste je, Telamon, ik heb je altijd gemist. Jij was altijd oprecht, niet sluw zoals Seleukos of laatdunkend zoals Ptolemaios.'

De koning negeerde de opwinding om hem heen: mannen die hun wapens aangordden, gebeden mompelden, afscheid namen van kameraden en elkaar over te brengen boodschappen opgaven voor het geval dat ze het niet zouden overleven.

'En mijn vader?' vroeg Telamon. 'Dat heb ik altijd willen weten. Waarom is hij toen zo veranderd?'

'En dat vraag je me nu!' zei Alexander plagend. 'Wel, Telamon, ziehier het antwoord. Je vader kreeg genoeg van bloedvergieten, van veldslagen en van het drama van de strijd.'

'Maar jij niet, hè, heer?'

Alexander schudde zijn hoofd, nam de teugels in zijn ene hand en streek met de andere het luipaardvel glad dat als zadelkleed over de schoften van zijn paard hing. Aan de afhangende poten van de vacht waren de klauwen goed zichtbaar en speciaal opgepoetst.

'Ik niet, Telamon. Geef mij de glorie en het vuur!' fluisterde Alexander.

De koning duwde zijn hielen in de flanken van zijn paard. Aristandros was verdwenen. Met Kleitos aan zijn rechterhand en Telamon net achter hem aan de linkerkant, reed Alexander langs de colonnes om op een geforceerde mars aan te dringen. Het leger was getransformeerd. Eskadron na eskadron van ruiterij: de Macedonische gezellen, de Thessaliërs, de Thraciërs, de verschillende brigades en regimenten van infanterie, Kretenzische boogschutters, slingeraars en Agrianisch voetvolk. In het hart van het Macedonische leger de regimenten van schilddragers en falangisten met hun enorme sarissa's, allemaal marcherend op dubbele snelheid. Trompetten klonken, de gevechtslinie stelde zich op in slagorde en bewoog zich van de weg af door de velden in de richting van de Granikos. Telamon keek om. Kassandra bevond zich bij de bagagewagens. Hij had haar verteld wat ze moest doen als de zaken verkeerd liepen. De teerling was geworpen, hij was bij Alexander en hij zou bij Alexander blijven, hoe het ook uitpakte.

De Macedoniërs bereikten de met riet begroeide rivieroever en werden snel ingezet. Parmenion, met cavalerie en een gemengde brigade van schilddragers en falangisten, voerde het bevel over de uiterste linkerkant. Ptolemaios, Amyntas en Sokrates voerden het centrum van falangisten en schilddragers aan. Alexander had, samen met het koninklijke keurkorps van Macedonische gezellen, ondersteund door twee bataljons schilddragers en hetzelfde aantal falangisten, het bevel over de rechtervleugel.

Alexander controleerde het geheel vanaf een lage heuvel, omringd door trompetblazers en boodschappers.

'Onthoud het goed!' Hij wees langs de linies. 'Links Parmenion! In het midden Ptolemaios, Amyntas en Sokrates. Ikzelf rechts! Wij zijn de hamer, het midden is het aambeeld en links is het vuur! Zo, heren, laten we de rivier bekijken!'

Vergezeld van zijn stafofficieren en zijn huishouding, inclusief Telamon, reed Alexander door een dal met wilgen, gaspeldoorn en andere struiken naar het water. De Granikos stroomde traag door de met witte en grijze kiezels bedekte bedding.

'Mooi! Mooi!' prevelde Alexander. 'Niet te diep!'

'Hij is zo'n dertig meter breed!' mompelde een stafofficier.

Telamon keek over het water heen en de moed zonk hem in de schoenen. Aan de overkant rezen hoge oevers van klei op, terwijl een stukje verder van de rivier af bomen en struiken groeiden die een aanval zouden belemmeren.

'We zullen wachten! We zullen wachten!' beval Alexander. 'Laten we zien welke fouten Arsites gaat maken!'

De Perzische opperbevelhebbers waren in verwarring. Hun verkenners hadden het nieuws gebracht van Alexanders geforceerde opmars en gevechtsopstelling. Zelf waren ze niet zo snel. Arsites was nog bezig zijn bevelen uit te vaardigen en werd daarbij gehinderd door een slechte communicatie tussen de verschillende eenheden. De cavalerie vormde een lange linie van acht man diep. De rij was ongeveer tweeënhalve kilometer lang, een menselijke regenboog van metaal, kleurrijke stoffen, banieren en hinnikende paarden. De lucht weerklonk van geschreeuwde bevelen en trompetsignalen. Af en toe waaiden soortgelijke vage geluiden over van hun vijanden aan de andere kant van de rivier.

Memnon zat op zijn paard en staarde verbijsterd en vol ongeloof naar Arsites. Het gezicht van de satraap ging schuil onder zijn helm met brede oor- en wangbeschermers van maliën.

'Dit is krankzinnig, heer! Alexander beweegt zich te snel,' riep Memnon uit. Hij wees naar de zon die al begon te dalen. 'U verwachtte dat hij zijn kamp zou opslaan voor de nacht en dat heeft hij niet gedaan. We zijn nu geheel...'

'Ik heb het opperbevel!' snauwde Arsites. 'De Perzische cavalerie zal optrekken door de bomen om de oostelijke oever van de Granikos te beheersen. Alexander moet de rivier oversteken en dat zal een mislukking worden.'

'Maar mijn Grieken!' schreeuwde Memnon en hij stak zijn hand uit om het hoofdstel van Arsites' paard te grijpen.

De Pers trok woedend aan de teugels, zodat zijn paard achteruit schoot. De luitenants van de satraap wierpen boze blikken op Memnon, terwijl ze naar hun kromzwaarden grepen.

'Dat is ongehoord,' riep Memnon smekend. 'Mijn Grieken moeten in het centrum een dichte en stekelige falanx van infanteristen met speren vormen. Zij zullen de Macedoniërs tegenhouden.'

'Je hebt mijn orders,' antwoordde Arsites koel. 'We gaan door de bomen. Jij stelt je brigade op de heuvel achter de Perzische linies op. Ze zullen geen ereplaats innemen!'

'Het is geen kwestie van eer!' brulde Memnon. 'Wanneer de Macedoniërs die oever op komen klimmen...'

'Dan worden ze verwelkomd met een regen van speren,' onderbrak Arsites hem. 'Discussie gesloten!'

De satraap keerde zijn paard. Bevelen werden geschreeuwd. Trompetsignalen schetterden, vaandels werden omlaag gehaald en weer omhooggestoken als saluut, en de Perzische linie begaf zich door de bomen naar de hoge rivieroever.

Een Perzische stafofficier reed terug naar de plek waar Memnon nog altijd vol ongeloof naar de falanx van Griekse huurlingen in gevechtsopstelling zat te staren – een donker vierkant van speren, schilden en helmen.

'Heer Arsites stuurt zijn groeten. Hij verzoekt u naast hem de ereplaats in te nemen in het midden,' zei de stafofficier.

'Ik zal er zijn.'

De stafofficier galoppeerde weg. Memnon trok aan de teugels van zijn paard en reed langzaam naar de plek waar Omertes en zijn luitenants voor de falanx stonden.

'Jullie hebben je orders!'

Memnon staarde naar Omertes en zijn tweede man staarde terug door de spleten van zijn bepluimde Korinthische helm.

'Dit is gekkenwerk!' fluisterde Omertes.

'Dat komt omdat ze ons niet vertrouwen,' antwoordde Memnon. 'Wees voorzichtig, Omertes, houd stand. Als de Perzische linie wordt doorbroken, trek je dan alleen terug op hun bevel. Laat niets gebeuren zonder Arsites' toestemming, anders gaan ze ons misschien van verraad verdenken.'

Omertes tilde zijn speer op als een saluut. Memnon strekte zijn hand uit als antwoord en overzag de aaneengesloten falanx van huurlingen.

'Jullie hebben je positie!' schreeuwde hij. 'We hebben eerder tegen Macedoniërs gevochten en hen verslagen!'

Zijn woorden werden begroet met een luid gejuich terwijl ze werden doorgegeven van rij tot rij.

'Neem je plaats in en wacht op de bevelen,' schreeuwde Memnon. 'Beweeg je niet verder naar voren of naar achteren!'

Er stonden tranen in zijn ogen. Hij probeerde zijn stem vast te laten klinken, maar zijn bemoedigende woorden klonken hol. Hij was zich bewust van de brandende zon, de roep van een vogel die over het grasland scheerde, het gezoem van een bij in de verte. Zijn mannen keken hem gespannen aan. Ze geloofden werkelijk dat ze vandaag een overwinning zouden behalen. Memnon vond het moeilijk hen te bedriegen. Zijn luide hartslag en een prop in zijn keel maakten verder praten onmogelijk. Hij stak zijn hand op als ecn saluut en keerde zijn paard. Omringd door zijn officieren reed hij naar de Perzische linie.

'Ik wist niet dat ze ons zo intens wantrouwden. Als ik dat had geweten!' fluisterde hij tegen zichzelf. Hij hield zijn paard in en keek over zijn schouder naar de falanx die nu langzaam voorwaarts ging. Hij zou het liefst terugrijden, het bevel geven om te keren en zo ver mogelijk weg te marcheren, maar dat zou Arsites prachtig vinden. Hét bewijs dat de Grieken niet te vertrouwen waren en dat Memnon de gunst van de koning der koningen niet verdiende. Dat zou het einde zijn van Memnon, en zijn huurlingen zouden net zo hard door de Perzen als door de Macedoniërs worden aangevallen. De teerling was geworpen. Memnon griste zijn helm uit de handen van een adjudant.

'Wat kunnen we doen, heer?' vroeg de officier.

'Vechten en bidden!' snauwde Memnon. Hij zette zijn helm op en duwde zijn hielen in de flanken van zijn paard, zodat het dier overging in galop.

De Macedonische gevechtslinie stond nu op de donkere

rivieroever van klei en keek neer op de Granikos. De mannen staarden naar het koele water, likten langs hun droge lippen en tuurden angstig naar de overkant. Het enige wat ze konden zien was de steile kleioever en de groepjes bomen en struiken erachter. Alexander keek en wachtte, omringd door zijn officieren. Ergens in de linies hief iemand een gezang aan. Alexander stuurde een boodschapper uit om stilte te bevelen. De laatste wijn werd opgedronken. Alexander bracht een plengoffer en zag de wijn wegsijpelen in de modder. Hij wierp een blik op Telamon, die nu ook een helm had opgezet en een kuras had aangetrokken. Een zwaardriem liep over zijn nek en schouder.

'Er bestaat niets indrukwekkenders dan een leger in gevechtsopstelling!'

Telamon moest hem gelijk geven. Alexander stond met zijn aanvoerders van het keurkorps van de bereden garde op een kleine verhoging – aan hun linkerkant strekte zich het gehele leger in slagorde uit. Tienduizend infanteristen, vijfduizend cavaleristen.

'De Perzen beschikken over ongeveer hetzelfde aantal,' verklaarde Alexander alsof hij Telamons gedachten kon lezen. 'Circa twaalfduizend cavaleristen, vijfduizend Griekse huurlingen als infanterie.' Opgewonden stak de koning zijn vuist op. 'Ik ben benieuwd hoe hun opstelling is!'

Er steeg geroezemoes op uit de gelederen. Telamon keek naar de overkant van de rivier. Zijn hart sloeg een slag over. De Perzische linie kwam te voorschijn uit het bos, rij na rij van schitterend geklede ruiters, met een wapenrusting die glansde in de namiddagzon. Er kwamen er steeds meer, totdat de linie net zo lang was als die van de Macedoniërs. Alexander kon nauwelijks zijn mond houden van opwinding.

'Kijk eens, kijk eens wat ze doen!' riep hij uit. 'Ze willen proberen ons te omtrekken!' Hij wendde zich tot een van de pages. 'Ga Amyntas, Ptolemaios en Parmenion vertellen dat onze linie moet worden verlengd. Laat vooral Parmenion zijn tegenstanders goed in de gaten houden.'

Er ging een luid gebrul op in het vijandelijke leger toen er een groep opzichtig geklede officieren verscheen. Ze baanden zich een weg door de Perzische gelederen en galoppeerden langs de hoge oever van de rivier. Plotseling bleven ze staan en staarden over het water naar Alexander en zijn entourage.

'Arsites!' fluisterde Alexander. 'Men zegt dat hij zich kleedt als een vrouw, maar dat hij vecht als een wilde kat.' Zijn scherpe

ogen zochten de vijandelijke aanvoerders af. 'Memnon is erbij...
oh, de goden zij dank!' Alexanders ogen straalden van opwinding.
'Ik kan het haast niet geloven!'

'Wat is er?' vroeg Telamon.

'Oh, Kleon, ik kan je wel zoenen!' fluisterde Alexander. 'Zie
je het niet, Telamon? De Griekse huurlingen zijn nergens te
bekennen. De Perzen moeten hen ergens in de achterhoede
houden.' Alexander hief zijn hand op alsof hij een groep rekru-
ten onderwees. 'Zet nooit infanterie achter cavalerie. De infanterie moet voorop staan, ondersteund door cavalerie, maar
nooit erachter!'

De Perzische linie kwam nu helemaal te voorschijn en nam
haar positie in. Rij na rij, een muur van kleuren, glimmende
schilden, glinsterende helmen, hinnikende paarden die vooruit en
achteruit bewogen als reactie op de opwinding van hun berijders.
Echo's van geschreeuw waaiden over het water, samen met het
geluid van trompetten, rinkelende harnassen en het bloedstollende gerasp van wapens die werden getrokken.

Telamon bekeek de eigen linies en nam het beeld van de
gekleurde helmen van de schilddragers, de falangisten, de Thessaliërs en de Thraciërs in zich op. Hij wierp een blik over zijn
schouder. Aristandros was gearriveerd, te voet, omringd door zijn
koorleden die stuk voor stuk waren bewapend met grote ovale
schilden. Sommigen droegen zwaarden, anderen tweekoppige
bijlen.

'Wat is het rustig!' mompelde een van Alexanders officieren.

De Perzen, opgesteld in een lange linie van ruiterij, staarden
zwijgend over de rivier naar de Macedoniërs. De enige beweging
aan de Macedonische kant kwam van de muildieren die aan de
rand van de linkerflank angstaanjagend oorlogstuig aansleepten:
blijden, katapulten en reusachtige slingers.

Een bries woei het stof weg. Het was een serene voorjaarsmiddag, verlicht door de dalende zon, terwijl de Granikos traag
door zijn grindbedding slingerde. Boven het water doken en riepen vogels. Bloeiende planten die waren verpletterd onder de
paardenhoeven en de harde sandalen van de manschappen, hul-
den de rivieroevers in hun geur.

De opwinding en de spanning waren geluwd – er heerste een
adembenemende stilte, alsof de legers die tegenover elkaar stonden zich afvroegen of de bloedige strijd zou beginnen of niet.
Plotseling werd er schel gefloten en begonnen een paar van

Alexanders falangisten een stroom van beledigingen te schreeuwen. Een Pers dreef zijn paard naar voren en reed bijna sloom naar beneden tot de rand van het water.

'Wat doen jullie hier?' riep hij uit. 'Waar gaan jullie heen in het gebied van de koning der koningen? Hebben jullie zijn toestemming? Komen jullie schatting betalen? Wat zijn jullie? Mannen in vrouwenrokken! Ik heb een boodschap voor jullie. Als jullie je wapens neerleggen, geven we jullie een pak op je donder en laten we jullie gaan!'

De Pers draaide zijn hoofd een beetje opzij, alsof hij op een antwoord wachtte. Een Macedonische falangist rende naar voren. Hij keerde zijn rug naar de vijand, tilde zijn krijgsrok op en liet een scheet, tot groot vermaak van zijn kameraden. Sommigen van hen raapten stenen op en smeten ze lukraak over de rivier.

'Het is tijd!' beval Alexander. 'Volg mij, jullie allemaal!'

Hij zette zijn helm op, trok zijn zwaard en daverde omlaag langs het Macedonische front. Telamon en de anderen hadden geen andere keuze dan hem te volgen. De arts was opgelucht om in beweging te zijn en wat wind op te vangen. Alexander galoppeerde voorop, met zijn zwaard hoog opgeheven, en van top tot teen in een verblindende wapenrusting gestoken, alsof hij een god was. Hij reed niet op Boukephalas, zijn dierbare lievelingspaard, maar op een stevig oorlogspaard. Elke eenheid die hij passeerde, stak de speren omhoog, kletterde met de zwaarden tegen de schilden en begroette hem met de Macedonische strijdkreet waarmee de oeroude oorlogsgod werd aangeroepen: 'Enyalios! Enyalios! Enyalios!'

De kreet schalde door het rivierdal. Telamon was zich bewust van starende ogen, gehelmde gezichten, de geur van leer, de doordringende stank van zweet, de angst en de moed op zoveel gezichten en in zoveel ogen. Ze passeerden de schilddragers, die hun wapens lieten kletteren om hun koning te begroeten. Ze bereikten het centrum en daarmee ook Ptolemaios met zijn cynische gezicht onder een bronzen helm. Sokrates worstelde om zijn paard in bedwang te houden. Amyntas, de aanvoerder van het elitekorps van schilddragers, brulde de strijdkreet om de spanning en opwinding in zijn binnenste te kunnen ventileren. Uiteindelijk bereikten ze de linkervleugel van het Macedonische leger onder Parmenion, een veteraan van vele veldtochten. Ook hij was stomverbaasd over de Perzische fout en riep dat hij zijn ogen niet kon geloven.

'De huurlingen zouden daar moeten staan, heer.' Hij wees naar het midden van de Perzische linie. 'Wie weet? Misschien hebben ze hen wel thuisgelaten?'

Alexander was echter alleen nog maar geïnteresseerd in zijn krijgsplan. Hij greep Parmenions pols.

'Je hebt mijn orders. Houd je linie intact.' Hij wees naar de rij katapulten en blijden. 'Wanneer de aanval begint, gebruik die dan nog niet. Dwing de Perzische rechterflank niet om in beweging te komen.'

'Is dat verstandig?'

Alexander was al bezig zijn paard te keren en maakte met een handgebaar duidelijk dat er niet over te praten viel. Hij galoppeerde terug langs de linie en hield halt in het midden.

'Jij gaat eerst, Sokrates! Met twee eskadrons cavalerie. Zeg hun dat ze zoveel mogen spetteren als ze willen. Neem ook een troep lansiers en hulptroepen mee. Amyntas, jij volgt hem met een brigade schilddragers – zij zullen een bruggenhoofd vestigen. Laat de falangisten daarachter komen – Ptolemaios, dat is jouw taak!'

'Heer,' protesteerde Amyntas. 'We moeten een rivier oversteken. Hij is weliswaar niet diep en de stroming is zwak, maar we moeten tegen een steile oever op klimmen. De Perzen zullen speren omlaag slingeren.'

'Laat ze hun gang gaan!' Alexanders stem was koud van onderdrukte woede. 'Maar als je denkt dat je niet in staat bent dit te doen...'

'Nee, nee.' Amyntas schudde zijn hoofd en zette zijn helm weer op.

Alexander leunde naar hem over en tikte hem onder zijn kin. 'Ga schuin naar rechts,' fluisterde hij. 'Wanhoop niet en houd stand. Jullie weten het nu. Sokrates rukt eerst recht naar voren op. Amyntas volgt en gaat licht naar rechts. Amyntas, wees niet zo opgewonden. De Perzen hebben geen voetvolk, ze hebben maar weinig boogschutters en ze dragen elk twee speren. Zodra ze die hebben geworpen, moeten ze hun zwaarden trekken en op de steile oever omlaag rijden om jullie te ontmoeten.'

Onder zijn helm plooide Amyntas' gezicht zich tot een glimlach.

'Ze kunnen er niet op losstormen,' vervolgde Alexander. 'Hun paarden zullen wegglijden, tegen elkaar stoten en elkaar verdringen. De ruiters zullen slippen. Wacht op mijn signaal. Laat hen de volle woede van de Hades voelen.'

255

Alexander reed terug naar het heuveltje. Hij gaf zijn trompetblazer een teken en er volgde één lange schrille stoot, het signaal
om op te trekken. Sokrates' trompetblazer beantwoordde het
teken. Er steeg een wild gebrul op uit de Macedonische gelederen toen Sokrates zijn eskadrons het water in leidde. Alexander
zag aan hoe paarden en ruiters worstelden tegen de stroming van
de rivier. Sommige Perzen die hun opwinding niet konden
bedwingen, reden naar de rand van het water, begerig om de vij-
and aan te vallen. Sokrates' mannen waaierden uit. De bewegingen van zo'n grote strijdmacht zorgden voor een gordijn van
opspattend water. Weer klonk een trompetsignaal. Amyntas leidde
zijn brigade van voetsoldaten het water in. Ze volgden Sokrates
in zoverre, dat ze een wig vormden en zich schuin naar rechts
bewogen. De Perzische bevelhebber zag het en begon zijn troepen te verplaatsen om hen tegen te houden.

Sokrates' linie bereikte de oever aan de overkant en werd
begroet met een regen van speren. Paarden en ruiters stortten
neer, de dieren hinnikten en schopten, terwijl de ruiters eraf klauterden. Telamon zag hoe een van hen een schop kreeg van een
hoef. De man viel in de rivier, kronkelde zich in bochten en dreef
met zijn gezicht omlaag langs zijn kameraden, nog steeds vech-
tend om grond onder zijn voeten te vinden.

Hier en daar slaagden Sokrates' mannen erin de oever te
beklimmen, maar ze werden direct aangevallen door de Perzen
die zich massaal omlaag stortten, met hun glinsterende kromzwaarden, klaar om de Macedoniërs terug te drijven. De lucht
weerklonk van het gekletter van metaal, het gehinnik van paarden en het geschreeuw en gegil van mannen. Een paard met een
onthoofde berijder die rechtop bleef zitten omdat hij verstrikt zat
in de teugels, denderde langs de rivier totdat het dier struikelde
en viel, waarbij het zijn lugubere last afwierp. Het zuivere water
van de Granikos werd dofrood. In het midden van de stroom dreven lichamen. Mannen schreeuwden om hulp, met een gezicht
vol bloed.

Alexander keek onbeweeglijk toe. Amyntas' mannen bereikten de overkant, hun schilden waren aaneengeschakeld tot een
gesloten formatie. Ze werden opgewacht door Perzische cavalerie. Eerst kwam er een stortvloed van speren en Amyntas' gelederen braken open. Mannen vielen of werden zo afgeschrikt dat ze
alle discipline vergaten en vluchtten voor de monsterachtige verschrikking die hen wachtte.

Alexanders gezicht leek verstard. Een van Sokrates' ruiters galoppeerde naar hem toe. Zijn handen en armen zaten vol bloederige snijwonden.

'Heer! We krijgen geen voet aan de grond!' hijgde hij.

'Zeg tegen Sokrates dat hij moet blijven waar hij is,' antwoordde Alexander effen.

De brigade schilddragers vocht nu aan de rand van het water en had moeite met de steile oever. Sommige mannen gleden uit en werden door hun kameraden vertrapt. Anderen liepen weg. De dappersten klauterden tegen de oever op. Een klein groepje schilddragers werd omsingeld. Kromzwaarden gingen omhoog en omlaag in flitsende bogen en bloederige lijken gleden de oever af. Weer keek Alexander langs de nog altijd zwijgende linie van Macedoniërs.

'Nu is de hamer aan de beurt!' mompelde hij.

Hij maakte zijn helm vast en knipte met zijn vingers om zijn schild. Een lijkbleke page tilde het schild naar hem op. Alexander bedankte hem, zei hem zich niet ongerust te maken en leidde zijn eigen eskadrons naar de rand van het water.

Telamon volgde hem als in een droom. Het paard dat hij bereed had de koning voor hem uitgekozen, een robuust en stevig dier. Telamon voelde zich slecht op zijn gemak in het leren borstharnas en met een zwaar schild aan zijn linkerarm. Hij droeg een zwaard, maar geen speer – hij was een slecht ruiter en zou allebei zijn handen nodig hebben om in het zadel te blijven. Om hem heen was Alexanders aanvalsmacht: de bereden garde van Macedonische gezellen, ondersteund door schilddragers en lansiers.

Toen hij eenmaal in de rivier was, handelde Alexander snel. Hij bewoog zich schuin naar rechts, op ruime afstand van de Perzische linie. De atmosfeer weerklonk van het gedender van hoeven, het gespetter van water, het gehinnik van paarden en de hijgende ademhaling en het geschreeuw van mannen. Alexander reed als een bezetene. Ze waren de rivier over en klommen tegen de oever op. Bovenaan verscheen een groep Perzische cavaleristen en Alexander reed recht op hen af. De speren van de Perzen raakten hen op gezichts- en borsthoogte. Telamon volgde achter Alexander. Plotseling verscheen Hephaistion aan Alexanders linkerzijde. Aan zijn rechterhand bevond zich Kleitos de Zwarte, een reusachtige en angstaanjagende figuur in zijn zwarte jas, gewapend met zijn Medusa-schild en zijn brede zwaard.

257

De rest van de aanvalsmacht waaierde uit. Ze maakten zich meester van de bovenkant van de oever. Aan hun rechterkant zag Telamon de Griekse huurlingen met opgerichte speren op een kleine heuvel staan. Vlak voor hen was de Perzische linie, waarvan de flank nu werd blootgesteld aan Alexanders aanval. De Macedoniërs schreeuwden hun strijdkreet en daverden op de vijand af. De Perzen waren zich echter van het gevaar bewust. Een golf van cavaleristen stormde op de Macedonische dreiging af.

Telamon bevond zich al snel in het heetst van de strijd. Hij duwde zijn dijen steviger tegen zijn paard om te voorkomen dat hij eraf viel. Omdat hij vlak achter de koning reed, werd hij zelf nauwelijks aangevallen, maar hij zag wel het bloederige resultaat van Alexanders werk – Perzische cavaleristen die van hun paard waren gestoten werden onder de aanval verpletterd of verminkt door trappelende hoeven. De Perzen die met Alexander en zijn metgezellen een gevecht van man tegen man aangingen, werden genadeloos overwonnen en opzij gesmeten. De tomeloze woestheid en energie van Alexander en zijn medeslachters duldde geen tegenstand. Ze haalden uit naar paard of berijder. Met één enkele houw van zijn zwaard scheidde Kleitos het hoofd van een Pers van zijn schouders, terwijl een ander op zijn paard bleef zitten en vol ongeloof naar de bloederige jaap in zijn buik staarde waaruit zijn ingewanden in zijn schoot stroomden. En er kwam alweer een nieuwe vijand op hen af. Het paard van Kleitos leek niet meer dan langs hem te strijken en de man stoof voorbij. Telamon had niets meer van hem te vrezen, want de zwaardhand van de Pers was verdwenen. Er was alleen een bloederige stomp van over.

Uiteindelijk remde de dichte massa van de Perzische cavalerie de Macedonische aanval af. Alexander en de anderen voor Telamon uit raakten verwikkeld in gevechten van man tegen man. Paard en berijder tegen paard en berijder, duwend, stekend en hakkend. Af en toe brak er een Pers doorheen, zodat Telamon zich plotseling met een vijand zag geconfronteerd. Schild tegen schild haalde hij uit met zijn zwaard en trof de man meer toevallig dan opzettelijk in het onbeschermde stuk tussen nek en schouder.

Ten slotte slaagden ze erin door te breken. Alexander bekommerde zich niet om wat er in het rivierdal gebeurde – zijn enige doel was het Perzische centrum te bereiken. Ondanks de doorbraak werkte zijn strategie goed. Meer en meer Perzische cavalerie vloeide weg van het centrum om een nieuwe bedreiging het hoofd te bieden: de Macedonische infanteristen staken de rivier over! Een geweldig gebrul klonk op van de rivieroever, gevolgd door de Macedonische strijdkreet. De falangisten waren er en drongen de Perzische cavalerie terug.

Telamon raakte verzeild in een nachtmerrie van rondflitsend metaal, gevloek en geschreeuw, vallende lichamen en vertrapte lijken. Kreten als 'Lansen neer!' en 'Voorwaarts!' werden begeleid door geschetter van trompetten. Kleitos brulde iets. Telamon keek op, veegde het zweet van zijn gezicht en verloor zijn helm. Ze hadden de eerste aanval van de Perzische cavalerie afgeslagen, maar een tweede golf, geleid door schitterend uitgedoste officieren, kwam rechtstreeks op Alexander af. De koning schreeuwde zijn strijdkreet en stormde hen tegemoet. Zijn metgezellen volgden hem in galop. Alexander bereikte de Perzische aanvoerder en trof hem met één worp van een speer, die hij ergens vandaan had gegrist, midden in het borstbeen. De Pers werd erdoor uit het zadel getild en viel in het stof. Telamon reed achter Alexander en haalde uit met zijn zwaard. Kleitos, meegesleept in het vuur van de strijd, vocht als een razende om Alexanders rug te beschermen. Hij keek Telamon met wilde ogen aan.

'De wapenrusting!' schreeuwde hij. 'Het is de wapenrusting!'

Telamon was zich bewust van donkere gezichten: Perzische officieren met prachtige helmen en wapenrustingen. Hij begreep de paniek van Kleitos. Ze werden nu aangevallen door de Perzische opperbevelhebbers. De hoogste aanvoerders en Perzische edelen hadden Alexander herkend en waren – ondersteund door hun lijfwachten – vastbesloten de Macedonische parvenu te omsingelen en te doden. Het gevecht liep uit op een verbeten strijd van man tegen man, schild tegen zwaard, zwaard tegen schild. Telamon haalde simpelweg uit naar alles wat hem bedreigde. De geur van bloed en modder, zweet en menselijke uitwerpselen, de afschuwelijke stank van de strijd, hing om hem heen. Perzen grepen naar zijn armen. Een van hen probeerde hem vanaf de grond uit het zadel te sleuren, maar Telamon schopte de man weg. Alexander was verwikkeld in een gevecht met een Perzische officier. Hij slachtte hem af met één houw over zijn borst. Een ander naderde hem van achteren, zijn hand was opgeheven, zijn kromzwaard schitterde in de zon, klaar voor de fatale slag. Telamon schreeuwde. Hij probeerde naar voren te komen. Kleitos verscheen vanuit het niets. Hij was rondgereden, voor Alexander langs, en kwam nu terug, om een wig te drijven tussen zijn koning en de Pers. Met één enkele slag hakte hij de arm van de aanvaller af, netjes bij de schouder. Een straal warm bloed spoot te voorschijn en bespatte Alexander en zijn paard. Het dier, dat nu wild was van de strijd, hinnikte en bokte. Alexander worstelde om in het zadel te blijven, maar hij gleed eraf. Hij duwde het paard weg op hetzelfde moment dat een Perzische cavalerist doorstootte en een fatale slag op het gehelmde hoofd van de koning richtte. Alexander zag het gevaar en verplaatste zich. De slag van het zwaard schampte af op zijn helm en onmiddellijk verdrongen Kleitos en de rest van de koninklijke lijfwachten zich om de koning, die op zijn knieën viel. De Perzische aanvaller werd gegrepen en van zijn paard gesleurd. Kleitos rukte het hoofd van de Pers achterover, sneed zijn keel door zoals hij dat bij een kip zou doen en schopte het lichaam vervolgens opzij. De Macedonische lijfwacht omringde de gevallen koning. Telamon liet zich van zijn paard glijden en wierp schild en zwaard weg. Hij haalde de helm van Alexanders hoofd. De starende ogen van de koning stonden in een spierwit gezicht, dat met bloed was bespat. Telamon zocht koortsachtig in het rossig blonde haar tot hij een buil voelde en kleverig nat bloed. Kleitos stond naast hem. De kring rond Alexander was groter en dikker geworden nu eenheden van Macedonische voetgezellen hun posities innamen. Alexander staarde versuft om zich heen.

'Hoe gaat het?' fluisterde hij.

'Besef je het niet?' Kleitos' grimmige gezicht vertoonde een glimlach. 'Hoor je het niet, heer?'

Telamon voelde Alexanders pols en zocht naar verdere verwondingen. Ook hij was zich bewust van de verandering. Het directe gevaar was geweken. De Macedoniërs trokken snel op.

'Ze zijn uiteengeslagen!' brulde Kleitos. 'De falanx van Ptolemaios is de rivier over. De Perzen trekken zich volledig terug!'

'Is het mogelijk?' fluisterde Telamon. 'Is het voorbij?'

'Hoe is de koning?' snauwde Kleitos.

'Gewond en beurs,' antwoordde Telamon. 'Maar hij overleeft het wel.'

Er kwam weer een beetje kleur op Alexanders wangen. Hij glimlachte en krabbelde met behulp van Kleitos overeind.

'Laten we hen allemaal afmaken!' zei hij moeizaam. 'En snel, voordat de avond valt!'

Hoofdstuk 13

Na het offeren in de tempel van Athene liet Alexander zijn eigen
wapenrusting achter. In ruil daarvoor nam hij de wapens mee die
daar sinds de Trojaanse oorlog hadden gehangen... Naar verluidt
heeft hij deze wapenrusting gedragen bij de slag aan de Granikos.
Quintus Curtius Rufus, *Historiae Alexandri Magni*,
Boek 2, hoofdstuk 4

Memnon brulde van kwaadheid. Zonder helm en met een jaap
in zijn zwaardarm, staarde hij woedend naar Arsites. Hij had geen
medelijden met deze arrogante Perzische aanvoerder, nu niet
meer dan een schaduw van zijn oude zelf. Arsites' magnifieke
wapenrusting was gedeukt en bespat. Een zwaardhouw had zijn
linkerwang opengereten en zijn gezicht zat vol bloed.

'Wat moet ik beginnen? Er zijn verwanten van Darius zelf
gesneuveld!' jammerde de Pers.

'Verhang je!' Memnon vloekte. Hij trok woest aan de teugels
van zijn paard en keerde op de plek waar hij zich had teruggetrokken. De lucht werd donker. De wind op zijn gezicht voerde
het afschuwelijke lawaai van de strijd mee. De laatste elite-eenhe-
den van de Perzen maakten dat ze wegkwamen in de schemering. Paarden zonder berijder galoppeerden alle kanten uit. Er
waren ook paarden die rondrenden met een bloederige, ineenge-
zakte eigenaar op hun nek. Een paard galoppeerde pas weg toen
zijn met geronnen bloed overdekte berijder uit het zadel was
gegleden. Memnon keerde om. Arsites was verdwenen. Aan de
rivieroever steeg een gebrul op alsof de hemel openscheurde.

'Enyalios! Enyalios voor Macedonië!'

Memnon reed naar de rand van de steile rivieroever en keek
sprakeloos van afschuw omlaag. Het gehele Macedonische
leger, onder leiding van Ptolemaios' brigade, was de rivier overgestoken. De falangisten hadden vaste voet gekregen op de
oever. Hun lange, dodelijke sarissa's waren vooruit gericht – een
ware muur van bewegend, puntig metaal bedreigde paard en
berijder. De Perzen waren uitgeput. Hun speren waren al
gegooid, zodat ze alleen nog met hun nutteloze kromzwaarden

konden inhakken op deze optrekkende haag van kornoeljehout en getand ijzer.

De Granikos had de rode kleur van de ondergaande zon. Lijken dobberden in het midden van de stroom, ze dreven af en aan. De oever was bezaaid met doden. De gewonden probeerden weg te kruipen. De eerste Macedonische gevallenen waren al bedekt met nieuwe doden, van wie velen de rijk versierde mantels van de Perzen droegen. Terwijl Memnon stond te kijken, hoorde hij opnieuw gebrul, nu verderop langs de oever. De val was gezet. Parmenion en zijn strijdmacht... De Perzen op de oever staakten de strijd en vluchtten de helling op. Paarden slipten, gleden weg en smakten tegen de grond, zodat hun berijders omlaag rolden om genadeloos te worden doorstoken of vertrapt. De falanx won aan snelheid en had geen moeite met de helling. De Perzische discipline stortte volledig in: ruiters daverden aan Memnon voorbij.

Een stafofficier van Memnon die het had overleefd, greep de teugels van zijn bevelhebber. 'Het is met ons gedaan!'

Memnon kon geen woord uitbrengen. Zijn keel was droog, zijn tong gezwollen. Hij kon het niet begrijpen. Die woeste snelheid waarmee Alexander de Perzen in de val had laten lopen. Zo eenvoudig, zo dodelijk in zijn luciditeit. Alexanders schijnmanoeuvre vanuit het midden, de felle aanval van rechts, Arsites' troepen die zich omkeerden om die bedreiging het hoofd te bieden. En nog was het niet tot de Perzen doorgedrongen wat er gebeurde. Memnon bedacht hoe zelfverzekerd Arsites en de rest waren geweest, hoe ze rustig hadden besproken dat Alexander opviel in zijn schitterende wapenrusting en dat ze persoonlijk met hem zouden afrekenen! De Perzische bevelhebbers hadden aangevallen. Op een paar na waren ze allemaal gesneuveld. Mithridates' arm was compleet van zijn lichaam gehakt en de rest was neergeslagen en vertrapt als rottende korenschoven.

'Heer.'

De stafofficier leunde naar Memnon over en pakte hem bij de schouder. Memnon staarde in de verwilderde ogen van de man. De Perzen die de Macedonische aanval hadden tegengehouden daverden hen voorbij. In de lucht hing de wee-zoete geur van bloed. Hartverscheurende kreten om hulp en aandacht werden de schemering in gezonden. Memnon liet zijn paard meevoeren. Hij wist wat er ging gebeuren. De Macedonische tang zou hen insluiten met een kring van wapens. De kring zou steeds kleiner worden en dan zou de werkelijke slachting beginnen.

'Ik moet Omertes spreken!' schreeuwde Memnon.

Samen galoppeerden ze over het slagveld. De falanx van gehelmde Griekse huurlingen stond nog altijd op dezelfde plek. Ze hielden hun schilden omhoog om aan alle vier de kanten een muur van metaal te vormen. Hun lansen steunden op de grond. Ze trokken zich niets aan van de Perzische paarden die langs hen stormden. Memnon voelde zich misselijk. Zijn mannen zaten in de val. Als ze vluchtten, zouden ze worden achtervolgd en afgeslacht door de Macedonische cavalerie.

'Hun enige kans is te blijven waar ze zijn en zich over te geven!' schreeuwde de officier. Hij ging vlak naast zijn bevelhebber rijden. 'Als ze u te pakken krijgen, wordt u gekruisigd, heer!'

Memnon staarde over het slagveld zonder aandacht te besteden aan de vluchtende Perzen. De Griekse huurlingen vormden nu één lange rechthoek van wachtend metaal. Zijn officier had gelijk. Het waren huurlingen, ze vochten voor geld. Ze zouden zich overgeven. Alexander zou hen opnemen in zijn leger en degenen die dat weigerden zou hij laten lopen, nadat hij hen een eed had laten zweren dat ze nooit meer tegen hem zouden vechten.

Memnon en zijn officier voegden zich bij de vluchtenden. Terwijl ze wegreden, werd het hoofd van de man van Rhodos weer helder. Frustratie en woede maakten plaats voor de behoefte aan wraak. Arsites was in de val gelokt. Memnon vermoedde dat de dikke arts Kleon hier een rol in had gespeeld. De Macedoniër had Arsites en zijn bevelhebbers valse informatie gevoerd. Alexander had precies het tegenovergestelde gedaan van wat ze hadden verwacht. Hij was naar het oosten gemarcheerd in plaats van naar het zuiden, met het doel zo snel mogelijk een veldslag te leveren, terwijl hij de indruk wekte dat zijn leger chaotisch en gedemoraliseerd was. Ze bereikten de Perzische bagagewagens. Memnon reed als een bezetene met getrokken zwaard rond de karren. Hij zocht Kleon, maar ontdekte Arsites en zijn aanhang bij een van de wagens, toen hij werd afgeleid door een luid gebrul op het slagveld. Memnon keek om in de schemering. Hij begreep wat er was gebeurd. De Macedonische gevechtslinie had de hoge oever beklommen. De Perzen waren totaal verslagen. Memnon ziedde van woede. Hij galoppeerde naar de plek waar Arsites zich haastig stond te ontdoen van zijn wapenrusting en bedienden opdracht gaf verse paarden te zoeken. Memnon steeg af. Anderen verdrongen zich om hem heen, Griekse overleven-

263

den van de veldslag. Sommigen waren onherkenbaar door het bloedbad. Arsites stond erbij als een schuw hert.

Memnon beende op hem af. 'Stomme idioot! Jullie zijn niet alleen verslagen, jullie zijn in de val gelokt! Waar is Kleon?' Hij greep de Pers bij zijn schouder. Arsites worstelde om los te komen, maar Memnon hield hem stevig vast.

'Ik ben de koning der koningen...!'

'U bent niets!' Memnon stak zijn zwaard diep in de maag van de Pers, terwijl hij het ruw ronddraaide.

Arsites' aanhang deinsde terug. Niemand hief zijn hand op of liet zijn stem horen in protest. Memnon bleef zijn zwaard in de ander boren tot het leven uit de ogen van de Pers vlood. Pas toen trok Memnon zijn wapen terug. Hij duwde het lijk weg, klom op zijn paard en greep de teugels.

'Deze dag is voorbij!' brulde hij. 'Bid tot de goden dat er een nieuwe zal komen!'

Duisternis bedekte het slagveld. Het Perzische leger was gevlucht. Alexander had een ander paard gevonden en was lichtelijk bleek en aangedaan weer opgestegen. Omringd door zijn officieren en aanvoerders had hij hun felicitaties en toejuichingen in ontvangst genomen. Telamon staarde afwezig naar de dreigende falanx van Griekse huurlingen die nog altijd in het gelid stonden. Ze waren volkomen omsingeld. Aan de voorkant Macedonische falangisten, schilddragers aan de zijkanten en cavalerie aan de achterkant. In het donker gilden en schreeuwden de stervenden en gewonden. Een deel van de hulptroepen van lichte cavaleristen sloop al weg om de doden te beroven van kostbare bezittingen.

Alexander dreef zijn paard naar voren. Hij scheen ongevoelig te zijn voor de juichende gelukwensen en zat in elkaar gezakt in het zadel, terwijl hij met holle ogen naar de aaneengesloten gelederen van zijn vijanden keek.

'Alexander van Macedonië!' schreeuwde iemand duidelijk verstaanbaar vanuit de huurlingenformatie. 'Alexander van Macedonië! We vragen om uw voorwaarden voor overgave!'

Alexander wenkte een trompetblazer en fluisterde hem iets toe. De man zette het instrument aan zijn lippen en blies een schel geluid.

'Luister!' riep de heraut. 'Wie voert het bevel?'

'Omertes!'

'Omertes van Thebe,' fluisterde Alexander.

De heraut herhaalde de vraag.

'Omertes van Thebe, Macedoniër!'

'Waar is Memnon?' brulde de heraut.

'Dood of gevlucht. Welke voorwaarden biedt u ons?'

'Geen! Alleen onvoorwaardelijke overgave,' antwoordde de heraut.

Een diep gekreun van protest steeg op uit de gelederen van de huurlingen.

Ptolemaios baande zich een weg naar voren. 'Ze hebben om voorwaarden gevraagd, heer!'

'Geef hun mijn antwoord!' snauwde Alexander en hij draaide zijn hoofd om koele wind op te vangen.

'Jullie zijn Grieken die tegen Grieken hebben gevochten, in weerwil van het decreet van de Grieken!' schreeuwde de heraut door de stille schemering. 'Leg jullie wapens neer!'

'Molen labe! Kom ze maar halen!' antwoordde een stem, een weerklank van de oude kreet van Sparta bij de eis tot overgave van de Perzische koning.

Alexander hief zijn hand op en er klonk een trompetsignaal, dat snel werd overgenomen door anderen. Ook Telamon zag hoe de Macedonische falanx oprukte met de sarissa's in de aanslag. Alexander zelf leidde de cavalerieaanval op de vijandelijke gelederen. De Macedoniërs sloten het net en de massaslachting begon.

Telamon kreeg het koud van angst toen de avondlucht werd verscheurd door het hernieuwde gekletter van wapens en de afschuwelijke kreten van stervende mannen. De gelederen van de Griekse huurlingen gingen op in een chaos van bloedige strijd.

'Ik heb genoeg gezien,' fluisterde Telamon. Hij keerde zijn paard, baande zich een weg naar de hoge oeverrand en daalde af naar de rivier. De gevolgen van de strijd waren overal te zien. Op sommige plekken lagen de lijken wel twee of drie man hoog. De grond was glibberig van het bloed. Afgehakte ledematen. Een afgeslagen hoofd, waarvan de ogen wijdopen waren en de tong tussen de tanden was geklemd, lag als een bal verward in de takken van een struik. Gewonde, dolle paarden kronkelden op de grond en deden wanhopige pogingen overeind te komen. De mannen die wegstrompelden, waren afzichtelijk bebloed. Een Pers zat met zijn rug tegen een boom. Hij was van zijn nek tot zijn kruis opengesneden en zijn ingewanden lagen op de grond.

Toch knipperden zijn ogen nog en bewogen zijn lippen, terwijl er een vreemd klikgeluid uit zijn keel kwam. Een Kretenzische boogschutter kroop naar de man toe, sneed zijn keel door en begon hem te beroven, zonder zich iets aan te trekken van Telamons aanwezigheid. Hier en daar verrieden kleine fakkellichten dat er soldaten over het slagveld slopen om te plunderen of naar verdwenen kameraden te zoeken. Alexanders huurlingen hielden zich bezig met lugubere zaken. De gewonde Grieken werden meegenomen en verzorgd door de kwakzalvers en kampvolgers, maar alles wat de Perzen kregen, was de genadeslag – een doorgesneden keel van oor tot oor.

Telamon hoorde een gil vanuit een groepje struiken hoog op de oever. Hij steeg af en nam zijn paard aan de teugel mee. Een groep Thessalische cavaleristen had een jonge Pers gevangen en uitgekleed. Nu hielden ze hem wijdbeens op zijn buik tegen de grond gedrukt, klaar om hem te verkrachten en andere obsceniteiten met hem uit te halen. De Pers worstelde om los te komen toen een van de Thessaliërs met een opgetrokken strijdrok en een ontblote penis voor zijn gezicht neerknielde.

'Houd op!' schreeuwde Telamon.

De Thessaliërs kwamen overeind en trokken hun zwaarden.

'Ik ben Telamon! Lijfarts van Alexander!' Hij zocht naar het zegel en haalde het te voorschijn.

De Thessaliërs verdwenen. De Pers stond op. Telamon zag dat het een jongen was van hooguit zeventien zomers oud. De arts gooide hem een opgeraapte mantel toe.

'Trek aan!' Hij wees naar het paard. 'Rijd hierop zo snel je kunt zo ver mogelijk weg van deze walgelijke plek!'

Hij wachtte niet op de reactie van de Pers, maar draaide zich om en glibberde langs de rivieroever omlaag. Beneden kwam hij een groep schilddragers tegen die om zijn hulp vroegen. Telamon begon wonden te verbinden, maar hij was zo uitgeput dat hij zich niet eens meer kon herinneren hoe hij een knoop moest leggen. Een van de schilddragers pakte hem bij zijn arm en bracht hem de rivier over. Hij zag lichten en hoorde geschreeuw. Er dromden mensen om hem heen die hem vragen stelden. Kassandra, bleek en bezorgd, hield hem een beker wijn voor. Ze greep hem bij zijn arm en dwong hem te drinken. Hij wist dat hij door het donker strompelde en onder een wagen kroop, maar toen viel hij als een blok in slaap, met Kassandra naast zich. De volgende ochtend werd hij gewekt door een wachtpost die hem tegen zijn voet schopte. Kassandra protesteerde krijsend – de man reageerde erop met obscene gebaren.

'Ik kom al!' Telamon kroop onder de wagen uit. Hij staarde naar de hemel en realiseerde zich dat het al laat in de ochtend moest zijn. Het was druk op het bagageterrein. Gevangenen werden onder bewaking weggeleid. Van de Perzen geroofde buit werd over de rivier gevaren. Ziekendragers haastten zich voorbij met geïmproviseerde draagbaren waarop gewonde Macedoniërs lagen. Ze liepen in de richting van een groepje bomen waar de hospitaaltenten waren opgezet.

'Hebben jullie hulp nodig?' mompelde Telamon.

De wachtpost, dronken en ongeschoren, schudde zijn hoofd. Zijn handen en polsen waren bedekt met aangekoekt bloed,

'Alstublieft, heer, zeg tegen die roodharige teef dat ze haar mond moet houden! De koning wil u spreken.'

Hij zweeg toen er een luid gejoel losbrak. Telamon zag een lange rij mannen aankomen, naakt op hun lendendoeken na, aan elkaar geketend aan polsen en enkels. Aan weerszijden van hen liepen twee rotten schilddragers die de gevangenen duwden en stompten. Ze sjokten in een lange rij langs de wagens, diepongelukkige mannen, overdekt met modder en bloed.

'Arme donders!' mompelde de wachtpost. 'Alles wat er over is van Memnons huurlingen!'

'Hoeveel zijn er gesneuveld?' vroeg Telamon.

'Ongeveer drieduizend, de rest heeft zich overgegeven. Die zijn bestemd voor de zilvermijnen van Macedonië.'

Het nieuws van de komst van de gevangengenomen huurlingen ging als een lopend vuur door het kamp. Het trok soldaten aan. Onder gejoel en gejouw werd er met modder en stenen gegooid.

'Er zijn Thebanen bij,' zei Kassandra tegen Telamon. 'Ik ben de hele dag en nacht hier gebleven om onze spullen te bewaken. Er spoken hier meer dieven rond dan er bladeren aan een boom groeien. En de meesten zijn Macedoniërs.'

De wachtpost kwam met een nijdige uitdrukking op zijn gezicht op haar af.

'Ik ga nu mee naar de koning,' zei Telamon haastig.

Alexanders paviljoen was al opgezet, niet ver van de plek waar Parmenion de vorige dag de linkervleugel had aangevoerd. De koning zat op een krukje voor de tent. Hij had niet geslapen en zijn ongeschoren gezicht was bleek. Hij droeg dezelfde tuniek die hij tijdens de veldslag onder zijn wapenrusting had aangehad. Op zijn armen en benen zaten nog opgedroogde bloedspatten en een geïmproviseerd verband bedekte de wond op zijn achterhoofd. De schrijvers van de legeradministratie zaten in een halve cirkel om hem heen. Alexander werd in beslag genomen door het toezicht op groepen soldaten die kostbare Perzische wapenrustingen opstapelden die van het slagveld waren gehaald.

'Ik wil dat er negen van hen naar Athene worden gestuurd!' schreeuwde Alexander. 'Met deze boodschap: Alexander, zoon van Philippus en de Grieken, aan Athene en alle steden van Griekenland, behalve Sparta...' De rest van de boodschap beschreef in vogelvlucht een grootse overwinning. Achter Alexander zag Telamon andere bevelhebbers rond een tafel in de tent zitten met schrijvers tussen hen in. Ze bestudeerden kaarten en dicteerden brieven. Alexander praatte snel, gaf instructies en ontving rapporten. Ten slotte draaide hij zich om en schermde zijn ogen af.

'Een geweldige overwinning, niet, Telamon? De goden hebben hun wil duidelijk gemaakt.' De glimlach verdween van zijn lippen. 'Heb je Kleon gezien?'

Telamon schudde zijn hoofd.

'Waarschijnlijk is hij zo ver mogelijk weggevlucht en zoekt hij langzaam zijn weg terug,' merkte Alexander droog op. 'Maar wij hebben nog een en ander te doen. De waarheid moet aan het licht komen!' Alexander wuifde met zijn hand. 'Doe het snel! Doe het onopgemerkt. Laat het me weten. Oh,' Alexander riep Telamon met een handgebaar bij zich, 'je neemt die roodharige niet mee. Een groep lansiers zal zorgen dat je veilig in Troje aankomt.'

Hij keek met gespeelde onschuld naar Telamons verslagen gezicht.

'Wat is er, geneesheer?'

'Troje!' riep Telamon kwaad. 'Ga ik nu terug naar Troje?'

'Zoals onze brave leraar Aristoteles zou zeggen, wees logisch in alle dingen,' fluisterde Alexander. 'Je weet nu toch wie Naihpat is, Telamon? Je kent de ware identiteit van de moordenaar en je weet hoe de moorden – en het verraad – werden gepleegd?'

Telamon voelde zich slap worden. Ongevraagd ging hij op een krukje zitten.

'Je hebt het al die tijd vermoed!' fluisterde hij. 'Het was een schertsvertoning, een schimmenspel. Nu zien we Alexander als de zegevierende generaal, de geslepen politicus. Welke rol speelde je in het kamp bij Sestos?'

De koning kneep zijn ogen samen. 'Eh... de tamelijk onzekere, onervaren soldaat.'

'Meer dan dat!' kaatste Telamon terug. 'Offers aan de ene god, dan weer aan een andere! Getob om welke route je moest kiezen. De kaarten, de gidsen, de festiviteiten in Troje. Dat was allemaal onzin, je had allang besloten wat je ging doen, waar je heen wilde en hoe je je droom waar kon maken. Je speelde een spel! Je hebt me misleid, je hebt iedereen misleid. De afgelopen dagen ben ik door logica, diep nadenken en bewijzen tot mijn conclusies gekomen. Jij wist het de hele tijd al!'

'Natuurlijk wist ik het.' Alexander lachte schamper. 'Nee, nu lieg ik, maar ik vermoedde het wel, ik had mijn verdenkingen. Ik moest iedereen wel misleiden. Weet je nog dat we tegen Droxenios vochten? Ik heb hem verslagen, niet omdat we sterker waren, of omdat we beter met onze wapens konden omgaan, maar door een list. Hetzelfde is hier het geval. Ik heb Arsites en zijn bevelhebbers misleid. Nu is het spel uit. Het wordt tijd om de boel aan te vegen, de rommel op te ruimen en de verrader te spreken.'

'Hoe weet je dat ik zover ben om dat te doen?'

'Oh, Telamon, misschien bestudeer jij mij, maar in elk geval bestudeer ik jou. Ik heb op je gezicht gelet tijdens onze mars naar de Granikos, ik heb gezien hoe stil en afgetrokken je werd. Nu is het tijd...'

'Voor de gerechtigheid van de koning?'

'Precies.' Alexander wuifde hem weg. 'Ik zie je vanavond wel weer. Of misschien morgen? Vertel me dan alles wat er is gebeurd.'

Tegen de tijd dat Telamon Troje bereikte, was de avond gevallen. Het garnizoen dat Alexander had achtergelaten om de ruïnes en de stad te bewaken, zat te springen om nieuws. De soldaten bestormden hem met een litanie van opgewonden vragen. Telamon negeerde hen. Hij voelde zich moe en gespannen. Hij wilde dat hij Kassandra mee had kunnen brengen, of tenminste afscheid van haar had kunnen nemen, maar de officier die de leiding had over de lansiers had strikte orders.

'Ik moet u rechtstreeks naar Troje brengen, heer, u beschermen en u weer terugbrengen.'

De menigte vragenstellers ging uiteen. De officier bracht

Telamon door de kronkelige straatjes naar het voorhof van de tempel van Athene. De portier zat op de trap te slapen, maar sprong overeind bij hun komst. Niet veel later werd Telamon de kleine ruimte achter in de tempel binnengelaten waar Antigone werkte. Ze zat aan een tafel waarop vier olielampen brandden. In de muurnissen stonden nog meer lampen. Antigone staarde naar een rol perkament met een schrijfstift in haar hand, en er stond een geopend inktpotje op tafel. Ze keek nauwelijks op toen Telamon binnenkwam, maar tikte met de schrijfstift tegen haar wang.

'Ben je alleen, arts?'

'Buiten staat mijn escorte.'

Antigone leunde met haar rug tegen de muur. Haar haar was niet opgemaakt en hing in lokken langs haar beeldschone gezicht.

'Doe de deur dicht, Telamon! En schuif de grendels ervoor!'

'Verwachtte u me?'

'Al jaren,' antwoordde ze scherp. 'Ik verwacht jou of iemand zoals jij al langer dan ik me kan herinneren.'

Ze stond op, liep naar een plank en pakte er een wijnkelk af. Ze deed er wijn in en ging toen naar de plek waar Telamon, die inmiddels de deur had afgesloten, op een smalle richel was gaan zitten die rond de kamer liep. Ze bood hem de wijn aan, maar Telamon weigerde. Antigone grijnsde. Ze nam een flinke teug en duwde hem de wijnkelk in zijn handen.

'Je hebt een verre reis gemaakt. Je brengt nieuws over Alexanders grootse overwinning. Ik heb er al van gehoord. Arsites was een stommeling. De Macedoniër heeft gekregen wat hij wilde. Hij is gekomen om de wraak van de hemel over de Perzen af te roepen! Wat een helse verschrikking zal dat worden!' Ze ging weer zitten en duwde de perkamentrol opzij. 'De boekhouding van de tempel, meer niet. Jij hebt zeker dringender nieuws, is het niet, Telamon?'

'Naihpat.'

Antigone glimlachte.

'Ik ben vergeten wat ik er precies over heb geleerd,' bekende Telamon, 'maar u bent de priesteres van Athene. U weet er alles van. In een van de legenden nam de godin Athene een menselijke gedaante aan, die van een koning met de naam Taphian. Als je Taphian omdraait, een populair kinderspelletje, krijg je Naihpat.'

'Heb je dat zelf bedacht?'

'Nee, Herakles zei het, dat schepsel van Aristandros. Hij vond

270

het leuk om de namen van mensen om te draaien. Dat deed hij ook met Naihpat en het werd Taphian. Hoe is het gegaan, kwam hij u opzoeken? En wat deed u toen, Antigone, Naihpat, Taphian? Hebt u hem meegelokt naar een van die eenzame dalen op de vlaktes rond Sestos? Een snelle klap op zijn hoofd en een begrafenis in een moeras?'

'Als ik dat had gedaan, was zijn lichaam boven komen drijven.'

'Niet als het was verzwaard met stenen. Ik weet zeker dat het ergens op de bodem van een van die moerassen ligt, verzwaard met keien. Daar zal het jaren blijven wegrotten! De vragen van die dwerg en zijn slinkse gewroet zijn voorgoed tot zwijgen gebracht. Wie heeft hem vermoord? U of Selena? Of was het Aspasia? Hij zwierf door het kamp die dag – u moet hem zijn gevolgd, of hem hebben laten volgen.'

'Heeft Alexander je gestuurd?'

'Hij verdenkt u.'

Antigone draaide zich om op het krukje en keek hem recht aan, terwijl ze elegant uit de wijnkelk dronk. 'Het is een merkwaardig verhaal. Slechts heel weinig mensen kennen de naam Taphian of de legende die eraan is verbonden. Je hebt gelijk, Herakles was een snaterend aapje. Hij kwam bij me en vroeg of ik wist wie Taphian was. Ik zei dat ik nooit van die naam had gehoord en stuurde hem weg.'

'En als Herakles ooit die legende hoorde, zou hij zich natuurlijk afvragen waarom een priesteres van Athene die naam niet herkende.'

'Heel goed!'

'Hoe is het begonnen?' vroeg Telamon.

'Om te beginnen was ik een ver familielid van het koninklijk huis van Macedonië, hoewel ik in Athene ben geboren en getogen. Mijn vader werkte in het theater.'

'Waar u de werken van Euripides las?'

'Ah ja.' Antigone glimlachte. 'De citaten! Ik trad in dienst van Athene in een tempel buiten Korinthe. Daar ontmoette ik Philippus, eenogige, eenarmige Philippus! Hij zag eruit als een oude bok. En zo rook hij ook!' Ze lachte. 'En hij was net zo wellustig als een bok, maar toch werd ik stapelverliefd op hem. Hij loog tegen me, uiteraard, en zei dat hij op zijn hoede moest zijn voor Olympias. Hij wilde dat ik naar Troje kwam om priesteres van de tempel hier te worden, ver genoeg weg van Pella om de vrije hand te hebben. Hij zei dat hij werk voor me had, dat hij me zou komen opzoeken. Wanneer hij zijn verovering van Perzië zou beginnen, zou Troje zijn nieuwe thuis zijn. En ik zou zijn vrouw zijn. Natuurlijk was hij een leugenaar.' Haar ogen vulden zich met tranen. 'Ik hield oprecht van hem. Ik ging naar Troje. Voor het oog van de wereld de maagdelijke priesteres van Athene, maar in werkelijkheid de minnares van Philippus van Macedonië, of een van de velen. Toen ik eenmaal hier was, besefte ik wat Philippus werkelijk wilde. Troje ligt op slechts korte afstand van de Hellespont, het trefpunt tussen Griekenland en Azië.'

'Werd u zijn spion?'

'Ik werd zijn spion. Philippus' hartstocht begon te verflauwen, terwijl die van mij alleen maar toenam, maar de harde realiteit drong tot me door. Zijn zeldzame bezoeken, het uitblijven van brieven, terwijl hij er altijd op aandrong dat ik hem nieuws zou sturen. En toen kwam er op een kwade dag een half-krankzinnige jongeman met verwilderde ogen naar de tempel.'

'Pausanias, de moordenaar van Philippus?'

'Ja. Ik had zijn naam moeten verwijderen van de bezoekersrol, maar dat zou verdacht zijn geweest.' Antigone keek de grotachtige kamer rond. 'Ik had in deze troosteloze omgeving opgesloten kunnen blijven, al was het duizend jaar lang, als Philippus maar van me hield. Pausanias was stapelgek. Hij vertelde me alles – en niet alleen over Philippus' liederlijke wellust.' Ze lachte schamper. 'Dat was algemeen bekend. Maar Pausanias had ook Alexanders moeder opgezocht.' Ze zweeg even. 'Olympias spuwde ongeremd haar gal. Ze somde al Philippus' veroveringen op. Mijn naam speelde een prominente rol en omdat ik de meest recente was, verachtte ze me diep. Ze vertelde Pausanias hoe Philippus had opgeschept over zijn avonturen met mij. Bovendien stookte ze Pausanias tegen Philippus op en verklapte ze hem een geheim: Philippus ging van haar scheiden om met iemand anders te trouwen.'

Antigone drukte de wijnbeker tegen haar borst. Haar prachtige ogen staarden de duisternis in. Telamon vermoedde dat ze dit verhaal al vele malen aan zichzelf had verteld en had herhaald tot ze het vanbuiten kende.

'Pas toen besefte ik dat ik niet alleen was verleid, maar ook bij de neus was genomen.'

'Hebt u Pausanias aangemoedigd om Philippus te vermoorden?'

'Nee, nee. Olympias heeft dat vuurtje gestookt.' Antigone wendde haar blik af. 'Maar, mogen de goden het me vergeven, ik heb het wel aangewakkerd in een vlaag van haat die ik later betreurde. Bovendien besloot ik Philippus' spelletje om te draaien. Iedereen bezoekt Troje. Daar kon de rechterhand van Darius, de koning der koningen, gebruik van maken.'

'Hoe heet die rechterhand?' vroeg Telamon nieuwsgierig.

'Darius noemt hem Mithra en houdt hem goed verborgen. Ik schreef aan Darius en bood aan geheimen met hem te delen. Ik gaf Naihpat als mijn naam op en zei dat ik te vinden was in de stad Troje. Daarna wachtte ik af. Uiteindelijk... wel, je kunt je voorstellen wat er gebeurde. Mithra verscheen. Hij was vermomd als koopman. Hij had op de markt om inlichtingen gevraagd en de handelaren hadden hem natuurlijk naar de tempel gestuurd. Wist ik wie Naihpat was? Hij beloofde me bescherming, gouden talenten en, als ik dat wilde, een erepaats aan het Perzische hof. Maar ondertussen zou ik hem en zijn meester dienen.' Antigone duwde een haarlok uit haar gezicht. 'Alleen zij tweeën zouden van mijn bestaan weten. In ruil daarvoor beloofde ik dat ik zoveel mogelijk informatie zou doorgeven over Philippus, het Macedonische hof, en vooral over de voorgenomen invasie van Azië. Toen Philippus eenmaal Parmenion had gestuurd om een bruggenhoofd te vestigen, werd ik steeds nuttiger. De Macedoniërs kwamen hier vaak op bezoek en ik bezocht op mijn beurt hun kamp. Ze vertrouwden me als een familielid van Philippus, een priesteres van Athene, een Griekse. Ik hoorde confidenties, geheimen.'

'En die gaf u door aan Mithra?'

'Uiteraard!'

'Hoe deed u dat? Per brief?'

'Soms. Soms kwam hij hier.'

'Maar hoe?' vroeg Telamon. 'Parmenion heeft zijn spionnen. Deze tempel werd beslist in de gaten gehouden.'

'Troje is een oeroude stad. Er loopt een ondergrondse gang van de tempel naar grotten die ver buiten de stadsmuren liggen.'

Telamon kneep zijn ogen samen.

'Ik toonde Mithra de toegangen. De gang is oud en gemaakt van steen, heel veilig. Hij kwam en ging wanneer hij wilde. Hij was altijd blij met wat ik losliet. Philippus' plannen, intriges aan het Macedonische hof of het aantal en de kwaliteit van troepen, voorraden en manoeuvres.' Ze haalde haar schouders op. 'En

273

vooral Olympias' complotten tegen haar echtgenoot, de moord op Philippus en wat ik van Alexander dacht.'

'En die Thessalische maagden? De offers aan de geest van Kassandra?' vroeg Telamon.

'Een van Philippus' bizarre, woeste ideeën. Hij wilde dat ik een opleidingsinstituut van priesteressen vestigde die hij kon gebruiken als spionnen, als luistervinken.'

'Maar dat wilde u zeker niet?'

'Ik had geluk. Selena en Aspasia waren de eersten die aankwamen. Ik had geen idee wat ik met hen moest beginnen. Ze hielden van elkaar. Ze waren wat je elegant "volgelingen van Sappho van Lesbos" noemt.' Ze lachte. 'Ze werden allebei verliefd op me. Stapelverliefd zelfs. Ik nam hen in vertrouwen – en ze werkten maar al te graag mee. Ze wilden alles voor me doen en wezen me op het risico wanneer er nog meer meisjes bij zouden komen. Het tweede jaar verscheen er niemand, maar het daaropvolgende jaar kwamen er twee...'

'En dit jaar?'

'We stonden op hen te wachten. In die grotten, bij dat eenzame pad naar Troje. De legende zegt dat ze zelf hun weg moeten vinden.'

'Had u dan helemaal geen scrupules?'

'In het begin wel, ja. Maar na de eerste moord helemaal niet meer. Ze moesten dood, anders zouden we worden verraden. We nodigden hen uit om mee te gaan naar de grot. Die lieftallige Selena en Aspasia waren niet wat ze leken – geboren moordenaars waren het. De Thessalische maagden werden afgeslacht. Je kunt hun lichamen nog in de tunnel vinden. Er is een diep gat net voor de ingang.'

'Maar dit jaar ontsnapte er eentje?'

'Ja. Alexander hield de gewoonte in stand, dus de honderd families van Lokris kozen weer twee maagden uit om naar onze tempel te sturen. We waren uiteraard waakzaam. Ook deze keer vingen we hen op, maar per ongeluk ontsnapte er eentje. Ze werd gevonden en naar de tempel gebracht. Als er daar iets met haar was gebeurd, zou dat verdacht zijn geweest. Gelukkig had ze al waanvoorstellingen.'

'En die geestestoestand werd natuurlijk gestimuleerd door wijn waaraan bedwelmende middelen waren toegevoegd?'

Antigone knikte. 'Aspasia en Selena wilden haar direct vermoorden, maar zoals ik al zei, we moesten verdenkingen vermijden. Op hetzelfde moment maakte Alexander zijn aanwezigheid voelbaar. Hij had de Thebanen afgeslacht, zichzelf uitgeroepen tot opperbevelhebber van Griekenland en stond in regelmatig contact met zowel Parmenion als mij. Parmenions gebrek aan succes weet hij aan slechte kennis van het terrein. Hij vertelde me dat hij bij Sestos zijn leger verzamelde. Hij droeg me op gidsen te huren die de westkust van Azië kenden. Een kaartenmaker had hij ook dringend nodig. Deze mensen moest ik zoeken en naar zijn kamp bij Sestos brengen.' Antigone liet de wijn in de beker ronddraaien en glimlachte wrang. 'Ik heb Alexander verkeerd ingeschat, maar ik neem aan dat iedereen dat doet. Hij heeft meer kanten dan een dobbelsteen. Het is een man die maskers draagt. Hij heeft me vaak geschreven en dan speelde hij de rol van de jonge, onervaren koning. Popelend van verlangen om met zijn invasie van Perzië te beginnen, maar bang voor de problemen waar hij voor stond, onder andere het verkrijgen van de gunst van de goden.'

'En dus ging u naar Sestos. U nam dat meisje mee, samen met Kritias en de rest.'

'Ja, ik had Mithra gesproken. Hij droeg me op in alle opzichten te proberen Alexander in verwarring te brengen, onrust te zaaien en de dingen moeilijk te maken. Eén ding waar ik echter niet op had gerekend, was dat stomme Thessalische meisje.' Haar gezicht werd hard. 'Alexander beval me haar mee te brengen, anders had ik haar in Troje gelaten. Selena en Aspasia maakten zich er erg druk om.' Ze vulde haar wijnkelk weer en keek glimlachend naar Telamon op. 'Ik dacht er anders over totdat ik jou ontmoette. Hier is een arts, zo besefte ik, die deze vrouw in een diepe slaap zal brengen, haar angsten zal sussen, haar geest zal kalmeren, haar ziel tot bedaren zal brengen en zo herinneringen zal oproepen.' Antigone wachtte even. 'Zelfs in haar benevelde toestand was ze op haar hoede voor mij. Vermoedde je dat ik haar had vermoord?'

'Aanvankelijk niet, dat kwam pas later. Toen ik wat bewijzen had verzameld, herinnerde ik me die avond in uw tent.' Telamon wees naar zijn wijn die hij niet had aangeraakt. 'Er stonden verschillende wijnbekers klaar op een kistje, maar u liep dieper de tent in om een wijnkelk te halen. Die vulde u met wijn.'

Antigones glimlach werd breder. 'Maar je hebt eruit gedronken. Ik heb eruit gedronken.'

'Dat klopt. En misschien hebben anderen hem ook aangeraakt. Het was een gifbeker. Ik heb dergelijke dingen eerder gezien en ervan gehoord. Ze hebben een dubbele bodem, een schijfje dat kan worden geopend en gesloten met een geheim mechanisme. Zo kan een verborgen poeder door de wijn worden geabsorbeerd. U deed dat voordat het meisje dronk. En waarom niet? Ze was tenslotte onder behandeling van de lijfarts van de koning!'

Antigone nam weer een teug wijn. 'Maar ik had ontmaskerd kunnen worden toen je terugkwam.'

'Dat denk ik niet. U had uzelf al ingedekt. We zochten naar vergif en we probeerden ons te herinneren wie de beker had aangeraakt. Ik kwam niet op het idee dat het antwoord in de beker zelf lag.' Telamon greep zijn wijnkelk en goot de wijn op de harde, zwarte vloer.

'Volgens mij hebt u in werkelijkheid twee bekers die gelijk van vorm zijn. De vergiftigde hebt u verstopt of weggegooid. De andere, een doodgewone, liet u onderzoeken.'

'Heel slim!'

'Nee.' Telamon onderdrukte een geeuw van vermoeidheid. 'Het is meer een kwestie van logica en gezond verstand. Het heeft lang geduurd voordat ik erachter was.'

Hij liet zijn hoofd tegen de muur rusten. De jonge vrouw die zo elegant voor hem zat, was tot haar daden gekomen door liefde die in haat was omgeslagen. Hij verwonderde zich in stilte over alle chaos en ellende die door Philippus, Olympias en Alexander waren veroorzaakt.

'Het vermoorden van de gidsen was gemakkelijk,' vervolgde hij. 'De eerste werd op de klippen gedood. Waarschijnlijk verlangde hij naar huis. Hij ontmoette Selena of Aspasia. Een van hen sloeg razendsnel toe, geniepig als een adder. Het was de bedoeling dat zijn lijk op de klippen werd gevonden, maar hij gleed in zijn doodsnood over de rand en viel op de rotsen beneden. Wie zou een van uw meisjes met hun vollemaansgezichtjes verdenken?'

'En de tweede gids?'

'Oh, hetzelfde verhaal. Hij zat met zijn kameraden zijn buik vol te eten en zich laveloos te drinken bij het kampvuur. U legde beslag op mij in Alexanders tent. Het was geen kunst voor Selena of Aspasia om naar buiten te glippen. Een van hen deed dat ook.'

'Hoe dan?' vroeg Antigone honend.

'Bent u daar werkelijk nieuwsgierig naar?' vroeg Telamon.

276

'De wachtposten zeiden dat ze allebei sliepen!'

'Ah! Nu komen we bij de kwestie van de tent.' Telamon pauzeerde even. 'Toen ik in Alexanders kamp was aangekomen, hoorde ik dat mijn paviljoen was afgebrand. Tenten zijn duur met hun leren huiden, spantouwen en geraamtes. U, of een van uw helpsters, stak die brand aan. In de verwarring die volgde, stal u zeven of acht stukken touw waarmee de leren huiden aan de tentpalen waren vastgebonden. U moest ze daar wel vandaan halen, want zoals in elk leger letten de kwartiermeesters als haviken op hun voorraden. U had touw nodig dat qua kleur en structuur identiek was aan dat van alle andere tenten in het kamp. Het opbouwen van een tent is een vak apart. Wanneer de leren huiden over een tentpaal zijn getrokken, worden ze op een speciale manier vastgebonden om te voorkomen dat ze worden losgepeuterd of vanzelf losraken.'

Antigone kauwde op een hoekje van haar lip en keek hem spottend aan.

'U, Selena of Aspasia stal de stukken touw, stak mijn tent in brand om de diefstal te maskeren en begon met de moordcampagne. Ik weet niet precies wat er is gebeurd in de nacht dat de eerste gids werd vermoord, maar het moet gemakkelijk zijn gegaan. Niemand lette erop. Na deze moord moest u voorzichtiger worden. U ging naar Alexanders paviljoen terwijl Selena en Aspasia deden alsof ze sliepen. De flap van hun tent werd gesloten en de wachtpost wilde niet worden beschuldigd van het begluren van tempeldienaressen. Een van uw helpsters stond op en trok haar sandalen, mantel en kap aan. Het touw waarmee het leer aan de tentpaal was gebonden werd doorgesneden en de tempeldienares sloop de nacht in. De ander bleef achter. Ze gebruikte het gestolen touw om het leer weer vast te binden. De gidsen, die nog vol waren van de moord op hun kameraad, zaten rond het kampvuur te drinken. Een van hen stond op om te gaan plassen. Uw handlangster volgde hem. De man was dronken, hij stond daar in het donker halfslapend op zijn benen te zwaaien. Selena – of Aspasia – sloeg rap en trefzeker toe, niet meer dan een schaduw in de nacht. De man werd doodgestoken. Hij stierf snel. De moordenaar liet de boodschap achter en glipte langs de wachtposten het kamp weer binnen. De doorgangen tussen de tenten zijn donker en vol met schaduwen. Wie zou het opvallen? Wie zou het iets kunnen schelen? Ze keerde terug naar haar tent, sneed het touw door en kroop naar binnen door het gat. Ze bond het leer weer vast met precies dezelfde knoop, waarbij ze het touw van mijn tent gebruikte. Ik vermoed dat het Aspasia was, zij leek me het sterkst van de twee.' Telamon zweeg toen er geluid uit de tempel kwam.

Antigone glimlachte. 'Het is de portier maar. Je bent toch niet bang, Telamon? Ik ben ongewapend. Jouw wijn was niet vergiftigd en de Macedonische soldaten zijn niet ver. Waarom viel de verdenking op Aspasia?'

'Ik bracht u een bezoek in uw tent na haar dood. Ze had haar spullen al in een bundeltje gebonden. Het viel me op dat ze dezelfde knoop had gebruikt als waarmee de tenttouwen waren vastgemaakt. Ik vond dat hoogst merkwaardig, want het was een tamelijk uniek soort verbinding, met twee strak aangetrokken knopen. Dat is heel moeilijk los te maken, behalve met een mes. Jullie moeten alle drie de tentenmakersknopen goed hebben bestudeerd.'

'En Kritias?'

'Ook deze keer glipte uw moordenaar de nacht in. Ze sneed het touw van Kritias' tent door en kroop naar binnen. De kaartenmaker was moe en dronken. Dat was hij om die tijd van de nacht waarschijnlijk altijd.' Telamon spreidde zijn handen. 'U had hem tenslotte zelf ingehuurd, u kende zijn gewoontes. Het was makkelijk om zijn keel door te snijden, de dolk tussen zijn ribben te steken en de tent weer te verlaten. Buiten knielde Aspasia, als zij het was tenminste, op de grond. Ze had waarschijnlijk niet meer dan twee of drie stukken touw hoeven doorsnijden om binnen te komen en die verving ze. Daarna sloop ze weg. Zo te zien was Kritias' dood te wijten aan een of andere boosaardige kracht of de woede van de goden.'

'En de kaarten?'

Telamon glimlachte. 'Dat was heel geslepen. Aspasia bracht een identiek kistje mee dat was gevuld met as. Dat liet ze achter en ze nam het kistje met kaarten mee.'

'Hoe weet je dat het kistje identiek was?'

'Omdat ik ze hier op de markt te koop heb gezien. U kocht er twee en gaf er eentje aan Kritias voor zijn kaarten.'

Antigone tikte met haar vingers tegen haar lippen en staarde naar een punt boven Telamons hoofd. 'Weet Alexander dit allemaal?'

'Hij zal het te weten komen. Ergens ging het fout, nietwaar? Aspasia was de echte moordenaar. Snel, lichtvoetig, dodelijk met

278

een mes. Ze volgde Herakles het kamp uit, gaf hem een slag op zijn hoofd en vermoordde hem. Ze verzwaarde zijn lichaam met stenen en liet het wegzakken in het moeras. Op een vroege ochtend keerde ze terug naar die plek...'

'Waarom?'

'Ze moest Kritias' kistje met kaarten kwijt. Ze had het verstopt in een mand en deed alsof ze bloemen en kruiden ging verzamelen. De Furiën waren niet ver af. Aspasia was waarschijnlijk opgewonden vanwege de noodzaak zich van het bezwarende bewijsstuk te ontdoen. Ze maakte een fout. Ze zette de mand neer, pakte het kistje en gleed uit, of bleef haken aan het leren handvat aan de zijkant van het kistje. In elk geval struikelde ze en viel in het moeras. Het kistje verklaart haar geschaafde vingers. Vermoedelijk is ze erbovenop gevallen en heeft ze daarbij die buil op haar hoofd opgelopen. Ze verloor even het bewustzijn. Het kistje glipte uit haar vingers en zonk naar de bodem. Aspasia worstelde om overeind te komen en hoe meer ze dat deed, hoe erger het werd. De modder sloot haar neus en mond af. Ze stikte al snel en haar lichaam bleef drijven op het moeras.'

'Ze was dom,' gaf Antigone toe. 'Het was een stomme, onnozele fout. Ze bracht ons allemaal in gevaar.'

'U maakte zich grote zorgen. Aspasia was het kistje kwijt, maar Selena was overstuur. Zij was de zwakste van jullie drieën. Alleen de goden weten wat ze in haar hysterische verdiet had kunnen doen. U hebt een hart van steen, vrouwe Antigone. U besloot uw eigen tempeldienares te gebruiken om nog meer bloedvergieten te veroorzaken en de onrust te vergroten. U gaf Selena een beker wijn waarin een sterk slaapmiddel was opgelost. Ze lag op het kampbed achter in de tent, vlak naast de leren tenthuiden. Haar rug was naar de ingang gekeerd. Voordat u naar Alexanders feest ging, boog u zich over haar heen om haar een nachtzoen te geven en terwijl u dat deed, stak u zo'n gevleugelde dolk, gekocht van een rondtrekkende koopman, in haar zij. Selena sliep en haar mond werd afgedekt door uw verraderlijke lippen. Ze heeft waarschijnlijk even tegengestribbeld, maar lag toen stil. U liet de boodschap achter en liep de tent uit. Zo te zien lag Selena, de tempeldienares, vredig te slapen op haar bed, met haar rug naar de wachtpost.'

'Maar toen ze werd gevonden, lag ze op de grond!'

'U bent priesteres. U draagt de gekromde herdersstaf bij u als wandelstok, een symbool van uw ambt. Ik vermoed dat u voordat u wegging de haak van de staf om een poot van Selena's bed legde, met de andere kant net binnen de tenthuiden. Ik bracht u terug naar uw tent die avond, u wilde me maar al te graag gebruiken als getuige. U nam afscheid van me en glipte naar de achterkant van de tent. U schoof uw hand onder de tent door, greep de staf en trok het bed omver. Selena's lichaam rolde op de grond. Daarna liep u naar de ingang en het drama kon beginnen.'

Antigone klapte zachtjes in haar handen. 'Je hebt maar heel weinig bewijs, Telamon. Zoals de sofisten zouden zeggen: "Allemaal vermoedens en lege hypotheses."'

'Alexanders geniesoldaten zouden dat moeras kunnen droogleggen. Aristandros' mannen zouden de marktkoopman kunnen ondervragen. We zouden een grondig onderzoek kunnen instellen.' Telamon boog zich voorover. 'Maar ik denk niet dat het zover zal komen. Alexander heeft Sestos verlaten. U had zoveel schade aangericht als u maar kon en dus keerde u terug naar Troje. De moord op de derde gids was wel heel gemakkelijk. Zijn kameraden en hij moeten doodsbang zijn geweest. Ze wilden naar huis, weg uit Alexanders leger. Hebt u hem naar de tempel laten komen, of kwam hij halfdronken en vol zelfbeklag uit zichzelf bij u, om uw advies en uw hulp te vragen?'

Telamon wachtte haar antwoord niet af. 'Ik weet zeker dat hij dat deed. U bood aan hem de weg te wijzen door uw geheime tunnel. Zo bracht u hem onder de stad door naar het eenzame platteland. Toen hij daar verbijsterd stond rond te kijken, stak u hem neer. U liet de boodschap achter en keerde terug zoals u was gekomen.'

Telamon stond op. Zijn hele lichaam deed pijn. Hij liep naar de deur, deed hem open en keek de smalle tempel in. Zijn escorte zat gehurkt in het voorvertrek en praatte met de portier. Telamon sloot de deur en ging terug naar Antigone, die de bekers opnieuw had gevuld.

'Waarom hebt u Alexander niet gewoon vermoord?'

'Oh, dat weet je best, Telamon.' Antigone had besloten de waarheid te spreken. 'Daar waren de Perzen heel duidelijk in. Als Alexander in Griekenland werd vermoord, zou hij als een martelaar worden beschouwd. De Perzen maakten zich zorgen over zijn greep op de Griekse staten. Alexander moest daar vandaan worden gelokt. Wanneer hij eenmaal weg was, zouden de Grieken terugkeren tot waar ze goed in waren – onderling gebakkelei.'

'En Alexander?'

'Het plan was hem eerst een poos op onbekend terrein te laten rondzwerven met zijn povere krijgsmacht. Dan zouden ze hem dwingen tot een veldslag, hem verslaan en hem doden of gevangennemen. Tegen die tijd zou de Perzische vloot zijn teruggekeerd naar de Middellandse Zee. Geen Macedoniër zou erin slagen naar huis terug te keren. Griekenland zou weer verdeeld zijn. Macedonië zou niet meer bestaan en Perzië zou de wereld een lesje hebben geleerd. De Perzen lieten er geen twijfel over bestaan: Alexander moest in de strijd worden gedood of gevangengenomen.'

'Gaf u hem daarom die wapenrusting?'

Antigone wierp het hoofd in de nek en lachte. 'Ik verdiepte me in Alexanders geest. Zijn bijgelovigheid, zijn angst, zijn schuldgevoelens over zijn vader. Maar vooral zijn hevige verlangen een tweede Achilles te zijn. De wapenrusting die hij hier uit de tempel heeft meegenomen, werd speciaal vervaardigd, helder van kleur en opvallend, want zo wilden de Perzen hem zien in de strijd, zodat ze hem konden herkennen en verslaan. Alexander greep ernaar als een kind naar snoep. Hij moest en zou als de grote held de strijd in rijden, als een jongen die een spel speelde.'

'Het was bijna succesvol,' gaf Telamon toe. 'Het scheelde maar een haar of de Perzen hadden hem aan de Granikos gedood. Elke verwant van Darius ging op hem af en probeerde hem te verslaan.'

'Alles klopt met je beschrijving, maar we hebben één fout gemaakt,' zei Antigone peinzend. 'We vergaten de goden: die staan aan Alexanders kant. Memnon had gelijk, Darius had het mis en ik, Telamon, kies voor de duisternis.' Ze tilde de wijnkelk op in een toost. 'Gevlekte scheerling, dezelfde drank als Sokrates.'

Antigone dronk de beker leeg en leunde achterover, terwijl ze zachtjes zong. Telamon herkende het liefdesliedje. Antigone bewoog zich licht toen ze het gevoel in haar benen begon te verliezen. De beker glipte uit haar vingers en viel kletterend op de grond. Ze keek wazig op alsof ze op het punt stond in slaap te vallen. Ze glimlachte, legde haar armen op tafel en boog haar hoofd. Nadat ze een poosje sidderend naar adem had gesnakt, gleed haar ene arm van de tafel en heerste er een doodse stilte in de kamer.

'Ben je meteen vertrokken?' Alexander tilde de schaal met

gekookt vlees op om Telamon zelf te bedienen. Ze zaten met z'n tweeën in de voorruimte van het koninklijke paviljoen. Alexander was gewassen en geschoren en droeg nu een tuniek van goudlaken afkomstig uit het Perzische kamp. Aan zijn voeten had hij zilveren sandalen en om zijn hoofd was een groen-met-gouden band gewikkeld, die een zwachtel op zijn plaats hield. Afgezien van een aantal snijwonden, een blauwe plek hoog op zijn wang en een lichte stijfheid wanneer hij liep, was hij de gevolgen van de veldslag snel te boven gekomen.

'Ze was dood,' zei Telamon. 'Ik heb haar lichaam gecontroleerd en het ritueel aan de portier overgelaten.'

Telamon was van Troje rechtstreeks teruggereden naar Alexanders kamp. Het voltallige leger vierde de grote overwinning bij de Granikos. Er werden nog steeds gevangenen binnengebracht, maar ook karrenvrachten buit van de Perzische bagagewagens en van het slagveld zelf. De lucht boven de Granikos was zwart van de rook van brandstapels waarop de lijken werden verbrand.

Kassandra had hem hartelijk, maar ook spottend verwelkomd. Ze had zich een deel van de buit en van de voedselvoorraden toegeëigend onder het motto: 'Als je bij de Macedoniërs bent, word je een Macedoniër.' Ze was er ook in geslaagd een beter onderdak te regelen, waar alles er netjes en verzorgd uitzag.

Op de terugweg had Telamon als in een droom gehandeld. Gezichten kwamen en gingen: Aristandros die hem boosaardig aankeek, Ptolemaios, vervuld van zijn eigen heldhaftigheid, en zelfs Kleon, opgewonden, rood aangelopen en een beetje gehavend. Hij was erin geslaagd het Macedonische kamp te bereiken, zijn taak zat erop.

Nadat hij een poosje had geslapen, was hij vroeg in de avond gewekt door twee lijfwachten die hem naar de koning brachten. Alexander had hem koel, maar hoffelijk ontvangen. Hij was nu niet langer de onstuimige generaal, maar de geslepen politicus die zoveel mogelijk voordeel uit zijn overwinning wilde behalen. Er waren al brieven gestuurd naar naburige provincies waarin hun loyaliteit werd geëist en naar elke stad in Griekenland waren proclamaties verzonden. Telamon voelde dat iemand zijn hand aanraakte en schrok op.

'Ben je moe, arts?' Alexanders stem klonk spottend. 'Treur je om Antigones dood? Ik had haar kunnen laten kruisigen. Ze kreeg de gelegenheid de zachte weg te kiezen.'

Telamon dacht aan de stapels doden op het slagveld.

'Lijk je op je vader, arts? Staat de reuk van bloed je tegen?' Alexander hield zijn hoofd een beetje schuin naar links alsof hij Telamon voor de eerste keer zag. 'Er gaapt een kloof tussen ons,' mompelde hij. 'Ik wou dat het niet zo was. Ik vervul alleen maar mijn lotsbeschikking.'

'Hoort het afslachten van die huurlingen daar ook bij?'

Alexander sloeg zichzelf bestraffend op de pols. 'Dat was verkeerd – de moordlust van de strijd en ik kan een decreet niet herroepen. Maar Antigone?' Alexander staarde naar zijn wijnkelk. Hij pakte het ding op, liet de wijn ronddraaien, nam een teug en gaf de beker aan Telamon.

'Verdacht je haar?' vroeg Telamon.

'Ik zou graag beweren...' Alexander aarzelde. Hij ging rechtop zitten op de gewatteerde stoel die was buitgemaakt in het Perzische kamp. 'Ik zou graag beweren dat ik alles wist, maar dat is niet zo.'

'Wist je het van Philippus en Antigone?' vroeg Telamon.

'Natuurlijk! Vader vertelde moeder alles over zijn veroveringen. Dat is de reden waarom ze half krankzinnig is. Olympias heeft het me verteld. Ik had mijn twijfels over Antigone. Ze verkeerde in een uitstekende positie om informatie door te geven. Aristandros liet de tempel in de gaten houden, maar we hebben nooit iets ontdekt.' Alexander spreidde zijn handen. 'Er was een spion heel druk bezig ons te verraden, maar dat was tot op zekere hoogte onbelangrijk. Ik wilde de Perzen misleiden. Kleon heeft fantastisch werk gedaan, maar dat was niets...'

'Vergeleken met het om de tuin leiden van de Perzen?'

'Natuurlijk.' Alexander lachte. 'Darius noemde me een onervaren groentje. Ik wilde de indruk wekken dat ik onzeker was, dat ik niet het zelfvertrouwen van mijn vader had, dat ik schuldig was aan zijn dood.'

'Ben je dat?'

'Nee, dat ben ik niet.' Alexanders ogen werden hard. 'Dat ben ik nooit geweest. En dat zal ik ook nooit zijn!'

'Had Antigone de hand in zijn dood?'

'Mogelijk, maar dat geldt net zo goed voor mijn moeder. Ik verdacht Antigone half en half, maar ik kon het niet bewijzen – daarom had ik jou nodig. Telamon met zijn heldere verstand en zijn scherpe ogen. De doorgronder van oorzaak en gevolg! Verraad is een ziekte, Telamon. Een ziekte die ook zijn symptomen heeft.' Alexander haalde diep adem en plukte aan de tuniek die hij aanhad. 'Dit ding is van Arsites geweest. Ik heb Darius een boodschap gestuurd. Tegen de tijd dat ik klaar ben, zal ik de hele keizerlijke garderobe in mijn bezit hebben. Ik heb Kleon gebruikt. Ik heb Aristandros gebruikt. Maar ik heb in de eerste plaats Antigone gebruikt. Ik vertelde haar dat ik gidsen en kaarten nodig had. Dat gaf ze door aan de Perzen. Ik stuurde die tempelmeisjes uit Thessalië, in de hoop dat een van hen iets zou ontdekken, maar natuurlijk was Antigone me een stap voor. En dus vroeg ik onze geliefde priesteres zich in Sestos bij me te voegen met de gidsen en de kaartenmaker.' Alexander maakte een draaiende beweging met zijn hand. 'Ik was van plan in de pot te roeren om te kijken wat er boven kwam drijven. Antigone wist wat ze deed. De dood van die gidsen, die mysterieuze moorden, de lugubere waarschuwingen, de verwijzingen naar mijn vader. Ze werd sterk verdacht, maar ik kon niets bewijzen. Ik moest heel voorzichtig zijn. Ik wilde geen aanstoot geven en me de woede van de goden op mijn hals halen door een priesteres van Athene te executeren. Ik had bewijzen nodig: ik had jou nodig. De Perzen dachten de hele tijd dat ze te maken hadden met iemand die verward en onzeker was en gebukt ging onder schuldgevoelens. Wel, ik heb hun laten zien dat ze het mis hadden.' Alexander glimlachte stralend. 'Het echte gevaar was Memnon. Als zijn strategie was gevolgd, marcheerde ik nu nog door een land waar de steden hun poorten voor me gesloten hielden, beroofd van de kans op strijd, op overwinning, op roem en op goddelijke goedkeuring. Nu heb ik dat alles.' Alexander pakte zijn wijnbeker op. 'En dus, Telamon, laten we toosten, op mijn glorie en op het einde van de wereld!'

Nawoord van de schrijver

De gebeurtenissen van 334 v. Chr. hebben zich afgespeeld zoals in dit boek wordt beschreven. Darius, Arsites en Memnon waren het niet eens over de beste strategie om Alexander van Macedonië tegen te houden en te verslaan. De voornaamste bronnen – Arrianus, Diodorus Siculus, Plutarchus, Quintus Curtius Rufus en Justinus – beschrijven stuk voor stuk tot in details welke plannen in het Perzische kamp werden gesmeed. Uiteindelijk kreeg Arsites zijn zin en als gevolg daarvan behaalde Alexander zijn spectaculaire overwinning. Volgens Arrianus ontvluchtte Arsites het slagveld en verdween spoorloos. Misschien heeft hij zelfmoord gepleegd. Gezien Memnons latere bevordering door Darius geef ik een andere interpretatie – namelijk dat Arsites voor zijn mislukking werd terechtgesteld, zoals gebruikelijk bij een Perzische satraap die zo'n rampzalige nederlaag leed.

De slag aan de Granikos is onder historici vaak het onderwerp van discussie geweest. Sommigen gaan ervan uit dat Alexander in werkelijkheid tot de volgende ochtend wachtte met het lanceren van zijn aanval, maar ik heb de oorspronkelijke bronnen gevolgd, die allemaal spreken over Alexanders snelheid en driestheid en over het verrassingseffect. Het beste bewijs voor mijn interpretatie is het lot van de Griekse huurlingen, die letterlijk klem kwamen te zitten en wel moesten standhouden en vechten, omdat ze zich niet konden terugtrekken. Alexander gaf het bevel tot hun slachting, een daad waar hij later spijt van had. De overlevenden werden in ketenen naar de mijnen van Macedonië gestuurd. Niet lang geleden hebben archeologen hun geketende geraamten gevonden.

Alexanders tactiek aan de Granikos was zoals in deze roman

wordt beschreven. Zijn plotselinge uitval over de rivier, het afleiden van de Perzische bevelhebbers en hun hevige persoonlijke
verlangen de eer te kunnen opeisen Alexander te hebben
gedood, leidden tot een ineenstorting van het commando, een
verzwakking van het centrum en ten slotte de totale nederlaag
van het Perzische leger.

Alexanders troepen en strategie zijn nauwkeurig geregi-
streerd, zowel het gebruik van de falangisten beschermd door
schilddragers, als de vernuftige manier waarop Alexander snelbe-
wegende cavaleristen inzette om de flanken van de vijand te
bestoken. Toch is Alexanders geboekstaafde aanpak soms verwar-
rend. We beschikken over een reeks oorspronkelijke bronnen, die
ik eerder heb genoemd, maar we weten ook dat de koning een
dagboek bijhield, terwijl generaal Ptolemaios, die later farao van
Egypte werd, zijn eigen versie van de gebeurtenissen publiceerde.
Alexanders andere aanvoerders – op dat punt is er niets veranderd
– waren er niet minder op gebrand hun grootse prestaties in
dienst van Alexander openbaar te maken. Het is interessant de
fragmentarische overblijfselen van deze biografieën vol zelfver-
heerlijking te lezen.

De persoonlijkheden van Alexanders metgezellen heb ik
nauwkeurig weergegeven: Ptolemaios en Seleukos, Amyntas en
Parmenion. Aristandros de waarzegger is een historische figuur –
een schepsel van Olympias, maar om een of andere vreemde
reden nauw betrokken bij Alexanders opperbevel. Ptolemaios
was misschien wel de briljantste van Alexanders generaals. Hij
koesterde dromen van grootsheid en beschouwde Alexander als
een halfbroer. Af en toe werd de rivaliteit tussen hen zeer hevig.

De arts Telamon is gebaseerd op een historische figuur, Phi-
lippos de geneesheer, die door Arrianus en andere bronnen wordt
genoemd.

Het verhaal van de Thessalische maagden die naar Troje werden gestuurd, wordt vermeld in twee oude bronnen: Aeneas
Tacticus en Lykrophons gedicht '*Alexandra*'. Robin Lane Fox zegt
in zijn briljante biografie over Alexander de Grote dat de koning
bij zijn aankomst in Troje besloot dat er een einde aan dit gebruik
moest komen. Zowel Aeneas als Lykrophon verwijzen naar een
geheime gang onder de oude ruïnes van Troje.

Mijn plot is gebaseerd op een studie van Alexanders handelin-
gen bij Sestos, in Troje en bij de Granikos. In de voorafgaande
maanden was hij snel te werk gegaan. Hij had de noordelijke

stammen onderworpen en heel Griekenland onder zijn heerschappij gebracht, maar bij Sestos werd Alexander plotseling nerveus en bijgelovig. Hij bracht zowel bij Sestos als bij Elaious offers. Hetzelfde deed hij halverwege de Hellespont met de bedoeling de goden gunstig te stemmen. Mijn beschrijving van zijn landing bij Troje is gebaseerd op oude bronnen. Toen hij de ruïnes bereikte, gedroeg Alexander zich alsof hij met stomheid was geslagen. Hij bracht offers in verschillende delen van de stad en uitte zijn geweldige adoratie en bewondering voor Achilles door een wedren te organiseren naar de grafheuvel van zijn held waar hij, Hephaistion en de rest bloemen legden en plengoffers brachten.

Ook het verhaal van de wapenrusting van Achilles is waar. Volgens Diodorus Siculus 'bracht Alexander een schitterend offer aan Athene, waarbij hij zijn eigen wapenrusting opdroeg aan de godin. Daarop nam hij een magnifieke wapenrusting die in de tempel was ondergebracht, trok deze aan en gebruikte hem in de eerste veldslag (d.i. de slag aan de Granikos).' Boek 17, vers 18. Arrianus zegt dat 'de wapenrusting gewoon door schilddragers voor hem uit werd gedragen in de strijd' (Alexander de Grote, boek 1, hoofdstuk 11). Het is aan geen twijfel onderhevig dat Alexanders wapenrusting zijn identiteit duidelijk maakte aan de Perzische bevelhebbers. Arrianus, Diodorus Siculus en ook andere bronnen beschrijven hoe Darius' aanvoerders hun posten verlieten en felle gevechten van man tegen man aangingen met Alexander en zijn entourage.

De medische theorieën die in dit boek worden genoemd, zijn eveneens op feiten gebaseerd, met name het gebruik van zware wijn, honing en zout. Griekse artsen mogen dan niet alle complexe processen van het menselijk lichaam hebben begrepen, ze observeerden wel scherp. Artsen reisden in de toen bekende wereld rond om kennis te vergaren, zoals Telamon dat deed. Een goed beeld van de geneeskunde in de Oudheid wordt gegeven in het schitterende boek *A History of Military Medicines* van Richard A. Gabriel en Karen Metz. We zijn geneigd de geneeskunde als één lange vooruitgang te zien, maar dat is niet juist. Zo beweren sommige deskundigen bijvoorbeeld dat een Romeins soldaat in het jaar 90 n. Chr. een betere kans maakte te overleven na te zijn getroffen door een speer dan een soldaat die aan het eind van de negentiende eeuw dienstdeed in Afrika. De gewoonte om oorlogsverwondingen stijf te verbinden, bleef in ziekenhuizen gebruikelijk tot aan de Eerste Wereldoorlog.

Alexander is een kameleonachtige figuur, een van Hegels indrukwekkende historische personages, een 'omhoogschietende ster', wiens leven en wapenfeiten de mensheid nog duizenden jaren na zijn dood blijven fascineren. Hij werd sterk beïnvloed door zijn ouders; er kan op dit punt zonder meer worden gesproken van een haat-liefdeverhouding. Hij aanbad zowel Philippus als Olympias, maar hun onafgebroken geruzie miste zijn psychologische uitwerking op hem niet.

Alexander was een Griek die een Pers wilde zijn. Een man die in democratie geloofde, maar net zo autocratisch kon zijn als welke despotische keizer dan ook. Hij kon buitengewoon edelmoedig, vergevingsgezind en barmhartig zijn, maar wanneer zijn stemming omsloeg, kon hij ook met genadeloze wreedheid toeslaan. Het lot van Thebe en dat van de Griekse huurlingen na de slag aan de Granikos illustreren Alexanders donkere kant. Soms had hij iets kinderlijks, zoals toen hij Troje bezocht. Hij kon het leven beschouwen als een groot avontuur, onschuldig en vol vertrouwen, maar dan plotseling veranderen en zo geslepen zijn als Philippus of zo hatelijk als Olympias.

Hij was een trouw vriend en metgezel. Wanneer hij zijn woord eenmaal had gegeven, hield hij dat ook. Hij was dol op poëzie, met name op de *Ilias* van Homeros en dankzij zijn leraar Aristoteles had hij een intense belangstelling voor de natuur. Hij kon bijgelovig zijn tot op het neurotische af, maar aan de andere kant een adembenemende persoonlijke moed en onverschrokkenheid tentoonspreiden, zoals in de slag aan de Granikos. Zijn kwaliteiten als generaal en leider zijn misschien onovertroffen, maar toch bezat hij ook een vleugje zelfspot, zelfs nederigheid.

Over zijn drankgebruik bestaat veel discussie. Sommige deskundigen, zoals Quintus Curtius Rufus, beweren dat hij een alcoholist was die aan moordneigingen leed. Aristoboulos, zijn boezemvriend die door Arrianus wordt geciteerd, meent dat Alexanders lange drinkgelagen niet zozeer voortkwamen uit zijn liefde voor wijn, maar uit kameraadschap voor zijn vrienden. Hoe dan ook, Alexander had zijn fouten en tekortkomingen en wijn bracht die aan het licht! Misschien verklaart dit waarom Alexander ons nog steeds fascineert – niet alleen vanwege zijn grootse overwinningen en wapenfeiten, maar ook vanwege zijn persoonlijkheid, die af en toe het beste en het slechtste in de mensheid lijkt te vertegenwoordigen.

Paul C. Doherty